Quart*buch*

Die ›bekannteste Unbekannte unseres Jahrhunderts‹ nannte Djuna Barnes sich selbst. Mit der Veröffentlichung ihrer Erzählungen avancierte sie in den zwanziger Jahren schnell zu einer provozierend exzentrischen Autorin, die später in Vergessenheit geriet – bis zu ihrer Wiederentdeckung in den achtziger Jahren, die von Deutschland ausging und sie erneut zur Kultautorin machte.

Eine Nacht mit den Pferden zeigt, daß die short stories zum Herzstück von Djuna Barnes' Werk gehören:

Bösartige, witzige, komische, tragische, wüste, milde Portraits von Damen und Herren und ihren exzentrischen Leidenschaften, von Briefen, die nie abgeschickt werden, Duellen ohne Sekundanten, von überflüssigen Heiraten und einem Pfau in grüner Seide.

Djuna Barnes
Eine Nacht mit den Pferden
Gesammelte Erzählungen

Aus dem Amerikanischen
von Karin Kersten

Verlag Klaus Wagenbach   Berlin

Inhalt

Der schreckliche Pfau

Es war während der Sommerflaute, wo ein U-Bahn-Unglück die bedrohlichen Ausmaße einer Schießerei im Hotel annimmt, da flatterte auf einmal eine ausgefallene Meldung herein.

Kein Mensch schien zu wissen, wo sie hergekommen war. Sie handelte von einer Frau, die größer und gefährlicher war als Kleopatra, neununddreißigmal so verlockend wie das Sonnenlicht auf einem Golddollar und ähnlich schwer zu erhaschen.

Sie sei ein Pfau, besagte die Meldung, die nicht übel geschrieben war – ein aufreizendes weibliches Exemplar mit elektrisierenden grünen Augen, rotem Haar und schmiegsamem grün-blauem Seidenkleid, und sie bleibe durchaus nicht unbemerkt, wenn sie sich mit verführerischer Trägheit durch die Straßen von Brooklyn bewege. Das war schon jemand – doch wer?

Der Lokalredakteur kratzte sich am Kopf und gab die Meldung an Karl weiter.

»Schürf doch mal ein bißchen«, schlug er vor.

»Da setzt man wohl besser jemand Unverbrauchten drauf an«, sagte Karl, »einen, der frisch an die Sache herangeht. Ich mußte mich heute schon um diese Kinney-Geschichte kümmern. Wie wär's mit Garvey?«

»Meinetwegen«, sagte der Lokalredakteur und entschied sich für einen neuen Streifen Kaugummi.

Garvey war gebührend beeindruckt, als Karl an seinem Schreibtisch längsseits ging und schwungvoll der Meldung das Bein auf den Tisch folgen ließ, denn Karl war der Star.

In gewisser Hinsicht ein ziemlich mysteriöser Mensch, dieser Karl. Seine Adresse war ein unantastbares Geheimnis. Es war bekannt, daß er, ungeachtet seiner Tätigkeit bei der Zeitung, einiges Geld angehäuft hatte. Ebenfalls bekannt war, daß er geheiratet hatte.

Ansonsten war er ein Mann für alle Fälle – ein erstklassiger Reporter. Wenn jemand befunden hatte, es sei am besten, Selbstmord zu machen und seiner Frau eine boshafte kleine Notiz zu hinterlassen, woraufhin die die drei Schritt zwischen Badezimmer und Küche hin- und herstürmte und bei jedem Schritt »Oh, mein Gott!« hickste, dann landete das in Karls Schreibmaschine – und eine Titelgeschichte war geboren.

»Du wirst sie also auftreiben«, sagte Karl, »sie ist verflixt schön, hat Katzenaugen und Leslie-Carter-Haar – eine geschmeidige Kugellager-Clytie und dazu mit einem Teint ausgestattet wie eine Tasse Kaffee mit Sahne, die über Nacht gestanden hat. Angeblich krallt sie sich mehr Männer in die Haare als irgendeine lebende oder tote Sirene.«

»Du hast sie gesehen?« hauchte Garvey und machte große Augen.

Karl nickte flüchtig.

»Warum schnappst du sie dir denn dann nicht?«

»Zwei Sachen gibt es«, sagte Karl in richterlichem Ton, »auf die verstehe ich mich nicht. Das eine ist Subtraktion und das andere Attraktion. Also nur zu, mein Sohn. Der Auftrag gehört dir.«

Er schlenderte davon, doch spät genug, um noch zu sehen, wie Garvey ob des indirekten Kompliments sichtlich anschwoll und seinen schönen lyrischen Schlips liebkoste.

Desungeachtet schmeckte der Auftrag Garvey ganz und gar nicht. Lilac Jane war schließlich auch noch da. Gerade an diesem Abend hatte er ein Rendezvous mit ihr, und Lilac Jane war über die Maßen begehrenswert.

Er war in dem Alter, wo die glühende Hingabe an ein weibliches Wesen nicht zuläßt, daß man mit einem anderen herumtändelt, ohne sich wie ein richtiger Verräter vorzukommen.

Allerdings – man hatte ihm diese Arbeit aufgrund der Anziehung zugeteilt, die er auf aufreizende grüne Sirenen ausübte! Erneut befingerte Garvey den Schlips und zückte lässig sein lavendelduftendes Taschentuch, wie der Meßknabe sein Rauchfaß schwenkt.

An der Tür wandte er sich unter der Deckenlampe um und schob die Manschette hoch, und seine Kollegen stöhnten auf. Auf seiner Armbanduhr war es sieben.

Draußen verharrte er an der Ecke bei der Grillstube. Er ließ den Blick die düstere Straße mit ihrem Sammelsurium grauer Fassaden und den Schaufenstern, in denen alles aussah wie der welke Inhalt eines Blumenladens, auf- und abwandern und hätte zu gern jemanden bei sich gehabt, dem er hätte mitteilen können, wie tüchtig er sich in dieser Welt voller tüchtiger Männer vorkam.

Den Blick aufs Trottoir gesenkt, in ungeheuer inbrünstige Träume von Lilac Jane versunken, setzte er seinen Weg fort. Weder der tosende Verkehr auf der Brücke noch die Rufe der Männer auf den Lastkähnen, die durch die Dämmerung drangen, vermochten ihn zu stören.

Schließlich drängte sich in die rosigen Visionen bedrohlich etwas Grünes.

Schuhe! Winzige Schuhchen, makellos adrett; darüber das Aufblitzen dünner, grüner Strümpfe über noch adretteren Fesseln.

Ein perlendes Lachen erklang, und Garvey kam wieder zu sich; rot und transpirierend, hob er den Blick entlang dem schlanken, grüngekleideten Körper zu den Augen des Pfaus.

Denn der war es ohne Zweifel. Ihr Haar war furchtbar rot, selbst in der Dunkelheit, und es schimmerte volle acht Zoll über ihre Stirn hinaus, höhergetürmt als jedwedes Haar, das Garvey bislang gesehen hatte. Der Mond schien buttrig hindurch wie durch Moskitonetz.

Ihr Hals war lang und weiß, ihre Lippen waren röter als ihr Haar, ihre grünen Augen mitsamt dem schmiegsamen Seidenkleid, das wogte wie aufgestörtes Wasser überm Seegras, wenn sie sich bewegte, vervollständigten die gewagte Kreation. Die zuständigen Stellen hatten sich aufs Plakative verlegt, als sie den Pfau schufen.

Sie war unglaublich ansehnlich, und sie amüsierte sich

über Garvey. Wieder perlte das silbrige Lachen, als er sie anstarrte, einen Puls von hundert im Stand.

Er versuchte, sich einzureden, daß dieser psychologische Effekt seinem Reporterinstinkt zuzuschreiben sei, doch steht zu vermuten, daß Lilac Jane sich ihre eigene Meinung über den Pfau gebildet hätte, wäre sie zugegen gewesen.

»Nun, junger Mann?« verlangte sie Auskunft, und die wundervollen Augen begannen ihr todbringendes Werk.

»Ich ... entschuldigen Sie, ich wollte nicht ...« Garvey zappelte hoffnungslos, unternahm jedoch keinerlei Fluchtversuch.

»Sie machen mir Komplimente, indem Sie mich so anstarren? Das wollten Sie doch wohl sagen, hm?«

Wieder lachte sie, glitt neben ihn und nahm seinen Arm. »Ich mag Sie, junger Mann«, sagte sie.

»Man kennt mich als Garvey, und ich bin beim – Argus.«

Woraufhin sie herumfuhr und ihn scharf musterte. »Ein Reporter!«

Doch wieder erklang das silberhelle Lachen, und sie setzten ihren Weg fort. »Ja, warum auch nicht?« sagte sie heiter.

Als nächstes, gänzlich unerwartet: »Tanzen Sie Tango?«

Garvey fand die Sprache nicht so rasch wieder und nickte stumm.

»Ich liebend gern!« verkündete der Pfau und machte ein, zwei Tangoschritte neben ihm. »Wollen Sie mich nicht irgendwohin führen, so daß wir ein, zwei Runden drehen können?«

Mit zugeschnürter Kehle erwähnte Garvey ein guteingeführtes Etablissement.

»Bewahre!« rief die grünäugige Sirene, und der Blick, den sie ihm aus weitaufgerissenen Augen zuwandte, war schockiert. »Ich trinke nicht! Gehen wir lieber in einen Teesalon – zu Poiret's.« Sie nannte ihn »Poyrett's«.

Garvey ließ sich willig zur Schlachtbank führen, und während sie dorthin liefen, plauderte sie unbeschwert. Er zog sein Taschentuch heraus und tupfte sich sacht die Schläfen.

»Meine Güte«, sagte sie gedehnt, »das duftet ja wie kurz vor einer Ohnmachtsepidemie!«

Garvey war gekränkt, entschied jedoch in seinem tiefsten Innern plötzlich, daß Duft an einem maskulinen Schnupfenbekämpfungsmittel unangebracht sei.

Sie lenkten ihre Schritte in ein hellerleuchtetes Lokal, in dem sich bereits einige wenige Mädchen und noch weniger Männer aufhielten.

Sie suchten sich einen Tisch, und sie bestellte Tee und Kuchen und drängte ihren Begleiter, er möge sich nur ja keine Zurückhaltung auferlegen. Gehorsam bestellte Garvey reichlich.

Alsbald setzte die Musik ein, und er schwenkte sie hinaus auf den Tanzboden und hinein in den faszinierenden Tanz.

Nun war Garvey selbst wahrlich kein schlechter Tänzer. Aber erst der Pfau!

Sie war leicht und wendig wie eine grüne Nebelschwade, und dabei hielt er doch solide Knochen und Muskeln in seinen Armen.

Sie war die Poesie der Bewegung, der Geist des Tanzes, der Inbegriff von Anmut und Schönheit.

Und als die Musik aufhörte, hätte Garvey weinen können vor Ärger, obwohl er doch recht außer Atem war.

Der Pfau hingegen war keineswegs bekümmert. Allerdings hatte sie auch den ganzen Tanz hindurch geredet.

Garvey hatte schon längst kapituliert. Lilac Jane? Pah! Was waren schon tausend Lilac Janes gemessen an diesem herrlichen Geschöpf, dieser Venus Anadyomene – schaumgeborenen Aphrodite?

Im hellen Licht des Teesalons waren ihre grünen Augen grüner, ihr rotes Haar röter, ihre weiße Kehle weißer. Er hätte eine Texas Ranch für sie gegeben und das Vieh noch obendrein.

Er versuchte, ihr das andeutungsweise mitzuteilen, und sie lachte entzückt.

»Was habe ich bloß an mir, daß die Männer dermaßen verrückt nach mir sind?« wollte sie wissen und nippte träumerisch an ihrem Tee.

Er zuckte zusammen. »Sind die das?«

»Oh, schamlos. Sie lassen alles fallen, Kinnladen, Hab und Gut und jedwedes Bündel, an dem sie gerade zu tragen haben. Weshalb bloß?«

»Das ist doch das Einleuchtendste von der Welt. Sie haben Haare und Augen wie nur wenige Frauen, und ein Mann verlangt nun mal nach Ausgefallenem.« Er wurde beredt.

»Aber – ich bin doch überhaupt nicht hübsch, Magerkeit ist schließlich nicht attraktiv, hm?«

»Doch, bei Ihnen schon«, sagte er schlicht. Die Tatsache, daß er das schlicht ausdrücken konnte, war allerdings äußerst ungünstig für Lilac Jane.

Sie bot ihre Grübchen für ihn auf und erhob sich abrupt. »Jetzt muß ich machen, daß ich wegkomme. Ah, Lily!«

Ein Mädchen, unleugbar hübsch, aber eben nur ein gewöhnliches Mädchen, kam quer durch den Raum auf sie zu.

»Das ist Mr. – ähm – Garvey, und das ist Miss Jones. Sorgen Sie dafür, daß er sich nicht langweilt, ja? Er tanzt sehr gut.« Und als er sich mühsam hochkämpfte und protestieren wollte, sagte sie: »Ach, ich komme doch wieder!«, und weg war sie.

Garvey suchte nach irgendeiner Ausrede, um der Partnerin zu entrinnen, die man ihm derart umstandslos aufgehalst hatte, doch das Mädchen erstickte seine Bemühungen im Keim, indem es sich erwartungsvoll erhob, als die Klänge von »Too much Mustard« das atmosphärische Ambiente überfluteten.

Jetzt blieb ihm nur noch, sich mit Anstand aus der Affäre zu ziehen. Und schließlich tanzte es sich gut mit ihr. Schon hörte er sich fragen, ob er sie, wenn der Tanz zu Ende wäre, zu irgendetwas einladen dürfe.

In jedem Fall, so überlegte er, mußte er ja immer noch seinen Auftrag erledigen. Der Pfau war nach wie vor ein großes Rätsel – mittlerweile sogar noch ein größeres. Aber sie hatte gesagt, daß sie wiederkommen würde. Also wartete er und tanzte und aß und spendierte.

Eine halbe Stunde später kam der Pfau in der Tat zurück mit einem anderen Mann.

Für Garvey färbte sich schlagartig alles hellviolett. Das rührte daher, daß er gleichzeitig grün war vor Eifersucht und rot sah.

Das neueste Opfer ihrer Lockmittel (denn daß er das war, gestand selbst Garvey ihm zu) war ein älterer Geschäftsmann, der zur Korpulenz neigte und ungeniert ein Auge riskierte. Garvey haßte ihn mit einem erbitterten Haß.

Der Pfau tanzte einmal mit ihm und überließ ihn, der wie ein Fisch nach Luft schnappte, der zärtlichen Fürsorge eines anderen Mädchens.

Sie blieb kurz an Garveys Tisch stehen, bedachte ihn mit einem Lächeln und einem gewisperten »Morgen abend wieder hier!« und verschwand in einem Wirbel grüner Seide, wahrscheinlich, um weitere Opfer einzufangen.

Garvey verbrachte eine schlimme Nacht und einen noch schlimmeren nächsten Tag. Wer war sie? Was für Spielchen machte sie da? Was würde am nächsten Abend passieren?

Es war ihm gleich. Lilac Jane war endgültig entthront zugunsten einer grünen Göttin, deren Verlockung aller Wahrscheinlichkeit nach Zerstörung bedeutete.

Doch es war ihm gleich.

Er teilte dem Lokalredakteur mit, die Pfauengeschichte stehe am nächsten Tag zur Verfügung, und machte im Geiste die Einschränkung »falls ich dann noch nicht gekündigt habe«. Und er träumte sich in einer Trance durch sein Werk, die zu gewaltigen Schnitzern führte.

Dabei machte er sich gar keine Illusionen über sein »Material«, wenn man einmal absieht von einem ebenso unbestimmten wie noblen Impuls, »den Pfau aus seiner entwürdigenden Umgebung zu erlösen«.

Irgendwie war diese Ausdrucksweise jedoch nicht ganz zutreffend.

Einmal dachte er an Lilac Jane, die ihm ihre warmen, normalen fraulichen Arme entgegenstreckte. Er nahm ihr Bild aus seiner Brusttasche und verglich es mit dem Bild des Pfaus, das er in sich trug, dann steckte er das Foto wieder weg, mit der Vorderseite nach außen.

Damit war Lilac Janes Flagge gestrichen.

Unmittelbar danach teilte der impertinente Bürobote ihm in schrillem Ton mit, eine »Schürze« verlange ihn am Telefon.

Eine Sekunde lang dachte er an den Pfau, doch nein, Lilac Jane war um diese Zeit fällig. Woraufhin er schändlicherweise flüchtete.

Daraus läßt sich folgern, daß er Lilac Jane letztlich noch nicht vergessen hatte, er hatte sie bloß verkehrtherum weggesteckt.

Garvey fiel in den Fahrstuhl, denn der kosmische Schweif des Pfaus erfüllte seine ganze Existenz. Er spielte das Wurfringspiel mit dem Gott einer höheren Weisheit und tauchte aus Träumerei und Fahrstuhl mitsamt einem Paar Jettohrringe auf, die ihm vor den Augen tanzten. Es waren die Ohrringe von Lilac Jane.

Darunter jedoch, wie die Punkte in einem zweifachen Ausrufezeichen, schwebten ein paar grüne Stiefel.

Verdrossen aß er, verdrossen kehrte er in sein Zimmer – seine Wohnung, er wird mir doch verzeihen?, zurück. Und um sechs war er fertig für acht.

Er nahm sich seine Uhr vor und zog sie auf, bis ihm die Hände zitterten und sie im Innern Geräusche von sich gab, als quäle sie etwas.

Er stand vor dem Spiegel und schob an seinem Adamsapfel herum, stupste den lyrischen Schlips zurecht und reckte derweil den Hals, bis der ganz so aussah, als würde er demnächst wegschnellen und zwischen Kinn und Kragenknopf einen leeren Zwischenraum lassen.

Ein liebender Mann hört geistig zu existieren auf. Seine ganze Energie ist seiner äußeren Erscheinung gewidmet.

Wäre Napoleon auf dem Schlachtfeld von Austerlitz gerade verliebt gewesen, dann hätte das sein Herz zwar nicht mit

Jubel erfüllt, wohl aber sich in seinem Übermantel und den Kniehosen niedergeschlagen.

Wäre Wellington während der Schlacht von Waterloo von so etwas heimgesucht gewesen, dann hätte deren Ergebnis vielleicht anders ausgesehen.

Folglich war Garvey, als er endlich angekleidet war, den Lilien auf dem Felde zu vergleichen, die bekanntlich nicht ackern noch spinnen. Als endlich alles perfekt war, warf er einen Blick auf die Uhr und hätte sich beinahe hingesetzt. Es war Mitternacht!

Dann erkannte er, daß die arme Armbanduhr mit einer Meile pro Minute voraneilte, um das letzte Aufziehen auszugleichen. Der Wecker sagte halb acht.

Woraufhin Garvey das einigermaßen schwierige Kunststück vollbrachte, mit durchgedrückten Knien die Treppen hinabzusteigen. Die Bügelfalte ruinieren? Ausgeschlossen!

Und kurz darauf war er im Tango-Teesalon und schaute sich begierig nach dem Pfau um, während sein Herz härter pochte als seine Uhr.

Das Lokal war überfüllt, und die Tänzer waren zu den schwungvollen Klängen von »Stop at Chattanooga« bereits tüchtig unterwegs.

Eine Weile hielt er vergebens Ausschau. Dann setzte seine Herzmaschine einen Schlag lang aus.

Da war sie – an einem Tisch in der Ecke auf der anderen Seite.

So rasch, wie er das vernünftigerweise tun konnte, ohne seine Makellosigkeit zu gefährden, strebte Garvey pfauenwärts.

Ja, es war zweifelsohne der Pfau. Sie hatte die Ellenbogen auf den Tisch gestützt und sprach mit ernsthafter Miene – sprach mit – Karl!

Garvey befand sich mittlerweile auf gleicher Höhe mit dem Tisch. Er mußte irgendein Geräusch gemacht haben, denn die beiden blickten auf.

Der Pfau lächelte lieblich, doch mit einer Spur von Trotz.

Karl grinste liebenswürdig, doch mit einer Spur von Verlegenheit. Und beide sagten: »Hallo!« Dann sagte Karl: »Alter Junge, du gestattest doch, daß ich dir meine Frau vorstelle?«

Garvey rang nach Atem und setzte sich wortlos.

»Eine kleine Beichte ist wohl fällig«, sagte Karl, »nur bitte ich zu bedenken, daß das ausschließlich meine Idee war.«

»War es *nicht*!«, sagte der Pfau scharf, »du wolltest nichts davon *hören*, als ich das angeregt habe!«

»Na ja, jedenfalls, ich habe mein ganzes Geld in diesen Teesalon gesteckt. Doch das Geschäft war mächtig flau, es sah nach Bankrott aus. Dann hat unsere Mrs. Karl hier – sie war La Dancerita, ehe sie sich in mich verliebt hat, verstehst du – ja, also sie hat angefangen, Kundschaft zusammenzutrommeln.«

»Es war lustig!« verkündete die vormalige La Dancerita, »allerdings hat mich einmal einer fast gekniffen.«

»Ich habe diese Knallschote, die dir den Auftrag eingetragen hat, selbst im Büro geschrieben, weil ich dachte, das brächte ein bißchen Schwung in die Sache.« Er lächelte ein abgründiges Lachfältchenlächeln, das entwaffnete, sowie es im Blau seiner Augen angelangte. »Und nun weißt du alles über den Pfau.«

Garvey schluckte zweimal und seufzte einmal. Dann nahm er etwas aus der Brusttasche und steckte es gleich wieder an seinen Platz zurück.

»Ich – ähm, ich kenne jemand, der gern Tango tanzt«, sagte er, obwohl das gar nicht zur Sache gehörte.

Paprika Johnson

Jeden Samstag, kaum daß sie den braunen Gehaltsumschlag in den Ausschnitt hatte gleiten lassen, ihre Taschentücher gewaschen und die Geranien gegossen hatte, stieg Paprika Johnson die Feuertreppe empor und griff in die Saiten ihres Leihhausbanjos.

Paprika Johnson spielte mit sanfter Hand, sang ebenso sanft aus pepsindesinfizierter Kehle und streute die obere Tonlage mehr als ehrfürchtig zwischen der flatternden Weißwäsche der O'Briens aus.

Wenn sie innerhalb ihres kleinen Sicherheitsquadrats in dieser Stadt, in der es eine Million solcher Quadrate gab, in der Abenddämmerung saß, dann lauschte sie der Sphärenmusik und dem Gebrutzel der Zwiebeln in Daisy Macks Küche zum Hof, und sie sang dem makellosen Sommer ein Lied, während sie Madge Darsey dabei zuschaute, wie sie im Mietshaus gegenüber ihr Korsett löste.

Unterhalb von Paprika – ein Senkblei wäre mitten unter ihr gelandet – saß die Kundschaft von Swingerhogers Biergarten an braunen Tischchen, die einst vielleicht grün gewesen waren, oder blau. Paprika, die sich der Existenz eines Staatsrechts, der Regeln des Sanskrit und der dritten Dimension nicht bewußt war, war sich ebensowenig der Geschäfte bewußt, die unter ihr wogten, wußte nichts von Hopfen und Malz und nichts von Dilettantismus.

Ebensowenig wußte sie anfangs von der Existenz des Jungen von Stroud. Und diese Geschichte fängt am Anfang an.

Paprika hatte in jenen Tagen, als die Rosen bei ihr zwischen Hals und Haar allein auf weiter Flur blieben, und sie ihnen, abgesehen von dem großzügigen, sanft lächelnden Bogen, den ihr Mund beschrieb, keinerlei Beiwerk zugestand, eine Busenfreundin. Und ihre Busenfreundin war, wie alle Busendinge, ebenso notwendig wie beschwerlich.

Sie borgte ständig, diese Leah, sie borgte Paprikas Pantoffeln auf dem Weg aus dem Bett und ihre Hemden auf dem Weg ins Bett, und sie borgte sich ihren Gesichtspuder und ihre Haarbänder und ihre Strümpfe. Und vor allem borgte sie sich Paprikas Liebreiz.

Leah war dünn und pockennarbig und farblos, und ohne die Steifheit eines Mauerblümchens zu besitzen, war sie doch eins, und um sich anzulehnen, wählte sie sich Gus aus.

Es versteht sich von selbst, daß Gustav blind war, so blind wie ein Mann im Zorn und wie ein Mann im Stand der Liebe.

Er lauschte Paprikas sanfter Stimme, und da er nicht abzuschätzen vermochte, wie weit ein Ton zu hören ist, legte er den Arm um Leahs Taille, während Paprika an der anderen Seite des Tisches saß.

Leah hätte Gus ebenso gern in ihrem eigenen Zimmer gesehen, doch das ging nicht, da es dort an der Anstandsdame fehlte.

Paprika hingegen konnte nichts passieren, weil Paprika eine todgeweihte Mutter unter der Bettdecke hatte, eine Anstandsdame, die niemals sprach oder sich rührte, da sie gelähmt war, ihre Sache im übrigen aber ziemlich gut machte, ein weißes Ausrufezeichen diesseits der Verirrung. Demzufolge wurde Leah in Paprikas Gegenwart umarmt.

Gus meinte zu wissen, was er da tat, weil er auf seinen Ausflügen zum Spülstein im hinteren Treppenflur Dinge über Paprika zu hören bekam, die freundlich waren und sich gut anhörten, und annahm, sie würden von derjenigen gesagt, die er im Arm hielt. Deshalb rasierte er sich und war froh.

Und nun passen Sie auf.

Hinter seinem Achtundneunzig-Cent-Wecker, wo er sie nicht verlieren konnte, bewahrte Gustav die Adresse eines Augenarztes auf, der ihn gegen Entgelt heilen wollte. Auch ideales Schlachtvieh schickt ja niemand in den Himmel, ohne sich dafür die Taschen stopfen zu lassen, und so wartete Gus, bis er dafür bezahlen konnte, wieder sehend zu werden, und in der Zwischenzeit keuchte er abends in den achten Stock hinauf und saß bei den Mädchen. Und da Paprika eine Busenfreundin war, die zu haben sich lohnte, lieh sie Leah ihren Veilchenextrakt.

Abends spät, wenn sie sich ins Bett vergrub, tauschte Paprika mit Leah Bemerkungen über die jeweilige Arbeitsstelle. Paprika schrieb Maschine und Leah schob irregehenden jungen Menschen Sloe Gin Fizz zu, die ihn mit abgewandten Gesichtern tranken.

Womit ohne mein Zutun bewiesen wäre, daß Leah im Innern – vielleicht – gar nicht die Schlechteste war, ihre Absichten jedoch um etliches besser waren als die Forderungen, die sie an die Schönheit stellte.

Dabei war Leah sich durchaus darüber im klaren, welche Rolle Paprika für sie gespielt hatte, sie begriff durchaus, und die Ergebenheit ihrer Freundin stimmte sie beinah demütig, auch wenn sie Gus' Arm dort liegen ließ, wo er lag. In der Stille der Nacht wisperte sie Paprika ihre Ergebenheit ins Ohr, während Paprika ihr Kaugummi an den Fuß des Bettes drückte.

Unter anderem sagte Leah, irgendwann einmal würde sie für sie genausoviel tun, wenn auch auf andere Weise – falls sie könnte, und legte sich zurück und wußte, daß die Dunkelheit ihr im selben Maße zuträglich war wie dem Loch im Teppich.

Paprika war gerührt und kaufte ein Banjo.

So nahm sie denn abends, wenn sie Gustavs Arm halb um Leahs Taille herumgeredet hatte, ihr Banjo mit auf die Feuertreppe hinauf und übte einen komplizierten Satz von Chopin.

Über Straßenschluchten blickte sie und schaute zu, wie der Mond sich den Himmel hinauf- und über Kondensmilchzeichen hinweghangelte und auf die Spitze des Woolworth Buildings hinaufkletterte. Und Paprika fragte sich, ob ihre Zeit wohl bald käme, und lächelte, denn sie wußte, sie war so erfreulich anzusehen wie ein Meter glatter Taft und zweimal so verlockend.

Ohne es zu ahnen, war Paprika die Unterhaltungskünstlerin des Biergartens. Die Männer an den Tischen steckten die

Hände in die Hemdbrust und spürten das Ticken der gediegenen Uhr, die ihre Mutter ihnen mitgegeben hatte. Andere wieder faßten prüfend in ihre Brusttasche und spürten den synkopierten Schlag der Taschenuhr, die ihr Vater ihnen (eine Folge seiner Besuche in just so einem Garten) mitgegeben hatte. Und wieder andere, die überhaupt kein solches ererbtes Memento besaßen, blickten matt in die offenen Gesichter von Warenhausuhren und nippten, indem sie den langsamgehenden Atem anhielten.

Die Kombination von Paprika, Bier und Mond drang auf die Straße hinaus und stupste den Jungen, der an der Spitze von Strouds Eseln ging, die in der unteren Bleecker Street im Stall standen, von seinem Schemel, ließ ihn zögernd einen Fuß vor den anderen setzen, und nach einer Weile hieß es, der Junge von Stroud sei dabei, in Swingerhogers Biergarten zum Mann zu werden.

Der Junge von Stroud war ein großer, blonder Schlaks, der seiner Mutter die Hände ins Haar gesteckt und sich das Gold herausgeschüttelt hatte; ein Jüngling, der sich die Farbe seiner Wangen von der Palette der Lende geholt hatte, dieses Rosa, das von einem Familienmitglied auf das nächst jüngere übergeht, wanderndes Quecksilber. Und die Tatsache, daß der Junge von Stroud es mit zwanzig noch hatte, bewies, daß er das einzige Kind seiner Mutter war. Außerdem hatte er große graue Augen und einen ungerührten Mund, eine Hand, die für weichkrempige Hüte und Liebesbriefe gemacht war, und eine gebrochene Stimme, wie ein Fährschiff, das von Staten Island hereinkommt.

Drei Abende lang saß er in dem Biergarten, ehe er es wagte, die Musik nach oben zu verfolgen. Als er hinaufblickte, kam er zu dem Schluß, diese Perspektive verleihe Paprika großen Reiz. Und folglich zwängte der Junge von Stroud, der fürs tägliche Brot gerade die Esel versorgt hatte, sich eine ideale P. Johnson ins seelische Portefeuille.

Und die hätte, völlig selbstvergessen und nach Rosen und Talkum duftend, endlos so weitermachen können, stieß jedoch eines Abends, als sie im Dunkeln die Treppe hinaufstolperte, gegen ein kleines Päckchen. Sie griff danach und versuchte, nach Frauenart, im Hausflur zu lesen, was darauf stand. Da ihr das nicht gelang, und sie es gar nicht abwarten konnte, seinen Inhalt kennenzulernen, versuchte sie es erneut bei der Lichtritze, die um Daisy Macks Tür herumlief, und so weiter bis zum fünften Stock, wo sie sich ein paar Stufen höherstellte und an Eliza Farthingdales Tür in vertikaler Lage über einem vertikal gehaltenen Päckchen balancierte. Eliza hatte jedoch nur eine Kerze an, und Paprika wurde noch weniger schlau daraus als bisher, las die Aufschrift schließlich nach einer langen Reihe kurzer Etappen im Licht ihrer offenen Tür und stellte fest, daß es sich um eine männliche Handschrift handelte. Und da sie Paprika und eine Frau war und sich ihrer Busenfreundin nicht gewachsen glaubte, stahl sie sich mit dem Rücken zuerst hinein und ließ es zwischen die Bananen auf der Anrichte fallen.

Nach dem Abendessen nahm sie es mit dem Banjo auf die Feuertreppe hinauf und las, was darinstand, im Mondschein.

Die unfreiwilligen Selbstmörder im Biergarten nippten langsam und hörten schließlich ganz auf, und Swingerhoger, der sich Hoffnungen machte, sich eine goldene Nase an ihnen zu verdienen, wurde es unbehaglich zumute beim Anblick von Maurern, die die Nasen ins Gebraute hängen ließen. Er wußte nicht, daß das ganze Ungemach von einem stummen Banjo herrührte. Paprika spielte nicht, sie las das Briefchen des Jungen. Innerhalb des Briefchens lag die Fotografie eines Profils, das einen weichen Ausdruck und ebensolchen Kragen zeigte; seiner edlen Römernase verlieh ein dunkler Hintergrund etwas Zauberisches. Was kümmerte es sie, ob er Esel bewegte?

Etwa zur selben Zeit geschah es, daß Leah, die ihrer Hände nicht mehr recht mächtig war, da sie nie wußte, wann sie Gebrauch von ihnen machen konnte, gänzlich die Herrschaft über den einen Finger der linken Hand verlor, weil der vom Gewicht eines Diamanten herabgezogen wurde, den Gus erstanden hatte.

Paprika küßte sie, und Leah fiel auf die Knie und dankte Gott für ein bereitwillig gebrachtes Opfer und betete sicherheitshalber darum, daß Gus auf immer im Dunkeln bleiben möge. Dann stand sie auf, staubte sich die Knie ab, wollte von Paprika wissen, ob sie in Papierhaarwickeln gut aussehe, und begab sich zu Bett.

»Schatz«, sagte Paprika und unternahm eine letzte Anstrengung, ihr Unbehagen abzustreifen, indem sie mit den Zehen wackelte, »laß ihn nichts davon erfahren – nie. Von mir, meine ich. Und wenn ich, wenn du erst verheiratet bist, irgendwie behilflich sein kann, dann gib Laut und ich bin da. Übrigens, wo soll es denn losgehen – in Yonkers, wo sie Gaby Deslys und Katzen haben, oder in der Bronx, wo ihr das Pendlerelend und frisch gelegte Eier kriegt?«

Leahs Antwort kam aus den Tiefen des Betts und des warmen Arms von Paprika. »Weder noch. Weißt du, Schatz, Gus ist eine Art Vetter von Mr. Swingerhoger, und der überträgt ihm einen Teil der Geschäftsführung und zahlt ihm ein Gehalt, und deshalb lassen wir dich auch nicht allein, nur, daß wir nach unten ziehen – zweiter Stock vorn. Ich bin vielleicht froh.«

»Wieso?« wollte Paprika wissen, die gerade auf alle Zeiten Ausblick und Hoffnung auf die Wohnung im zweiten Stock vorn einbüßte.

»Weil ich in deiner Nähe bleibe – verstehst du denn nicht?«

Und Paprika, die ja eine gute Busenfreundin war, verstand.

Nun beschloß der Junge von Stroud, der es leid war, Stroh aus Eselsohren zu zupfen, etwas zu wagen und sich eine Frau aus dem Himmel zu zupfen.

Er hatte Paprika vom Biergarten aus gesehen, doch Paprika war acht Stockwerke weg, und obwohl die Augen seiner Seele außerordentlich scharfblickend waren, waren sie doch nicht scharfblickend genug, um mit unmittelbar befriedigender Genauigkeit auszumachen, ob Paprikas Unterröcke nun zwei- oder dreifache waren, als er sie erspähte – eine Silhouette gegen Manhattan und zudem eine durch das gesamte linke Hudsonufer vorteilhaft unterstrichene – und zu dem Schluß kam, daß sie für eine Wohnung fern der Bleecker Street und mit Eiern zum Frühstück geeignet sei.

Und so kam es dazu, daß Paprika sich alsbald einen Meter babyblaues Band kaufte und ein Bündel Briefe damit zusammenband, das sie unter ihre Hemden in der unteren Schublade legte.

Sie glaubte nicht, daß sie ein Risiko einging. Sie hatte das Bild des Jungen gesehen, und er war eine gute Miniatur, also duldete sie, daß ihr Herz mit ihm Schritt hielt wie Dan Patch mit seinem Schatten. Im Geiste sah sie sich bereits die Rasierseife ins Ankleidezimmer tragen.

Unter Fluten von heißem Ingwertee und weißem Voile heiratete Leah. Zum letztenmal als alleinstehendes Mädchen, das noch nicht einmal um die einseitige Auswirkung einer Frisierkommode mit militärisch ausgerichteten Bürsten und automatischem Stopzeichen in der Mitte wußte, umarmte und küßte sie Paprika, vergoß viele Tränen an ihrem Hals und hatte das Gefühl, durch eine ganze Geographie und eine Meeresenge von ihr getrennt zu werden. Und danach trugen sie ihren schwedischen Überseekoffer und ihr Bukett in den zweiten Stock hinunter, und sie und Gus drehten sich auf dem Treppenabsatz um und warfen Paprika, die sich oben über das Geländer lehnte, Kußhände zu.

Paprika zog ihre »American Madame« zu einsfünfzig hoch, tätschelte ihr Haar am Hinterkopf und ließ sich als nächstes auf der Porzellankiste nieder.

Sie war dankbar, daß die Umstände es ihr ermöglicht hatten, den Jungen zu Leahs Gunsten abzutreten. Sie sang, während sie auf ihrem Banjo spielte, und es kümmerte sie nicht, daß die Nacht sich vor den municipal tower senkte und die Millionen Lichter aussperrte.

Der Mann im Biergarten hingegen, der niemand Besonderes war, sprach mit Swingerhoger.

»Wieso sind Sie eigentlich nicht von selbst darauf gekommen, daß die Zugnummer hier die Kleine ist, die so um drei Uhr Bierzeit nach Hause kommt und, wenn sie ihre Taschentücher ins Schiebefenster geklemmt hat, die Saiten des Banjos in die Harmonie der menschlichen Brust sirren läßt?«

Swingerhoger schloß die Finger mit den Siegelringen zusammen wie Kette und Schuß, und seine Miene war besorgt.

»Sind Sie sich absolut sicher, daß die nichts sonst hierherzieht, als daß sie sie spielen hören wollen?«

»Nichts sonst«, antwortete der Mann, der niemand Besonderes war, »sie glauben, sie haben den Frühling und das Lied wiedergefunden, das der Stadt den Rücken gekehrt hat, und das Geschrei der Vögel und die Klage einer Frau, und die sind, soweit ich weiß, die rarsten Dinge, die es im kleinen alten New York gibt.«

»Vielleicht haben Sie recht«, sagte Swingerhoger, »vielleicht, wenn ich es taktvoll anstelle, faßt sie es ja richtig auf und begreift, daß es ein Kompliment und eine Ehre ist, für Swingerhogers Gäste zu spielen, und wendet mehr Zeit dafür auf.«

Der Mann, der niemand Besonderes war, blickte lange in das ererbte leere Gesicht des Gartenbesitzers, und die Bahnen, in denen das Denken jenes Herrn verlief, gefielen ihm nicht.

»Sie müssen sie bezahlen«, sagte er.

»Bezahlen? Wofür denn?«

»Dafür, daß sie spielt und singt, mein Freund. Sie hat eine Arbeitsstelle irgendwo in dieser einsamen Stadt, und sie muß die Arbeitsstunden ausfüllen. Wenn Sie sie bezahlen, dann kann sie für Sie von, sagen wir vier Uhr nachmittags bis nachts um zwölf, spielen, und damit sind Sie bereits ein reicher Mann.«

»Aber«, sagte Swingerhoger und ließ seine Siegelringe sinken, »kein anderer Biergarten macht so etwas.«

»Und das«, sagte der Mann, der niemand Besonderes war, »verschafft ihnen den nötigen Vorsprung. Wenn die Sache erst einmal angekurbelt ist, werden sämtliche Gärten das aufgreifen, und dann haben Sie nichts mehr zu bestellen. Doch bis dahin ist das Ihre Chance.«

Es kann nicht verwundern, daß Swingerhoger daraufhin mit dem Vorschlag an Paprika herantrat.

Der Mann von Nirgendwoher, der niemand Besonderes war, erhielt ein Freibier.

»Für Sie spielen?« fragte Paprika zurück und verwehrte ihm mit Hilfe der Türkette den Einlaß. »Wie denn bloß? Ich muß meine Arbeit als Stenotypistin in einer Anwaltskanzlei erledigen. Ich kriege zehn die Woche, und das reicht gerade dafür, daß Mutter das Tapiokamehl und mir das Pepsin nicht ausgeht, und dann noch für ein paar gestärkte Kleinigkeiten und ab und zu eine kleine Fahrt.«

»Sie verstehen mich nicht. Ich zahle Ihnen genauso zehn Dollar, und Sie haben dafür nichts weiter zu tun, als den ganzen Tag bis vier im Bett zu liegen, und dann spielen Sie für mich bis Mitternacht und hauen sich erneut aufs Ohr, verstehen Sie?«

»Mensch!«, Paprika verschlug es den Atem, »den ganzen Tag im Bett. Ich träume wohl – aber, wissen Sie, ich kann das sowieso nicht machen, weil«, diesmal errötete sie, »ich bald von hier wegziehe.« Sie lächelte, denn an ihrem fünften Rippenbogen lag der letzte Brief des Jungen.

»Aber«, protestierte er, und begann, rückwärts die Treppe hinunterzusteigen, während sie ihm folgte, »verstehen Sie denn nicht? Den ganzen Tag nichts zu tun und dann nur ab und zu zwischen einem Stück Praline hier und einem Schlückchen Sherrylimonade da eine leichte Weise. Ich werde reich an Ihnen, Miss Johnson. Denken Sie darüber nach. Ach je, gerade heute erst habe ich meinem Vetter Gus im Hinblick auf Sie ein Konto eingerichtet.«

Paprika lächelte wieder und schüttelte den Kopf. »Meine Tonart wird sich sowieso ändern«, sagte sie und setzte leise hinzu: »Mehr zum Wiegenlied hin.«

Und so war es, obwohl sie dem Jungen von Stroud nie von Angesicht zu Angesicht gegenüber gestanden hatte, endlich soweit, daß sie den Sessel über den Riß im Teppich schob, die Vase über das Mottenloch im Klavierläufer, und den Fleck unmittelbar hinter der Hutablage bedeckte sie mit dem Bild von drei rosagewandeten Mädchen, die über einen spröden Strom aus Papier spazierten.

Ihr Herz schlug schrecklich schnell. Dieselbe Empfindung ergriff sie, die Leah ergriffen hatte. Sie hatte das Gefühl, daß nichts so bleiben würde wie bisher. Sie nahm eine Dosis Sodawasser, doch das war nicht die richtige Kur gegen ihre Beschwerden. Folglich ließ sie es bei ihrem besten Kleid und einem wahren Pfirsich von einem Kämmchen bewenden und wartete auf den Jungen von Stroud, der sie besuchen kommen sollte.

Die Händchen auf dem Wecker trafen kokett vor seinem goldenen Gesicht zusammen und trennten sich so plötzlich, als wollten sie sagen: »Ach, Unfug, ich brauche mich nicht zu verstecken«, wie es dieser aufmüpfigen Nonchalance von Achtundneunzig-Cent-Weckern entspricht.

Paprika hatte leichte Schwierigkeiten bei der Wahl ihrer Fußstellung, befand schließlich, daß sie im Stehen besser aussähe, und sie hatte gerade eine Pose gefunden, die jedermann gerecht wurde, sie selbst eingeschlossen – sie hing halb über den mottenzerfressenen Geranien –, als Leah ins Zimmer gestürzt kam.

»Oh mein Gott!« sagte sie und stolperte zum Kaminsims hinüber, wo sie zitternd stehenblieb.

»Er hat die Adresse hinter seinem Wecker stecken gehabt«, wimmerte sie, »und jetzt haben die Augenärzte die letzte Diagnose gestellt und sagen, der Verband kann ab, und ich habe das nicht begriffen, und jetzt ist es aus, alles ist aus.« Sie begann, den Kaminsims mitsamt dem porzellanblauen Aufgebot des Weidenmotivs und den Pfauenfedern in ihrer Gummilösung in Erschütterung zu versetzen. Paprika war nicht minder erschüttert.

»Was kann ich tun?« fragte Paprika, und Leah bestürmte sie:

»Nur dies eine Mal – dies eine Mal – er würde den Schock nie verwinden, und ich kann nicht, ich kann nicht!«

»Was kannst du nicht?«

»Es ist wegen Gus, versteh doch! Die Augenärzte sind gerade gegangen, und er kann *sehen*!«

»Ja, *und?*«

Leah trat einen Schritt auf das Mädchen zu, das ihre Busenfreundin gewesen war, und riß ihren Neunundvierzig-Cent-Gürtel empor. »Er darf mich nicht sehen – noch nicht.«

Da stand sie nun – Leah, die Freundin, die einen im Dunkeln tappenden Ehemann bekommen hatte und nun in dem Licht vor ihn hintreten mußte, das ihm wiederum sein Wohlstand eingetragen hatte, der mit Paprikas Banjospiel gekommen war. Und Paprika, die das erkannte, wußte nicht, was sie tun sollte.

Leah trat zu ihr, nahm ihre Arme zwischen die langen verängstigten Finger, wiegte sie zwischen den Handflächen und sah Paprika an und konnte nichts sagen.

Paprika hatte den Jungen von Stroud vergessen. Sie hatte ihr bestes Kleid vergessen und die Sinnigkeit nach hinten weggespreizter Füße, und sie reckte das Kinn vor.

»Du willst, daß er seinen Blick auf *mich* heftet?«

Und Leah bewegte nickend das spitzige Kinn und nahm die Lippe zwischen die Zähne. »Dann bereut er es nicht gar so sehr – hinterher, wenn er sich erst einmal daran gewöhnt hat, an mich, meine ich, nachdem ich hereingekommen bin und du die Sache in Ordnung gebracht hast. Er wird es wie ein Mann tragen und mich nicht einfach sitzen lassen.«

Paprika verstand, was es für eine Frau bedeutet, den Ihrigen um einen derartig hohen Preis behalten zu wollen. Außerdem fand sie, die andere überschätze Gus' Schönheitssinn.

Folglich sagte sie »Also gut«, schaute auf den Wecker und befand, daß sie, grob geschätzt, noch Zeit hätte und stieg ins zweite Stockwerk hinab. Als sie, während sie an Gus' Bett saß, Schritte vernahm, die einen Augenblick verharrten und dann weiter nach oben gingen, wurde sie unruhig.

Ihr fiel ein, daß sie Leah nichts von ihrem Besuch gesagt hatte, und Leah befand sich dort oben in der Dämmerung – aber Gus entfernte gerade den Verband.

Der Junge von Stroud stand im Zwielicht und nahm den Hut ab. Die acht Treppen waren ebensosehr schuld an seiner Atemlosigkeit wie das Gefühl, gleich werde er mit Sirup übergossen und mit einer Schokoladenmeringe gekrönt. In der Zimmerecke sah er undeutlich den Umriß einer Frau. Dem Bett, wo die perfekte Anstandsdame schlief, schenkte er keine Beachtung. Mit ehrfürchtiger Scheu schloß er die Tür und trat einen Schritt ins Zimmer. Die Gestalt in der Ecke bewegte sich und wimmerte wie ein Seehund um zwölf Uhr mittags, bewegte sich und wimmerte und faßte sich an ihr unschönes Haar und blinzelte ihn mit offenem Mund aus erschreckten blauen Augen an.

Das Banjo in der Ecke zog seinen Blick auf sich, als er sich vorbeugte, und mit einemmal lachte er auf, ein kurzes desillusioniertes Bellen, und ebenso plötzlich schnappte er wortlos seinen Hut und rannte keuchend die Treppen hinab. Wie blind rannte er an der Vorderwohnung im zweiten Stock vorbei und weiter zum ersten Stock und landete im trüben Licht von Swingerhogers Biergarten, wies mit den Armen empor, rief irgendetwas von »Perspektive und Bildebene« und schoß aus dem Garten und verschwand in Richtung Bleecker Street.

Ja, das wäre es dann etwa, außer daß Paprika Johnson, wie bereits gesagt, nunmehr dreißigjährig, immer noch ihre Stelle als erste Unterhaltungskünstlerin innehat. Immer noch sitzt sie abends auf der Feuertreppe und spielt ihr Banjo, während ihre Taschentücher trocknen, genauso wie sie es an dem Nachmittag tat, als sie, drei Minuten, nachdem Gus seinen Verband abgenommen hatte, in den Biergarten gekommen war, um einen Krug Limonade zum Feiern zu holen und sich über die Theke gelehnt und gesagt hatte: »Also gut, ich nehme die Stellung an.«

Auch sagte sie Leah nie, daß deren Chance, »irgendwann einmal genausoviel für sie zu tun, nur auf andere Weise«, ungenutzt verstrichen war.

Was sehen Sie, Madam?

Mamie Saloam war Tänzerin.

Sie war aus der unteren Schicht der Armen gekommen, die sich die Schultern mit Kattun drapieren und die Mägen mit Gingan.

Die Bowery, die so gar kein Ort für Tugend oder Doppelspiel ist, hatte miterlebt, wie Mamie ihren ersten Schmollanfall und ihre erste Korsage probierte. Von da an wußte man, daß ihr Vorbild Juno, ihr Erbe Joseph und ihr Ehrgeiz Jade hieß. Im Alter von zehn Jahren hatte sie gelernt, Oscar Wilde zu interpretieren, als der sich ziemlich ausgiebig mit Leidenschaft und Serviertablett befaßt hatte, und hatte bei der Gestaltung ihrer Rolle einen Bart und eine bestimmte Geste einfach gestrichen.

In der mondhellen Nacht, als sie Semco, dem Seemann, einen Kinnstüber versetzte und im Park eine Fliederdolde zum Mitnehmen abrupfte, wurde Mamie erwachsen.

Sie hatte gelernt, daß zwischen seinen Lippen und ihren ein Konkurrenzverhältnis bestand. Sein Kuß war der bedeutendere, seine Arme besaßen die größere Kraft, seine Stimme war die tonangebende.

Mamie stand in Flammen und empfand zugleich die Qualen der Hölle, wie sie unter den Kohlen glimmt, und die Straße, die spürte, wie sie nach Hause gestöckelt kam, vernahm das breite Lachen, das sie ihrer Mutter zuwarf, ehe sie sich ins Bett rollen ließ.

Danach schwor sie sich, daß ihr Leben dem Porträt distanzierter Empfindungen geweiht sein sollte, d.h., sie wollte die Liebe auf die Bretter bringen. Ihr Ehrgeiz war es, die Lippen Johannes des Täufers zu küssen, während die in gipserner Pracht auf einem kleinen Blechtablett lagen.

Wenn ein subalterner Offizier den Kopf unter die Decke

steckt, ist er ein Feigling. Als Mamie Saloam den Bettüberwurf von unten zu betrachten begann, war sie lediglich auf der Suche nach einer künftigen Ethik.

Mamie drehte sich die Bowery aus dem Haar, warf ihre Hüften in den Mahlstrom der Dinge, die sich richtig bewegen, und erhob einen Organismus, der von Kartoffeln und Schellfisch lebte, auf die Ebene von Kaviar und Champagner. Mit dieser Kehrtwende hatte sie bereits drei Schritte in die Richtung des sprichwörtlichen bocksfüßigen Herrn getan, der der Welt und dem Fleisch zugetan ist.

Reiche und Arme unterscheiden sich nur in ihrer Art der Verachtung, der des Auges wie der der Lippe, und in dem plötzlichen, unverschämten Lachen, das die Tonleiter des Broadway auf und ab läuft. Das alles sprang gleichzeitig aus Mamies frechem Gesicht, als sie sich erstmals in einem Spiegel betrachtete, der sie im Ganzen wiedergab.

Wenn sie ausging, hörte man nur das Geräusch der Slum-Stöckel und die regelmäßige Kadenz ihrer Knie, während sie die Stufen hinunterstieg. Sie war an unebenes Geläuf gewöhnt.

Nach dem prüfenden Blick in den Spiegel schwor sie, daß sie sich die letzte Schellfischgräte aus den Zähnen entfernt hätte und von nun an nach dem Essen nur noch atemreinigende Pfefferminzbonbons kauen würde.

Wenn ein Mädchen Kaugummi und Gasse aufgibt und wenig anderes kennengelernt hat, dann wird sie eine andere, und die andere, die Mamie wurde, war eine Tänzerin, Spitzen- und sonstige.

In die kleine Welt der Angemalten kam Mamie. Dorthin, wo die Presseagenten waren und die Puderquasten, Lillian Russell und Raymond Hitchcock, Irving und Sarah, und wo es nach Flieder und Bel Bon roch und das Gelächter pochte und pulste; in jenen kleinen Verschlag, der sich Garderobe nennt und aus dem so leicht keiner unverändert herauskommt.

Mamie Saloam war ein gutes Medium zum Auftragen von Kosmetika. Alles unterstrich lediglich die Vorzüge, die Gott und die Saloams ihr mitgegeben hatten; tatsächlich war die Zusammenarbeit zwischen beiden souverän gewesen; Mamie war schön.

Sie wurde von den Männern unten im Zuschauerraum geliebt, weil sie die Technik des Trikots zu meistern gelernt hatte.

Ihre Welt umfaßte endlose Reihen von staubigen Rohrstühlen und oberhalb dieser, Wanderdrosseln gleich, die rosige Anatomie des Corps de ballet – die Hüften zum bemalten Vorhang hin ausgestellt, lustlose Augen, die ausschließlich das Abendessen vor sich sahen, ein neuer Schritt und in größeren Abständen noch ein paar andere Dinge. Mamie Saloam hingegen konnte tun und lassen, was ihr gefiel. Sie konnte gebeugt gehen oder aufblicken, weil Mamie wahren Ehrgeiz und heldenhafte Schinderei ausstrahlte.

Wenn sie die Grenzen der Schicklichkeit überschritt, bekam man für sein Geld wirklich einiges geboten; wenn sie als Rauch aufstieg, wurden die ursprünglichen kleinen Pastetenschüsseln Ägyptens zu Schornsteinköpfen. Wenn man Helena von Troja Pfefferminzbonbons aus einer Papiertüte hätte essen sehen können, hätten ihre Bewunderer höchstwahrscheinlich einer ganz anderen Klasse angehört.

Man wird um dessentwillen geliebt – oder ignoriert, womit man gerade beschäftigt ist, wenn die Horde zuschaut.

Billy traf Mamie dabei an, wie sie gerade »Du sollst nicht sündigen« oben an die Tür ihres Zimmers in diesem Hause chamäleonhafter Anschauungen zweckte. Da ging ihm auf – denn selbst Beleuchtern kann so einiges aufgehen –, daß man sich Mamie nur nähern konnte, indem man sich in ihrer Nähe niederließ und hoffnungsvoll ausharrte, denn einmal kam für jeden Mann die Gelegenheit.

Während er wartete, entwickelte Mamie ihre eigene Lebensphilosophie. Sie fiel selbstverständlich zugunsten der Frauen aus. Sie lautete: »Eine Frau weiß nie, was sie sieht, und folglich versucht sie, zu sehen, was sie weiß.«

»Hör mal«, sagte der Intendant eines Abends in die Düsternis, in der Mamie saß und die Perlen neu auffädelte, die als

Hemdhose, Unterrock, Halbrock, Mieder und obendrein als Eigentum Salomes ausgegeben wurden. »Hör mal, wir sitzen in der Patsche. Der P. U. B. will uns und dir ans Leder.«

»Inwiefern?« wollte Mamie Saloam wissen.

»Sie sind auf die Tatsache gestoßen, daß wir dich zu Anfang der Saison als Salome herausbringen wollen. Sie haben Vorurteile –.«

»Natürlich haben sie die«, sagte Mamie gelassen, »sie haben Mme. Augulia, Mary Garden, Gertrude Hoffmann und Trixie Friganza doubeln gesehen; sie haben alle gesehen, was sie sehen wollten, weil Obengenannte ihnen gezeigt haben, was sie sehen wollten. Ich gebe zu, Johannes ist, seit das ursprüngliche Röcheln verstummt ist, nicht mehr geliebt worden, wie es sich gehört; ich gebe zu, in dem Maße wie wir uns von dem echten Haupt entfernt haben, haben wir es eher mit ziemlichen Pappmachéleidenschaften zu tun gehabt.

Johannes' Reaktion war doch eher lethargisch, selbst ganz am Anfang schon, und wir haben uns an ihm zuviel zu schaffen gemacht. Wenn ein Mann tot ist, schuldet man ihm einen gewissen Respekt; es ist angemessen und erfreulich, um ihn herumzutanzen, doch finde ich, daß zuviel an ihm herumgeküßt worden ist. Ich werde den Damen vom P. U. B. gegenüber die notwendige Mäßigung an den Tag legen, selbst wenn der Herr sich nicht wehren kann. Überlaß das nur mir.«

»Übrigens«, setzte sie hinzu, während der Intendant sich nachdenklich mit der Hand durchs Haar fuhr, »was ist denn der P. U. B.?«

»Das ist der Präventivausschuß gegen Unmoral in der Bühnenkunst«, sagte er und lächelte ihr zu.

»Und was wollen die?«

»Sie möchten, daß die Einstudierung entweder abgebrochen wird, oder – daß man ihnen eine vollkommen neutrale Darbietung zeigt.«

Billy sah sie unter seinen zottigen Brauen an. Dann legte er plötzlich ab, was man Zurückhaltung nennt, und nahm ihre Hand.

»Mamie«, sagte er, »kannst du dich nicht für mich erwärmen, bedeute ich dir denn wirklich gar nichts, kann ich dir denn dies ganze –«, er machte die Gebärde breitwürfigen Säens, »dies ganze ehrgeizige Zeug nicht ersetzen?«

»Billy«, sagte sie, und ihre Stimme war kalt und praktisch, »ich könnte nie auch nur Kartoffeln auf der Hitze deiner Zuneigung kochen. Deine Liebe würde niemals eine Lücke überbrücken, sie würde nicht einmal das Loch füllen, durch das die Maus gekommen ist, und«, schloß sie, indem sie ihm ihre Hand entzog, »es käme nie jemand anderes für mich in Betracht als Johannes.«

Tief unten in Billys Herz lag eine schreckliche Leidenschaft, die es juckte, dies allegorische Hindernis zwischen ihm und der Frau zu verdrängen. Als er hoch oben in den Kulissen saß und das blaue Licht auf das Tablett und das weiße, zur Decke gekehrte Gipsgesicht richtete, wußte er, was das Wort »la mort« ins Wörterbuch und in Umlauf gebracht hatte, und er stöhnte innerlich auf.

Am nächsten Tag nahmen sie die staubigen Stuhlreihen weg und die Berge ausrangierter Trikots, abgestreift von menschlichen Schmetterlingen, die zu etwas Glanzvollerem geworden oder an ihrem vorzeitigen Ausschlüpfen aus dem Kokon gestorben waren. Sie merkten gar nicht, daß es staubig war, bis sie im Abstand von vielleicht zehn Zentimetern zwei Flecke entdeckten, die so aussahen, als habe hier jemand auf den Knien gelegen.

Weiter gediehen ihre Mutmaßungen nicht, doch Mamie sah etwas.

Die Bühnenarbeiter putzten und räumten hektisch im Hinblick auf die zur Verhandlung stehende Szene, die zugunsten des P. U. B. vorgeführt werden sollte. Ein Krug, der der Garderobiere gehörte und von Sprüngen durchzogen, dabei aber genauso farbenfroh wie seine Besitzerin war, wurde mit Limonade gefüllt, die die Außenseite zunächst eisig werden ließ wie das Gebaren der jungen Frau, die den jungen Mann abweist, und schließlich in dicken Perlen austrat und über die

Hüften des Krugs auf den Tisch glitt, wie die Tränen, die dem ersten Kummer folgen.

Es war völlig dunkel hinter den Kulissen, als sie mit allem fertig waren. Die Ballastsäckchen, die Florida oder Frankreich von der Decke herunterließen, hingen schaukelnd fünfzig Fuß über Billy, als er an den Lampen herumbastelte.

Unten im Parkett saß der Intendant zwischen zwei gesteiften Damen vom P. U. B., die behutsam, aber entschlossen, Limonade aus hohen, zerbrechlichen Gläsern tranken. Sie warfen einander über die uhrkettenbespannte Weste des Intendanten Blicke zu und machten dabei diese Ara-Gesichter, die strikt auf Präventivausschüsse und Inspektionskomitees beschränkt sind.

Sie wollten Mamie Saloam gar nicht übel, doch wie Mamie schon sagte, sie hatten Mme. Augulia gesehen.

Dann kam Mamie, groß und gebieterisch, aus dem schummrigen Bühnenhintergrund auf sie zu. Die nackten Schultern stützten lebhaft flutendes Haar.

Eine Minute schwebte sie in der Bühnenmitte, eine verlockende Silhouette im Dunst.

Dann fiel das Scheinwerferlicht, und zwar nicht auf Mamie, sondern auf das Gesicht von Johannes. Zur Decke gekehrt und weiß lag es mit halbgeschlossenen Lidern auf seinem Tablett, und Haar und Bart flossen über den Rand. Dunkle Ringel unterbrachen das Weiß der Stirn, das stumme Fragen der bemalten Lippen in Erwartung des Auftritts von Mamie Saloam, die das Küssen vor zehn Jahren gelernt hatte.

Die Damen vom P. U. B., die sich so leicht nichts vormachen ließen, saßen mit gestrengen Mienen über ihre Gläser gereckt. Sie wollten sichergehen, daß Schlichtheit aus der Art sprach, wie Mamie vor ihrem Herrn wandelte.

Und sie kam näher, hielt inne und fiel dann plötzlich in Halbschritte, mit denen sie das Haupt des toten Täufers halbkreisförmig umtanzte, wobei sich gurgelnde kleine Kehllaute ihren Lippen entrangen. Langsam ließ sie sich niedersinken, bis sie, bevor die gesteiften Damen sich versahen, am Boden lag und sich schlangenhaft dem Blechtablett entgegenwand.

Seitwärts, vorwärts, wie mit Plastikhänden, näherte sie sich ihm und kam ihm näher und näher, bis ihr Atem das Tablett streifte. Murmelnd schwebte sie über ihm, während ihre Augenfarbe von blau zu grün und von grün zu einem tiefen Beigegrau wechselte. Dann ließ sie plötzlich das Kinn zwischen die Strähnen des wallenden Bartes sinken.

Die gesteiften Damen seufzten und entspannten sich. Das war einmal eine Frau, die die Angelegenheit mit unbedingter Neutralität abzuwickeln verstand. Sie wandten dem Intendanten zustimmende Blicke zu.

»Sie hat Johannes vollkommen im Griff«, sagten sie und entschwanden.

Dann tat Mamie etwas Seltsames. Sie setzte sich auf, schlang die Arme um die Knie und schaute heiter in das Gesicht, das immer noch reglos im Blau des Lichts lag, das von der unbesetzten Beleuchterkabine herabfiel. Johannes der Täufer kniff das rechte Auge zu.

»Steh auf, Billy«, sagte sie, »ist ja gut. Danken wir der Finsternis der Kulissennacht und deiner Fähigkeit, still zu liegen. Endlich habe ich bewiesen, daß eine Frau nie weiß, was sie sieht.«

Wer ist dieser Tom Scarlett?

Er knurrt.

Das ist eine Philosophie; unten sind die Zähne immer gut. An jeder Seite hat er drei Männer sitzen.

Der Raum ist lang und eng, und der schwere Rauch kriecht auf und ab, berührt erst den einen, dann einen anderen und verzieht sich schaudernd. Sieben Suppennäpfe stehen in regelmäßigen Abständen über den Tisch verteilt. Das Silber trägt den Aufdruck ausländischer Wirtshäuser. An den Wänden hängen wie Heiligenscheine gerade hinter den sieben Köpfen sieben blauweiße holländische Teller und oberhalb der sieben Teller der aufgehende, besänftigende Stern, eine Schankerlaubnis.

Tom Scarlett wendet das Gesicht von einer Seite zur anderen und bürstet, indem er das tut, seine Schultern mit den Enden seiner langen schwarzen Koteletten. Wie ein Vogel, dessen Schwingen es aus der Bahn gerissen hat, scheint dies Haar seines Halts beraubt worden zu sein und sich im Fallen an den Mund zu klammern, der diagonal über die dichte Reihe gelber Zähne gezogen worden ist. Der Schädel ist prachtvoll und kahl. Wie eine Frau, die so schön ist, daß die Kleider instinktiv von ihr abfallen, so hat dieses Haupt sich in einem Augenblick der Selbstvergessenheit über sein Haar erhoben, wie ihn nur Männer kennen, die die Stiefel abgestreift haben, um sich eine Weile in den Korridoren des Geistes zu ergehen.

Seine Hände liegen vor ihm. Es sind weiße Rekonvaleszentenhände, auf denen stets unübersehbar der Tau des Todes liegt und deren Fingerknöchel die bleichen Handrücken unvermittelt als symmetrische knöcherne Linien unterbrechen. Diese Hände liegen zwischen Sardellen und Salz, und während er sich erst nach rechts und dann nach links wendet, bewegen sie sich unmerklich, so als wären sie mit Zügeln am Kopf befestigt.

Und während Tom Scarlett knurrt, lacht Tash.

Spave martert ein Essiggürkchen, das vor ihm liegt, mit einer Gabel, daß der grüne Saft auf die nackte Tischplatte spritzt. Ein paar andere sprechen von einem Menschen, der einen schlechten Ruf hat. Einer ruft lauthals nach einem Glas Rum, während der sechste einem Zahnstocher nach dem anderen erst das Rückgrat bricht und sie dann über den Boden verstreut.

Sie haben untereinander gescherzt, weil Tom Scarlett schon wieder einsam ist. Sie erklären ihm, er habe zu viele Interessen, und er antwortet: »Führe einer mit der Nase an euch entlang, um die wohlriechendste Zone eurer Seele zu erschnüffeln, den Bereich, wo die Blumen eurer Beständigkeit ihr Parfum hinterlassen haben, seine Nase verharrte zwischen eurem ersten und zweiten Fingerknöchel, denn ihr habt euch auf euren Rauch konzentriert wie ich mich auf meine Flamme.«

Sie schauen einander an und rücken hin und her und werden schließlich von einem gewaltigen Lachanfall hinweggeschwemmt, woraufhin Tom Scarlett knurrt und sein Gesicht wieder in den gewohnten Gleichmut zurückfallen läßt.

Die Uhr auf der Straße schlägt drei. Im Glockengeläut hören die sechs die Stimme ihres Gewerbes. Nur für Tom Scarlett läutet die Glocke lediglich einen weiteren Vormittag des kurzen Menschenlebens weg.

Für Spave bedeutet es, daß sein Tresen auf seinen betrügerischen Tauschhandel wartet; für Glaub, daß die Schweinchen in seiner Grillstube alle Viere in die Luft strecken und des Bratspießes harren, der doch ein Stab sein soll, mit dessen Hilfe sich die Anhöhe des menschlichen Magens erklimmen läßt; für Shrive hingegen trocknet die Tinte in den Flaschen, die auf so ungute Weise dazu verwendet wird, die Menschen zu unterhalten; für Tash wird das Bauholz auf seinem Hof grau im Regen. Freece scheint die Ölfarben auf seiner Leinwand trocknen zu sehen, während es, schließlich und endlich, Umbas ins Gedächtnis zu rufen scheint, daß da drei kleine Leichen darauf warten, mit einem kleidsamen Lächeln auf den Lippen und ein, zwei Metern Spitze, die er bei einem Händler auf der Second Avenue erheblich billiger bekommen hat, weil der sie, als seine Frau ihn einen Dummkopf schalt, mit seiner zitternden Hand leicht beschädigt hatte, gen Himmel geschickt zu werden.

Um die Dinge ein wenig zu beschleunigen, recken die sechs die Hälse in Richtung Küche, wo Lizette gerade die Spaghettisauce zubereitet. Das können sie jedoch nicht sehen, weil Madame an ihrem Tisch sitzt und Wein trinkt und ihren Hund anknurrt und ab und zu hinablangt und ihm Zeigefinger und Daumen ins Haar reibt, als quälten sie seine Flöhe genauso wie ihn. Tom Scarlett hat sich oft gefragt, wie sie es schafft, ihre Kostgänger zu halten, so mürrisch ist sie und so verbittert. Ihre Brauen zucken über den Augen wie lange, schwarze Peitschen, die ihre Augäpfel zu Haß und Drohung anstacheln.

Spave balanciert eine Mandel auf seinem polierten Fingernagel und schickt sie kreiselnd in die Luft, von wo sie herabkommt, in Madames Glas schlägt und einen Tupfer Rot aufs Tischtuch spritzt. Madame öffnet den Mund, ihre Brauen heben sich, als wollten sie zuschlagen.

Spave beugt sich vor, eine Stange Sellerie in der ausgestreckten Hand. »Für Ihre Zähnchen«, sagt er, und Madames Kiefer schnappen zu wie Reibeisen.

Tom Scarlett ist jedoch ärgerlich, und weil er ärgerlich ist, wird ihm klar, daß er anders ist. Madames Augen sind jetzt lausbübisch, sie suchen die der Männer und blitzen hier- und dorthin. Man könnte sagen, sie versiegelten eine Zunge, verbargen einen Mund, bemäntelten eine Faust. Madame ist ihren Kostgängern immer um einen Gang voraus. Diese Tatsache scheint ihr ein diebisches Vergnügen zu sein. Besonders freut es sie, wenn sie ein Gericht haben kann, das sie auf keinen Fall bekommen werden.

Der Hund ist wie seine Herrin auf eine vertrackte Weise übellaunig, wie er dasteht, die Pfote auf einen Knochen gesetzt – einen Bissen dem gelben Köter voraus, der an der Türfüllung schnüffelt. Manchmal lächelt dieser Hund, wobei ihm der Speichel als silberne Einrahmung um die Lippen rinnt und langsam tränengleich herabtropft.

Tom Scarlett und der Hund haben etwas gemeinsam; beide reproduzieren die Atmosphäre, in der sie dienen – der eine seiner Herrin und der andere seiner Zeit.

Wer ist dieser Tom Scarlett?

Seine Freunde haben aufgehört, ihn zu idolisieren, weil sie ihn dabei erwischt haben, wie er in seinen Zähnen stocherte. Auf diese Weise gehen viele Gottheiten den Bach hinab. Sie bestaunen ihn nicht länger, weil er ihnen von der Frucht seiner Seele zu essen gegeben hat – und weil die tropisch war und fremd und sie sie nicht essen konnten, behaupteten sie, sie sei nicht eßbar. Tom Scarlett knurrt und bietet ihnen Zigarren an, die sie nur zu gern annehmen.

»Du bist wie ein Steak«, erklären sie ihm, »das ist auch erst gut, wenn es verdaut ist.«

Tash schlägt sich gegen die Weste und röhrt.

»Was wirst du erst gewürdigt werden, wenn sein Magen dich verschlungen hat.«

Tom Scarlett antwortete gleichmütig: »Immerhin werde ich die Speise sein.«

»Aber wir die Zustimmung. Ein großer Mann sollte sich mehrere Mägen halten, so, wie er sich einen Weinschrank hält.«

Tränen quellen unter Tom Scarletts Lidern hervor, doch er antwortet sanft: »Ich stehe allein unter den Menschen.«

»Denkt sich die Blume.«

»Also?«

»Immer gibt es tote Blumen, die die lebenden nähren, so wie es immer tote Geister gibt, die der Größe die Leiter halten.«

Tom Scarlett entblößt lächelnd seine prächtigen Zähne.

»Ich bin den Rand der Welt entlanggekrochen wie eine Fliege – ich weiß, was ich weiß.« Er beugte sich vor und setzte Tash den Finger auf die Brust. »Wenn die Menschen«, sagt er grüblerisch, »vierzig Fuß größer wären, würde das Kreischen derer im Tode sich anhören wie die Grillen, die abends im Grase zirpen. Der herrlichste Kuß wäre nichts als ein kleines Lippenspitzen, das, wenn es unterbrochen wird, einen seufzenden Schmatzlaut aussendet.« Er wirft die Hände in die Luft und lacht mächtig sein Barthaar hinab.

»Du wirst genauso sterben wie andere.«

Er antwortet: »Ja, ich werde sterben wie andere – mit einem Aufschrei. Doch in einem werde ich anders sein. Ein großer Mann gebiert sich selbst; für ihn ist das Todesröcheln der Schrei der Geburt.«

Spave zischt: »Er wird die Hand auf den Bauch legen wie einer in Todesqual, doch er wird schreien: ›Mein Kopf, mein Kopf!‹ – die letzte Transaktion zugunsten des Geistes.«

Und so ergötzten sie sich, indem sie ihn quälten.

Eines Tages kamen sie später als gewöhnlich. Madame trank nicht; statt dessen fuhr sie immer wieder mit der Hand an der Wirbelsäule ihres Hundes entlang. Gewiß, sie machte ein finsteres Gesicht, was die übliche Trübseligkeit des Raumes noch vermehrte, doch blieb dadurch gleichzeitig seine fröhliche Atmosphäre gewahrt – denn nur das Festhalten an alten Gewohnheiten verschafft uns wahre Zufriedenheit. Gleichwohl schüttelte sie den Kopf auf eine Weise, die ihr beträchtlichen Kummer zu bereiten schien.

Und sie wiederum schüttelten sich, weil es draußen regnete, eine spezielle Feuchtigkeit, die dazu anregt, die Tatsache zu bedenken, daß alle Dinge sich irgendeinem Gebrechen anbequemen müssen, sogar die Menschen, und sie daran gemahnte, daß die Erde sich an ihren stürmischen Regentagen neben dem fruchtbringenden Fluß und den Herbstblättern noch etliches andere zurückholt. Also erschauderten sie, und Madame, die gerade ihren Parmesan aß, erschauderte ebenfalls und richtete das Wort an sie.

»Heute geht er wieder auf und ab.«

Sie zeigte nach oben, denn Tom Scarlett logierte auf ihrer Beletage.

»Ach, der wird gleich unten sein.«

»Das glaube ich nicht.«

»Warten Sie's nur ab. Der Magen war schon immer der Gendarm des Geistes.«

»Aber hören Sie doch!«

Fünf von ihnen versuchen es, doch Race stößt, als er den Mantel auszieht, einen Stuhl um.

»Sakrament, warum kannst du nicht leise sein?« riefen sie in diesem verzweifelten Ton von Männern, die sich, wenn man ihnen schon ihr Schweigen vereitelt, wenigstens nicht auch noch ihr Lärmen vereiteln lassen wollen.

»Macht nichts«, sagte Madame, die einen Apfel schälte, »Sie konnten ihn sowieso nicht hören. Man muß ihn jetzt sehen.«

»Was hat er denn?«

»Er läuft wie eine Katze. Wissen Sie noch, welchen Lärm er gewöhnlich mit seinen riesigen Füßen gemacht hat – so als wollte er die Möbel von seinem Nahen in Kenntnis setzen.« Sie schnalzte mit der Zunge. »Aus und vorbei.«

Die sechs begannen mit ihrer Suppe. »Der kommt schon runter, warten Sie nur!« Doch als er beim Auftauchen von Käse und Nüssen immer noch nicht kam, fingen sie an, sich zu bereden. Sie sagten: »Was kann das zu bedeuten haben?« Und sie sagten: »Er hat sich tatsächlich verändert. Ich höre seine riesigen Füße nicht mehr auf den Dielenbrettern. Er hatte arrogante Füße.«

Der olle Tash gluckste.

»Schließlich, Monarchie oder Republik, sind wir Kleinen diejenigen, auf die es ankommt. Wir tragen die Kinder aus, und dann spüren wir, daß eins in der Schar anders ist. Ist es nicht unsere Hand, die ihm das Gesicht abputzt? Wäre er sonst nicht ein schmutziger Bengel, der in Lumpen durch die Straßen liefe, zwar die Hand über die Augen höbe, um in die Sterne zu blinzeln, dabei jedoch in gewaltige Pfützen träte? Ist es etwa nicht unsere Fürsorglichkeit, die ihm das Lätzchen trocken hält? Verbergen wir etwa nicht den Sabber unserer

Kinder, bis sie alt genug sind, ihn selbst zu verbergen? Und wird der Knabe etwa nicht von unserer Hand genährt, von unserer Hand aufgezogen, bis er das Mannesalter erreicht hat? Drucken wir ihm nicht die Bücher, bauen wir ihm nicht seine Colleges, fegen wir ihm nicht seine Straßen, zünden wir ihm nicht seine Lampen an, machen wir ihm nicht das Bett, und sind es am Ende nicht wir, die ihn begraben, nachdem wir ihm jenes andere Haus gebaut haben, das er unvermutet verlassen mußte? Und sind nicht wir es, die seine Biographie schreiben? Er mag die Stimme sein, doch wer sind die Ohren? Wie? Er mag die Bilder malen, doch wer sind die Augen? Er mag eine seltene Blume sein, doch wer ist die Nase? Er mag den Kopf in den Wolken haben, doch wer ist die Erde, auf die er die Füße setzt?«

Er ließ ein lautes, volltönendes Lachen hören, ein Lachen, das sich zwischen wackeren Eßgeräuschen zu Madames Ohren durchschlug. Er lehnte sich zurück, strich sich über die Weste, wie ein Jockey über sein Pferd streicht, und ließ den Atem entweichen, wie die Rundlichen es gern tun, um das Ende der Mahlzeit anzuzeigen. »Sind, das frage ich Sie, Madame, letzten Endes nicht wir dasjenige, was auf Erden wirklich von Bedeutung ist?«

Madame hob die Brauen.

»Er läuft wie eine Katze. Das gefällt mir nicht.«

»So leise?«

»So leise; kleine staubige Schritte, wie eine Katze, eine kleine, tiefgründige Katze. Männer gehen so, wenn sie es sich anders überlegt haben.«

Sie erklärte nicht, was sie mit dem Wort tiefgründig meinte.

»Eine kleine staubige Katze mit einer grauen Nase vom Herumstreichen zwischen dem, was die Leute bedeutende Tatsachen nennen. Wieso, frage ich Sie, müssen alle bedeutenden Dinge eingestaubt sein? Kathedralen und Bücher und Windmühlen?«

Sie zündeten sich ihre Zigarren an.

Bissig sagte Madame: »Pah! Und der Nippes und das Innere sämtlicher leeren Schüsseln, die Fußböden der Speicher haben die Füße der Spatzen kennengelernt.«

»Sie sprechen in Rätseln, Madame!«

»Ich spreche eine Sprache; Sie hören eine andere.«

»Der Hund möchte einen Knochen«, regten sie an und taten gelassen.

Sie fragten Glaub nach seiner Grillstube und wollten wissen, weshalb er denn nicht zur Abwechslung einmal von seinen Schweinchen äße.

Er antwortete: »Kann man vielleicht sein eigenes Kind essen? Das Aroma meiner Schweinchen ist wie ein Seufzer, der zum Himmel aufsteigt. Es besänftigt mich nahezu. Nein, nein«, setzte er hinzu, »ich kann meine Schweinchen nicht essen. Andere müssen das für mich tun. Wir überlassen die Würzung unserer Kinder der Öffentlichkeit. Das sind diejenigen, die sie zart und profitabel machen. So ist es auch mit meinen Häppchen Schweinefleisch mit ihrem Gesicht am einen und dem kleinen Ausrufezeichen am anderen Ende. Es ist eine Vergeudung der Talente der Natur, daß sie den von ihr geschaffenen Fleischsorten Gesichter gibt, doch so ist es nun mal.«

»Es gibt Leute, die sagen, der Duft einer Fleischerei sei köstlich – und mache fett.«

Glaub erschauderte.

Wie die Bussarde hatten diese sechs in dem kleinen Kellerraum, wo Madame ihrer ständigen Table d'hôte aufwartete, über dem Leben Tom Scarletts mit den Flügeln geschlagen, und wie die Aaskrähe herabstößt und den Toten ihre Augen nimmt, die eben noch der Krähe Licht waren, so stießen sie hinab auf die brillanten Äußerungen Tom Scarletts und meinten, Tieren gleich, ihren Glanz zwischen den Zähnen zu haben. Dabei war es doch stets bloß die leere Hülse eines Gedankens, weil sie nicht zu begreifen vermochten.

Lange Monate hatten sie ihn so gepeinigt. Viele lange Monate waren sie es zufrieden gewesen, sich von einer Speise zu nähren, die bestenfalls ein hohles Gespött war, wie es bei dieser Art Speise leicht der Fall ist. Doch für Tom Scarlett lag eine furchtbare Wahrheit in dem, was sie sagten – denn er erkannte, daß um Männer wie ihn unentwegt solche sechs und noch weitere sechs kreisten; und er wußte, von einem Tom Scarlett bezogen sie einen Glanz, der ihnen nicht zukam.

Folglich war ihnen heute, als Madame versäumte, ihren Rotwein zu trinken, und ihrem Hund den Rücken rieb und eine finstere Miene aufgesetzt hatte und so gar nichts zu ihnen sagte, das entweder barsch und bissig oder aber sanft und salbungsvoll war, unbehaglich zumute. Regnete es draußen nicht, und hatte die Feuchtigkeit sich nicht zu einem Tête-à-tête mit dem Rauch niedergelassen, der wie ein gelber Lumpen vor der Nase eines jeden hing, während sie in ihren Zähnen stocherten?

Shrive nippte wieder an seinem Wein. »Wenn dies Land«, sagte er in geschwätzigem Ton zu Glaub, der links von ihm saß, »seinen geistigen Vertretern keine größeren Chancen eröffnet – äh, ich gebe zu«, setzte er hastig hinzu, als er Glaub den Mund öffnen sah, »selbstverständlich soll es Stellen für Männer von Bedeutung geben, solche wie der Präsident und die Dekane der Colleges und die Streikbrecher, doch es sollte auch ein oder zwei erhabene Stühle für seine Afterpoeten und Journalisten geben. Wir können nicht alle einen bedeutenden Mann auf Eis haben.«

Die anderen vier bekamen den letzten Teil der Rede mit und brachen in Gelächter aus.

»Hier«, schrien sie, »schmilzt das Eis womöglich bald!«

Sie fingen an, sich zu erheben, und Tash kam gerade so weit, die Knie zu beugen. Madame wandte sich um, eine Hand im Fell ihres Hundes. Nun trank sie wieder und schaute auf die Tür.

Sie war aufgeflogen, und Tom Scarletts Gesicht spähte um den Türpfosten. Tash setzte sich.

Tom Scarlett hatte heute etwas im Blick, das sie eigentlich nicht erwartet hatten. Es war nicht der Blick einer obskuren Berühmtheit wie Tom.

Er griff sich einen Apfel und biß hinein.

»Hah!« sagte er und noch einmal »Hah!« Dann brach er unvermittelt in Gelächter aus.

»Sechs kleine Gernegroße!« rief er abrupt und schloß dabei halb die Augen, um dann scharf hinzuzusetzen: »Aaskrähen! Die Erde um die Blume, die Hand, die dem kleinen Kind den Mund zuhält, bis es genügend Bescheid weiß, um heuchlerisch seinen Speichel zu verbergen –.« Er nahm den Apfel ruckartig vom Mund. Er beugte sich vor, bis sein langer Bademantel den Boden berührte. Dann wurden seine dichten gelben Zähne zwischen den Lippen sichtbar, die auf eine schräge Weise eine Spur geöffnet waren wie eine Portiere vor einem prächtigen, doch düsteren Zimmer.

»Was seid ihr jetzt?« fragte er sie, »Spatzen-Seegras. Nein, nein! Halt! Geschäftsleute. Kleine dreckige saucenvergießende Spießbürger! Von jetzt an wird es euch schwerfallen, euer Vogelfutter zu schlucken.«

Wieder lachte er und setzte sich zu ihnen. »Jaha!« schrie er, doch schon freundlicher. »Ein großer Mann unter Männern, der euch geholfen hat, jemand zu sein, doch was wird aus eurer Statur, wenn ich ein kleiner Mann unter kleinen Männern werde?«

»Ja, was hast du denn bloß gemacht?«

»Ich gieße jetzt ebenfalls mein Gärtlein. Ich esse ebenfalls Vogelfutter mit den Spatzen.«

Er legte eine Handvoll Apfelkerne auf den Tisch.

»Ich denke, ich werde auch eine kleine Schweinezucht aufmachen, ich werde piepsen.«

Doch die Tränen quollen ihm aus den Augen.

Ein Mordsspaß

Der Name der Heldin dieser Geschichte ist die Madeleonette. Weshalb, schien von Anfang bis Ende genauso bedeutungslos wie, daß der Held der Arzt heißen sollte, wo er doch im ganzen Leben nie auch nur einen Fall von Masern zu Gesicht bekommen hatte.

Der Höhepunkt der Geschichte findet in Long Beach statt, doch das werden Sie nicht verstehen, ehe Sie nicht ganz am Ende angekommen sind, obwohl ich Sie eigentlich gleich darauf hinweisen könnte, daß das der Ort war, wo die Madeleonette und der Arzt einander in die Arme fielen, sehr zur Verblüffung der »Stammgäste« auf der hölzernen Uferpromenade.

Zu dieser Geschichte gehörte jedoch noch eine dritte Partei, und deren Name war Josiah Illock. Dieser kleine Mann von der nichtsnutzigen Sorte sah aus, als hätte er eigentlich in einer spießigen Kleinstadt Abflußrohre verlegen sollen, statt die Madeleonette zu umwerben.

Demgegenüber war der Arzt groß und dunkelhaarig und sogar gutaussehend. Er trug einen langen, altmodischen Gehrock und graue Tweedhosen, und gewöhnlich sprach aus seiner Miene eine eindrückliche Ängstlichkeit. Die Hände hatte er einen großen Teil der Zeit in den Taschen, und da er gleichzeitig diesen Rückwärtsdrang hatte, wirkte er wie ein Mann, der seiner fliehenden Wirbelsäule Mut zusprach.

Nun liebten beide Herren die Madeleonette, oder jedenfalls behaupteten sie das, und wenn es um die Liebe oder um Annoncen geht, ist Mißtrauen fehl am Platze. Für Josiah war sie die Lilie des Seins, für den Arzt der Fels, auf den einer seinen Glauben oder sein Haus gründet.

Für sich selbst war die Madeleonette nur eine rasch alternde Frau, der es irgendwie gelungen war, sich den Verheerungen der Zeit zum Trotz ein passables Aussehen und mehr oder minder auch das prächtige Haar ihrer Jugend zu bewahren. Sie war eine Witwe, die in recht auskömmlichen Verhältnissen zurückgeblieben war. Die Sessel, Sofas und Vitrinen, mit denen ihr Gatte, der Antiquitätensammler gewesen war, sie versehen hatte, hätten genügt, um ein kleines Museum aufzumachen, doch würde ich nicht ohne weiteres behaupten, daß diese Tatsache irgend etwas mit der Zuneigung der eben erwähnten beiden Herren zu tun gehabt hätte.

Wenn diese beiden Männer gelegentlich in ihrem grünweißen Empfangszimmer aufeinandertrafen, funkelten ihre Blicke zornig, denn sie haßten einander von Herzen. Der Arzt vergeudete keine Zeit damit zu intrigieren, um Josiah aus dem Weg zu räumen; wenn Josiah hingegen mit der Madeleonette allein war, sprach er fast unausgesetzt davon, so lange, bis er sich schließlich selbst das Wasser abgegraben und bewirkt hatte, daß das Herz der Madeleonette sich dem Arzt zuneigte.

Bisweilen sagte Josiah zu ihr: »Lange werden Sie sich der Tatsache nicht mehr verschließen können, daß der Arzt nicht so verrückt nach Ihnen ist, wie Sie glauben. Alle Männer fangen damit an, daß sie in einer Frau etwas lieben, was sie nicht ist, und enden damit, daß sie sie als das wahrnehmen, was sie ist. Anfangs liebkosen sie die Haut mit Küssen, und am Ende durchlöchern sie sie mit Pistolen.«

»Allmächtiger!« rief die Madeleonette dann aus, »glauben Sie das wirklich?«

Und er antwortete: »Gewiß. Sie folgen dabei nur ihrem Instinkt. Männer erschießen, was sie nicht verstehen. Das heißt, sie spüren dem Löwen nach und nicht dem Fuchs. In den bitteren Staub holen sie den zuhöchst fliegenden Falken hinab, und in die Fallstricke treiben sie am Ende die Antilope.«

»Für die Frau über vierzig gibt es keine Fallstricke«, antwortete die Madeleonette. »Für sie gibt es nur eine Möglichkeit, und zwar die, ihr Leben mit Wärmflaschen zu Häupten und Füßen auf dem Sofa zu beschließen.«

»Hören Sie«, sagte er und beugte sich vor, »Sie wissen doch, was ich meine. Schießen ist einfach. Eine Frau kann darüber hinwegkommen, wenn –.« Eine lange Pause trat ein. »Wenn«, schloß er, »er sie einfach immer weiter liebt – doch das tut er nicht. Das tun sie nie.«

»Der Arzt würde sterben«, sagte sie schlicht.

»Wie wär's, wenn Sie das beweisen würden?« Josiah klang zweifelnd.

Sie blickte ihn lange an, wie eine Frau das tut, die gerade ein Risiko eingeht.

»Gut«, sagte sie schließlich, »es ist der Mühe wert.«

Er sprach weiter und skizzierte seinen Plan, doch sie schenkte ihm keine Beachtung, bis sie ihn sagen hörte: »Ich werde natürlich dafür sorgen, daß sie mit Platzpatronen geladen ist. Sie haben nichts weiter zu tun, als hintenüber zu fallen und sich totzustellen. Halten Sie ein paar Sekunden den Atem an, aber passen Sie gut auf. Wenn ihm wirklich an Ihnen gelegen ist, wird er ein Höllenspektakel machen. Wenn nicht, wird er das Zimmer samt Ihnen und dem Revolver einfach verlassen, um zu beweisen, daß es Selbstmord war.«

Sie lachte. »Was für ein Narr Sie doch sind! Als ob irgend jemand und gar schon der Arzt seinen Hals riskieren würde, selbst wenn er mich liebt! Wozu soll er denn schießen?«

»Aufgrund einer Provokation.«

»Welcher Provokation?«

»Eifersucht«, sagte er und tat, als sei er völlig von der Bauchbinde seiner Zigarre gefangengenommen.

»Ihr seid alle verrückt, ihr Männer«, sagte sie und verfiel in ein höchst willkommenes Schweigen.

Unterdessen schoß der Arzt, der auf neununddreißig Jahre schaudererfüllter Ängstlichkeit zurückblickte, auf die Veranda seines Hauses hinaus, wo er schweratmend verharrte.

Er war ein mehr als ängstlicher Mann. Wie der Zollstock eines Zimmermanns war er streckenweise zwar lang und stark, neigte jedoch allzusehr dazu, zusammenzuklappen und seine Berechnungen einzustellen. Er verherrlichte die Tapferkeit, weil er selbst so gar keine besaß. Das war der Grund seiner Zuneigung zur Madeleonette. Er kannte sie als tapfere Frau. Er hatte einen Felsen, während sie nur einen Liebhaber hatte.

»Dennoch«, überlegte er nüchtern, »sollte man die Madeleonette auf die Probe stellen. Eine Frau ohne Mut wäre womöglich mein Ruin. Wo ich doch diese Eigenschaft selbst schon in hohem Maße vermissen lasse.«

Mit einem gewissen begierigen, schneidenden Einatmen, das mehr Tabak aufzehrte als vierzig gleichzeitig tätige Münder, beobachtete er eine lange staubgraue Reihe von Kindern.

Und während der Arzt so sinnierte, bereitete die Madeleonette sich auf den Tod vor.

Wenn eine Frau beschließt, sich niederzulegen und totzustellen, wählt sie stets mit ängstlicher Sorgfalt Bestrumpfung, Unterkleid und Schuhwerk aus.

Die Pumps, die die Madeleonette aussuchte, wurden ob der neuen Besohlung, das Unterkleid ob seiner Spitzen und Bänder und die Strümpfe ob ihrer untadeligen Einheitlichkeit gewählt.

In ihrem alltäglichen Leben hatte sie Aufmerksamkeit auf ihre Hüte, Handschuhe und Spangen verwendet. Als sie hingegen beschloß, schicksalhaft hintenüberzufallen, konzentrierte sie sich auf ihre Dessous. Sie schnürte zudem ihre Taille fester, puderte sich den Nacken tiefer, steckte die Finger in Ringe, den Hals in die willfährige Sklaverei einer Perlenschlinge, und ihrem Gesicht setzte sie jenes unverrückbare Lächeln auf, das von der Wahrnehmung himmlischer Heerscharen kündet.

Ganz weit weg läutete es schrill. Sie rannte in die Küche hinaus, um den Türöffner zu drücken – und wartete an der Tür darauf, daß die emporsteigenden Schritte sich in einen Mann verwandeln würden.

Josiah Illock trat ein, zog den Hut und schlurfte zu einem Stuhl hinüber. Dort saß er und sperrte Mund und Nase auf.

»Gefällt er Ihnen?« fragte sie und wies auf ihren Morgenrock.

»Wirklich schön«, versicherte er. »Was ist das denn?«

»Chiffon. Er fällt so hübsch«, gestand sie leicht errötend, »er fällt so hübsch.«

Er grinste. »Ein Mordsspaß wird das, hm?« äußerte er vorsichtig. Doch innerlich zuckte er nervös, wie seine Halsmuskeln verrieten.

»Ja«, antwortete sie, »ich habe den Fall geübt, Josiah. Ich bin grün und blau am ganzen Leibe, doch habe ich mehr daraus gemacht als nur einen Fall. Eine richtige Katastrophe. Es ist eine Kunst daraus geworden.«

»Mhh«, antwortete er, »Sie lieben ihn ganz schön, wie?«

»Ziemlich«, gab sie zu, »doch mehr noch liebe ich die Kunst.« Sie versuchte, natürlich auszusehen.

»Das Ganze muß etwas Subtiles, Feines, Meisterliches haben, so daß ihm klar wird, daß hier nicht nur eine Kerze ausgepustet worden ist, sondern eine Bogenlampe ihre Flamme eingebüßt hat; daß hier nicht nur eine Seele in die Nacht eingegangen ist, sondern eine Könnerin ihres Faches ihren letzten Auftritt, auf welcher Bühne auch immer, gehabt hat; daß sich der Madeleonette nicht nur ein Grab auftun, sondern daß auf alle Zeiten ein Abgrund klaffen wird.«

Josiah Illock begriff nicht.

»Was wollen Sie denn tun?« wollte er wissen.

»Ich werde sterben, während ich eine Zigarette rauche«, sagte sie und beobachtete, welche Wirkung das auf ihn hatte.

Sie wußte, daß sie nicht sterben würde. Hatte Josiah Illock ihr das nicht versichert, und liebte der sie etwa nicht?

Früher einmal hatte Julia dasselbe gemacht.

»Mein Gott!« sagte sie und strebte dem Fenster zu. Plötzliche Einfälle führen uns immer an den Fensterrahmen. Die Tränen rannen ihr ungehindert die Wangen hinab. »Und was ist, wenn der Arzt, von Gewissensbissen und Verzweiflung erschüttert, das Papiermesser oder die Brennschere nimmt und sie in seine verstörte Seele stößt? Was, wenn er zum Fenster taumelt und sich aufs Pflaster hinabstürzt? Was, wenn er sich eine Schlinge aus Taschentüchern um den Hals knüpft und dem Nachmieter den Deckenaustritt der Gasleitung ruiniert? Was –«

Die Tränen versiegten. »Was bin ich nur für eine Närrin«, dachte sie und lächelte dabei, »ich täte gut daran, sofort aufzuwachen.«

Sie kehrte zu ihrem Kleiderschrank zurück und durchstöberte ihn nach einem vorteilhaften Kleid. Sie legte es aufs Bett, nahm die Eau-de-Cologne-Flasche und schüttete einen erheblichen Teil ihres Inhalts über die Außenseite des Chiffons. Dann legte sie es an die Nase, um sich zu vergewissern, daß es innerhalb der Grenzen der Schicklichkeit parfümiert war.

Als nächstes löste sie ihr Haar aus den Papierhaarwickeln und kämmte es zu einer hinreißenden Frisur. Wenig später gab sie sich, die Füße in bronzefarbenen Pumps und ihren elektrischen Kaffeetopf neben sich, einer angenehmen Erwartungsfreude hin, während sie die Anbiete-Kekse zurechtrückte.

Seine Augen verengten sich. »Ich kann darin nichts Professionelles erblicken, obwohl Sie recht haben mögen«, gestand er ein, und seine Bewegungen wurden nervös. Dann haschte er unvermittelt nach ihrer Hand.

»Können Sie diese Zuneigung nicht auf mich übertragen? Das wäre wirklich sicherer – bitte, ich liebe Sie doch!«

Sie entzog ihm ihre Hand. »Sie verderben noch alles, Josiah. Ich kann niemanden lieben als den Arzt. Das ist mehr als eine Überzeugung. Es ist etwas, das sich mir ins Herz gebissen hat wie die Rosenblattlaus in die Rose.«

Josiah zuckte zusammen. »Dann könnten Sie sich die Sache doch ersparen«, bemerkte er.

Sie funkelte ihn an. »Mir die Sache ersparen? Ich bitte Sie, wir befinden uns auf der Kostümprobe. Ich würde nicht einmal Abstand davon nehmen, wenn ich mit ihm verheiratet wäre. Sie sind ein Narr, Josiah. Ich habe die Pistole auf dem Ständer im Flur liegenlassen. Besser, Sie stecken jetzt die Platzpatronen hinein«, setzte sie hinzu, als er sich erhob.

Als er zurückkehrte, entging ihr, daß ihm der Schweiß auf der Oberlippe stand. Sie setzte den Teekessel auf. Die Türglocke ging. Beide fuhren zusammen. Sie öffnete die Tür.

Der Arzt trat ein, den Hut in der Hand, und beugte sich über seine Finger. Dann richteten beide sich auf.

»Geben Sie mir Ihren Hut«, sagte sie.

Dann schaltete Josiah sich ein, dessen Verhalten darauf berechnet war, eine an Raserei grenzende Wut auszulösen. Als erstes legte er den Arm um die Taille der Madeleonette, und als nächstes küßte er sie. Als drittes öffnete er den Mund, um ätzende Bemerkungen zu machen, doch ein Blick ins Gesicht des Arztes bewirkte, daß er sie gerade noch herunterschluckte. Der starrte die nickenden Stiefmütterchen in ihrem Kasten am Fenster auf eine Weise an, die ihn nicht eben mit Behagen erfüllte. Mit einem langen Schritt erreichte er gleich darauf die Tür, und im selben Augenblick ertönte ganz kurz die Altstimme eines Revolvers. Die Madeleonette kippte seitwärts gewandt hintenüber, die Zigarette noch zwischen den Fingern. Als sie auf den Boden aufschlug, brach abrupt eine Rauchfahne zwischen ihren Lippen hervor und stieg langsam in einem bedächtig sich weitenden Ring empor.

Eine Stille trat ein, die gleich darauf vom Klappen einer Hintertür durchbrochen wurde.

Der Arzt lachte, ein kurzes, trauriges und sehr enttäuschtes Lachen, und stieß die Waffe unter die Couch. Er beugte sich nicht hinab, um ihr ins Gesicht zu blicken. Er stürzte nicht zu ihr, um ihre Lippen zu küssen. Auch kreuzte er jene leblosen Hände nicht über die Brust. Statt dessen langte er nach dem Türknauf und verschwand.

Im Nu war die Madeleonette katzengleich auf den Füßen. Sie wirbelte einen Stuhl gegen die Türfüllung, und, das Kinn auf die Querblende des Oberlichts gereckt, beobachtete sie mit flammendem Blick den Abgang des Arztes.

Sie verfolgte seinen Weg die teppichbelegte Treppe hinunter und über den unteren Treppenabsatz. Sie hörte einen Melodiefetzen aus »Chin-Chin«, als er das Haus verließ. Traurig sagte sie: »Jetzt wird die ganze Zeit dieser kleine Narr Josiah um mich herumtänzeln und mich Liebste nennen.«

Sie plumpste auf den Boden wie das Senkblei auf den Rasen.

»Josiah!« rief sie.

Es kam keine Antwort. Sie tastete sich in die Küche.

Sie war leer.

Sie verstand nichts.

Bis auf eins, und das wuchs sich zur schmerzlichen Gewißheit aus: Der Arzt war gewogen und für zu leicht befunden worden.

Er hatte nicht nur versucht, sie zu töten, was er, soweit er wußte, auch in die Tat umgesetzt hatte, sondern er war auch auf und davon gegangen, wie ein Mann nach dem Händewaschen die Toilette verläßt. Sie stellte die Waschlauge nach einem Experiment dar.

So ein Mensch war er also. Bloß auf den äußeren Anschein hin war er von blinder Eifersucht und Wut gepackt worden. Schön, jedenfalls hatte sie ihn kennengelernt, ehe es zu spät war. Doch was war denn bloß mit Josiah los? Weshalb hatte er Reißaus genommen? Sie stand auf und kehrte ins Empfangszimmer zurück, wo sie ein paar Zeilen zu Papier brachte.

Jetzt lächelte sie sogar und rauchte ihre Zigarette zu Ende.

Wie er es mit der Angst zu tun bekommen würde, wenn er erführe, daß sie gar nicht tot war! Was würden ihm diese Demütigung und das Offenbarwerden seiner ungeheuerlichen Untüchtigkeit nicht zu schaffen machen! Wie beglückend elend würde er sein, wenn er erst entdeckt hätte, daß er sie auf ewig verloren hatte!

Sie schrieb ihm, welchen Kunstgriff sie angewandt hatte, um ihn auf die Probe zu stellen, und fügte eine dieser bitteren kleinen Spitzen hinzu, wie sie Frauen zu Gebote stehen. »Ich werde die Türöffnungen dieser Stätte nicht länger verfinstern, geschändet wie sie durch die Bekanntschaft mit Ihnen ist. Ich gehe fort – werde schon fort sein, wenn dieser Brief Sie erreicht, fort nach Long Beach. Ich werde einiger Ruhe bedürfen, um von dieser Wunde zu genesen.«

Sie schickte das Briefchen durch Boten, damit es seinen Adressaten auch ja erreichte, ehe das Blut der Selbstbezichtigung aus seinen Wangen zu weichen begänne.

Etwa fünf Minuten später erschien ein kleiner Botenjunge an der Tür. »Ohne Rückantwort«, sagte er und entfernte sich mit dieser Ungerührtheit, die die Kinder der Western Union sich im Angesicht von Tod und Wiedervereinigung leisten.

Das Briefchen stammte vom Arzt.

»Wenn Sie dies lesen«, lautete es, »werde ich bereits fort sein. Ich habe Sie gewogen und für zu leicht befunden. Auf den bloßen Knall eines Pistolenschusses hin sind Sie in Ohnmacht gefallen. Ach, Weib, die Pistole war mit Platzpatronen geladen! Weh mir, wie soll ich das je verwinden! Sie, die ich liebte – ein Feigling! Ich werde Sie immer lieben, doch wo diese Liebe hinschlägt, da muß ich auch vertrauen können.

Auf alle Zeiten verlasse ich diese traurige, von Enttäuschung gezeichnete Heimstatt. Ich gehe fort nach Long Beach, um dort ein wenig zu meiner einstigen Fröhlichkeit zurückzufinden.

P.S. Übrigens – als ich die Wohnung verließ, fand ich einen geladenen Revolver auf dem Tisch. Was hat das zu bedeuten?«

Jäh setzte die Madeleonette sich hin. »Ich bin also doch die Antilope«, sagte sie.

So kommt es, daß der zweite Absatz dieser Geschichte der letzte ist.

Losnummer 177

Clochette Brin war sich ziemlich sicher, daß kein dienstbarer Geist ihr den nötigen Kies gegen das Fenster werfen würde, um sie aus dem Schlaf zu holen, weil Clochette sich eingestehen mußte, daß sie nicht mehr jung und reizvoll war, ihre Stimme ihre Farbe verloren hatte, wie eine verblassende Tulpe die Schönheit verliert, und ihre Augen nicht mehr so sanft blickten wie einst, da die metallische Härte des Unmuts sich in letzter Zeit weidlich darin breitgemacht hatte.

Folglich vermochte Clochette in ihrer Zukunft nicht mehr zu erblicken als ein behagliches Alter und unter Umständen einen sechsteiligen Satz versilberter Mokkalöffel mit Rosenbüschelmuster – sie mußte nur an sie herankommen.

Clochette Brin war Fahrkartenverkäuferin. Morgens bahnte sie sich ihren Weg durch die vorwärtshastenden Arbeiter von der Fünf-Uhr-Fähre im Süden und die ihrem Frühstück nachtrauernden Bewohner der besseren Viertel und hievte alles, was von ihrer ansehnlichen Gestalt noch geblieben war, auf den Schemel im Hintergrund des vergitterten Schalterfensters. Wie ein großer Gott im menschlichen Maßstab hockte sie dort zwischen der Keksschachtel und dem alten Stuhl und erschlaffte und sackte immer mehr in sich zusammen wie die Knie einer uralten Frau.

Ganz am Anfang, als Clochette noch jung war, hatte sie gewußt, daß Liebe und Lotterie zusammengehen wie Himmel und Harfe. Außerdem war sie davon ausgegangen, daß die Gewinne, auf welche Losnummer sie auch entfallen mochten, ohnehin nicht viel wert wären.

Übrigens hatte Clochette damit nicht ganz unrecht gehabt.

Jetzt im Alter von dreißig wußte sie, daß das Leben insgesamt eine Lotterie von der eher ärmlichen Sorte war. Infolgedessen reichte sie das Wechselgeld mit jenem Heroismus hinaus, wie er einer Frau gut ansteht, die ein bißchen Übergewicht bekommen hat.

Zwischen zwei Bissen Schinkenbrot und kleinen Ausflügen zum Ofen, wo sie mit einem angelaufenen Löffel den Kaffee umrührte, eine volkstümliche Weise pfeifend, so verbrachte Clochette ihr Leben.

Ihre gesamten Familienbande bestanden aus einem harten, unnachgiebigen Knoten, einer verkrüppelten Mutter, die verkrümmt durch eine rosenbestreute Überdecke stach, ein lebendes Spalier.

Manche Frauen verlieren, wenn sie alt werden, Zuversicht und Üppigkeit und geben, auf harten, dürren Rohrstühlen sitzend, im Buch des Lebens künftighin das Ausrufezeichen ab, um dann schließlich, einem Splitter gleich, in den Fluß Styx zu rutschen. Nicht so jedoch Clochette, die, nach einem Leben im Schatten vieler schwerer Abendmahlzeiten, nun die Tatsache auskostete, daß es nicht ohne beträchtliches Gespritze abgehen würde, wenn sie einst über Bord ginge.

Clochette hatte nichts dagegen einzuwenden, in den Kalten Schweigeorden einzugehen, allerdings wäre sie dazu keinesfalls bereit gewesen, solange sie nicht so viele Silberlöffel ihr eigen nannte, wie eine gewisse sehr bescheidene kleine Untermieterin im Stockwerk unter ihr sie besaß.

Du Berry war der Name dieser gewissen bescheidenen kleinen Untermieterin, und sie war von zarter Rosigkeit und Frische und hatte Haare, die sich über betörend blassen Ohren lockten, und sie lächelte so, daß die Männer darüber verrückt wurden. Sie bemalte Porzellan oder etwas in der Art und verbrachte die meiste Zeit damit, aus dem Fenster zu hängen.

Sie wußte nichts von der Welt, die Clochettes Blick hart gemacht hatte. Sie besaß eine sanfte, großzügige Seele und hätte Clochette alles gegeben, was sie wollte, wenn Clochette darum gebeten hätte. Statt dessen kannte die Du Berry Clochette nur als belebte Rolle »Einser«-Fahrkarten, die gegen sechs

Uhr abends weggeräumt wurde und dann nach Haus kam, um Nahrung aufzunehmen.

Die Du Berry war jung und frisch und gesund und auch ungepudert hübsch, besaß jedoch nur eine Spülküchenkenntnis von Clochette, die wiederum nur so weit reichte, wie es braucht, um zwei Kartoffeln zu waschen, sie trug ihr nie die Freundschaft an.

Nun war ein junger Mann in die Straße gezogen. Er mochte fünfundzwanzig sein – ein schmaler, dunkler, hübscher schwarzhaariger Junge, der in singendem Tonfall sprach.

Er hatte keine Eltern, keine Verwandten, wenig Geld und augenscheinlich keine feste Beschäftigung, oder jedenfalls war das das Bündel Schlußfolgerungen, zu denen die meisten Bewohner der Straße in bezug auf ihn gelangten. Ein Mann, der einer festen Beschäftigung nachgeht, liegt zwar nicht bis zehn oder elf Uhr morgens im Bett, doch kommt einer, der keiner solchen nachgeht, wiederum selten abends gegen sieben nach Haus, um Keulen- und Hantelübungen zu machen.

Soviel wußten Clochette und die Du Berry von ihm; die Schatten in seinem Zimmer wußten mehr. Sie wußten, daß er es sich persönlich zum Grundsatz gemacht hatte, unmittelbar vor dem Schlafengehen eine Kinnbinde anzulegen und viel Frottee über einen vollkommenen griechischen Rücken zu ziehen, während er wartete, daß das Wasser kochte. Dann wußten die Schatten auch noch, daß das Gewicht solcher Autoren wie George Sand, Meredith, Moore und Dumas für die messerscharfen Bügelfalten in der Hose des jungen Herrn verantwortlich war.

Doik hieß er. Von schlanken Händen wie ein Taschendieb und warmherzig wie ein Ire schlich Doik sich in die Straße ein, die derzeit die Du Berry und Clochette, die Fahrkartenverkäuferin, beherbergte.

Selbstverständlich verliebte die Du Berry sich auf den ersten Blick, wie wohl jedermann erwartet hat, und hätte nichts lieber getan, als die weißen Hemden zu plätten, die vor seinem Fenster flatterten.

Clochette liebte ihn ebenfalls, doch Clochette war anders. Sie hätte ihm gern Hering zum Frühstück zubereitet und ihm die Liebhaberinnen vom Hals gehalten.

Clochette war es, die zuerst Bekanntschaft schloß.

Dies ergab sich aus Doiks Entschlossenheit, irgendeine Art von gesellschaftlichem Leben zu pflegen. Er sehnte sich nach Freundschaft. Außerdem war er auf ein umfassenderes Wissen über Die Avenue, dünnwandige Teetassen und den wohlgewachsten Schnurrbart aus. Er hatte gehört, in Der Avenue seien Liebe und Leben reif zum Pflücken, und er hatte südlich der 33. Straße bereits den entsprechenden Bus in die Unterführung eintauchen sehen.

Fürs erste unterhielt er sich mit Clochette.

Clochette sprach gut, weil sie reichlich verächtlich von den Lebensregeln des Zwei-Meter-Bücherschranks dachte, und derlei Dinge machten sie ungeheuer menschlich.

Sie wußte, daß Doik abgebrannt war, daß er ein Gentleman war, daß er außerordentlich gut gebaut war, daß man ihn gutaussehend hätte nennen können, doch Schönheit findet als Ersatz für Bargeld in der Baxter Street nicht den geringsten Anklang.

Er erhoffte sich insgeheim den Umzug in die beste Gegend. Und während er hoffte und harrte, erfuhr er durch Clochette von den beiden alljährlichen Ereignissen der Baxter Street.

Ereignis Nummer eins war das Eintreffen des Mannes aus den sumpfigen Teilen Londons, der Kunststücke auf Stelzen vollführte. Und Ereignis Nummer zwei war die jährliche Verlosung des Preises, den Loggies Lichtspielhaus ausschließlich für unverheiratete Frauen ausgesetzt hatte.

»Sind Sie da noch nie gewesen?« fragte sie und wies schwungvoll hinter sich in Richtung Loggie.

Doik schüttelte den Kopf.

»Die machen verflixt gute Sachen da«, fuhr sie fort, »jeden

Freitag ist die regelmäßige Verlosung, und einmal im Jahr, am 5. Mai, machen sie eine Sonderziehung nur für unverheiratete Frauen!«

Sie ruckte ein bißchen mit dem Kopf und lächelte, weil der Gedanke ihr behagte, daß für die ledigen Frauen der Straßen des modernen Babylon so etwas vorgesehen war. Es verlieh ihnen eine gewisse Würde.

»Die anderen Gewinne sind ungefähr alle gleich. Jeder kann an der Ziehung teilnehmen, doch da gibt es keine silbernen Bürsten und Tischläufer, das ist mehr das Übliche.«

»Hmm«, machte Doik, »und was gibt's diesmal zu gewinnen?«

»Das weiß man vorher nie«, sagte Clochette mit abgewandtem Blick, »das ist im allgemeinen eher etwas Ausgefallenes. Einmal haben sie uns ganz schön hochgenommen. Wir waren alle da, wir Frauen, und wir waren alle alleinstehend, stellen Sie sich das vor, und wir waren furchtbar aufgeregt, als wir nachgeschaut haben, wer die Gewinnummer gezogen hatte. Die kleine Malerin, die Du Berry, war auch da, als der Gewinn gezogen wurde.«

»Und was war das?« Doik beugte sich vor.

»Ach, nichts Besonderes«, sagte Clochette ausweichend.

»Das müssen Sie mir aber schon sagen, finde ich!«

»Weshalb?«

Doik überlegte. Seit langem schon vertrauten ihm die Mädchen alles mögliche an. Er wußte, er konnte einiges vertragen. Außerdem wußte er, daß Adonis nichts verborgen bleibt, und folglich lächelte er und zeigte eine dichte Reihe ebenmäßiger Zähne. »Ach, kommen Sie, seien Sie ein liebes Mädchen und erzählen Sie's Doik!«

Sie errötete und rührte den Kaffeesatz in der Kanne um.

»Das eine war'n Beißring, das andere war –.«

»Ja?« drängte er.

»Eine Smokingjacke.«

Sie hob den Blick, um sich seines vollen Verständnisses zu versichern, und er lachte mit einemmal tonlos, die Hände auf den Knien. Lachte und nahm den Hut ab und sagte, er sei sprachlos, und war sich völlig darüber im klaren, was das für die Schwesternschaft der Baxter Street bedeutet haben mußte. »Und wer hat das Jackett bekommen?«

»Mrs. Penells Tochter Daisy.«

»Und wer den Beißring?«

»Ich.«

Er sagte, auch damit habe er nicht gerechnet, und stand und starrte in Richtung Loggies Lichtspielhaus.

»Was es wohl diesmal wird?«

»Ich weiß nicht«, antwortete Clochette, »niemand weiß das bis nach dem letzten Film.«

»Den verheirateten Frauen gegenüber ist das doch eigentlich nicht gerecht«, wagte er einzuwenden.

»Als ob die das nötig hätten!« versetzte Clochette unbedacht, »die haben doch sowieso schon alles im Leben, da müssen sie wohl nicht auch noch die ganzen Preise haben! Nein, nein, das ist doch beinah ein Anreiz, um ledig zu bleiben, und einen Anreiz«, setzte sie hinzu, »können wir weiß Gott gebrauchen!«

»Ja«, sagte er, »vermutlich – heh! Moment mal!« unterbrach er sich und schoß plötzlich hinaus und die Treppe hinunter.

Eine Stunde später sah man den Jungen in Richtung Sams Mittagstisch schreiten, und drei Passanten auf der Straße behaupteten, sie hätten gesehen, wie er Rindfleischeintopf und ein großes Stück gedeckten Apfelkuchen herunterschlang, »und«, so bemerkten sie, »gegessen hat er, als wenn er schon gar nicht mehr gewußt hätte, was das ist«. Was beinahe stimmte.

Ungefähr um zwei sah Clochette ihn wieder und stellte ihm aus tiefer seelischer Erschöpfung die Frage, wo er gewesen sei.

»Ach wissen Sie«, sagte er, »zufällig bot sich mir Gelegenheit zu einem Essen, und die habe ich wahrgenommen.«

»Ach so«, bemerkte Clochette und setzte hinzu: »Sagen Sie, wann waren Sie eigentlich das letztemal zu Hause?«

»Ich habe kein Zuhause.«

»Kein Zuhause. Sagen Sie, Doik – Kleiner –, Sie sind doch nicht etwa Waise?«

Er nickte.

»Keinerlei Verwandte?«

»Keinen einzigen. Letzter meiner Sippe, letzter meines Namens.«

»Keine Freunde?«

»Bloß Sie.«

»Mein Gott! Wie wollen Sie das denn schaffen?«

»Indem ich mich nicht unterkriegen lasse«, sagte er tapfer.

»Hören Sie zu«, sagte sie unvermittelt, »Sie können jeden Abend, wenn Sie Lust haben, zu mir raufkommen, und ich und meine Mutter werden Ihnen die verlorenen Verwandten ersetzen, so gut es geht.«

»Sie sind schrecklich gut zu mir«, sagte er, und Tränen verschleierten seinen Blick und verzerrten die senkrechten Linien des Käfigs, in dem seine einzige Freundin saß.

»Sie können heute abend raufkommen«, setzte sie hinzu und wandte sich ab.

Die kleine Malerin, die die Füße aufs Sofa hochgelegt und ein Zeichenbrett auf dem Schoß hatte, sang leise vor sich hin, als das Abendlicht zu glühen begann. Die Ausdünstung von altgekauften Kleidern und die Mühsal warmer Menschenmengen wehten sie an. So einen Abend wie diesen hatte es einst in Babylon auch einmal gegeben. Und jetzt war der wundersame Weihrauch Petes Rollwagen mit den Zwiebeln, und die wundersamen wallenden Gewänder waren die von Mrs. O'Shay, die gerade auf dem Dach ihrer Behausung Limonade nippte. Die sanften Klänge einer alten Welt waren einfach nur die üblichen hohen Töne, mit denen Mrs. Skindisky ihre Kleinen hereinrief.

Unten bei Loggie schimmerten die roten Lichter – Herzblut eines unstillbaren Verlangens. Der Briefkasten hatte die verschwommenen Proportionen der Möglichkeiten des kommenden Tages angenommen, und die goldenen und purpurfarbenen Flaschen im Apothekenfenster bekamen Glanzlichter aufgesetzt, als Danny, der Apotheker, das Gaslicht einschaltete.

Alsbald legte die Du Berry das Brett nieder und lehnte sich aus dem Fenster. Die Polizeiwache erwachte zu einem Lichtgestöber, und ein oder zwei Uniformen standen auf dem Treppenabsatz. Das grelle, abgerissene Gelächter eines Mädchens drang an das Ohr der Du Berry, und sie wandte plötzlich den Kopf und war betrübt und ein bißchen traurig. Und dann, als sie sich wieder den Lichtern von Loggies Lichtspielhaus zuwandte, lächelte sie und ließ den Blick gleichgültig über die endlosen Zeilen von Wohnhäusern schweifen, die sich im grenzenlosen Radius der Abendsonne eins ums andere aneinanderreihten, und dann fuhr sie auf und zog den Kopf herein.

Auf der Treppe waren Schritte zu hören.

Nach Clochette ging niemand mehr nach oben, und die hatte ihre Tür schon vor einer ganzen Stunde geschlossen. Außerdem war das der Schritt eines Mannes, und er klang leicht und nahezu hoffnungsvoll und dabei doch zögernd.

Das Herz der Du Berry schlug mächtig, als sie sich in einem Anfall von Schwäche gegen die Wand lehnte. War das – konnte das sein?

Der Schritt hielt inne und stieg dann weiter hinauf, und sie stand reglos und umklammerte den Türknauf, und dann, als der Schritt erstarb, öffnete sie rasch die Tür und schaute hinaus. Eine Sekunde lang sah sie das Blau der Hose von Doik, und in der nächsten war das Blau in Clochettes Wohnung eingetreten.

Was jedoch bewirkt hatte, daß ihr das Herz stillstand, war der Blick, den der Eigentümer der Hose ihr zugeschossen hatte.

Wenn Clochette später an diesen Abend zurückdachte, hatte sie einigen Anlaß zum Bedauern.

»Nein, vielen Dank«, sagte Doik und schüttelte sich die Krümel von den Knien, »jetzt möchte ich, glaube ich, wirklich nicht mehr.«

»Kann ich Ihnen nicht etwas vorlesen, Ma'am, oder sonst irgend etwas tun, damit dieser Abend für Sie genauso angenehm wird wie für mich?« Er sagte das so schlicht und treuherzig und preßte die Hände so fest gegeneinander und sah so nett und komisch aus, daß die Frau unter der Überdecke ihre Stummheit plötzlich als peinvoll zu empfinden begann und in ihrem Blick zu lesen war, wie sehr sie es bedauerte, daß der Rheumatismus sie mit dieser Ausschließlichkeit umfangen hielt.

»Sie kann Sie nicht verstehen«, sagte Clochette, wandte sich dann jedoch ab und rührte in irgendeinem Krug herum.

Der Junge wanderte ziellos umher und sagte kurz darauf: »Meinen Sie denn, Sie kann nicht hören?«

»Doch, sie kann hören«, sagte Clochette.

Neben ihr sitzend las er ihr vor, und Clochette, die zusah, verwunderte sich immer wieder neu über die Dinge, die der Baxter Street so ins Netz gingen.

Sie half ihm in den Mantel. »Sie sind ein guter Junge«, sagte sie, und irgend etwas an ihrem Tonfall bewirkte, daß er leicht nickte, als er die Tür erreichte.

»Sie wären vermutlich nicht stolz oder froh, wenn Sie mitansähen, wie ich mich verkaufe?« wollte er wissen, und ohne ihre Antwort abzuwarten, dankte er ihr, sagte, er würde sie wieder besuchen, und schloß die Tür.

Nun blieb die Du Berry nie so lange auf, doch sie hörte, wie die Tür von Clochettes Zimmer sich öffnete und dann, wie sie geschlossen wurde, und als sie rasch auf den Treppenabsatz hinaustrat, weil sie ihn sehen wollte, schaute sie ihm mit einemmal ohne jeden Vorwand ins Gesicht, und so nahm sie denn seine Hände, und eine Minute lang standen sie so beieinander. Das Leben auf der Straße erstarb, und die Pferde von Pete sackten gegen ihre Boxen und stampften, daß man es weithin durch die Nacht der Baxter Street hören konnte. Das berührte jedoch das Leben des Jungen, der Hanteln schwang, und des Mädchens, das Porzellan bemalte, nicht.

Und dann platzte er heraus: »Gehen Sie auch hin?« und sie antwortete: »Ja«, und er verschwand in die Nacht, die auch die farbigen Flaschen in Dannys Apotheke umfangen hielt.

Würde sie hingehen? Ach, sie meinte schon. Gleich am nächsten Tag lieferte sie der ganzen Straße den Beweis dafür, indem sie sich zwei Stunden, ehe es losging, ihre Karte kaufte. Tja, und Tommy Thrupp, der die Karten verkaufte, kannte die Gewinnummer (so etwas kommt vor), und da er ein gewisses Mädchen, das Porzellan bemalte, gern hatte, steckte er sie ihr zu und erklärte ihr flüsternd, die 54 sei die Schlinge um den Hals von sechs versilberten Mokkalöffeln mit Rosenbüschel.

Nach dem Abendessen, als sie die Teekanne ausspülte, erzählte die Du Berry Clochette davon, hinten in der Spülküche, und Clochettes Blick wurde hart. »Sechs silberne Mokkalöffel?« sagte sie und dachte nach. Sie maß dies zarte kleine Mädchen mit dem Blick, und im tiefsten Innern wußte sie, daß die Du Berry imstande war, ihr Leben hinzugeben, bloß weil man sie darum bat. Clochette haßte es aber, jemanden um einen Gefallen zu bitten. Doch die sechs rosenbüschelverzierten, versilberten Mokkalöffel waren nun einmal genau das, was das Besteck vervollständigt hätte.

»Hören Sie!« Sie wandte sich so plötzlich um, daß die Du Berry einen Satz machte. »Sie sind doch bestimmt keine Spielverderberin, wie? Also riskieren Sie doch mal was – wir tauschen die Eintrittskarten. Meine hat die Nummer 177. Und dann sehen wir mal, was passiert!«

»Aber die Löffel!« schrie die Du Berry und sperrte die Augen auf, begriff dann jedoch und überreichte ihr das Los sogleich und hätte Clochette obendrein noch küssen mögen. So tauschten sie also, und die Du Berry kehrte in ihr Zimmer zurück und schloß die Tür und sagte wieder und wieder: »Armes, armes Ding, armes Herz, armes Herz! Ich bin ja so froh, daß ich ihr das geben konnte. Ach, ich hoffe nur, was Tommy gesagt hat, stimmt!«

Der Junge, der bei Loggie am Klavier saß, klaubte die letzte Handvoll Ragtime zusammen und streute sie dann in einer abschließenden Aufwallung von Frühlingsgefühlen ins Publikum, schüttelte die Finger, durch keinen Markennamen behindert, jenseits der Tasten aus, warf sich die Pompadourfrisur aus den Augen, wirbelte auf seinem Schemel herum und sorgte gleichzeitig für das Ersterben des elektrischen Lichts über den Notenblättern.

Die ganze Schwesternschaft der Ledigen wartete gemeinsam mit der Du Berry, die erst spät hereingekommen war, und Clochette Brin, die früh eingetroffen war, im Dunkeln.

Ein, zwei, drei der mickrigen Lämpchen an beiden Flanken der Bühne blinkten auf. Drei, vier, fünf, sechs, und Tommy betrat die Bildfläche, wirbelte seinen gewaltigen Sack mit den Losnummern herum und stürzte dann in die Bühnenmitte, wo er (die Nummern wußten kaum, wie ihnen geschah) verkündete, der Gewinn der Silberlöffel entfalle auf die Nummer 54, und wartete.

Ein Rascheln erhob sich, als der gesamte unvereheliche Anteil der Baxter Street angestrengt auf seine Billetts blickte, dann kam der lange Seufzer der Enttäuschung, als sich, für jedermann sichtbar, Clochette Brin, die Fahrkartenverkäuferin, erhob und dem unbeanspruchten Teil der Baxter Street mit heldenhafter babylonischer Stimme erklärte, daß die rosenbüschelverzierten, versilberten Mokkalöffel ihr gehörten.

Tommys Blicke schweiften einen Augenblick lang umher, und da er die Du Berry kannte, stand ein Lächeln darin, als er den Preis überreichte.

Die Hälse wurden lang, als die Schwesternschaft sich ein umfassendes Bild von der Person machte, die den Gegenstand ihrer Hoffnungen davongetragen hatte.

Und dann kehrten alle Blicke zu Tommy zurück, der die Hand hochhielt. Eine schreckliche Stille trat ein. »Die andere Gewinnummer ist 177«, sagte er und fügte, als die Du Berry mit stockendem Atem halb von ihrem Sitz hochfuhr, hinzu:

»Jetzt verwirkt eine ihr Recht, nächstes Jahr hier mitzumachen. Erlauben Sie mir, die Nummer 177 vorzustellen!«

In das trübe Glühen der sechs Lichter auf der Bühne trat – Doik. Ein bißchen blaß, mit zurückgeworfenem Kopf und leicht schwankendem Oberkörper. Ein prachtvoller Mann im Augenblick dieser Geste, zu der ein hartes Los ihn veranlaßt hatte, und langsam nahm der Kopf seine normale Haltung ein, und er blickte seinem Schicksal ins Auge.

»Oh mein Gott!« hauchte Clochette Brin. »Ich habe dich verkauft, Doik, für einen Satz versilberter Löffel«, und die Stimme brach ihr, doch Doik hörte sie nicht.

»Oh je, da war der Herr aber gnädig«, sagte Doik, als er die kleine Malerin in die Arme nahm, »hundert habe ich dafür bekommen – und dich!«

Danach herrschte Schweigen, bis eine von ihnen sagte: »Jetzt kann ich nächstes Jahr nicht mehr mitmachen und mich um diese Preise bewerben, die –«, ein kleines Stocken trat ein – »nur für unverheiratete Frauen ausgesetzt werden«, und irgend etwas bewirkte, daß die Rede genau hier abbrach.

»Nein«, sagte Clochettes Stimme aus dem Dunkel, »ich möchte euch nicht stören, ich dachte nur – (haspelte sie auf eine gequälte, rührende Weise los), »ich dachte nur, dies hier könnte ja im nächsten Jahr gelegen kommen, wenn Sie – wenn Sie nicht mitmachen können«, und weg war sie.

Sie zündeten ein Streichholz an, und als sie in seinem trüben Lichtschein die Köpfe zusammensteckten, erkannten sie einen kleinen roten Gummibeißring.

3 Tropfen Komödie

Er war ein großer Mann – mit langen, bleichen Händen, die von den Handgelenken herabbaumelten wie schwere Blüten an schlanken Stengeln. Die blauen Augen unter den langgezogenen Lidern blickten scharf, und das Weiße war von einem seltsamen Adergewirr durchzogen, so daß die Iris wie eine kleine Beere inmitten eines Rebstocks aussah. Er hatte eine merkwürdige Art zu gehen, halb als schlendere er, und obwohl er nie den Eindruck erweckte, es eilig zu haben, schaffte er es irgendwie, ein bißchen rascher vorwärtszukommen als jeder seiner drei Freunde. Die schlanken Beine mündeten abrupt in flache Hüften, und die prallgefüllten Taschen des Tweedanzugs waren zur Hälfte immer voller Zeitungsausschnitte. Gewöhnlich hatte er eine Zigarre im Mundwinkel hängen, die gelegentlich eine Rauchschwade über einem Kopf aufsteigen ließ, der bereits das Haar zu verlieren begonnen hatte. Der Eindruck war derselbe, wie wenn man ein Bild von einem hohen Berg anschaut, auf den sich eine Wolke niedergesenkt hat. Wenn er sprach, geschah das auf eine knappe, schroffe Weise, der ein gelegentliches gedehntes »und«, »das« oder »wenn« besonderen Nachdruck verlieh.

Er hatte im Leben viele Dinge getan, über die er mit niemandem sprach. Er gefiel sich in dem Gedanken, daß er immer noch imstande wäre, jene wenigen Freunde in Erstaunen zu versetzen, die er nie auch nur für sich zu interessieren vermocht hatte. Wieder und wieder hatte er in Augenblicken, wo ihm das einiges eingebracht hätte, versäumt, seine Geschichte zu erzählen. Weshalb nur? Wahrscheinlich deshalb, weil sie letzten Endes öde, gewöhnlich und ereignislos verlaufen war.

Die Freunde dieses Mannes gehörten zu der Sorte, die sich von einem Augenblick auf den anderen von der Ebene »Freund« auf die der »Bande« hinabzugeben vermag. Allein von den Umständen hängt es ab, ob sie nun gerade Freund,

Liebhaber, Feind, Dieb, Schläger oder wer weiß was noch alles sind. Da genügt schon eine Hand auf der Schulter, ein ins Ohr geflüstertes Wort, eine bestimmte Kombination offensichtlich unwichtiger Vorfälle.

Der Mann, Roger, wußte das sehr wohl. Ungeachtet seiner verhaltenen Gangart, ungeachtet seines gelassenen Gebarens und seiner gelegentlichen, schnellgesprochenen Äußerungen hatte er ihnen noch nicht gestattet, der Tatsache gewahr zu werden, daß er ihr Meister war. Gewöhnlich saß er unter ihnen, rieb sich das Kinn, rauchte seine Zigarre, hustete und sagte kein Wort. Bisweilen trank er mit ihnen, lachte, wenn sie nicht lachten, und verzog keine Miene, wenn sie vor Lachen röhrten. Nur bei solchen Gelegenheiten kam es vor, daß die anderen plötzlich innehielten, und – indem sie ihn ansahen – mit einem halben Lachen oder einem bloß vorgetäuschten Husten abbrachen. Er verstand sehr gut, weshalb. Er sagte nie etwas dazu.

Dieser Mann hatte Frau und Sohn. Er sprach nie von ihnen, abgesehen von den ein, zwei Malen, wo er seinen Sohn mit einer Spur von schlecht verhohlenem Stolz erwähnte.

Seine Frau war von der Sorte, die, obwohl füllig und mißmutig, bei Gesellschaften und Bällen stets mit einem zartfransigen Federfächer auftaucht, oder der man begegnet, wenn sie mit einer langen Rose zwischen den Zähnen aus Teesalons tritt – etwas, das wahrscheinlich sämtliche Frauen der Welt schon getan haben.

Sie trug ihre Leidenschaft für Blumen bis in ihr eigenes Zimmer hinein und von dort wieder hinaus auf sämtliche Fensterbänke der Wohnung. In Grün gehaltene Blumenkästen bargen, wenn die Jahreszeit es zuließ, Stiefmütterchen und Veilchen, die sie so oft goß, daß sie eingingen.

Ihre Blumen mußten nur hinter ihrer Leidenschaft für ihren Sohn zurückstehen. Für ihren Gatten hegte sie diese eigenartige Wertschätzung, die eine Frau in der Öffentlichkeit häufig dadurch zur Schau stellt, daß sie ihm zuviel Zucker in den Tee tut, während sie ihn gänzlich ohne dasitzen läßt, wenn sie allein mit ihm speist. Für sie hätte Roger jedoch vielleicht einer der großen Männer der Geschichte sein können.

Der Junge war zart gebaut und besaß einige Ähnlichkeit mit seinem Vater – nur daß er kleiner geraten und tatkräftiger war. Er hatte langes strohblondes Haar, eine gerade Nase, ein männliches Kinn, einen beträchtlichen Hang zu unverblümter Ehrlichkeit und ein ausgeprägtes Talent fürs Klavierspiel. Bisweilen jedoch machte er eine knappe Bemerkung, die seine Mutter unfehlbar erzürnen mußte und seinen Vater zu Gesten des Unbehagens veranlaßte.

Er fing an, ein hübscher Junge zu werden, und wußte das auch. Sein Versuch, sich einen Schnurrbart zuzulegen, war durchaus geglückt, und er zwirbelte ihn mit solcher Ausdauer, daß seine Fingerübungen entlang der Tonleiter rechtsseitig auffällig abgenommen hatten.

Er machte gern Bemerkungen wie: »Es ist sinnlos, ihr braucht nicht vom Fortschritt der Zivilisation zu reden. Wir sind nichts als geschickte Affen.«

»Na, na, Junge!«

»Ja, ich weiß, das hört sich nicht schön an – die haben überhaupt keine Manieren. Doch das ist der einzige Unterschied, versteht ihr? Manieren haben den Frauen bis zum gewissen Grade ein Mitspracherecht verschafft – Shaws Heldinnen beispielsweise verdanken ihre Befreiung der unerschöpflichen Höflichkeit ihrer Gatten. Und noch nie ist ein Mann König geworden, ehe er nicht die Kunst beherrschte, sich ohne Schwierigkeiten zu verbeugen. Der Unterschied zwischen der Verbeugung des Bürgers und der des Aristokraten besteht darin, daß bei dem einen die Gesichtsmuskeln schlaff sind und zulassen, daß Wangen und Lippen vorfallen und seinem Gesicht einen verdrießlichen, unproportionierten Ausdruck verleihen – während bei dem anderen das Gesicht selbst dann noch intakt bleibt, wenn man ihn an den Füßen vom Galgen baumeln läßt.«

»Junge, du bist, was die Engländer grauenhaft nennen.«

Er zwirbelte seinen hellen Schnurrbart. »Das hast du aber von mir!« sagte er.

Dann seufzte die Mutter gewöhnlich, faltete ihr Taschentuch zu einem sehr kleinen Viereck und sagte zu Roger: »Es tut mir leid, aber ich habe den Eindruck, daß der junge Mann seltsam wird und aus einem merkwürdigen Stoff gemacht ist.«

Roger antwortete stets ebenso knapp wie monoton: »Wenn er aus Stoff wär, wär's Seide«, schlug die Hacken zusammen und brach auf, um mit seinen drei Freunden in entrücktem Schweigen zu trinken.

Wovor fürchtete er sich denn so sehr? Es war ganz einfach.

Er fürchtete, daß sein Sohn seiner einförmigen Existenz überdrüssig werden könnte – wußte jedoch gleichzeitig, daß er nicht zu etwas Neuem imstande wäre, ehe das Schicksal ihm nicht den nötigen Stoß versetzte. Dies war der hauptsächliche Grund für seine Schweigsamkeit in bezug auf seine Vergangenheit; selbst seinem Sohn gegenüber verriet er in nichts, daß er auch vor dem Alter von 29 schon gelebt hatte. Er erhoffte sich, daß sein Schweigen über diesen Abschnitt seiner Existenz für seinen Sohn zur Quelle romantischer Spekulationen werden würde, die ihn etwas enger an die Familie bänden.

Er ersehnte sich für seinen Sohn eine ehrenvolle Laufbahn. Weshalb, wird noch deutlich werden.

Er hatte ihn oft darauf aufmerksam gemacht, welches Ansehen die Chemie genoß. Sein Sohn hatte nur gelacht. Er schlug ihm einen Mathematikkurs vor. Sein Sohn antwortete prompt: »Zwei und zwei macht fünf.« Er ließ das Thema auf sich beruhen und verfiel in eine hymnische Schilderung des Lebens, das einem Anthropologen vergönnt ist. Sein Sohn versetzte: »Die Menschen haben vier Beine, haben jedoch gelernt, zwei davon Hände zu nennen.« Sein Vater seufzte.

»Weshalb wirst du denn dann nicht Bauingenieur?«

»Um eine Brücke herzustellen«, antwortete der Sohn, »bürdet man einem Mann die Dinge auf, die ihm widerwärtig sind, bis er, tiefgebeugt, seine Hände einmal mehr Füße nennt.«

Roger wandte sich plötzlich von ihm ab, drückte sich den Hut tief ins Gesicht und trat auf die Straße hinaus.

Tja, was ließ sich dagegen bloß ausrichten? Was wollte sein Sohn denn im Leben machen? Müßiggehen?

»Nichts da!« murmelte er bei sich, »den werd' ich Mores lehren!«

Doch wenn Eltern murmeln, daß sie demnächst etwas lehren werden, dann ist der Augenblick nicht mehr weit, wo sie etwas lernen können.

Dann kam sein Sohn eines Tages ohne seinen Schnurrbart nach Hause. Roger ging in sein Zimmer und schloß die Tür. Danach lief er stundenlang auf und ab, die Hände auf dem Rücken und einen seltsamen Ausdruck im Gesicht, der zugleich sehr traurig und glücklich war. Eigentlich sah er wie ein Mann aus, der im Augenblick der Eröffnung, daß er eine beträchtliche Gehaltserhöhung zu erwarten habe, eine Tasse kaltes Wasser ins Gesicht gekippt bekommen hat.

Einerseits war Roger perplex und andererseits die Ruhe selbst. In ihm schien etwas zerbrochen zu sein, doch als er später aus jenem Zimmer wieder herauskam, hatte sich um seinen Mund ein harter Ausdruck festgesetzt, der ihm zugleich kalt aus den Augen leuchtete.

Als er ausging, befühlte er mit ernster Miene und völlig gedankenverloren einen Zettel. Er hatte ihn zu den anderen in seinen vollgestopften Taschen gesteckt.

Er stieß die Tür zu dem Raum auf, der von ihm und seinen drei Freunden so gern frequentiert wurde.

Endlich waren alle still.

Sie fühlten sich mehr als unbehaglich. Dann waren sie erschreckt. Was sie erwartet hatten, war gekommen; das, womit sie gerechnet hatten, würde gleich passieren. Sie hatten das Gefühl, sich vor jenem Absprung zu befinden, der Abenteuer genannt wird und sie für den Rest ihres Lebens aus zufälligen und uninteressanten Figuren in etwas Historisches und Schreckliches verwandeln würde.

Sie bestellten eine Runde Bier und Sandwichs. Roger hielt nicht mit.

»Nein«, sagte er wie als Antwort auf etwas, das sie im Chor geäußert hatten. »Nein, Jungs, wir brauchen in dieser Situation nichts als ein wenig Umsicht und ein großes Maß an Einsatzbereitschaft.«

Einer von ihnen fragte, was denn los sei.

»Das hier«, sagte er langsam, wobei er die Hand an die Hüfte legte und mit den Fingern sacht nach unten griff, indem er sie von der Handfläche her zu ihrer vollen Länge ausstreckte. »Das hier ist los – ich brauche eure vereinigten Kräfte – versteht ihr?«

Sie erklärten ihre Bereitwilligkeit.

»Außerdem brauche ich Verschwiegenheit – klar?«

Sie nickten.

»Kann ich mich auf euch verlassen – jeden einzelnen?«

Sie nickten ein zweites Mal.

»Versteht ihr, es läßt sich ohne eure Hilfe nicht bewerkstelligen – sonst würde ich es allein machen. Der Junge ist stark, und ich bin kein junger Mann mehr.«

Er legte den Zettel sacht vor sie hin und blickte sie einen nach dem anderen an, während sie ihn lasen.

Die Notiz von der Hand seines Sohnes lautete: »Alles klar. Charlie wird heute nacht einen famosen Ausbruch hinlegen, falls es nicht regnet – falls doch, warten wir auf eine geeignete Nacht. Würde mir nicht schmecken, ein Abenteuer, das wahrscheinlich mein Leben verändern wird, im Regen anzufangen.«

Und ein langgezogenes Gekritzel darunter: »Hoch lebe unsere ständig wachsende Bruderschaft des Rings!«

Die Männer lehnten sich zurück.

»Na?«

Sie antworteten, daß sie nicht recht schlau draus würden. Roger erklärte bedachtsam: »Das ist von meinem Sohn, versteht ihr! Er hat schon immer damit gedroht, daß er weglaufen würde. Ursprünglich hatte er den Einfall, Zirkusreiter zu werden. Das war, als er fünfzehn war. Dann wollte er Polizist werden. Und in der letzten Zeit tat er nichts anderes, als Sportseiten zu lesen – was bedeutet, daß Jess Willard ihn gepackt hat. Der Rest liegt auf der Hand. Er will mit diesem Freund, dem Charlie, weglaufen, der selbst so ein Preisboxer ist, wenn auch ein bescheidener Anfänger. Das heißt, er macht es nur, wenn es nicht regnet…«

Die drei antworteten: »Was sollen wir tun?«

Roger antwortete prompt: »Ihn aufhalten natürlich.«

»Wie?«

Er lachte und zerknüllte den Zettel in der ersten Faust, die sie ihn je hatten ballen sehen.

»Ja, weshalb stellt ihr mir denn so eine Frage? Wie soll man seine Kinder schon daran hindern können, vom Baum zu fallen, außer indem man ihnen Angst einjagt?«

»Schön, was sollen wir also tun? Details!«

Roger legte beide Arme mit ihren geballten Enden auf den Tisch. »Als erstes müßt ihr alle zu mir nach Hause kommen. Zweitens müßt ihr Geduld haben, viel Geduld, weil ich euch in den Keller stecken muß.«

»Uhh, das wird aber kalt«, sagte einer.

»Es ist nötig«, erwiderte Roger, »dann, wenn ich euch das Zeichen gebe, stürzt ihr alle raus und schnappt euch das Bürschchen. Macht ihm die Hölle heiß und überlaßt ihn dann mir. Natürlich«, setzte er hinzu, »sollte ich mich mit ihm heute abend vernünftig auseinandersetzen. Ihm sagen, daß ich dahintergekommen bin. Ihm den Zettel zeigen – aber…«

Er unterbrach sich und schaute sich um: »Das würde ihn jedoch nicht lange abhalten. So etwas heizt die Phantasie eines Jungen nur an.«

Sie waren ein bißchen enttäuscht: »Das ist weder besonders gefährlich noch sehr interessant.«

Roger hieb mit der Faust auf den Tisch: »Für mich schon«, antwortete er, »für mich – das genügt. Für mich ist das wichtig. Es geht um die Zukunft meines Jungen.«

Er wandte sich ab. In seinen Augen standen Tränen.

»Weiß deine Frau Bescheid?«

Er schüttelte den Kopf. »Nein«, sagte er, »ich will nicht,

daß sie sich Sorgen macht – außerdem wird er schon genug damit zu schaffen haben, daß ich es weiß.«

»Wäre es nicht besser, wir schnappen ihn hier, auf dieser Seite des Wäldchens, wenn er den Park durchquert hat?«

»Nein, nein. Worauf es ankommt, ist, zu verhindern, daß es ihm gelingt, auch nur drei Schritt vors Haus zu treten – ich möchte ... wie heißt das doch so schön ... Ich möchte das im Keim ersticken. Ich weiß, wo das hinführt.«

»Unsere Kinder«, sagte er, offensichtlich einen Moment lang unbekümmert darum, wo er sich befand, »kommen nur so lange zu uns und bleiben gern bei uns, wie die Beine ihnen noch den Dienst versagen. Nur bis sie den Löffel, das Glas und die Gabel selbst halten können, und dann – fliegen sie aus.« Er setzte hinzu: »Das Kind hatte recht. Wir sind Affen oder so etwas – wir ändern uns nicht. Sobald wir können, gehen wir; wenn es ein Vogel ist, fliegt er; wenn es ein Kalb ist, läuft es, und wenn es eine Frucht ist, dann fällt sie.«

Sie tuschelten miteinander. Sein Zorn hatte sie verändert; seine Bitte um Hilfe freute sie, doch seine Philosophie verdutzte sie nur und brachte sie zum Lachen, was oft dasselbe ist, denn hierin, so wurde ihnen klar, lag nämlich der Unterschied zwischen der Hand, die die Tat ausführt, und dem Hirn, das sie anleitet.

So saßen sie, bis die Abenddämmerung eingesetzt hatte – und dann, als sie Arm in Arm auf die Straße hinaustraten, sagten sie, es sähe nach einer stürmischen Nacht aus, da keine Sterne zu sehen waren. Sie versprachen, nach dem Abendessen zu Roger zu kommen, und nachdem ihnen eingeschärft worden war, daß sie den Hintereingang benutzen und unverzüglich in den Keller hinabsteigen sollten, trennten sie sich.

Die Nacht war finster geworden, als Roger sich, so gegen 9 Uhr 30, mit einer Ausrede von seiner Frau verabschiedete und in den Keller hinabstieg. Sein Sohn hatte auf einen Auftritt am Abendbrottisch verzichtet – was an sich nichts Ungewöhnliches war, doch heute abend stimmte es Roger unglücklich und nachdenklich.

Alsbald machte dreimaliges Klopfen an der Fensterscheibe ihn warnend darauf aufmerksam, daß seine Freunde draußen standen.

Er forderte sie flüsternd auf, herunterzukommen. Und als sie das taten, konnte man meinen, ihre Füße hätten bereits gelernt zu murmeln, wo sie sonst immer gescharrt und beträchtlichen Lärm gemacht hatten. Sie waren mit langen Stecken bewaffnet und boten einen derart furchteinflößenden Anblick, daß sogar Roger zufrieden war.

»Ich glaube nicht, daß es regnen wird«, sagte er, indem er das Fensterchen zweifingerbreit öffnete und die Hand hinausstreckte, um Temperatur und Feuchtigkeit der Nacht zu erfühlen.

Sie sprachen gedämpft, was nicht nötig war, ihnen jedoch angemessen erschien. Wenn wir einem Menschen gerade eine Falle stellen, dann tun wir das gewöhnlich in gedämpftem Ton.

Sagte der eine:

»Was glaubst du denn, wann er rauskommt?«

Roger antwortete: »Kann sich nur noch um Minuten handeln.«

Sagte ein zweiter: »Gibt es eine Tür, die näher zur Straßenseite ist?«

»Hier«, sagte Roger.

Schweigend warteten sie; lange Zeit verging. Hin und wieder ließ Roger die Hand aus dem Fensterspalt gleiten, um sich zu vergewissern, daß es nicht regnete. Desgleichen korrigierten die drei Männer hin und wieder ihr Mienenspiel, damit sie auch wirklich furchterregend aussahen, wenn der Angriff losging.

Um elf Uhr lief Roger ungeduldig auf und ab.

»Er verspätet sich«, sagte er, »es sei denn, er wartet ab, bis ich nach Hause komme.« Darüber mußte er ein bißchen lachen.

Erneut trat er ans Fenster. »Mir war, als hörte ich Schritte«, sagte er. Wieder streckte er die Hand aus dem Fenster. Ein feiner, nebelgleicher Regen fiel sanft darauf nieder und benetzte sein Handgelenk. Er zog sie ruckartig zurück. Seine ganze Gestalt entspannte sich.

»Es regnet«, sagte er.

Sie schauten einander an.

»Na denn!«

»Trinken wir was. Ich werde euch meiner Frau vorstellen.« Wieder lachte er. »Und meinem Sohn.«

Schwerfällig stapften sie nach oben. Roger stieß die Wohnzimmertür auf und rief nach seiner Frau.

»Bin schon da!« antwortete sie und trat mit langsamen Bewegungen ins Zimmer. Mit ihrem mißmutigen Blick beäugte sie die Szene.

Roger trat ans Fenster und schloß es.

»Weshalb läßt du denn das Fenster offen?« fragte er. »Es ist kalt, meine Liebe!«

»Ich weiß«, antwortete sie und bewegte sich träge durchs Zimmer, als er seine Freunde vorzustellen begann. »Freut mich, Sie kennenzulernen. Ja, ich habe es offen gelassen, als ich gerade eben die Stiefmütterchen gegossen habe. Entschuldige.«

Mit einem unterdrückten Aufschrei sprang Roger auf sie zu. »Als du was hast?« wollte er wissen.

Sehr langsam setzte er sich. Er schlug die Hände vors Gesicht und fing auf eine harte, eindringliche Weise zu lachen an.

In diesem Augenblick genau vollzog sich der Wandel von einem schweigsamen Mann zu einem Monologisierer.

Etwas in ihm war zerbrochen, und was zerbrochen war, war seine eigene unterdrückte Seele beim Ausbruch seines einzigen Sohnes.

Er spielte nur ein einziges Mal auf das an, was gerade vorgefallen war, ehe er sich in einem Sturzbach von Worten über seine Jugend erging.

»Meine Herren, Sie sehen, was es braucht, um einen Vater und einen Sohn zu trennen.« Er räusperte sich, und indem er beide Hände vor sich spreizte, begann er:

»Ja, also, im Jahr achtzehnhundertneununddreißig verließ ich, nachdem ich mich lange danach gesehnt hatte, Preisboxer zu werden, eines Nachts mein Elternhaus durch ein Fenster zum Hof…«

Er war jetzt ein sanfter, kindlicher Mann. Seine Freunde saßen und starrten einigermaßen verängstigt auf drei hölzerne Stecken, die zu ihren Füßen auf dem Teppich lagen.

Die Erde

Una und Lena waren wie zwei prächtige Pferde, Pferde, wie man sie in der frühen Morgendämmerung sehen kann, wenn sie mit ihrem schwankenden Gang gemächlich weiden, Pferde, die pflügen, die es nie eilig haben, aber stets irgend etwas verrichten. Sie waren Polinnen, die tagaus, tagein eine Farm bestellten und dabei wenig sagten, wenig dachten, wenig fühlten, und deren Blicke gänzlich ausdruckslos waren bis auf ein schlaues Funkeln, das bei Una, der Älteren, bisweilen nicht zu übersehen war. Lena träumte mehr, wenn man die Versunkenheit eines Tiers Träume nennen kann. Stundenlang blickte sie mit starren, wimpernlosen Lidern und einem eigenartigen metallischen Ausdruck der Iris zum fernen Horizont. Sie hatte dermaßen blasse Brauen, daß sie kaum zu sehen waren, und das verlieh ihr, zusammen mit den weitaufgerissenen Augen während jener Stunden der Versunkenheit, einen halbverrückten Ausdruck. Ihr grobes bäuerliches Gesicht war von den Fransen einer roten Ponyfrisur umsäumt, die wie ein wollenes Tischtuch wirkte, von einer Farbe, die gleichermaßen reizvoll wie eigenartig war, einer störrischen Farbe, einer Farbe, die so wirkte, als hätte Lena das Gefühl, etwas Fremdes, Übellauniges habe sich über ihre Stirn gelegt, denn von Zeit zu Zeit runzelte sie die derbe weiße Haut und schüttelte den Kopf.

Una zeigte ihr Haar nie. Es war stets von einem gemusterten Taschentuch bedeckt, obwohl es durchaus hübsch war, von dieser stumpfblonden Art, wie man es auf den Köpfen von Kindern sieht, die in der Sonne umherlaufen.

Ursprünglich hatte die Farm ihrem Vater gehört. Als er starb, vermachte er sie ihnen auf eigenartige Weise. Er fürchtete, daß die Familie sich spalten würde oder in Streit geriete, und infolgedessen hatte er Una jeden zweiten Fuß Boden hinterlassen, beginnend mit dem ersten Fuß am Zaun, und den jeweils dazwischenliegenden, beginnend mit dem zweiten Fuß, vermachte er Lena. Und so pflügten und ackerten und pflanzten die beiden Mädchen und fuhren alljährlich eine reiche Ernte ein, und keine stritt wegen des Erbes. Schweigend arbeiteten sie Seite an Seite und beklagten sich nicht, ebensowenig wie die Obstgärten sich beklagen, wenn ihre Zweige blühen und Frucht tragen und sich zu biegen beginnen. Ebensowenig wie die Erde sich beklagt, wenn sie vom Pflug verwundet wird und zuheilt, um Blumen und Gemüsen zum Leben zu verhelfen.

Nach langen Monaten des Sparens hatten sie ein Haus gebaut, worin sie ihre Möbel und einen Onkel, Karl, unterbrachten, der während der Heuernte wahnsinnig geworden war.

Sie ließen sich keinerlei Überraschung anmerken, noch zeigten sie Bedauern. Für uns bedeutet der Wahnsinn die Rückkehr zu einer früheren Stufe, für solche Menschen wie Lena und Una bedeutete er einen Fortschritt. Jetzt war ihr Onkel in ein Land jenseits ihrer Reichweite eingetreten, ins Land der Phantasie. Fünfzig Jahre lang war er gewesen wie sie, schweigsam, hart arbeitend, phantasielos. Dann war er mit einem Male, so wie ein Lernender seine Prüfung ablegt, in eine andere Daseinsform aufgestiegen, wo er von Dingen sprach, von denen nur Menschen sprechen, die der Scholle entsagt haben – von seltsamen, phantastischen, unwichtigen Dingen, Dingen, die man fürchten mußte, weil sie weder von Gewinnen noch von Verlusten handeln.

Wenn Karl plötzlich in sein Geheul verfiel, dann lauschten sie auf dem Feld eine Weile, wie Hunde einem vertrauten Laut lauschen, und alsbald machte Lena sich auf, um ihn mit derselben harten Hand zu massieren, mit der sie den langen Beutel zusammenpreßte, worin während der Einmachzeit die Trauben waren.

Una war gerade lange genug zur Schule gegangen, um mühsam ihren Namen buchstabieren und zusammenzählen zu lernen. Lena war dem irgendwie entgangen. Sie schrieb weder ihren Namen, noch rechnete sie. Sie war froh, daß Una das »Geschäftliche« erledigen konnte. Sie erkannte nicht, daß sich mit dem Addieren das Wissen einstellt, daß zwei und zwei vier macht und vier besser ist als zwei. Daß sie eines Tages Opfer einer Schurkerei, eines Betrugs oder einer Täuschung werden könnte, ein solcher Gedanke kam ihr nie in den Sinn. Für sie stand völlig fest, daß sie hier leben und hier auch sterben würden. Es gab einen Familienfriedhof auf ihrem Land, wo zwei Generationen begraben lagen. Und hier würde auch sie, Lena, einst ruhen, so nahm sie an, wenn ihr Docht nicht mehr brennen mochte.

Das Land gehörte ihr und Una. Was sie aus ihm herausholten, wurde geteilt, was sie einbüßten, wurde geteilt, und was sie für sich selbst entnahmen, wurde ebenfalls geteilt. Wenn die Einmachzeit gut war und keins der Pferde starb, dann fuhren sie und ihre Schwester in die Stadt, um sich neue Stiefel und Rüschen für den Sabbath zu kaufen. Und wenn das Glück ihnen hold war und sämtliche Ernten gute Preise erzielten, dann ergänzten sie ihre karge Einrichtung um ein paar Möbelstücke oder kauften Silber hinzu, das in der Truhe versteckt wurde, die an die Schwester gehen würde, die zuerst heiratete.

An welche von beiden diese Truhe fallen würde, beunruhigte Lena keinen Augenblick lang. Lange Stunden saß sie, wenn die Felder abgeerntet waren, sprach nicht, blickte zum fernen Horizont und stieß vielleicht einen Kiesel den Hügel hinab, um seinem Echo in der Schlucht zu lauschen.

Sie stellte nicht einmal Mutmaßungen darüber an, wie Una die Dinge wohl sah. Una war ihre Schwester; das genügte. Zum rechten Arm gehört immer ein linker. Lena hatte nicht gelernt, daß linke Arme manchmal stehlen, während die rechten unter dem Händedruck der Freundschaft erzittern.

Manchmal entfernte Onkel Karl sich von Lena, setzte mit langen Schritten über Moor und Bruch, stürmte auf eine benachbarte Farm und machte dem Besitzer Scherereien. Bei solchen Gelegenheiten führte Lena ihn dann auf dieselbe unerschütterliche Weise nach Hause, wie sie die Kühe trieb. Einmal hatte ein Mann ihn zurückgebracht.

Dieser Mann war ein bleichgesichtiger Schwede mit einer gewissen Lebhaftigkeit im Blick, so daß man sich des Verdachts nicht erwehren konnte, er hege bisweilen einen Gedanken, der nichts mit Landwirtschaft zu tun hatte. Er war breit in den Schultern und maß gute einsneunzig. Er war Una danach viele Male besuchen gekommen. Wenn er des Abends so an der Tür stand, wandte er Kopf und Schultern hin und her und schaute von einer Schwester zur anderen. Er hatte diese blassen, wohlgeformten Lippen, die den Eindruck erwecken, ihrem Besitzer angenehm zu sein. Von Zeit zu Zeit befeuchtete er sie mit der Zunge, indem er sie kurz dazwischenfahren ließ.

Er trug stets einen braunen Overall, der an den Knien ausgebeult war und von hellerer Farbe, wo er sich auf die Ellbogen stützte. Die Schwestern hatten am ersten Tag erfahren, daß er dem Besitzer der angrenzenden Farm als »Helfer« diente. Sie brummten zustimmend und fragten ihn, wie hoch sein Lohn sei. Als er sagte, anderthalb Dollar und den ganzen Winter über freie Kost und Logis, lächelte Una ihm zu.

»Gute Bezahlung«, sagte sie und bot ihm ein Glas Glühwein an.

Lena sagte nichts. Die Hände in die Hüften gestützt, beobachtete sie ihn oder schaute in den Himmel hinauf. Lena war noch jung, und die Nacht übte einige Anziehung auf sie aus. Den Schweden mochte sie auch. Er war muskulös und groß und »gut erzogen«. Damit meinte sie, was gemeint war, wenn sie dasselbe von einem Pferd sagte. Er hatte Charakter – was für sie ungefähr dasselbe bedeutete. Und er »taugte was« auf dieselbe Weise, wie der Boden dazu taugt, sichere Gewinne abzuwerfen. Mit anderen Worten, er war gesund und verdiente sich seinen Lebensunterhalt.

Anfangs schaute er Lena am meisten an. Von den zwei steinharten Gesichtern besaß sie das weichere. Um ihr Kinn lag eindeutig ein Ausdruck von Güte, der bedeuten mochte, daß sie zuweilen freundlich aussehen, ihr bedächtiges Lächeln zuweilen eine gewisse Lieblichkeit annehmen konnte, dies Lächeln, das die Lippen zögernd über sehr großen, dichtstehenden Zähnen auseinanderzog. Es war ein Lächeln, das einen mit der Zeit vielleicht bewegen mochte, mehr an diese Lippen als an die Zähne zu denken, statt mehr an die Zähne als an die Lippen, wie es bis jetzt noch der Fall war.

In Unas Kinn lauerte ein Teufel. Er machte sich heimlich unterhalb der Unterlippe bemerkbar. Unas Gesicht war ein ungebrochener Block der Berechnung, ausgenommen dort, wo, über der Oberlippe, ein kleiner Haarflaum spekulierte.

Doch das wirkte eher unheimlich. Es gemahnte an eine Quaste an einem Hammer.

Una hatte diesen Schweden für sich selbst auserkoren. Sie wandte alles auf, dessen sie überhaupt fähig war, um ihm Ersatz für die gewinnendsten Blicke eines Mädchens der Gesellschaft zu bieten. Una ließ ihn sitzen, wo sie selbst stand, ließ ihn faulenzen, wenn es Arbeit zu verrichten gab. Wo sie jeden anderen zum Kartoffelschälen herangezogen hätte, bot sie ihm Wein oder Dünnbier, Schwarzbrot und Sauerteigpfannkuchen an.

Lena tat nichts dergleichen. Sie schien ihn zu verachten, sie tat so, als sei er ihr gleichgültig, sie schaute an ihm vorbei. Wenn sie intelligent genug gewesen wäre, hätte sie in ihn hineingesehen.

In seinen Augen war ihre Gleichgültigkeit Verachtung, war ihre Unbewegtheit Mißbilligung, ihre Teilnahmslosigkeit Beleidigung. Schließlich kümmerte er sich nicht mehr um sie und widmete seine Zeit Una, die er des Sonntags oft zu einem langen Spaziergang abholte. Wohin und weshalb, spielte dabei keine Rolle. Zu einer Festveranstaltung der Kirche, zu einem Schlachtefest, wenn sonntags eins stattfand. Lena schien nichts dagegen zu haben. Das hatte sie sich vorgenommen; sie war keineswegs großzügig und keineswegs aufopferungsvoll. Es kam ihr nur einfach nie in den Sinn, daß sie vor ihrer Schwester heiraten könnte, die doch die ältere war. In Wirklichkeit war ihr ungeduldiger Wunsch zu heiraten schuld daran, daß sie Unas Liebsten mied. Sobald sie Una vom Hals hätte, könnte auch sie daran denken zu heiraten.

Una wurde überhaupt nicht schlau aus ihr. Manchmal rief sie sie zu sich und stand mit in die Seite gestemmten Armen vor ihr und starrte sie minutenlang an, so lange, daß Lena sie schließlich vergaß und in den Himmel schaute.

Eines Tages rief Una Lena zu sich und forderte sie auf, ihr Zeichen ans Ende eines Blatts Papier zu setzen, das von harten, verkrampften Schriftzügen, denen Unas, bedeckt war.

»Was ist das denn?« fragte Lena und nahm die Feder.

»Da steht nur, daß jeder zweite Fuß Land dir gehört.«

»Das weißt du doch aber schon, hm?« äußerte Lena und legte die Feder nieder. Una reichte sie ihr erneut.

»Ich weiß es, aber ich möchte, daß du das aufschreibst – daß jeder zweite Fuß Land mir gehört, beginnend mit dem zweiten Fuß vom Zaun.«

Lena zuckte die Achseln. »Wozu?«

»Die Anwälte wollen das so.«

Lena machte ihr Zeichen und legte die Feder weg. Darauf begann sie Erbsen zu palen. Mit einemmal schüttelte sie den Kopf.

»Ich dachte«, sagte sie, »der zweite Fuß wär meiner – oder?« Sie setzte die Schüssel mit einer heftigen Bewegung auf ihren Knien ab und starrte Una mit großen, argwöhnischen Augen an.

»Ja«, bestätigte Una, die das Blatt Papier gerade in einem Kasten verschlossen hatte.

Lena runzelte die Stirn, so daß der rote Fransensaum etwas näher an ihre Augen rückte.

»Aber du hast mich unterschreiben lassen, daß der dir gehört, äh?«

»Ja«, bestätigte Una und setzte Teewasser auf.

»Warum?« wollte Lena wissen.

»Um mehr Land zu kriegen«, antwortete Una und grinste.

»Mehr Land?« forschte Lena, stellte die Erbsenschüssel auf den Tisch und stand auf. »Was soll das heißen?«

»Mehr Land für mich«, sagte Una selbstzufrieden.

Lena kam nicht mit und fing an, sich die Hände zu reiben. Sie griff sich eine Schote und knackte sie mit den Zähnen auf.

»Aber ich war zufrieden mit dem Land«, sagte sie, »so wie es war. Ich will gar nicht mehr.«

»Ich schon«, versetzte Una.

»Kriege ich dadurch mehr?« fragte Lena argwöhnisch und beugte sich ein bißchen vor.

»Du«, sagte Una, »hast dadurch gar keins mehr. Ab jetzt bist du als Landarbeiterin bei mir –«

Da begriff Lena. Eine Sekunde lang stand sie wie erstarrt. Plötzlich packte sie das Brotmesser und schrie im Vorwärtstaumeln: »Du nimmst mir mein Land weg –«

Una sprang zur Seite, packte die Hand mit dem Messer, zwang sie nach unten und nahm es ihr gleichmütig weg, stieß Lena von sich und wiederholte: »Du arbeitest jetzt genauso wie vorher, aber für mich – weshalb wirst du denn so böse?«

Keine Tränen kamen Lena zu Hilfe. Und hätten sie es getan, sie wären am flammenden Stahl ihrer Augen verzischt. Mit gefaßter Stimme, die gleichwohl halb erstickt war von einem furchtbaren, plötzlichen Haß, sagte sie: »Du weißt, was du getan hast – wie? Ja, du hast mir die Obstbäume weggenommen, du hast mir den Ort weggenommen, wo ich jahrelang gearbeitet habe, du hast mir meine Obsternten geraubt, du hast die Heuernte gestohlen – nun gut, doch du hast mir auch mein Grab gestohlen. Den Ort, wo ich lebe, hast du mir geraubt und den Ort, wohin ich gehe, wenn ich sterbe. Mag sein, daß ich für dich gearbeitet hätte – doch«, sie schlug sich an die Brust, »wenn ich sterbe, dann sterbe ich für mich.« Dann machte sie kehrt und verließ das Haus.

Sie ging stracks zum Schober. Sie holte die beiden Hengste heraus und schirrte sie an die Kutsche. So leise wie möglich lenkte sie sie auf den Fahrweg. Dann stieg sie auf, hielt die Peitsche fest in der einen und die Zügel in der anderen Hand und schrie laut mit rauher Stimme: »Heda, du Hündchen! Paß mal auf, wie schnell ich fahre!« Und dann, als Una an die Tür gerannt kam, wendete Lena die Kutsche und rief ihr über die Schulter zu: »Ich kann dir auch etwas wegnehmen!« Und sie ließ die Peitsche über die Pferde schnellen und verschwand in einem Staubwirbel.

Una stand und hielt die Hand über die Augen. Sie hatte Lena noch nie wütend erlebt und dachte folglich, sie sei wahnsinnig geworden wie zuvor ihr Onkel. Daß sie Lena auf gemeine Weise hereingelegt hatte, war ihr zwar vollkommen klar, doch daß das Lena ebenfalls klar sein würde, damit hatte sie nicht gerechnet.

Sie fragte sich, wann Lena wohl mit den Pferden zurückkäme. Sie bereitete sogar ein Essen für zwei zu.

Lena kehrte nicht zurück. Una saß wartend bis zum Morgengrauen. Sie ängstigte sich mehr um die Pferde als um ihre Schwester; die Pferde stellten einen Wert von sechshundert Dollar dar, während Lena nur eine Verwandte darstellte. Am Morgen schalt sie Karl, er habe verrücktes Blut in die Familie gebracht. Als es dann auf den zweiten Abend zuging, wartete sie auf den Schweden.

Der Abend verging wie die anderen. Der schwedische Landarbeiter kam nicht.

Una war außer sich. Sie rief einen Nachbarn herbei und unterbreitete ihm die Angelegenheit. Er gab ihr einen Rat, was die rechtliche Seite betraf, und ließ sie verblüfft zurück.

Am Ende jener Woche schließlich meldete Una, weil weder die Pferde noch Lena aufgetaucht waren und weil der Mann, der sie einige Wochen umworben hatte, auf eigenartige Weise verschwunden war, die Sache der Ortspolizei. Und zehn Tage später machte die die Pferde ausfindig. Der Mann, der sie lenkte, behauptete, sie seien ihm von einer jungen Polin verkauft worden, die spätabends mit einem großen Schweden seine Farm passiert hatte. Sie habe gesagt, daß sie sie am selben Tag auf einem Markt zu verkaufen versucht habe, sie jedoch nicht habe loswerden können, und schließlich habe sie sie ihm zu einem niedrigen Preis verkauft. Er setzte hinzu, er habe dreihundert Dollar für sie bezahlt. Una kaufte sie für diese Summe von hart erarbeiteten Ersparnissen, ihren sowohl wie Lenas, zurück.

Dann wartete sie. Ein ätzender Haß wuchs in ihr, und sie bewegte sich mit ihrem bezahlten Landarbeiter von Hektar zu Hektar wie irgendein großer, aus Holz gefertigter Gegenstand.

Doch sie veränderte sich innerlich, während die Monate vergingen. Bisweilen bedauerte sie beinah, was sie getan hatte. Schließlich war Lena eine stille, hart arbeitende Blutsverwandte gewesen. Und außerdem hatte Lena es am besten verstanden, Karl zu beruhigen. Ohne sie wütete und stampfte er im Haus herum und hatte in letzter Zeit begonnen, sie zu beschuldigen, sie hätte ihre Schwester getötet.

Dann erschien Lena eines Tages und hatte etwas auf dem Arm, das sie hin und herwiegte, während der Schwede eine prächtige Stute an die Tür des Heuschobers band. Eine singende Lena kam den Weg hinauf, und hinter ihr folgte ihr Mann.

Una stand reglos, unbewegt, stumm. Als Lena bei ihr angelangte, deckte sie das Bündel auf und hielt ihr das Baby entgegen.

»Küß es«, sagte sie. Wortlos beugte Una den Oberkörper hinab und küßte es.

»Danke«, sagte Lena, als sie das Schultertuch wieder darüberschlug. »Jetzt hast du dein Zeichen gemacht. Jetzt hast du unterschrieben.« Sie lächelte.

Der schwedische Bursche war leicht gebräunt von der Sonne. Er nahm die Mütze ab und stand und grinste verlegen.

Lena schob sich durch die Tür und setzte sich.

Una folgte ihr. Hinter Una kam der Vater.

Oben konnte man Karl singen und stampfen hören. »Gib ihr Sirupwasser und Plätzchen«, schrie er, als er den Kopf durch die Falltür nach unten steckte, und brach in Lachen aus.

Una brachte drei Gläser Wein. Vorgebeugt piekste sie dem

Baby mit dem Finger in die Wange, um es zum Lachen zu bringen. »Erzähl mir alles«, sagte sie.

Lena fing an: »Ja, dann habe ich ihn geholt«, sie wies auf den verlegenen Vater, »und ich hab ihn hinter mich gesetzt und in die Stadt gefahren und geheiratet. Und ihm das erklärt. Ich sagte zu ihm: ›Sie hat mir das Land weggenommen, die Blumen und das Obst und das Grünzeug. Und sie hat mir das Grab weggenommen, worin ich liegen sollte –‹«

Und am Ende sahen sie aus wie prächtige Pferde, doch eins davon war ein bißchen lebhaft.

Der Kopf von Babylon

Seit Donnerstag hatte es geregnet. Furchen mit schlammigem Wasser liefen quer über die Stellen der Straße, wo das buschige Gras abgestorben war. Das langgestreckte Band aus Moos und Blumen, das sich wie eine Schlange durch die Stadt zog, erbebte leise unter den kräftigen Regenschauern. Der Karren mit seinem lustlosen, gepflegten Gespann mühte sich langsam aufwärts und dann in das hügelabwärts gelegene Tal hinein und mied dabei den Blumenstreifen, der einen Ochsen vom anderen trennte. Die Ortscheite schüttelten sich und ließen ihre Eisenhaken erklirren, und der Wind trug das Gegurre der Tauben in ihren Schlägen herab.

Ein paar Landarbeiter aus der nahen Stadt stapften vorbei, Hacken und Schaufeln geschultert. Von ihren sonnengebleichten Überjacken tropfte eine Mischung aus Regen und Schweiß. Der eine oder andere rauchte seine Pfeife, die er umgekehrt im Mund hielt. Sie trotteten am Warenhaus mit seiner tropfenden Markise vorbei und in die trübsinnigen Felder, die dahinter lagen.

Hinter einem Ulmenwäldchen stand, umgeben von einem kleinen Hof und einer Reihe Koniferen, das Haus von Pontos – einem der großen Farmer der Stadt. Neben seinem Vieh, das sich auf mehrere hundert Köpfe belief, besaß er um die fünfzig prächtige Pferde, die zum Pflügen ebenso geeignet waren wie als ausdauernde Zugpferde. Pontos war ein Pole, ein großer, gesunder Mann, der stets ein schwarzes Käppchen und eine lange ausgeblichene Jacke trug. Er kannte sich ziemlich gut aus mit dem Problem, vor das sein Land ihn alljährlich stellte. Seine riesigen Ochsenaugen strahlten eine träge Robustheit aus. Tagsüber steckte er die Daumen hinter den Gürtel, während er seine Ernten in Augenschein nahm, doch des Abends steckte er sie zu seinem Vergnügen hinter den Bund, wenn er über die an seinem Tisch versammelten Köpfe blickte.

Sein Bauch und sein Haus waren beide vom feudalen Schlag. Ein Römer hätte nicht gespottet über den riesigen Tisch, der vom einen Ende des Raumes bis zum anderen reichte. Ebensowenig wie der Epikuräer es über sich brächte, höhnisch über die herabhängenden köstlichen Schinken zu lächeln, die von einem so milden Rauchgeschmack und einer solchen Zartheit waren, daß sie unter den zustimmenden Zähnen nur so hinwegschlüpften.

Pontos hatte ungeheuer viele Kinder. Er sprach von ihnen stets als von einem Finger mehr als an beiden Händen. Dabei hielt er seine kurzen Finger hoch und zählte sie auf, indem er jeweils auf die harte topasfarbene Schwiele an der Fingerwurzel klopfte, statt auf die Spitze – irgendwie brachte er sie auf diese Weise mit seiner harten Arbeit in Verbindung.

»Dann kommt Tina«, sagte er dann, indem er vom Daumen zum Zeigefinger überging und ihre Namen nannte, bis er den anderen Daumen erreichte, wo er zum Ende kam: »Und dann kommt Theeg.«

Seine elf Kinder hatten sich so prächtig entwickelt wie sein Getreide. Alle waren hochgewachsene, blonde Geschöpfe mit kurzen Oberlippen und großen Ochsenaugen. Allein Theeg ähnelte ihrer Mutter. Ihre Augen waren länglich und schwarz, und seltsam-silbrige Wimpern bedeckten sie wie Rauhreif. Ihre Nase wirkte ausdrucksvoll, wie sie in kühnem Schwung in sensible Nasenflügel mündete. Ihr Mund war klein und wohlgeformt. Die Oberlippe war üppig und lag schmachtend über der unteren. Ihre Backenknochen waren hoch, jedoch nicht so breit wie die ihres Vaters, und ihr Kinn scherte völlig aus der Familie aus. Es war klein und dreieckig und weich und suchte gewöhnlich ihre Schulter.

Die Mutter dieser Kinder war plötzlich alt geworden, doch war das in dem Alter, das eine ganze Zeit braucht, um alt genannt zu werden. Sie war eine dünne Frau gewesen, war jetzt jedoch stämmig und klein und runzlig, und ihre Hautfarbe erinnerte an Erde. Nur die Augen hatten noch dieselben schweren silbrigen Wimpern wie die ihrer Tochter, und auch an ihrem Mund gab es Anzeichen dafür, daß er einst einmal gewesen war, was Theegs jetzt war.

Alle waren sie tüchtige Esser, und alle waren sie gesellig. Wenn Pontos offenes Haus hielt, dann galt das seiner Familie, seinen Freunden und seinen Landarbeitern. Er erblickte keine Auszeichnung darin, daß er zum Grundbesitzer aufgestiegen war. Irgendwie verknüpfte er das in seiner Vorstellung mit seiner und seiner Frau und seiner Kinder harter, nimmer endender, unerschöpflicher Arbeit. Er war viel zu schwerfällig im Kopf, um dünkelhaft zu sein. Er dankte Gott für seinen Erfolg und freute sich, wenn seine Freunde und seine »Gehilfen« kamen, um mit ihm Gott zu danken. Er brauchte Hilfe, wenn er Gott dankte, wie er Hilfe in der Erntezeit brauchte. Er stellte sich vor, daß die Ernte um so gewaltiger ausfiele, je mehr Männer da waren, und ließ seine Landlust und seine Vorstellungen von Ackerbau verschmelzen mit seinem Glauben an die göttliche Vorsehung. Je mehr Menschen den Herrn priesen, desto reichlicher der Segen.

An diesem bestimmten Abend nun sollte seine Tochter mit Slavin, einem Grundbesitzer aus dem Nachbardorf, verheiratet werden. Wachsfackeln waren im Zimmer aufgestellt worden. Das kleinste Kind kroch auf allen Vieren umher und stupste die Finger in das heiße Wachs und lächelte, wenn es plötzlich fest wurde und seine kleine Hand mit einem weißen Schleier überzog. An jedem Ende des langen Raumes waren zwei riesige Stöße Feuerholz mit Harzklumpen aufgeschichtet, während Girlanden aus Bärlapp sich von einem Dachsparren zum anderen zogen.

Der Tisch bog sich in der Mitte durch wie ein lasttragendes Pferd. Enorme weiße Selleriestangen schossen aus polierten Bechergläsern empor, und drei gelbe Maisbreischüsseln dampften jeweils neben einer Seite Wildbret. Die Musikanten tröpfelten herein, nahmen ihre Plätze am Ende des Raumes ein, wo sie ihre Fiedeln zu stimmen begannen. Einer von ihnen war ein alter Neger, der während der Sommerzeit gegen Essen und Bier in den kleinen Städten aufspielte. Jetzt klatschte er in die Hände und lächelte und riß Witze und stampfte mit den Füßen. Während sein Freund, wie es die Art der Weißen ist, sein Instrument stimmte, stimmte dieser Neger seinen Körper, indem er sich hin- und herwiegte, kehlig vor sich hinsummte und die Schultern schüttelte.

Pontos schenkte ihnen nicht mehr Aufmerksamkeit, als er dem Gesumme der Fliegen über seinen Pasteten geschenkt hätte, wäre er Koch gewesen. Beide standen für dasselbe, sie waren Teil einer anerkennenswerten, hocherfreulichen Angelegenheit.

Seine Frau saß in dem alten Lehnstuhl am Fuß des Tisches. Dem Anlaß zuliebe hatte sie auf die Tracht ihrer Jugend zurückgegriffen, ein polnisches Kleid in Rot und Blau, das sie im siebzehnten Lebensjahr getragen hatte. Es war jetzt geändert und in der Taille ausgelassen worden. Eine hübsche Schürze aus gelbem Leinen mit rotblauer Stickerei lag über ihren Knien, und als zusätzliche Zierde hatte sie ihre Ohrringe abgelegt.

Die Feldarbeiter, die sich in der Dämmerung durch den Regen gekämpft hatten, tauchten jetzt in der Tür auf, schüttelten sich den Schmutz von den Absätzen und warfen ihre Mäntel in eine Ecke neben dem Feuer. Einer von ihnen äußerte, es sähe nach Schnee aus. Jemand antwortete, Schnee sei durchaus nicht unwahrscheinlich – er habe es sogar im Juni schon schneien sehen. Pontos verließ seinen Platz am Türpfosten nicht. Slavin war mittlerweile in Sicht gekommen, und Pontos spitzte die Ohren, um den Hufschlag auf der Straße zu hören, die zum Dorf, das sich in Umrissen abzeichnete, hinführte. Das Gequake der Frösche hatte früher am Abend aufgehört, als hätten sie den Regen in die Kehle bekommen. Quer über den zementierten Hof hinweg konnte Pontos eine Fledermaus in der mächtigen Krone eines Baumes hängen sehen, und jenseits davon schienen die Wolken sich aufzulösen. Pontos stützte die eine Hand ganz oben gegen die Türfüllung und lehnte den Kopf dagegen, den großen Fuß in seinem Stiefel nach hinten gestemmt. Seine Frau hatte mit ein paar Feldarbeitern zu reden begonnen, und eine Weinkaraffe war bereits entstöpselt worden.

Ähnlich, wie Pontos seine Kinder betrachtete, so hätte er auch auf Setzlinge blicken können, die erst noch wachsen mußten oder noch nicht gepflanzt waren. Er hoffte, daß sie wachsen und gedeihen und sich gut verheiraten würden, wie er darauf vertraute, daß die Jahreszeiten seine Ernten gut behandeln würden. Theeg war sein Liebling; er wurde nicht recht schlau aus ihr. Sie lag den ganzen Tag im Bett wie ein Kind, doch er konnte sich nicht dazu entschließen oder es gebrach ihm an Mut, ihr eine Liebkosung zu schenken, die er ihr zu gern geschenkt hätte. Er hätte sie gern unter dem Kinn gestreichelt. Noch als Kind hatte sie gänzlich das Vermögen verloren, ihre Gliedmaßen zu bewegen, und bewegte jetzt nur noch den Kopf und ein Paar intelligente kühle Augen. Doch irgend etwas in diesen Augen verbot jene Liebkosung, die ihm jedesmal in den Fingerspitzen zuckte, wenn er sie den Kopf ihrer Schulter zuwenden sah.

Aus irgendeinem Grund bedauerte er es nicht, daß sie ihren Brüdern und Schwestern so gar nicht ähnelte; wäre sie eine Maispflanze gewesen, hätte er sie ausgerissen, da er an Naturphänomenen und Pflanzenkrankheiten kein Interesse hatte. Doch sie empfand er bloß als fremd und anders, und er hegte nicht den mindesten Groll gegen sie. Daß er Vertrauen zu ihr hatte, war etwas, das ihn immer wieder beschäftigte. Das bedeutete für ihn so viel, als sagte er: »Ich erwarte von dir, daß du dem Namen deiner Familie Ehre machst.«

Am Kopf des Raumes zwischen zwei langen Kerzen hatte man ein prächtiges Podium für sie errichtet; ein Blumenteppich war über diese erhöhte Plattform mit ihrer katafalkartigen Couch ausgebreitet worden, und am Fuß des Lagers hatten die kleinen Kinder aus der Nachbarschaft Plätzchen und Bonbons gestreut.

Der Priester war zwar noch nicht eingetroffen, doch nahe einer aufgeschlagenen Bibel war bereits ein wuchtiger Stuhl für ihn bereitgestellt worden. Pontos, der in der Tür lehnte, wandte sich plötzlich nach innen, um den Raum zu mustern, und versuchte ihn mit den Augen zu sehen, mit denen Slavin ihn sehen würde, denn er hatte die Pferde den Hügel hinaufkommen hören.

Slavin war ein Mann, der am Ort verschiedentlich Streitigkeiten im Hinblick auf landwirtschaftliche Verbesserungen ausgelöst hatte. Er hatte etliche landwirtschaftliche Zeitschriften abonniert, las sie jedoch selten, da ihn ihr bloßes Vorhandensein bereits mit einer gewissen Sicherheit erfüllte. Bisweilen nahm er sie mit ins Bett, las jedoch niemals mehr als drei oder vier Absätze, ehe ihn eine ungeheure Müdigkeit überkam und er einschlief. Trotzdem hielten die anderen Farmer ihn für ein gefährliches Element und empfanden angesichts seiner Ernten, die, dank seiner vielen Experimente, kaum je einmal an ihre eigenen heranreichten, große Genugtuung.

Er war ein untersetzter, dunkelhäutiger Mann von etwa fünfundvierzig. Er hatte sich auf den ersten Blick in Theeg verliebt; wegen ihrer Seltsamkeit schien sie ihm etwas Neueres, Fremderes und Begehrenswerteres zu sein. Heute abend strahlte er, war jedoch gleichzeitig traurig. Er hatte bei Leavitt hereingeschaut, um ein Glas zu trinken, ehe er den restlichen Anstieg des Hügels zurückgelegt hatte, und Pontos bekam den Geruch mit, als Slavins Lippen sich unterhalb seines borstigen Schnurrbarts bewegten.

Er hielt begierig Ausschau nach Theeg, und als er entdeckte, daß das Nest zwar für sie bereitet war, der Vogel jedoch noch fehlte, ging er zu ihrer Mutter am anderen Ende des Raumes, ließ eine schwere Hand auf ihre Schulter fallen und forderte sie auf, den Kopf nicht hängen zu lassen.

Sie hatte in einer ihrer zufriedenen und gelassenen Stimmungen dagesessen und die roten Fäden aus einer der gestickten Blumen herausgezupft. Ihr Ausdruck war der eines so tiefen, restlosen, ungetrübten Glücks, daß man nichts Erstaunliches daran gefunden hätte, wenn sie gemuht hätte. Als Slavin sie jedoch aufforderte, den Kopf nicht hängen zu lassen, quollen ihr sofort zwei Tränen aus den Augen und fielen auf ihre wollene Weste hinab, wo sie Flecken hinterließen, als seien sie aus Erde.

Die lange Tafel hatte sich bereits vor Slavins Eintreffen zu füllen begonnen. Mittlerweile war sie gänzlich von den Freunden und Landarbeitern, nicht nur Pontos, sondern auch des Bräutigams umgeben. Slavin mochte sich nicht setzen, sondern bewegte sich unbehaglich im Raum umher. Sein neues gesteiftes Hemd ärgerte ihn, und er hüstelte ständig. Er hatte sich nur in dem Maß für die Hochzeit angezogen, wie solche Menschen das tun. Er hatte die Stiefel gewechselt und Kragen und Hemd und sich das Gesicht gewaschen, und statt über Verbesserungen der Mähmethoden, die ihn in letzter Zeit so sehr beschäftigten, sprach er über den Regen.

Endlich trugen sie sie herein. Ihre vier älteren Brüder gingen an den vier Enden einer Tragbahre, die sie hastig für den Transport gefertigt hatten. Sie setzten sie zwischen den weichen Decken der Couch auf dem Podest ab, wo sie mit ihren schweren dunklen Haarfluten und den seltsamen silbrigen Wimpern wie eine prächtige, friedliche kandierte Frucht aussah.

Die gewaltigen Feuer waren angezündet worden, und die Späne gerieten in Brand, so daß im Nu rote und blaue Flammen entlang den Scheiten emporschossen. Wie fröhliche farbige Eidechsen zuckten sie auf und ab und sprangen bei jedem neuerlichen Versuch höher.

Pontos empfand bereits jenes gemischte Gefühl von Verlust und Gewinn, wie es sich einstellt, wenn man jemandem die Hand einer Lieblingstochter gibt. Theegs Mutter wiederum eilte hin und her und füllte die hohen Gläser mit edlem altem Wein und rief: »Und jetzt trinken erst einmal alle!«

Der Priester war hereingekommen, während der Trubel auf seinem Höhepunkt war, und stand mit schnalzenden Lippen unmittelbar hinter Thalin, einem jüngeren Bruder, der das Glas über die Nase gekippt hielt.

Theeg hatte um ein Glas Wein gebeten, doch war sie während der Aufregung, als alle auf ihr Wohl tranken, vernachlässigt worden. Jetzt wurde es ihr von einem ihrer kleinen Brüder gebracht, der es ihr, zu voller Größe emporgereckt und den Arm über den Kopf ausgestreckt, gerade an die Lippen halten konnte.

Während sie da so lag, lächelte Theeg. Ihre weißen Füße schauten unter dem Rand der Decke hervor – ein Pantoffel hing ihr lose von der Ferse, Pantoffeln, die niemals den Boden berührten, außer sie fielen ihr vom Fuß.

Die Plätzchen, die die Kinder über die Couch gestreut hatten, lagen unbeachtet, und ein oder zwei Kandisglocken waren ihr zwischen die Knöchel gerollt.

Hin und wieder nahmen Feldarbeiter im Vorübergehen eins von diesen Plätzchen und sagten im Hineinbeißen etwas zu ihrem Nachbarn.

Die Musikanten begannen, Bruchstücke von Liedern zu spielen, und die Männer blickten verstohlen auf die dampfenden Pasteten, die der Koch gerade hereingebracht hatte.

Der Priester begann mit der Zeremonie, in die sich die Worte der Mutter mischten, die Theeg gerade fragte, ob sie es bequem habe, und Theegs Antwort auf die Frage – »Ja.« – wurde als Antwort auf die Frage: »Willst du diesen Mann zum Gatten?« aufgefaßt.

Draußen war die Abenddunkelheit hereingebrochen, und während sie feierten, konnte man den dichten Regen aufs Dach fallen hören, ein Geräusch, als liefen viele ängstliche, leichtfüßige Tiere auf ihm auf und ab.

Und während sie aßen und tranken und mit zunehmendem Weingenuß laut wurden, warf Pontos seiner Tochter auf ihrem Platz unter den Decken von Zeit zu Zeit einen Blick zu. Irgend etwas regte sich in seinem Herzen, das er bislang nicht verspürt hatte. Kam das daher, daß Theeg besser war als sie? Daher, daß sie bloß anders war? So stellten sich in Pontos Nacken von Zeit zu Zeit zwei lange weißliche Falten ein, wenn er nämlich den Kopf wandte, und von Zeit zu Zeit schaute er Slavin an und fragte sich, was Theeg wohl später von ihm denken würde.

Und als die Heiterkeit den Höhepunkt erreichte, wo die Trunkenheit nicht mehr lange auf sich warten läßt, konnte man über alle anderen hinweg Theegs hohe Stimme hören: »Das Land ist ihr Land, und das Haus ist ihr Haus, das meines Vaters und seiner Leute und ihrer Kinder. Und die Kühe auf den Weiden sind ihre Kühe, und die Kälber sind ihre Jungen, und was im Frühling wächst, wird im Herbst ihnen gehören. Und alles, was im Sommer in langen Furchen für sie geboren wird, wird bei der Ernte für sie geschnitten werden und sterben. Doch dies andere gehört mir.«

Ein paar hörten mittlerweile zu; nur ihre Mutter leierte weiter, während sie an der Stickerei herumzupfte: »Mit der Milch sieht es diesen Sommer dürftig aus; die Kühe kriegen nicht genug Regen...«

Slavin stand auf. Einer von Theegs Pantoffeln war zu Boden gefallen. Er ließ die Hand sanft über ihren Fuß gleiten, ehe er den kleinen Schuh wieder an seinen Platz zurücktat.

»Was war das?« wollte Theeg wissen und hob das Kinn von der Schulter, »deine Rechte, Slavin, oder die Erde?«

Er lachte über die Frage und tätschelte sie.

Alsbald brannten die Fackeln aus und verloschen eine um die andere. Die Musikanten waren auf ihren Stühlen eingeschlafen. Der Priester döste, die Hände über dem Bauch gekreuzt.

Das Pferdegetrappel im Hof lockte der Mutter plötzlich Tränen in die Augen. Nun würde Theeg weggehen.

Sie kleideten Theeg behutsam in einen langen Pelzumhang, und die Kinder küßten sie eins nach dem anderen, indem sie in einer Reihe vorbeidefilierten, und die erste schaute mit dem Gefühl zurück, sich in großer Entfernung von ihrer Schwester zu befinden.

Pontos wurde einen Augenblick lang wütend und versetzte Slavin im Vorbeigehen einen Hieb, doch wandte er sich gleich darauf um und lächelte ihm zu.

Er trat zu seiner Tochter und küßte sie auf beide Wangen. »Ein gutes, gutes Kind bist du«, flüsterte er und machte der Mutter Platz. Sie war klein und rund und konnte sie kaum erreichen; ihre stämmigen Ärmchen, die sie auf die Kante der Couch gelegt hatte, erweckten den Eindruck, als lehne sie sich über einen Zaun, um zu schwatzen; doch sie sagte: »Du wirst es nicht leicht haben. Du wirst dir etwas einfallen lassen müssen, um mit dem Leben fertig zu werden.«

Sie trugen Theeg hinaus und setzten sie in die Mitte des Fuhrwerks. Sie fing an zu lachen. Slavin kletterte neben sie, während er immer noch die Hand ihres Bruders schüttelte. Der Kutscher, der vorn stand, nahm Zügel und Peitsche in die Hand. Theeg sagte etwas.

»Was?« fragte ihr Vater.

»Das Glas Wein«, sagte sie, und dann fiel ihr noch etwas ein, »und die Plätzchen.«

Die Plätzchen ließ sie neben sich legen, und Slavin nahm das Glas.

Sie lehnte den Kopf gegen ihre Schulter: »Jaha, das Land und die beweglichen Dinge darauf und das ganze junge Jahr, das begonnen hat, gehören ihnen. Das ganze Gras, das sich erneuert hat, alle Blumen, die blühen, all die alten Hoffnungen und die alte Sitte – doch dies, dies gehört mir. Dieser neue Mann und dieser neue Tag gehören mir, und mir gehört die Aufgabe, aus diesem einsamen Kopf auf seinem hilflosen Sockel etwas Wildes, Großartiges zu machen.« Wieder begann sie zu lachen, und die seltsamen silbrigen Wimpern bebten, und als die Pferde unter der Peitsche des Kutschers lossprangen, verschüttete Slavin den Wein und befleckte den weißen Pelz.

Der stattliche bäuerliche Vater schaute hinter ihr her. Seine sanften Ochsenaugen hatten sich ein wenig geschlossen, als schmerzten ihn die Tränen, die sich in ihnen sammeln wollten.

»Sie wird etwas ganz Großartiges daraus machen«, sagte er

und stapfte nach drinnen. Doch wieder blieb er an der Tür stehen und lauschte dem Wind in den Bäumen und dem schwachen Geräusch des Regens und den Pferden, die die Straße hinab ins nächste Tal galoppierten.

Die Kleine war in der Wachspfütze eingeschlafen, und die Mutter versetzte ihr einen Schlag, als sie sie aufhob.

Rauch

Da gab es Swart mit seinem buschigen Haupt und Fenken mit den halbgeschlossenen Augen und dem ergrauenden Bart, und dann war da noch Zelka mit ihren großen Ohrringen und ihrem straff gebundenen tintenschwarzen Haar, der man oft gesagt hatte, daß sie »eine Schönheit von der schwarzen Sorte« sei.

Ah, was für ein prächtiges starkes Geschöpf sie doch gewesen war, und was für ein prächtiges starkes Geschöpf Fenken, ihr Vater, vor ihr gewesen war, und was für ein Exemplar war doch ihr Mann Swart mit seinem sanften, melancholischen Mund und seinen seltsamen Augen und seinem braunen Hals.

Fenken hatte in seiner Jugend die Viehschiffe beladen, und in der Abenddämmerung seines Alters saß er gern in dem Sessel mit der gerundeten Rückenlehne am offenen Kamin, die beiden zitternden Hände gefaltet, und erzählte, was er für einer gewesen war.

»So ein knochiger Mann war ich, Zelka – meine Knie waren hart wie Backsteine, so daß meine Hände sich freuen konnten, wenn ich die Knie zusammenklappte. Manchmal«, setzte er dann mit einem Aufblitzen seiner alten Augen hinzu, »habe ich dich zwischen die Knie und meine Hand genommen. Dann tat es weniger weh.«

Zelka wandte ihm langsam die Augen zu – sie schwenkten unter ihren Brauen in sein Gesichtsfeld wie der Lauf einer gepflegten Kanone. Sie waren hart wie Metall und zielsicher, und sie war sich ihrer selbst im Schlaf bewußt. Wenn sie die Augen vor dem Beten schloß, sagte sie immer zu Swart: »Ich ziehe die Haube über die Geschütze.« Und dann lächelte Swart und nickte mit seinem großen Kopf.

In der Stadt wurden die drei »die Kanonenkugeln« genannt – wenn sie die Straße hinunterkamen, spritzten die kleinen Kinder beiseite, nicht, weil sie Angst hatten, sondern weil sie sich mit solcher Geschwindigkeit näherten und etwas so Gesundes, so Kraftvolles, Unbezwingbares an sich hatten. Fenken verstand sich darauf, ein Schnalzen zu erzeugen wie eine Droschkenpeitsche, einfach nur dadurch, daß er ruckartig die Hand schloß und die Finger gegen die Handfläche schnellen ließ, und das tat er oft, mit einem Auge auf den Bengeln, und lächelte dazu.

Swart hatte ebenfalls seine kraftvolle Seite, doch gab es da die Andeutung eines weicheren Zugs, irgend etwas, das seine Lippen selbst dann noch freundlich erscheinen ließ, wenn er unerbittlich war, irgend etwas, das ihm einen traurigen Ausdruck verlieh, wenn er nachdachte – irgend etwas, das Zelka gleich zu Anfang ihres Werbens zu ihm hingezogen hatte. »Wir Fenkens«, sagte sie öfter, »haben Eisen in den Adern – in deinen rinnt, fürchte ich, auch ein bißchen Blut.«

Zelka war reinlich. Sie wusch ihr Leinenzeug, als züchtige sie den Schmutz. Wäre das Leinen weniger widerstandsfähig gewesen, es hätte binnen sechs Monaten Löcher von ihren Knöcheln gehabt. Alles, was Zelka kochte, war weich – sie hatte es im Lauf der Zubereitung bereits zerquetscht.

Und dann war Zelkas Baby gekommen. Ein gesundes, dickes, kleines schreiendes Ding mit den Augen und dem Mund des Vaters. Vergeblich hielt Zelka Ausschau nach irgendetwas, das es als einen von Fenkenschem Blut ausweisen würde – es hatte eine zärtliche Art, ihr das Gesicht zu streicheln, die sie ganz wahnsinnig machte; sein Haar war feiner als Goldstaub, und es kniff die blaßblauen Augen zu, wenn es auf die Nase rollte. Manchmal drehte Zelka das Baby im Bett herum, lenkte die Füßchen gegen ihre Seite und wartete, daß es treten würde. Und wenn es das endlich tat, dann geschah das auf eine sanfte Weise und ohne sonderliche Kraft und mit viel guter Laune. »Swart«, sagte Zelka dann, »dein Kind ist durch und durch menschlich. Ich fürchte, in sämtlichen Adern rinnt bei ihm nur Blut.« Und ihrem Vater gegenüber setzte sie hinzu: »Der kleine Mann wird niemals Viehschiffe beladen.«

Als er alt genug war, um zu krabbeln, ließ Zelka sich auf Hände und Füße nieder und jagte ihn durch den ascheübersäten Raum. Der Kleine kroch dann vor ihr her, gluckste und löste in Zelka das irrsinnige Verlangen aus, innezuhalten und ihn zu liebkosen. Wenn sie jedoch hinter ihm brüllte wie ein Löwe, um ihn zur Eile anzutreiben, dann ließ das Kind sich langsam herumrollen, kämpfte sich hoch, bis es saß, und starrte sie, auf eine Hand gestützt, an, als wollte es gern herausbekommen, worin dieser Unterschied zwischen ihnen beiden bestand.

Als es sieben war, lief es gern von zu Haus weg und wanderte ans Ufer hinunter, um dort stundenlang den Schiffen zuzusehen, die Ladung löschten und aufnahmen. Einmal legte einer der Männer ihm den Viehgurt um und ließ ihn ins Schiff hinab. Traurig schwebte er mit seinem gesenkten goldenen Köpfchen und herabhängenden Füßen hinab. Als sie ihn wieder an Land brachten und ihn abstaubten, waren sie einigermaßen verblüfft – er hatte weder geweint noch gelacht. Sie sagten: »Hat dir das nicht gefallen?« Und seine ganze Antwort hatte darin bestanden, sie unverwandt anzuschauen.

Und als er größer wurde, ging er sehr zärtlich mit seiner Mutter um, die den Kopf über ihn zu schütteln begonnen hatte. Fenken war in dem Sommer gestorben, als sein Enkelkind dreizehn wurde, so daß Swart nach der Beerdigung den Sessel mit der gerundeten Lehne übernommen hatte. Und nun saß er darin mit gefalteten Händen, sagte jedoch nie, was für ein starker junger Mann er gewesen sei. Manchmal sagte er: »Weißt du noch, wie Fenken mit den Fingern geschnipst hat wie eine Peitsche?«, und dann antwortete Zelka: »Gewiß.«

Und schließlich, als ihr Sohn heiratete, wurde Zelka auf dem Fest in einem kurzen blauen Rock gesehen, wie sie sich gegen Swarts Arm lehnte. Beide waren immer noch stark und ansehnlich und imstande, die Kübel mit dem Apfelwein zu heben.

Zelkas Sohn hatte sich eine seltsame Frau ausgesucht: ein kleines dünnes Ding mit einer ungeheuer schmalen Taille und einem zierlichen, sehr hübschen Hals. Sie war die Tochter eines Schiffseigners und hatte ein ansehnliches persönliches Vermögen. Als sie Zelkas Sohn heiratete, brachte sie ihm jährlich einige Zehntausend. Und folglich hörte er auf, Vieh zu verschiffen, und verlegte sich auf den Ex- und Import orientalischer Seiden und Parfums.

Als seine Mutter und sein Vater starben, zog er ein bißchen von der Küste weg landeinwärts und stellte Kontoristen für seine Auktionen ein. Er vergaß jedoch nie, was seine Mutter zu ihm gesagt hatte: »Man muß immer auch ein bißchen Eisen in den Adern haben, mein Sohn.«

Das ging ihm durch den Kopf, wenn er Lief, seine Frau, ansah. Er wurde mit zunehmendem Alter schweigsam, ja wortkarg, und Lief hatte angefangen, Angst vor ihm zu haben, gerade wegen seiner Freundlichkeit und Melancholie.

Es gab nur einen Menschen, gegen den er ein bißchen streng war, und das war seine Tochter, »Little Lief«. Ihr gegenüber legte er eine seltsame Feindseligkeit, ja selbst eine Spur jener Heftigkeit an den Tag, die in seiner Mutter gesteckt hatte. Einmal war sie kreischend aus dem Zimmer gerannt, weil er plötzlich hinter ihr gebrüllt hatte wie seine Mutter einst hinter ihm. Als sie weg war, saß er lange Zeit an seinem Tisch, die Hände vor sich ausgestreckt, und dachte nach.

Er war erfolgreich gewesen. Er hatte das Geld seiner Frau unterdessen um ein Vieltausendfaches vermehrt – sie hatten ein Haus auf dem Land und Dienstboten. In der Stadt galten sie als ein Paar, das, wie man so sagt, »ein recht bequemes Leben« hatte, und wenn die Kutsche sonntags vorbeifuhr mit Little Lief, dem Baby, auf dem Schoß der Mutter und Liefs Mann in seinem grauen Tuchmantel neben ihr auf dem Kutschbock, dann trat man beiseite, um nicht von dem flinkfüßigen »Paßgänger« mit den schlanken Fesseln niedergetrampelt zu werden, den Lief an dem Tag gekauft hatte, als sie »die alte

Heimat« besuchte – die Bucht, in der man sie und ihren Mann gekannt hatte, als sie Kinder waren. Dies Pferd war das einzige, um das sie je gebeten hatte, als sie sah, wie schön es war, als sie ihm den Gurt umlegten, ehe sie darangingen, es von Bord zu hieven. In diesem Augenblick war ihr wieder eingefallen, wie sie ihren Gatten, als er noch ein kleiner Junge war, mit Hilfe des gleichen Gurts ins Schiff hinabgelassen hatten.

Während des darauffolgenden Winters, der sehr hart war, holte Lief sich eine Erkältung und nahm Zuflucht zu Wärmflaschen und dünnem Tee. Sie wurde sehr gereizt und ungehalten über die ständigen Erkundigungen ihres Mannes, wie es ihr gehe. Selbst Little Lief war eine Plage, weil sie laut war. Immer wieder stahl sie sich ins Zimmer, kroch unter das Bett ihrer Mutter, wo sie in einem hohen, dünnen Diskant zu singen begann und ihre Lackstiefel gegen das Inlett drückte, um zu sehen, wie sie faltig wurden. Dann schrie die Mutter laut, und das Kindermädchen kam gelaufen und brachte sie weg, und Lief konnte eine halbe Stunde nicht aufhören zu weinen. Schließlich verboten sie Little Lief, das Zimmer zu betreten, so daß sie viele Male an der Tür vorbeischlich und lautlos in der Diele auf und ab lief. Schließlich ging ihre Jugend jedoch mit ihr durch, und sie drückte die Knie durch zu einem strammen Gänsemarsch, wofür sie die Peitsche bekam, weil an dem Tag, an dem sie erwischt wurde, ihre Mutter gestorben war.

Und so verging die Zeit, und die Jahre verflossen und forderten ihren Tribut. Viele Sommer waren inzwischen seit dem Tag vergangen, wo Zelka mit Swart in die Stadt gelaufen war – viele Jahre, seit Fenken mit den Fingern geschnipst hatte wie eine Droschkenpeitsche. Little Lief hatte nie auch nur gehört, daß ihre Großmutter als »eine Schönheit von der schwarzen Sorte« bezeichnet worden war, und sie hatte nur eine unbestimmte Vorstellung von dem Spitznamen, den man der Familie einst gegeben hatte – »die Kanonenkugeln«. Es war ihr jedoch nicht ganz unbekannt, wieviel Kraft in der Familie gesteckt hatte, und sie wußte davon immerhin so viel, daß sie eine bestimmte stehende Redensart kannte: »Achte immer darauf, daß auch ein bißchen Eisen im Blut bleibt.« Und eines Abends hatte sie sich in den Arm gestochen, um zu sehen, ob Eisen darin war, und sie hatte geweint, weil es weh getan hatte. Und daher wußte sie, daß keins drin war.

Mit ihr endete diese Redensart. Sie gebrauchte sie nie wieder, wegen jener Entdeckung an jenem Abend.

Ihr Vater hatte sich in die Einsamkeit und das Studium der Soziologie zurückgezogen. Manchmal nahm er sie bei der Schulter und blickte sie an und atmete dabei auf diese gepreßte Weise, die er sich in der letzten Zeit angewöhnt hatte. Und einmal erklärte er, sie sei ein braves Mädchen, aber einfältig, und ließ sie einfach stehen.

Sie hatten Geld zu verlieren begonnen, und ein paar von den Wandteppichen, die Little Lief von ihrer Mutter bekommen hatte, wurden verkauft. Ihr brach das Herz, doch machte sie öfter die Fenster auf, weil sie irgendeine Art von Schönheit brauchte. Sie beging den Fehler, Wandbehänge am liebsten zu haben und die Natur am zweitliebsten. Irgendwie hatte sie beides durcheinandergebracht – natürlich war das ihrer Erziehung zu verdanken gewesen. »Wenn man arm ist, lebt man im Freien, wenn man aber reich ist, lebt man in einem schönen Haus.« Folglich hatte in ihren Augen das allergrößte Unglück das Haus befallen. Es begann, sich mit jenen kaum merklichen Schritten zu entfernen, die ein Haus erst unvertraut und dann kahl wirken lassen.

Schließlich konnte sie es nicht länger ertragen und heiratete einen dünnen drahtigen Mann mit einer langen dünnen Nase und dem häßlichen Tick, sie mit einem gleichermaßen langen wie dünnen Finger zu reiben – einen Mann mit einem anständigen Einkommen und sehr feinen Schwestern.

Dieser Mann namens Misha wollte Anwalt werden. Er studierte die halbe Nacht und schien nur dann glücklich, wenn er den Kopf in die Hand gestützt hatte. Seine Schwestern waren genauso, nur aus einem anderen Grund: Sie hatten Vergnügen am Weinen. Wenn sie nichts fanden, worüber sie weinen konnten, dann weinten sie über den Ärger, den dieser

Mangel an Elend und Kummer ihnen bereitete. Auch gingen sie täglich miteinander über künftiges häusliches Ungemach zu Rate – das eine Ausdruck eines seelischen, das andere der eines geistigen Verlangens.

Bisweilen kam Little Liefs Vater an das große Eisentor und verlangte, sie zu sehen. Er wollte niemals hereinkommen – weshalb nur nicht? Er gab nie einen Grund dafür an. Folglich sprachen Little Lief und er über das Tor hinweg, und manchmal war er sanft, und manchmal war er es nicht. Wenn er barsch zu ihr war, weinte Little Lief, und wenn sie weinte, blickte er sie unverwandt unter seinen Augenbrauen hinweg an und sagte nichts. Manchmal forderte er sie auf, einen Spaziergang mit ihm zu machen. Das versetzte Little Lief in eine schreckliche Aufregung. Ihre Mundwinkel zuckten und ihre Nasenflügel bebten. Doch sie ging stets mit.

Misha machte sich wenig Gedanken um seine Frau. Er war ein sehr egoistischer Mensch und besaß jene hervorstechende Fähigkeit des Egoisten, die Fähigkeit, unermüdlich für die eine bestimmte Sache zu schuften, die er haben will und die die Natur innerhalb seiner Reichweite nicht vorgesehen hat. Manche Menschen bezeichneten diese Eigenschaft als hervorragend und wiesen darauf hin, was für ein großer Gelehrter Misha sei, hielten ihn den Ihren als Beispiel vor und schauten ihm nach, wenn er eilends die Straße hinabging und dabei jenen Ausdruck nervöser Erwartung zeigte, den ein Mensch stets dann an den Tag legt, wenn er im Innern weiß, daß er unzulänglich ist – eine bestimmte Art, dem Leben ins Angesicht zu spähen, um herauszufinden, ob es den Makel bereits entdeckt hat.

Little Lief hatte das Gefühl, daß ihr Vater etwas versuchte, das seiner Natur nicht entsprach. Aber was? Als sie älter wurde, versuchte sie, dahinterzukommen. Jetzt kam es öfter vor, daß sie ihn dabei ertappte, wie er sie auf seltsame Weise anschaute, und einmal fragte sie ihn halb spielerisch, ob er es lieber gehabt hätte, wenn sie ein Junge gewesen wäre. Und er hatte schroff geantwortet: »Ja.«

Little Lief stand stundenlang am Fensterrahmen und versuchte, den Kopf an die Scheibe gelehnt, aus dieser Sache mit ihrem Vater schlau zu werden. Und dann kam sie dahinter, als er gesagt hatte: »Ja.« Er versuchte, stark zu sein – was war das noch, was der Familie eigen gewesen war? – ach ja, Eisen im Blut. Er befürchtete, daß keinerlei Eisen mehr vorhanden wäre. Nun, war ja vielleicht auch nicht – war das der Grund, weshalb er sie so anschaute? Nein, er beunruhigte sich über sich selbst. Weshalb denn? War er mit seiner eigenen Stärke nicht zufrieden? Er war sehr oft grausam genug gewesen. Deswegen brauchte er sich also keine Sorgen zu machen.

Sie fragte ihn, und er antwortete: »Ja, doch Grausamkeit ist keine Stärke.« Das war ein Eingeständnis. Seit dem Tag, wo er ihr diese Antwort gegeben hatte, hatte sie weniger Angst vor ihm, doch nun musterte sie ständig sein Gesicht, wie er es zuvor mit ihrem gemacht hatte, und er schien es nicht zu bemerken. Er wurde ja langsam auch ein sehr alter Mann.

Dann überfielen ihre beiden Schwägerinnen sie eines Tages in einer Weise, daß ihr goldenes Haupt auf dem dünnen, zarten Hals erbebte.

»Dein Vater ist in den Garten gekommen«, schrie die eine.

»Ja, ja«, fiel die andere ein, »er hat sich sogar auf die Bank gesetzt.«

Sie eilte zu ihm hinaus. »Was ist denn los, Vater?« Der Kopf tat ihr weh.

»Nichts.« Er blickte nicht auf.

Sie setzte sich neben ihn und streichelte, erst zaghaft, dann beherzter seine Hand.

»Hast du dir den Garten angesehen?«

Er nickte.

Sie brach in Tränen aus.

Er entzog ihr seine Hand und begann zu lachen.

»Was ist denn los mit dir, Kind? Ein ordentliches Sauschlachten täte dir gut!«

»Du hast kein Recht, so mit mir zu sprechen – verschwinde!« schrie sie in scharfem Ton, die Hände in die Hüften gestemmt. Und ihr Vater schüttelte sich vor Lachen.

Sie streckte ihre langen dünnen Arme aus und krampfte ihre dünnen Finger ineinander. Die Spitze an ihren kurzen Ärmeln zitterte, ihre Knöchel wurden weiß.

»Ein anständiges Schlachtefest«, wiederholte er und beobachtete sie. Und sie wurde mürrisch.

»Hm?« Und er kniff sie ein bißchen in die Haut und ließ es gut sein. Sie blieb passiv und sagte keinen Mucks. Er stand auf, ging zum Tor, öffnete es, trat hinaus und schloß es hinter sich. Er tat einen Schritt zurück und winkte ihr zu. Einen Augenblick lang reagierte sie nicht, dann winkte sie langsam mit einer ihrer dünnen, weißen Hände zurück.

Sie hätte sich gern geweigert, ihn wiederzusehen, doch dazu fehlte ihr der Mut. Sie sagte sich: »Wenn ich jetzt unfreundlich zu ihm bin, dann bereue ich es vielleicht später.« So versuchte sie sich zu rechtfertigen. Gleich das nächste Mal, wo er ihr hatte ausrichten lassen, daß er sie zu sprechen wünsche, war sie hingegangen.

»Kleine Närrin!« sagte er furchtbar zornig und ging davon. Für sie gab es keinen Zweifel, daß er allmählich den Verstand verlor – eine zweite Kindheit nannte sie das und versuchte immer noch, allem einen möglichst angenehmen Anschein zu geben.

In diesem Frühling war sie ziemlich häufig krank gewesen, und im Herbst hatte sie schreckliche Kopfschmerzen. Während der Wintermonate hütete sie das Bett, und Anfang Mai wurde der Arzt gerufen.

Misha sprach im Wohnzimmer mit dem Arzt, ehe er ihn zu seiner Frau hinaufschickte.

»Sie müssen behutsam mit ihr umgehen. Sie ist nervös und zart.« Der Arzt lachte laut heraus. Mishas Schwestern weinten natürlich und waren vollkommen glücklich.

»Wie herrlich wird das für sie sein«, sagten sie und meinten Rindfleisch, Eisen und Wein, weil sie erwarteten, daß der Arzt das verschreiben würde.

Gegen Abend schloß Little Lief die Augen.

Ihr Kind war eine Totgeburt.

Der Arzt kam herunter und trat ins Empfangszimmer, wo Mishas Schwestern beisammen standen und immer noch Tränen vergossen.

Er rieb sich die Hände.

»Schicken Sie Misha hinauf.«

»Er ist schon gegangen.«

»Ist das nicht gräßlich? Ich könnte nie Leichen ertragen, schon gar keine kleinen.«

»Ein Baby ist keine Leiche«, sagte der Arzt und lächelte über seinen eigenen Humor, der sich gleich äußern würde, »es ist ein abgebrochenes Projekt.«

Er hatte das Gefühl, daß das Baby, das keinen Atemzug auf dieser Welt getan hatte, durch eine solche Bemerkung nicht gekränkt sein könne, weil es noch keinen weiblichen Stolz erworben hatte, und da es zudem rascher verblichen war, als es braucht, um so eine Bemerkung zu machen, konnte man es wirklich nicht mehr nennen als einen Hintergrund für ärztliche Erheiterung.

Misha kam mit roten Augen ins Zimmer.

»Verpufft wie eine Rauchwolke«, sagte er.

Eine der Schwestern bemerkte: »Ja, die Fenkens haben sich dünn gelebt.«

Im nächsten Sommer heiratete Misha in eine gesunde schwedische Familie ein. Seine zweite Frau hatte ein breites Gesicht mit weit auseinanderstehenden Augen und breiten, flachen, gesunden, gelben Zähnen. Und sie spielte überraschend gut Klavier, obwohl sie ein bißchen schwerfällig aussah, wenn sie auf dem Klavierschemel saß.

Der Feigling

Varra Kolveed hatte allzu lange ein Leben von schier endloser Einförmigkeit geführt, diese Art Leben, das entweder in Hysterie oder in Melancholie endet. Zweimal täglich wurden die Leiber ihrer kleinen Schwestern in ihre abgetragenen Kleider hinein- und wieder hinausgezwängt, -getätschelt und -bugsiert. Schlag sechs Uhr sah der Tag sie den Tisch für den Mann ihrer Schwester, die Schwester selbst und für diese kleineren Schwestern decken, die mit dem Tod ihrer Mutter in ihre Obhut gelangt waren. Jeder Nachmittag und jeder Abend sah sie ebenfalls die rote Tischdecke ausschütteln, und Schlag neun stieg Varra die ersten beiden Stufen hinab, die auf die Straße hinausführten, und wartete auf Karl.

Varra war inzwischen schon stolze drei Jahre mit Karl verlobt, und die drei drohten sich infolge Geldmangels in ein viertes auszudehnen. Die Romanze war auf jener zweiten Stufe oberhalb des Trottoirs gestorben und hatte der Gewohnheit Platz gemacht.

Varra war nie als hübsch bezeichnet worden. Man hatte sie sogar ziemlich unansehnlich genannt. Sie hatte dieses Urteil jedoch nie als zutreffend anerkannt. Sie fand sogar, daß sie, ehrlich gesagt, gar nicht mal schlecht aussähe. Sie hatte so lange unter trübsinnigen Dingen gelebt, daß alles, das auch nur ein bißchen Farbe besaß, ihr schön vorkam, und Varra hatte ganz oben auf den Wangen diese roten runden Flecke, wie man sie gelegentlich an bretonischen Bauern sieht, und Varra hatte prächtiges lockiges Haar, das sie stets kurz gehalten hatte, seit es in dem Jahr, wo sie das Fieber gehabt hatte, gestutzt worden war – und dies Haar erhob sich in einem flammendroten Keil, der Varra sehr ansprechend vorkam, von ihrem Kopf.

Eins hatte Varra, das sie über diejenigen hinaushob, mit denen sie umging: Sie besaß, was man einen Ruf nennt.

Niemand konnte sich mehr genau erinnern, wann dieser Ruf entstanden war; sogar Varra hatte es vergessen. Der Vorfall, der zu ihm geführt hatte, lag in der Vergangenheit. Manchmal versuchte Varra, sich, während sie sich vor dem Schlafengehen Zöpfe flocht, zu erinnern, was das war, das ihr diesen Ruf besonderer Tapferkeit eingetragen hatte. Kam der von dem Tag, wo sie über das Dach zur Dachrinne hinabgeklettert war und die junge Drossel gerettet hatte, als die Jungen sich alle nicht trauten? Oder war er an dem Tag entstanden, wo sie ein Messer genommen hatte, um sich einen Splitter zu entfernen, als sie eines Abends auf den Stufen gesessen hatte? Sie erinnerte sich noch an dieses Messer, eine lange, schmale, scharf geschliffene Klinge, die Tapferkeit zu verlangen schien. Und dann hatte das Mädchen von gegenüber zugeschaut, so daß Varra sich eine tiefe Schnittwunde beigebracht und das Blut mit dem Taschentuch abgetupft, dann aber dafür gesorgt hatte, daß die leuchtendroten Flecken, als es wieder zusammengefaltet war, nach außen kamen, so daß man sie den ganzen Abend lang sehen mußte, wenn sie sich die Nase putzte oder die Stirn abwischte.

Jedenfalls hatte sie ihren Ruf weg. Er war Varra sehr teuer geworden, weil er eine fremde Meinung und nicht ihre eigene war. Allmählich wurde daraus jedoch ihre eigene Meinung, und sie konnte sich nicht immer erinnern, ob andere gesagt hatten, sie sei schön oder mutig, bis sie dann ganz aufhörte, darüber nachzudenken, welche dieser beiden Eigenschaften sie sich, ohne es recht zu wollen, selbst angedichtet hatte.

Als Varra älter wurde, hielt sie sich auf diesen Ruf sehr viel zugute. Sie hegte ihn, und gleichzeitig trug er ihr eine Menge ängstlicher Besorgnis ein. Sie mußte sich alle möglichen Nichtigkeiten ausdenken, die die Nachbarn daran erinnern würden, daß sie in diesem Jahr genau dieselbe war wie im letzten – der Mut, der die Aufmerksamkeit der anderen auf sie gezogen hatte, gehörte folglich immer noch zu ihren Eigenschaften. Schließlich hielt sie sich selbst für etwas tapferer, als sie wirklich war. Allen Ernstes hielt sie diese Meinung von sich selbst aufrecht und hätte getobt, hätte man ihr die Berechtigung zu diesem Fünkchen persönlichen Stolzes abgesprochen.

Mit Varras Jugendzeit war es nicht weit her gewesen; sie hatte gerade nur ein paar Stunden in der Sonne gekannt, gerade nur ein paar Augenblicke der Romantik, die sie irgendeinem Roman, den man damals gerade las, verdankte, einen kurzen Augenblick der dankbaren Empfindung, daß der Frühling da war und ebenso wieder vergehen würde, eine Fliederblüte, die ihr irgend etwas bedeutete, einen Augenblick, wo sie mit dem Gesicht nach unten im Junigras gelegen und stumm auf ihre Chance gewartet und schließlich den einzigen Vogel gefangen hatte, der, soweit sie sich erinnerte, Freiheit genossen hatte, schließlich das Eingeständnis, daß die Nacht geheimnisvoll und furchterregend war, etwas, unter dem es sich lag wie unter einer Guillotine, wo man auf den Augenblick wartete, daß das Messer niederginge, das Messer, das unausweichlich irgendwo hoch oben im Dunkel vor der Zimmerecke sein mußte, dies irgendwie Unheilvolle, das ihr diese Empfindung des drohenden Verhängnisses einflößte, diese Dankbarkeit für das grobe Gewebe des Bettuchs, das sie über Nase, Mund und den geschlossenen Lidern verspürte.

Und dann hatte Varra diese Zeit hinter sich gehabt, ohne irgendwelche Erinnerung daran, wann sie aufgehört hatte, und weil sie keine eindeutig festgelegte Begrenzung hatte, bedauerte sie auch nicht, daß sie zu Ende war. Und sie hatte nur so ein Gefühl, daß es irgendwo in ihrem Innern eine Insel gab, umgeben von dem, was sie mittlerweile war, und diese Insel war ihre Kindheit, sie war es gewesen.

Während der Jahre, die mit der Vervollkommnung einer Varra vergingen, hatte sie insgeheim bedauert, daß ihr dieser Ruf der Tapferkeit anhing. Wenn irgendwo in der Wohnung eine Spinne gesichtet wurde, war sie es mittlerweile, die sie fangen und töten mußte. Die übrige Familie war offenkundig in dem Maße ängstlich geworden, wie Varra allem Anschein nach verwegener geworden war. Wenn der Griff der Bratpfanne rotglühend war, war Varra es, die vortrat und sie lächelnd mit den bloßen Händen vom Herd nahm. Varra war es auch, die die beiden Stierkälbchen trennen mußte, als sie einander an die Kehle gegangen waren. Sie war es, die ihnen die Stricke um den Hals legte, und sie war es, die sie schließlich trennte.

Am Anfang hatte sie ein-, zweimal zaghaft gesagt: »Eigentlich bin ich gar nicht so tapfer, wie ihr denkt«, und dann hatte alles geantwortet: »Das nennt man echten Mut! Ein mutiges Kind ist das, wirklich, und dabei ein bescheidenes.«

Und dann hatte sie sich verlobt, und Karl schmeichelte ihr, indem er erklärte, was er mehr als alles andere an ihr liebe, sei ihre Tapferkeit. Karls Kumpel Monk hatte Varra ebenfalls geschmeichelt. Tatsächlich hatte Varra sich gegen Ende dieses dritten Verlobungsjahres so an diesen Ehrentitel gewöhnt, daß sie es aufgegeben hatte, nachts wachzuliegen und darüber nachzusinnen, welchem Ereignis er seine Entstehung verdankte.

Sie las Märchen, worin Jungfrauen mit Zauberstäben über eine Welt von Ängstlichen herrschten. Stets war sie in den Helden oder die Heldin irgendeines Romans verliebt. Mit einem betrübten kleinen Aufseufzen kehrte sie in ihr eigenes Leben zurück und mit einem solchen der Zufriedenheit tauchte sie wieder in die andere Welt ein.

Dabei besaß Varra durchaus immer noch eine Art scharfen Verstand. Es gab Dinge, die sie mochte, und solche, die sie nicht mochte. Das einzig Mißliche war, daß es ihr nicht gelungen war, ihre Wertmaßstäbe getrennt zu halten. Man hatte sie tapfer genannt, folglich dachte sie nunmehr, es sei tapfer, Menschen zu mögen, denen sie instinktiv mißtraute. Monk war so ein Mensch, der eine instinktive Abneigung hervorrief. Sein unförmiger Schädel verursachte ihr körperliche Pein, und die niedrigsitzenden großen Ohren, die in einem Winkel vom Kopf abstanden, wie er bei Affen üblich ist, lösten einen Widerwillen in ihr aus, ihn überhaupt anzuschauen, und sein quicker, flotter Jargon mit dieser Spur von falscher Verwegenheit machte sie elend, weil sie aus eben dieser Verwegenheit ihre eigene Art von Tapferkeit herausspürte, nur daß er dabei irgendetwas Gemeines hatte. Der Unterschied war der: Er versuchte, eine Illusion zu erzeugen und Varra versuchte, nicht zu enttäuschen.

Und dann war die schreckliche Stunde gekommen, wo sich vor ihrer Haustür eine kleine Menschenmenge versammelte, und die hatte sich in ihr Wohnzimmer gedrängt, und alle hatten gleichzeitig geredet.

Karl und Monk waren verhaftet worden. Die Stirn gegen die Tür gelehnt, hatte Varra zu begreifen versucht, wovon die Rede war. Sie griff sich mit den Händen an die Kehle und stellte fest, daß das nicht die Stelle war, von der ihr Unbehagen ausging. Sie ließ die Hände zum Herzen gleiten, und auch das war nicht das Richtige. Sie begann, sich die Schürze abzubinden, und diese Geste schien dann endlich die richtige zu sein. Was machte sie denn da? Wovon sprachen die alle? Einbruch? Wo denn? Sie drängte sich vor, während sie noch am Knoten ihres Schürzenbandes zerrte.

»Was ist denn bloß los?« schrie sie mit schneidender Stimme.

»Karl und Monk sind verhaftet worden.«

»Weshalb?«

»Man hatte sie schon eine Zeitlang unter Verdacht – kleinere Einbrüche, heißt es, Schmuck, und dann letzte Nacht ein ordentlicher Fischzug bei Barnaby.«

Sie hörte nicht länger zu. Schmuck? Karl? Ihre beiden Hände tauchten mit der Schürze hinter dem Rücken auf, und sie tastete nach dem billigen kleinen Ring am Ringfinger. Langsam quollen Tränen in ihren blassen Augen empor. Dann hörte sie ihre Schwester sagen: »Du mußt tapfer sein, Schatz!«

Varra wandte sich ab und ging nach oben.

Mit dem Gesicht nach oben lag sie auf dem Bett. Das war ein weiteres Zugeständnis an ihren Ruf. Sie hätte die Augen gern im Kissen vergraben, doch das durfte sie nicht. Was mußte sie denn jetzt tun? Aufstehen, umhergehen? Ja, das war es – aufstehen und umhergehen. Weshalb denn? Wo denn?

Sie trat zum Tisch und nahm eine Brosche hoch, die Karl ihr gegeben hatte. Wohl auch gestohlen, wie? Sie durchwühlte ihre Kommode; eine Perlenkette und ein breites Armband waren ihrer Erinnerung nach alles, was während ihrer dreijährigen Brautzeit von Karl gekommen war. Sie legte das alles zueinander. Sie war maßlos verwundert über die Gefühle, die diese Veränderung in ihr auslöste. Sie verleugnete sie nicht vor sich selbst, weil sie dachte, wenn sie das täte, wäre sie ein Feigling, und jetzt mußte sie zeigen, was wirklich in ihr steckte, ob sie am Ende wirklich eine tapfere Frau war oder bloß eine Angeberin.

Gegen acht Uhr klopfte ihre Schwester an die Tür.

»Er soll morgen vor Gericht«, flüsterte sie durch den Türspalt und huschte wieder weg.

Mit einemmal wurde Varras Mut von einem entsetzlichen Tränenstrom hinweggeschwemmt, und sie warf sich schwer im Bett herum und zerrte das Bettzeug um sich empor, als wolle sie sich vergraben, sich ins Vergessen graben. Dieser Ruf, den sie genoß, hatte sich aus den Dingen zusammengesetzt, aus denen das Haus sich zusammensetzte, den alltäglichen Redensarten des Haushalts. Er lag in der Atmosphäre, er war eine Eigenheit des Haushalts, ein Etwas, das aus all diesen Dingen entstanden war, die sie umgaben, und sie erkannte schlagartig, daß sie sich in diesem Haushalt zu vergraben versuchte. Sie setzte sich auf und warf mit einer raschen, angsterfüllten Geste die Decken weg. Sie fühlte sich benommen und versuchte, wieder zu weinen, konnte jedoch nicht. Sie reckte sich vor ihrem kleinen, gesprungenen Spiegel empor. War sie wirklich häßlich? Die Farbe war zwar aus ihren Wangen gewichen, war jedoch in die Lippen gewandert.

Jetzt wußte sie auch, was diesen Tränenausbruch in Wirklichkeit ausgelöst hatte – daß sie wußte, was ihr bevorstand und was sie für Karl tun mußte. Wie hatten sie doch immer gesagt? Ach ja, selbstverständlich, sie sei mutig; ab jetzt mußte sie es wirklich sein. Morgen, hatte ihre kleine Schwester gesagt. Sie würde herausfinden müssen, wo die Verhandlung stattfand.

Die Vormittagssitzung war in vollem Gange. Die Anwälte der Bagatellverfahren promenierten in ihren Gehröcken durch die breiten Flure wie Hunde auf der Wildfährte. Unglück, Verzweiflung, Gerechtigkeit, Ungerechtigkeit – die waren ihr Fraß. Sie kreisten durch dies Gebäude, ihre dicken kleinen Hände in den Schößen dieser glatten, glänzenden Mäntel verborgen, und ihre Blicke zuckten hierhin und dorthin. Einer dieser Anwälte hatte während der letzten zehn Sekunden eine Frau mit den Augen verfolgt, während diese Frau im Schatten der Wendeltreppe stand und vor sich in den ineinandergekrampften Händen ein verblichenes gelbes Kästchen hielt. Sie stand nahezu reglos und schien dem Fall so etwas wie Bedeutung zu verleihen. Erst nachdem er sein Plädoyer beendet und sich hinter die Schranken zurückgezogen hatte, versank der Fall erneut in Schäbigkeit und Häßlichkeit.

Jetzt trat er auf Varra zu, und sein geöltes Haar glänzte, als er durch den Lichtbalken schritt, der vom Portal hereinfiel.

»Vertritt Sie schon jemand?« Er sprach sanft und freundlich und ließ die Hände zu beiden Seiten herabfallen. Seine Rockschöße schwangen. Er war sehr stolz auf diesen Rock; man hatte ihm den Spitznamen der »Fall-Rock« oder der »Berufungs-Rock« gegeben.

Varra wandte sich ihm langsam zu und schaute ihn eine Minute lang an. Dann sagte sie: »Was?«, da sie befürchtete, daß dieser Mann womöglich mit dem ganzen System der Rechtspflege etwas zu tun haben könne.

Er wiederholte seine Frage und setzte hinzu, sie brauche aber wirklich einen Anwalt. Sie schüttelte den Kopf und entfernte sich. Was sie zu tun hatte, mußte allein vollbracht werden; darin lag die treibende Kraft. Sie brauchte keine Hilfe, um mutig zu sein. Sie konnte Karl allein retten. Sie konnte die Lüge erzählen, die ihm die Freiheit schenken würde. Sie war stark genug, um geradewegs vor den Richter zu treten und die Worte auszusprechen, die den Verdacht auf sie selbst lenken würden. Und außerdem hatte sie die Halskette, den Ring, die Brosche und das Armband alle zusammen in diesem gelben Kästchen. Wenn sie ihr nicht glauben würden, dann würden sie doch ihren Augen glauben. Wie wäre sie denn an diesen Tand gekommen, wenn sie ihn nicht selbst gestohlen hätte?

Sie bewegte sich auf den Eingang zu. Ihr Blick erfaßte die Bänke mit den schläfrig wirkenden Leuten. Sie fühlte sich unsanft von einer deutschen Frau beiseite gestoßen, die mit schriller Stimme auf den Gerichtsdiener einredete, der sie nicht hineinlassen wollte. Varra fühlte sich sehr einsam. Doch daran ließ sich nun einmal nichts ändern; hier gab es niemanden, der ihr helfen konnte; niemand hier konnte wissen, was sie vorhatte. Sie hätte es zu Hause erzählen sollen. Nein, Karl würde es als einziger wissen.

Zärtlichkeit für Karl wallte in ihr auf. Schließlich liebte sie ihn, und der Glanz, der von ihrer Tat, dem bevorstehenden Opfer ausging, ließ ihn ihr in einem ganz neuen Licht erscheinen. Sie blickte auf in das Gesicht des Gerichtsdieners und lächelte. »Darf ich mich hinsetzen und eine Weile zuhören?« fragte sie gewitzt und hoffte, er wäre ihr gewogen und würde sie als jemanden behandeln, dessen überlegenes Wesen ihn vor anderen auszeichnete, so daß ihr Selbstvertrauen gestärkt würde.

Ihr offenes Lächeln gefiel ihm, und die rotgeränderten Augen, die kokett zu den seinen aufblickten, bewirkten, daß er beiseite trat und sie dabei beobachtete, wie sie auf einen freien Platz zusteuerte.

Sie beugte sich ein wenig vor und blickte unmittelbar nach vorn. Da waren die Gerichtsschreiber, der Gerichtsstenograph, die Anwälte der Bagatellverfahren, die Polizisten – die weinenden Angehörigen, die Sensationslüsternen. Der Mann in Schwarz, der mit leicht geneigtem Kopf hinter dem Pult saß, mußte der Richter sein. Sie blickte sich um, konnte jedoch weder Karl noch Monk entdecken. Ein paar trübsinnig wirkende

Gefangene saßen mit dem Rücken zu ihr auf einer Bank innerhalb der Schranken, und ein Reporter stand mit dem Notizblock in der Hand neben dem Tisch der Schreiber. Warum saßen diese ganzen Leute bloß hier? Was wollten sie denn sehen? Etwas, dem sie selbst entronnen waren, das sie vielleicht selbst eines Tages würden durchmachen müssen?

Die schmutzigen schwarzen Vorhänge mit ihren protzigen Troddeln zu beiden Seiten der Fenster nahmen ihre Aufmerksamkeit gefangen. Sie sahen wie die kleineren Gardinen an den Fenstern eines Leichenwagens aus, nur die Troddeln waren zu gräßlich und zu protzig. Sie sahen aus wie Richter, die unter ihren verstaubten Perücken griesgrämig geworden waren, wie irgend etwas, das am Ende in den Kelch des Lebens fallen und dann schwarz und gräßlich und drohend darin liegen und seinen Inhalt ungenießbar machen würde, wie der Essigpilz die Schönheit des Weins verdirbt, wie die Bösartigkeit des Essigs.

Varra schaute zum Richter. Sie fragte sich, weshalb die Menschen es versäumten, sich mit Richtern anzufreunden, wo das doch so hilfreich wäre, wenn sie mit ihnen auf freundschaftlichem Fuß verkehrten. Wenn dieser Richter hier zu ihr einmal gesagt hätte: »Noch etwas Tee, bitte, Miss Kolveed«, dann könnte sie jetzt stracks auf ihn zugehen und ihm ins Ohr flüstern, er möge Karl glimpflich behandeln, und alles wäre ausgestanden. Das hatte sie jedoch versäumt, und den Unterschied würde sie jetzt zu spüren bekommen.

Irgendein höchst gewöhnlicher Fall stand gerade zur Verhandlung an. Zwei Männer, ein Polizeibeamter und ein Pole, standen vor dieser Schranke der Gerechtigkeit und hielten ein Stück Spitze empor. Sie verstand kein Wort von dem, was gesagt wurde, und sie war froh darüber. So würde dieser höchst bedeutungsvolle Schritt, um dessentwillen sie gekommen war, wenigstens nicht dadurch verdorben. Doch schaute sie auf dies Stück Spitze, wie es sich dehnte und dann zu einer sinnlosen Masse in einem Gewirr von Seidenstoffen in einer Schachtel zusammenrollte, als wäre das höchst seltsam. Was hatte

Spitze denn mit dem Gefängnis zu tun? Mit Gut und Böse? Konnte denn nicht einmal Spitze dieser entwürdigenden Zurschaustellung entgehen? Varra wußte, Spitze wäre von nun an etwas, das sie nicht mehr ertragen konnte. Bis jetzt war ihr dumpf bewußt gewesen, daß unbeseelte Gegenstände sich nicht beschmutzen ließen, nichts mit menschlichen Wesen gemein haben konnten; das spielte keine Rolle mehr. Sie schloß die Augen.

Sie vernahm ein stetes monotones Reden, das Schlurfen von Füßen, ein halbunterdrücktes Schluchzen. Sie öffnete die Augen. Der Pole wurde von einem Polizeibeamten abgeführt, und auf ihrer Seite der Barriere, nicht weit von ihr, war eine Frau weinend aufgestanden. Etwas stieg in Varras Kehle auf – es war ihr Kummer. Etwas fiel in ihre Kehle hinab – es waren ihre Tränen. Sie durfte nicht weinen. Hätte sie geweint, wäre sie ein Feigling gewesen. In dem Augenblick hörte sie die Namen von Karl und Monk.

Sie fuhr halb von ihrem Platz hoch. Etliche Köpfe wandten sich ihr zu, und jemand flüsterte: »Wahrscheinlich eine Verwandte.«

Ja, das war Karl, das war Karls schwarzes lockiges Haar, doch weshalb hielt er den Kopf gesenkt? Monk gönnte sie nicht einmal einen Blick. Sie war wütend, weil sie Karl bestimmt weh taten, so wie sie ihn an beiden Armen gepackt hielten. Ja, jetzt mußte sie aufstehen. Sie stand auf, das Kästchen in der Hand. Sie hörte jemanden sagen: »Ist Ihr Name Karl Handmann?« Und sie sah, daß Karl sich bewegte, konnte jedoch seine Antwort nicht hören. Und wieder ertönte die Stimme: »Und Sie heißen Monk Price?« Und sie hörte Monk laut und in seinem üblichen schneidigen Tonfall antworten: »Der bin ich!«

Mittlerweile war sie vor der Schranke angekommen. Ihr Herz hämmerte entsetzlich. Herr im Himmel, so grausam war also die Tapferkeit? Sie hielt das gelbe Kästchen ausgestreckt vor sich, als sei das ihre dringlichste Pflicht. Irgend jemand berührte sie mit der Hand. Sie hörte ihre eigene Stimme sagen: »Ich komme, Karl.« Sie sah, wie er sich umwandte. Sie sah die erstaunten Augen des Richters. Die Schreiber hielten inne, der Stenograph wartete, ohne den Kopf zu heben, auf die nächste Äußerung.

Jetzt, jetzt mußte sie tapfer sein. Sie würde Karl und der ganzen Welt zeigen, was sie für eine war, aus welchem Stoff sie – was war das noch? Ach ja, sie war aus Eisen. Alles wurde schwarz. Sie setzte erneut an: »Ich … Euer Ehren … Ich …« Sie schüttelte den Kopf, lachte ein bißchen und wandte sich dann ruckartig ab, das Kästchen immer noch vor sich ausgestreckt. »Ich kann nicht«, sagte sie und sank auf die Knie nieder.

Sie hörte den Lärm abschwellen, das Geraschel des Papiers aufhören. Sie war nicht länger umgeben von Schritten. Sie hörte nur die Uhr schlagen, doch sie konnte sich nicht rühren. Vielleicht starb sie ja.

Sie kam zu sich. Mehrere Männer besprengten sie mit Wasser. Der Gerichtsdiener war an seinen Platz zurückgekehrt. Sie hörte wieder die Schritte der Leute um sie herum. Sie stand auf.

»Geht es Ihnen besser?« fragte sie jemand, und jemand anderes sagte leise: »Armes Mädchen, war das Ihr Schatz oder ein Bruder?«

Varra öffnete den Mund: »Ist er – ist er freigesprochen worden?« Sie schienen sich nicht zu trauen, ihr Auskunft zu geben, und sie sagte mit der Stimme, die sie den Kindern gegenüber anwandte, in scharfem Ton: »Na los, los! Nun sagen Sie schon!«

»Nein. Der Kleine mit dem schwarzen Kraushaar hat – mehrere Jahre bekommen.«

»Aber gegen den anderen«, mischte sich jemand ein, der annahm, daß sie das vielleicht trösten würde, »haben sie die Verhandlung ausgesetzt, um weitere Zeugen zu laden. Der hat sich hervorragend verteidigt – lebhaft, ziemlich unverschämt, doch es gab einiges Gelächter. Das bringt immer etwas ein.«

Varra wandte sich langsam den Stufen zu und starrte von dort aus in den Tag hinaus. Sie dachte weder über Monk noch über Karl nach. Sie dachte über sich selbst nach. Sie war also doch ein Feigling. Sie konnte Spinnen töten und heiße Bratpfannen anfassen und Vögel retten, doch mehr war sie nicht, eine Kleinstadtheroine – eine Frau ohne echten Mut, jemand Verachtenswertes, jemand Hassenswertes. Gott, wie sie sich haßte – wie sie diese Leute haßte, die diese Niederlage angebahnt hatten, diese Menschen, die das alles dadurch ausgelöst hatten, daß sie sie lobten – oh, wie gräßlich sie war.

Sie wußte, Karl war unschuldig. Sie hatte es an seinem Blick gesehen. Und sie wußte, Monk verkörperte alles, was niedrig, gemein und schlecht war. Sie spürte, daß er Karl in diese Sache hineingezogen hatte, um seine eigene Haut zu retten. Was für ein häßliches Vieh er doch war, und wie rot seine Ohrläppchen in dem Augenblick gewesen waren, als sie ihn angesehen hatte.

Sie begann, sich vor sich selbst zu rechtfertigen. Hätte sie etwas gestehen können, das sie nicht getan hatte, um Karl zu retten, der unschuldig war? Nein, tausendmal nein. Und weshalb nicht? Weil sie sich damit unter ihn gestellt hätte. Es hätte sie zu etwas Gemeinem und Verbrecherischem gemacht. Sie hätte sich (freilich um ihn zu retten) mit dem ganzen Dreck und Abschaum gemein gemacht, der in diesem verderbten Leib von Monk steckte. Wie hätte sie so etwas tun können? Hätte er sie denn dann noch geliebt? Vielleicht wäre das Opfer zu glanzvoll gewesen, und außerdem hätte er doch gewußt, daß sie nicht wirklich schuldig war. Vielleicht hätte er sie ja auch zurückgewiesen, sich geweigert, ihr Opfer anzunehmen. Das hätte ja etwas Schönes gegeben! Vielleicht wäre er ja auch gänzlich ungeschoren davongekommen und sie ebenfalls. Wie wundervoll das gewesen wäre! Und dann hätte er wieder zu ihr gesagt: »Mehr als alles andere liebe ich an dir deine Tapferkeit.«

Und nun hatte er mehrere Jahre bekommen, und das Urteil gegen Monk stand noch aus.

Als sie zu Hause ankam, zitterte sie, als müßte die ganze Straße bereits wissen, was sie für eine war. Sie stahl sich in ihr Zimmer, weil sie die Familie aufzuwecken fürchtete, öffnete sacht die Tür und wagte kaum zu atmen. Langsam zog sie sich aus und stand dabei in der Zimmermitte. Sie stieg ins Bett, wie sie seit ihrer Kindheit nicht ins Bett gestiegen war, verstohlen und zusammengekauert, und zog sich die Decke bis zum Hals.

Sie lag und starrte in die Dunkelheit – ja, das war es, das war der Grund für ihr Versagen: Sie hatte es nicht über sich gebracht, so niedrig, so gemein, so gering vor Karl zu erscheinen, der wirklich gut und sauber und stark war.

Was sie jedoch am meisten schmerzte, war, daß sie ihr stolzes Selbstgefühl eingebüßt hatte: das war schrecklich. Die ganze Nacht hindurch fragte sie sich immer wieder: »Was soll ich jetzt bloß tun?«

Sie stand wieder auf und zündete sich eine Kerze an. War sie immer noch schön? Die Leute hatten sie häßlich genannt – sie grinste sich im Spiegel zu. Nein, sie war tatsächlich häßlich. Sie blies die Kerze aus und zündete sie dann wieder an. »Wie soll ich denn sagen können, ob ich häßlich oder ansehnlich bin, wenn ich Gesichter schneide?« Sie schaute. Sie sah ihr Gesicht, ein hartes, entschlossenes, weißes Ding, das ihr aus dem Spiegel entgegenschien. Nein, sie sah nicht übel aus.

Sie ging zu ihrer Pritsche und setzte sich darauf. Ihre nackten Füße berührten den Boden. Gab es nicht noch irgend etwas, das sie tun konnte? Sie befand, daß sie eigentlich überhaupt nicht gut aussah, und nun war sie noch nicht einmal tapfer.

Sie konnte nicht weinen. Sie sagte diese Dinge halblaut zu sich selbst, doch sie zuckte nicht mit der Wimper – weder schön noch tapfer – häßlich, ein Feigling. Doch sie liebte Karl – sie haßte Monk. Letztlich war sie eher Monk ähnlich – ziemlich ähnlich sogar.

Sie schlief ein.

Am nächsten Morgen, als Monks Fall verhandelt werden sollte, betrat eine Frau mit einem gelben Kästchen in der Hand zielstrebig das Gerichtsgebäude und lief den Flur hinunter. Der Gerichtsdiener ging ihr nach. Diesmal gefiel ihm irgend etwas an ihrem Gang nicht.

Sie sprach mit lauter, resoluter, fast barscher Stimme direkt den Richter an und schenkte Monk nicht die mindeste Aufmerksamkeit.

Und diesmal stand sie es durch.

Als Monk, wenn auch unter größten Bedenken, freigelassen wurde, sah sie ihn nicht einmal an. Statt dessen lächelte sie und bat um einen Spiegel. Die Leute traten beiseite, um den schleimigen, häßlichen Leib von Monk durchzulassen, doch Varra beachtete ihn nicht. Sie legte den Taschenspiegel nieder und sagte rasch mit leiser Stimme: »Nein, ich bin wirklich ziemlich häßlich.«

Sie hatte Karl vergessen, sie hatte Monk vergessen. Sie schaute auf die schwarzen Vorhänge mit ihren protzigen Troddeln.

Monsieur Ampee

Tritt auf eine Raupe, und die Raupe wird zum Schmetterling – plötzlich und mit großartiger Gebärde hob Ampee, der Unbekannte, das, was bislang die Nase eines Händlers gewesen war, aus seinem Weinbecher und entdeckte, daß sie nicht nur als ausgesucht hervorragendes Merkmal, sondern gar als eins von überlegener Vornehmheit betrachtet wurde.

Ampee besaß die Natur der Raupe. Hätte er getan, was Raupen angeblich tun – mit anderen Worten, hätte er sich »entpuppt« –, diejenigen, die die Konvulsion mitangesehen hätten, wären von der bis dahin verborgenen, nunmehr den Blicken preisgegebenen Seite nicht sehr erbaut gewesen. Ampee war freilich nicht der einschmeichelnde, kriecherische, schleimige Typ; er war eher ein denkbar kalter Mensch – theoretisch denkend, hartnäckig, ruhig, einer dieser Männer, die ihre, sagen wir, vierzig Jahre hinter sich bringen, wie sie ihren einzigen Mantel tragen: Sie nehmen ihn in acht, obwohl er ihnen gleichgültig scheint, und schicken ihn schon immer wieder einmal zum Reinigen und Aufbügeln, und immer wenn er verschleißt, lassen sie ihn flicken und wenden und ausbessern – mit dem immer gleichen Ziel –, einen Mantel, der einstmals aus einem Stück bestanden und in vielen Stücken geendet hatte; ein Leben, das einst einfach ein Leben gewesen war und als Menschenmenge endete – denn Ampee hätte an sich selbst nichts ausmachen können, das er letztlich nicht als etwas anderen Zugehöriges kannte.

Ampee hatte in einer Art schwer durchschaubarer Behaglichkeit gelebt. Seine Frau Lyda war selbst längst untergetaucht. Sie war beinah eine adlige Dame gewesen, als Ampee sie geheiratet hatte, eine Frau, die es sich stets hatte angelegen sein lassen, schlicht gekleidet zu gehen wie die Königin, so künstlich zu handeln, wie ihre freimütige Natur es zuließ, und mit all den Lügen zu leben, die nötig sind, um einen Haushalt davor zu bewahren, Zeitungsspalten zu füllen, und seine Angehörigen davor, den Blick der Öffentlichkeit auf sich zu ziehen.

Er betrachtete seine Frau, wie er die Öffentlichkeit sah. Sie war alles, was auch die Welt war – statt sich eine Morgenzeitung zu kaufen, hatte er Lyda zur Kirche mitgenommen und sie geheiratet; mithin hatte er nur die Ereignisse des Tages durch die Unterzeichnung einer Heiratsurkunde besiegelt. Statt morgens die Nase in die Zeitung zu stecken, schaute er seine Frau an. Es war gleichzeitig eine Sparmaßnahme. Sie lebte so, wie die Masse lebte, von der Hand in den Mund, und sie beklagte sich nicht auf gefährliche, sondern auf menschliche Weise.

Sie hatte ihm drei Kinder geboren, wie die Welt Kinder gebar. Ihre Gelehrigkeit und ihre Hilflosigkeit belustigten ihn. Sie unterschrieb die Dinge, die die Welt im allgemeinen unterschreibt, und sie schwor den Dingen ab, die die Welt als eine im Aufstieg begriffene neue Generation üblicherweise schädlich dünken. Mit ameisenhafter Ausdauer hielt sie den Blick auf die Evolution und die Zukunft gerichtet. Sie war emsig dahinter her, aus ihren Kindern Ausbünde an Gesundheit zu machen, wie die Ameise Nahrung für künftige Tage einlagert, oder wie man ein Stück Wild auf einen Eisblock legt. Und sie vergoß um ihretwillen nur jene abgezählten Tränen, die nach Maßgabe der Welt unbedingt notwendig sind, um ein ausreichendes Quantum an Bedauern am Leben zu erhalten, wie es wiederum nötig ist, um Takt und Einfühlung unter den Menschen zu sichern, die auf die Existenz derer bauen, unter denen sie sich bewegen.

Dabei war Lyda redlich und treu, war sie so glücklich, wie die Menschen im allgemeinen glücklich sind. Sie ihrerseits betrachtete ihren Gatten als eine großartige Erscheinung, als die über jegliche Antwort hinausgehende Frage, als Problem ohne die Möglichkeit einer abschließenden Lösung – er repräsentierte die unerbittliche und nimmer endende Zeit, und indem sie das anerkannte, erkannte sie an, daß die Zeit sich niemals über das erheben würde, was kleinliche, gleichgültige Selbstsucht war. Ampee lebte unter seinen Mitmenschen, als sei er das einzige verzeihliche Versehen unter einer Million Irrtümern.

Ampee war in bestimmter Hinsicht erfolgreich gewesen – sein Geschäft hatte sich in aller Stille prächtig entwickelt, er konnte über ein ordentliches Einkommen verfügen, und die Leute hatten ihm nichts nachzusagen. Dafür hatte er nach Kräften gesorgt. Ein handeltreibender Mann von einigem Ehrgeiz konnte sich kein persönliches Renommee leisten, wie die Revolutionäre oder wie Künstler und Bohemiens es allgemein genossen.

Er trank vorzügliche Weine und beschied sich damit, häßlich und gewöhnlich zu sein, ja tatsächlich hätte er jegliches ungewöhnliche Merkmal oder jegliche charakterliche Besonderheit als außerordentlich bedauerlich empfunden. Er war froh, daß seine leibliche Gestalt auf eine nicht weiter bemerkenswerte Weise zulänglich war. Er wollte so wenig Aufmerksamkeit auf sich ziehen, wie ein Soldat aufzufallen wünscht; er verfügte über das wenig beachtenswerte Äußere, das allen gut ansteht, die auf Eroberung ausgehen.

Ampee hatte nur einen Feind. Das war Fago, den er »den Nihilisten« nannte, weil Fago gelegentlich in einem Tonfall vom »Volk« sprach, der so gar nichts Geschäftliches hatte. Er mißtraute Fago, weil Fago einer jener Männer war, die eine halbe Stunde lang über die Zivilisation reden konnten, ohne auch nur ein einziges Mal auf ihre Börse anzuspielen, die gelassen über jedwedes Thema diskutieren konnten, ohne auch nur ein einziges Mal Profit oder Verlust ins Spiel zu bringen.

Und was verschlimmernd hinzu kam: Fago war Besitzer eines rivalisierenden Ladens. Ampee hatte sich nebenher auf den Weinhandel verlegt, um eben diesen Fago auszustechen, der hauptsächlich damit sein Geschäft machte, weil sein auf Flaschen gezogenes Erzeugnis einen hervorragenden Ruf genoß. Fago hatte seine Kunden allerdings gehalten, und Ampee hatte sich den Kopf darüber zerbrochen, wie dem Problem beizukommen wäre. Das war im Jahre 1842. Im Sommer 1846 kaufte Ampee einen Weinberg, stellte einen Verwalter dafür ein, aß anständig zu Abend und wandte sich an seine Frau.

»Lyda«, sagte er und schaute sie mit demselben gestrengen Blick an, den man auf einer Menge ruhen läßt, »wie findest du das, was ich heute getan habe?«

Lyda hatte schon vor langer Zeit, wahrscheinlich seit der Geburt des zweiten Kindes, vergessen, wie die Königin sich kleidete, und verließ sich nicht mehr auf ihr Aussehen. Sie hatte sich gerade noch einen Rest ihrer besten Eigenschaft, ihrer Redlichkeit, bewahrt, und dieser Rest war wiederum ihrer Erschöpfung und ihrer Nervosität unterworfen.

»Ich habe einen kleinen Weinberg gekauft«, fuhr er fort, »so an die tausend oder zwölfhundert Flaschen Wein sollte er schon abwerfen. Nur muß ich neue Geräte und Arbeitskräfte besorgen und die Pacht zahlen. Um das tun zu können, brauche ich Geld.«

Er rauchte nie, weil das den Geschmack von Brot und Käse beeinträchtigte. Er lief nie im Zimmer umher, um seine Anspannung zu mildern, weil Lyda die Angewohnheit hatte zu sagen: »Psst, Ampee, die Kuchen sind im Ofen, und du schaffst es bestimmt, daß sie zusammenfallen!« Auf der anderen Seite hielt er jedoch nichts von einem Mann, der sich die Hände rieb oder an den Nägeln kaute, weil das gemeinhin als Angewohnheit eines unbeständigen Charakters galt, und er wünschte nicht, daß derlei Spekulationen bezüglich seiner täglichen Gewohnheiten im Umlauf wären. Statt dessen erprobte Ampee sich darin, seine Augen so lange weit aufgerissen zu halten, wie möglich, ohne mit den Wimpern zu zucken; ein unverwandter Blick kam gut an und war das Werk eines aufrichtigen wohlmeinenden Mannes.

Auf diese Weise starrte er seine Frau an, und die senkte ihrerseits den Blick, wie sie es bei derartigen Gelegenheiten immer tat. Sein Blick erfüllte sie mit der traurigen Erwartung des Scheiterns; sie erwartete ständig, daß Ampee im ungeeignetsten Augenblick versagen und diese Lider mit einer Unvermitteltheit und Endgültigkeit niederfallen würden, die die Welt, was die Verstellung ihres Eigentümers anging, nicht länger im Zweifel ließen.

»Was hast du für Pläne?«

»Eine Handelsgesellschaft gründen, die aus uns beiden besteht, ihr irgendeinen Namen geben, der nach Verläßlichkeit klingt, und Anteile verkaufen.«

»Für wieviel pro Kopf?« Sie hatte genau wie andere durchaus ihre praktische Ader, und bisweilen, wenn sie mit Stopfen beschäftigt war, ließ sie ihren Sinn für anständiges Verhalten ein bißchen in den Hintergrund treten, weil die bloße Tatsache, daß sie noch immer ausbessern und flicken mußte, sie daran gemahnte, daß sie noch nicht ganz so gut gestellt waren, wie sie es hätten sein sollen, und sei es nur um der Kinder willen.

»Ach, das kann später geregelt werden.«

»Und wann würden die Aktionäre ihre erste Dividende bekommen?«

»Das hat Zeit, viel Zeit. Du glaubst doch wohl nicht, daß ich ein unredliches Geschäft vorhabe?« setzte er hinzu und fixierte dabei ihren Finger mit seinen weitaufgerissenen Augen. Dabei lachte er, freilich ohne großen mimischen Aufwand, und es klang freundlich und zuversichtlich.

Wann immer Ampee sich anschickte, die Leute zu betrügen, gab er seiner Frau ein kleines Geschenk; außerdem war er auch netter. Er ging so weit, sie zu küssen. Am darauffolgenden Tag fand sie ein Goldstück neben ihrem Teller, und irgendwie vergaß sie, ihm zu danken.

Während der zwei Jahre, die nun folgten, wurde Fago langsam aus seiner führenden Position gedrängt. Er fiel zurück; die Leute begannen, sich Ampees Kellern zuzuwenden. Sie sprachen über den Geschmack des ganz hervorragenden Weins und warteten hoffnungsvoll auf den Tag, wo ihre Aktien klingende Münze abwerfen würden.

Ampee begann, die Freundschaft mit Fago zu pflegen: Er fürchtete ihn. Das war für Ampee eine unerwartete Empfindung. Fast bedauerte er, sich in eine Lage gebracht zu haben, wo er jemanden zu fürchten hatte.

Fago hatte begonnen, Ampee zu mißtrauen. Es entging ihm nicht, daß hinter der ganzen Sache irgendein Schwindel steckte, und er empfand ein bißchen Verachtung, wenn er Ampee jetzt in seiner Ladentür stehen sah oder wenn er mitbekam, wie ein Kunde sich über die überlegene Qualität von Ampees Wein ausließ.

Außerdem hatte Fago sich, als Ampee sich veränderte, ebenfalls verändert. In dem Maße, wie Ampee unmäßig und zuversichtlich wurde, begann Fago sich zum Zweifler zu entwickeln. Er wurde ruhelos und begann, eine Vielzahl alter Vorstellungen in seinem ehrbaren Schädel umzuwälzen. Das hatte zuweilen eine höchst erstaunliche Wirkung. Daß er seine einstigen Anschauungen änderte, bewirkte, daß er Menschen mochte, die er zuvor nicht gemocht hatte, und umgekehrt. Er fing an, unzufrieden mit sich selbst zu sein, obwohl er einräumen mußte, daß er, gemessen an seinen einstigen Maßstäben, alles erreicht hatte, was man erwarten konnte. Er empfand es als seltsam, daß er in sich zwei einigermaßen anständige Männer ausmachen konnte, hatte er doch immer gemeint, es gebe nur eine Art von Gut und eine Art von Böse.

Dann hatte Fago sich obendrein mit einem halbradikalen Haufen zusammengetan, der zum Trinken in sein Hinterzimmer kam. Anfänglich hatte er sich aus allem herausgehalten, doch schließlich war er, umgänglich, wie er nun einmal war, hineingezogen worden, und mittlerweile machte er sich nicht mehr die Mühe zu widersprechen, wenn Ampee ihn einen »Nihilisten« nannte, wenn er angesichts Ampees offenkundiger Unwissenheit auch lächeln mußte, denn der hatte keine Ahnung, woraus so ein Nihilist eigentlich bestand.

Dann begannen die Leute, die angesichts der Unbegründetheit ihrer Hoffnungen, was den Weinberg betraf, unruhig und wütend geworden waren, Forderungen an Ampee zu stellen. Er erkannte, daß es an der Zeit war, seine kleine Ausbeute ins trockene zu bringen und das Revier zu wechseln oder auf Bankrott zu machen. Lyda war während der letzten paar Wochen sehr schweigsam gewesen und sehr unzugänglich. Wie ein Thermometer begann sie, ihm ihre Abkühlung anzuzeigen, und Ampee verargte ihr das.

Als er an diesem Abend auf der Bettkante saß, machte er ihr eine Eröffnung.

»Lyda, wir haben einen hübschen Schnitt gemacht – einen sehr hübschen sogar. Was würdest du sagen, wenn wir uns eine Zeitlang aufs Land zurückzögen oder eine Reise ins Ausland machten?«

»Du willst das Geschäft zumachen! Du willst die Leute betrügen! Das hast du bisher nie getan, außer beim Ausschank! Das gefällt mir nicht. Das verträgt sich nicht mit meinen Grundsätzen. Nur ein Schuft ist zu so etwas imstande. Und am Ende wirst du schlechter dastehen als jetzt. Nehmen wir es doch nur einmal von der praktischen Seite. Was willst du denn machen, wenn du das nächstemal vor die Leute treten mußt?«

»Vor sie hintreten«, antwortete er und sah sie mit starrem Blick an.

»Und was wirst du dann erleben?«

»Nichts«, antwortete er und schlug die langen Beine übereinander. »Wie immer. Alle großen Männer haben so angefangen – das heißt alle großen Männer meines Schlages.«

»Und was bezeichnest du als deinen Schlag?«

»Die, die im Schatten bleiben. Ich gebe mich damit zufrieden, im finanziellen Bereich Gewinn zu machen. Ich habe keinen persönlichen Stolz. Ich sehne mich nicht danach, in den Adel aufzusteigen oder eine politische Rolle zu spielen. Folglich war das ganz richtig.«

»Nur, daß es mich auch noch gibt. Ich habe bestimmte Eigenschaften. Die darfst du nicht außer acht lassen.«

»Als da wären?« In Ampees Miene zeigte sich eine Spur von Hohn.

»Ich komme aus einer guten Familie.«

»Ja, das stimmt.«

»Ich stehe in dem Ruf, eine anständige Frau zu sein.«

»Auch das, ja.«

»Also, was willst du mit ihnen anstellen?«

»Meine Teure, du sprichst, als wären sie ein Schatz – als wären sie ein Wertpaket.«

»Ja, in der Tat, das tue ich.«

»Ich werde sie deiner Obhut anvertrauen.«

»Zu gütig«, antwortete sie und fand damit etwas von ihrer einstigen Gewandtheit wieder. Dann brach sie in wilde Schmähungen aus.

»Ein erbärmliches Geschöpf bist du, Monsieur Ampee, und wir werden nicht den Rücken für dich hinhalten, glaub mir. Ich werde deinen Kindern sagen, was für einer du bist.«

»Sie haben es bereits erraten.«

Einer blitzartigen Eingebung folgend sagte sie: »Bist du überhaupt da?« Und er sprang auf, fassungslos und verblüfft und entsetzt. Er wandte den Kopf halb und betrachtete sich über die Achsel, indem er den Blick abwärts gleiten ließ.

»Was ist los?« schrie er erregt, »was ist los…?«

Sie brach in Tränen aus.

Er betrachtete sie, während sie mit dem Gesicht zur Wand lag. Was wohl in sie gefahren war, als sie das ausgerufen und ihn behandelt hatte, als wäre er etwas so Kleines, daß er leicht abhanden kommen konnte! Er streckte sich neben ihr aus und blickte zur Decke hinauf.

Er hatte es stets verstanden, seine Frau zu behandeln, wie man die Algebra oder eine einfache Rechenaufgabe behandelt. Mach den oder diesen Schritt, geh bis da und da hin, dann hätte das den oder jenen Effekt. Immer, wenn er feststellen wollte, wie weit seine Berechnungen gediehen waren, brauchte er nichts weiter zu tun, als alles zu addieren, und das ganz einfach mit Hilfe der Miene, der Handlungen oder der Ausdrucksweise seiner Frau. Nun streckte er ohne irgendeine Gefühlsregung, aus bloßer Neugier, die Hand zu ihr hinüber und ließ die Finger auf die geschlossenen Lider seiner Frau fallen. Er hob sie wieder und betrachtete sie, indem er die Finger spreizte und schloß. Sie waren naß von Tränen. Das bedeutete, daß das Experiment in quantitativer Hinsicht an einem Punkt angekommen war, wo Lydas Reaktion erfolgen und sich in der Summe seiner Berechnungen niederschlagen mußte, die wahrscheinlich irgendeinen Fehler enthielten.

Doch diesmal entsprach das Resultat nicht ganz seinen Erwartungen. Sie wandte sich nicht um. Sie fuhr fort, lautlos, aber entschlossen zu weinen, wie ein Mensch weint, der sich dabei auf das Fundament langen Erduldens berufen kann.

Das ärgerte Ampee, und diesem Ärger verdankte er wahrscheinlich sein Leben. Er stand auf, zog den Morgenrock an und ging nach unten, um die Küchenlampe und die Lampe vor dem Laden zu löschen, wie es seine Gewohnheit war, die er an diesem bestimmten Abend jedoch vernachlässigt hatte.

Dann kam die Explosion – ein schwaches Geräusch von berstendem Holz, ein Vorhang fing Feuer, als ein Windstoß vom Fenster kam –, und fassungslos und vor Angst wie gelähmt, erhob Ampee sich mit dem flammenden Vorhang in der Hand. Er sah ihn an, schleuderte ihn in einen Weinzuber und drehte sich zur Treppe um. Leichtfüßig und flink nahm er die Stufen und betrat, immer noch im Laufschritt, das Zimmer seiner Frau.

Der Fußboden hing durch, wo in Fensternähe ein großes Loch hineingerissen worden war. Das Bettgestell, auf dem Lyda lag, war unversehrt, doch Lyda selbst blieb reglos.

Er trat zu ihr und kämpfte einen entsetzlichen Gedanken nieder. Er sagte: »Nun, nun« und legte ihr die Hand über das Gesicht.

Damit konnte das Experiment also fortgeführt werden, konnten die Ziffern geschrieben werden, die es zu einer Antwort zusammenzuzählen galt, mit der er nicht gerechnet hatte.

Er drehte das Gesicht seiner Frau in seine Blickrichtung. Am Schock gestorben, wahrscheinlich. Das hatte er nicht erwartet. Es gefiel ihm nicht. Wie in Gottes Namen war das bloß alles passiert? Dann zuckte es ihm durchs Hirn. Die Revolutionäre – Fago!

Seine Lider fielen herab. Er fing an zu weinen.

Er weinte, wie ein Mann weint, der entsetzliche Angst hat.

Zwei Monate später erscheint Ampee, eine bestens bekannte Figur, ein von schmerzlichem Verlust betroffener Mann, ein gescheiterter Händler, wenn man dem äußeren Anschein glauben wollte, doch einer mit reichlich Geld zum Trinken und derlei Annehmlichkeiten mehr, erneut auf der Szene.

Was seine Verpflichtungen anging, so war er seit der Zerstörung seines Hauses fein heraus – der Safe, mit allem, was darin war, das Geld, Obligationen, Übertragungsurkunden, Kapital, alles hatte den Weg der übrigen Dinge genommen.

Es spielte keine Rolle, wer was glaubte oder nicht glaubte – er erging sich in dunklen Andeutungen, daß die »Nihilisten« und diese ganzen schuftigen Kerle, die Revolutionäre, die Boheme und die Schriftsteller schuld seien. Es war ihm gleichgültig, daß die Explosion einiger Kanister Schießpulver und anderer im Keller gelagerter Waren nachweislich auf seine oder sonst irgend jemandes Fahrlässigkeit zurückzuführen gewesen war. Nein, zweifellos war sie hauptsächlich der Tatsache zu verdanken gewesen, daß er als Geschäftsmann gegen einen bestimmten Mann auf der gegenüberliegenden Straßenseite das Rennen gemacht hatte. Darüber konnte Fago nun einfach nur lachen, das erschien ihm ziemlich lächerlich. »Weißt du«, sagte er, »mit so schmutzigen kleinen Tricks wie Ratten auszuräuchern oder Würmer zu zertreten, geben wir uns eigentlich nicht ab.« Und seltsamerweise lachte Ampee und war nicht beleidigt.

Abends stießen die Leute sich an, wenn er in den Cafés saß. Er war das geworden, was er niemals erwartet hätte – ein durch polizeiliche Nachforschungen und das Gerede am Ort und die Erwähnung seiner Person in den Zeitungen berühmt gewordener Mensch. Als der Fall endlich niedergeschlagen wurde – er war keineswegs böse darum –, war er ein ganz schöner »Dandy« geworden und galt als ziemlich charmant.

Eines Abends ließ er sich jedoch ausgerechnet im Kreise derer nieder, die er beschimpft hatte.

An ihrer Verachtung für ihn änderte sich nichts, doch spielten sie gern mit ihm, indem sie ihn auf den Arm nahmen.

Sie sagten zu ihm: »Na, wie lebt sich's denn jetzt so, Kaufmann Ampee?«

Und er schlug sich auf die Knie und stampfte mit dem Spielbein auf und zündete sich eine Zigarette an und sagte, indem er mit den Armen fuchtelte, treffliche Dinge auf humorvolle Weise, bis er schließlich im Rausch mitten auf dem Tisch tanzte. Und eines Tages beugte er sich, während er mit den Armen schlug, als seien es Flügel, zu Fago hinab und flüsterte:

»Ein paar Dinge gibt's, die werden sich nicht aufrühren lassen, meine kleinen Revolutionäre, und eins davon ist klares Wasser.« Darauf brüllte er vor Lachen, und dann runzelte er die Brauen und stieg mit feierlichem Ernst vom Tisch mitten hinein in das Gespöttel der Gruppe, die seine Worte mitbekommen hatte.

»Nein, das stimmt nicht«, sagten sie, »nicht wenn das Wasser eine Pfütze ist und man ihren Schmutz aufwirbelt, nicht, wenn damit zu rechnen ist, daß nachdem die ganze unschuldig wirkende Oberfläche abgeflossen ist, nur der Dreck übrigbleibt.« Er wußte, mit dem ablaufenden reinen Wasser spielten sie auf Lyda an.

Er schrie: »Glaubt's mir, ihr werdet noch sehen, daß es ein paar Dinge gibt, die ihr nicht hochgehen lassen könnt. Es gibt ein paar Dinge, in die könnt ihr eure Finger nicht hineinstoßen, ohne sie schlimmer zu machen. Hört zu, ich erzähle euch etwas – hört mir zu, solange ich noch aufgewühlt bin. Macht ruhig, was ihr wollt, seid ruhig wahnsinnig, versucht ruhig, die Dinge umzukrempeln, doch eins müßt ihr wissen – ich fliege. Ihr sagt, laßt das Wasser ab, und ich sage euch: Hütet euch vor dem, was unter dem Wasser ist. Das ist manchmal gar kein erfreulicher Anblick. Das ist manchmal gar nicht schön – und die Leute wollen doch etwas Schönes sehen, nicht? Also, zertretet die Raupe – so.« Er drehte die Absätze in ein imaginäres Insekt.

Er wandte sich unter den Zurufen der um Fago gescharten Gesellschaft ab, und während sie ihn wegen seiner Flügel verspotteten, fragte einer, wohin er denn gehe, und er wandte den Kopf über die Schulter und antwortete mit starren Lidern: »Mir die Hände waschen.«

Die Terroristen

Als ganz junger Mann war Pilaat sehr melancholisch, gleichzeitig aber sehr tatkräftig gewesen, was seinem gesunden Körper und seiner lebhaften Phantasie zuzuschreiben war.

Solche Menschen, die gewohnheitsmäßig annehmen, daß ein melancholischer Magen stets ein trauriges Gemüt begleiten muß, waren einigermaßen verwirrt ob Pilaats Pferdemagen, seiner Ausschweifungen, die er allemal ungestraft überstand, und seines unabänderlichen Entschlusses, ein unverzichtbares Mitglied der Gemeinschaft zu werden.

Damals war sein Haar lang gewesen, und er hatte eindeutig »Künstlerkleidung« bevorzugt. Unterhalb seiner geraden Nase hatte man es mit einem sehr üppigen und vielleicht schwächlichen Mund zu tun gehabt und oberhalb mit eigenartig geschnittenen, großen trauervollen Augen.

Die Zeit kürzte das Haar ein bißchen, und der Mund wurde von einem ergrauenden Schnurrbart verdeckt. Die Augen wässerten leicht, und manchmal wurden sie im Lauf eines Abends von roten Äderchen durchzogen.

Pilaat war nicht länger tatkräftig, doch für einen Mann von um die fünfzig recht kräftig. Auf der anderen Seite war seine Melancholie, oder jedenfalls schienen die Leute das zu glauben, gänzlich verschwunden. Diejenigen, die ihn am längsten kannten, begingen den Fehler, ihm nachzusagen, er sei jetzt »mehr wie ein menschliches Wesen«, und diejenigen, die ihn erst kurze Zeit kannten, gelangten zu dem zutreffenden Urteil, daß er »zuviel trank«.

Seine frühe Menschenliebe hatte bewirkt, daß er begierig ihre Nähe suchte. Als er ihnen eng verbunden war und sich mit ihnen vertrug, machte er die Erfahrung, wie jämmerlich schwach sie doch alle waren, und sein starkes Naturell wollte es, daß er sie wegen jener Eigenschaften verachtete, die er ahnungsweise der Umwelt anlastete und nicht der Vererbung, es sei denn, man betrachtete den Dreck der Gosse und das Erlöschen eines Aschehaufens als etwas Erbliches. Und im Gleichmaß mit seinem Interesse, seinen Beobachtungen und dem Eingeständnis ihrer Unausweichlichkeit stellte sich dieser kernige Haß ein.

In Anlehnung an die Redensart von den Menschen als den »Unglückseligen« sprach er von ihnen als von den »Elendigen«. Und so, wie er dies Wort aussprach, war keine Spur von Mitleid für ihre traurigen, schäbigen Herzen herauszuhören; es schwang darin nichts als das Wissen mit, daß ihre Kleidungsstücke ebenfalls schäbig und jämmerlich waren. Wäre Pilaat aus einer weniger reinlichen Familie gekommen, hätte er sie mit ganzer Kraft sanftmütig bis zum Ende geliebt. Doch allzu viele reine Hemden in der Jugend hatten bewirkt, daß er in seinen Anschauungen und seiner Menschenliebe ebenso verhätschelt wie verstümmelt war. Es verlangte ihn immer noch danach, die Welt zu verbessern, doch er wollte sie verbessern, wie man den Fußboden aufwischt, und nicht, wie man eine Wunde verbindet.

Er brüllte, weil das Herz ihm schwer war. Er begann eine Plage für die zu werden, zu denen er gehörte. Es dauerte nicht lange, und sie nannten ihn den »Terroristen«, und es kam so weit, daß die Leute, wenn er eine Geste des Mitleids machte, die Arme hoben, um sich zu schützen.

Er hatte eine ganz junge Frau, ein kleines Ding mit schwächlichem Kinn von etwa 27 Jahren. Einer bestimmten bleichen Schönheit, die das zarte Rechteck ihres Gesichts ausstrahlte, war es zuzuschreiben, daß man ihr den Spitznamen Jeanne d'Arc gegeben hatte. Sie hatte zwei, drei Zähne verloren, und sie rauchte ungezählte Zigaretten, trank Bier, wenn nachmittags ausgeschenkt wurde, und flirtete mit allen, die sie verachtete.

Sie glaubte an die Vergänglichkeit aller Dinge und deren

Pessimismus, hätte gern jeglichen geistigen Schlendrian an sich selbst radikal beseitigt und machte sich folglich bewußt daran, ihre eigene Seele und ihr feinfühliges, einfühlsames und scharfsinniges Erkenntnisvermögen radikal zu beseitigen.

Sie trug schwere Stiefel, die sie niederzuziehen schienen, und ihre ein Meter fünfzig sahen infolgedessen aus wie ein knapper Meter.

Ihr Haar war kurzgeschnitten, wie es unter den intellektuellen Frauen ihrer Kreise üblich war, und sie trug lose, schmutzige Kittel, die farb- und ölverschmiert waren.

Den ganzen Nachmittag von drei bis sechs hielt sie sich in den Cafés auf, um dann »das Weite zu suchen«, wenn »die Schweine«, die selbstgefälligen und ehrbaren Bürger, mit ihren Frauen und Kindern zum Abendessen eintrafen. Um neun war sie dann wieder zurück und sprach über die Revolutionäre.

Pilaat hatte ein paar Gedichte geschrieben und sie auf obskure Weise veröffentlichen lassen. Die trug sie nun ständig mit sich herum und las sie laut vor oder studierte sie auf eine nonchalante Weise. Sie war ihrer seit langem überdrüssig, doch wollte sie die Fremden verblüffen, die sich gelegentlich unter die anderen mischten, und wollte, wenn man sie darauf ansprach, antworten können: »Von Pilaat Korb – Sie wissen doch, der Terrorist«, ohne je mit einem Wort auf die Tatsache anzuspielen, daß er ihr Mann war – das überließ sie dem Geflüster der anderen. Sie war gern der Mittelpunkt von Geflüster, denn dann konnte sie unpersönlich sein und sich selbst vergessen, ohne daß irgendwelche Gefahr bestand, daß sie in die Bedeutungslosigkeit absank.

Unter Freunden gönnte sie sich das Vergnügen, so zu tun, als empfände sie zutiefst mit der leidenden Menschheit. Sie schwenkte die Arme und imitierte damit Pilaat. Sie lehnte sich ganz weit auf ihrem Stuhl zurück, wie er es tat, wenn er eine Weisheit vorgetragen hatte, etwa: »Ich weiß, ihr haltet mich alle für verrückt – doch das ist nicht alles. Ich habe eine scharfe Erwiderung vorzubringen, eine Anklage. Ihr, die Menschen – was wißt ihr denn? Werdet ihr denn nicht von hinten bis vorn betrogen und beugt euch doch? Ah, was für Narren, was für Narren!« pflegte er zu brüllen. »Stets seid ihr euch eurer Gebeine auf das Entsetzlichste bewußt, und dann fangt ihr an zu glauben, das müsse so sein. Ihr sagt: So ist das Leben – pah!« Er kam dann zum Ende, indem er sich weit zurücklehnte, wie seine Frau es tat, wenn sie ihn nachmachte und dabei dachte, sie spräche aus sich selbst heraus. Und manchmal sagten ihre Freunde: »Gewiß doch, recht hast du«, während sie Bier tranken oder üppige, unförmige Sandwichs verschlangen.

So sagte sie etwa: »Ihr wandert durch die Welt, meine armen Freunde, wie Schatten. Wir müssen eure Körper erst für euch wiederfinden.« »Wir« betonte sie wie ein Agitator.

Diese beiden lebten in einer düsteren kleinen Mansarde hoch über allen übrigen traurigen Häusern der schäbigen Nebenstraße. Das Gebäude war einst irgendeine Kirche oder ein Bethaus gewesen, doch hatte man es schon vor langer Zeit in Zimmer unterteilt, und jetzt gingen darin eine Sängerin, ein Geigen- und ein Klavierlehrer und ein paar Künstler mit ausgefransten Hosen ein und aus.

Die Eingangstür, zu der man über drei rachitische Stufen gelangte, blieb stets unverschlossen. Zwei, drei Blechbriefkästen klammerten sich an die Wände, und im Winter, wenn der Wind am schärfsten pfiff und der Schnee Parkbänke unmöglich machte, krochen Streuner und Obdachlose aller Schattierungen hier unter und schliefen, nicht weit vom ausgedörrten Holz der Treppe, entlang den Wänden.

Ihre Mansarde war einst anspruchsvoll, ja nahezu elegant gewesen, wie ihre aufstrebenden Linien und ihr üppiges Gebälk bezeugten. Ihre Fenster und die Architektur des Daches sprachen von einer Vergangenheit, die nicht einfach nur irgendeine gewesen war. Nun war sie wie eine Frau, die von den Höhen des Reichtums, der Vornehmheit und des Geachtetseins hinabgesunken war und sämtliche Bewunderer, wenn auch nicht ihre ganze Ansehnlichkeit verloren hatte und die den Rest ihrer Tage in dieser absonderlichen Mischung von Kleidungsstücken verbringt, welche zusammen einen befremdlichen Eindruck machen – ein seidener, bebänderter Unterrock, der sich unter einem Kattunmorgenrock verbarg, zerrissene Strümpfe, die in zierliche, reizend geformte Pantöffelchen gezwängt waren, ein gut ausgestatteter Mund, der sich vor Krümeln schloß. Solcherart war das Zimmer, zu dem Pilaat und seine kleine Frau allabendlich hinaufstiegen.

Manchmal wurden die schlafenden Männer im Treppenflur durch ihr spätes Eintreffen geweckt und drehten sich, Schmähungen murmelnd, auf die andere Seite, oder ein paar von ihnen nahmen Pilaats Einladung an, ein Glas mit ihm zu trinken.

Auf die Weise holte er sich eine Gesellschaft zusammen, die oft bis zum Morgengrauen fidel war. Oder Pilaat brachte ein paar von seinen Freunden mit – sie führten das Leben von Schauspielern –, die bis spätnachmittags schliefen und die halbe oder ganze Nacht aufblieben.

Gegen Ende seiner Karriere begann Pilaat, sich den Schnurrbart auszurupfen. Wenn man ihm das vorhielt, sagte er: »Ich richte mich darauf ein, die Zähne zu zeigen.« Er war sehr nervös und erregbar und unglücklich geworden. Er spürte, daß die Welt nicht die Richtung nahm, die ihm wünschenswert erschienen war. Weder drehte sie sich rasch genug der Lösung zu, die er vorsah, noch ging es auf der anderen Seite für seinen Geschmack rasch genug mit ihr zu Ende, wie er vorausgesagt hatte. Er hatte es satt, sein Leben zu Ende zu leben und anderen dabei zuzuschauen, wie sie das ihre nach dem vorgeschriebenen Stufenplan zu Ende lebten. Das Vergehen der Zeit ärgerte ihn; es erboste ihn, daß vierundzwanzig Stunden immer noch ein Tag waren und daß es sieben Tage in der Woche gab, wie es sie gegeben hatte, als er geboren wurde.

Er schrieb keine Gedichte oder Theaterstücke mehr und hielt auch keine Verbindung mit der Zeitschrift, die er gegründet hatte und die mit allem, was es nur gab, hart ins Gericht ging. Er hatte sich mehr und mehr seiner Flasche zugewandt, und weil er sehr nervös war, trank er zuviel, und weil er zuviel trank, wurde er immer erregbarer.

Statt seine Poesie zu schreiben, legte er sie jetzt in die gelegentliche zärtliche Geste, mit der er seiner Frau übers Haar fuhr, wenn er sie Kleine nannte und bisweilen auch Schnüffelschnuffel, wobei er jedesmal in herzliches Gelächter ausbrach, wenn er sah, wie sie das aus der Fassung brachte. Sie wußte ganz genau, daß Pilaat ihre Möchte-gern-Wildheit und ihr aufgesetztes Interesse an der Welt durchschaute. Schließlich war sie nichts als ein kleines Mädchen, das, weil es interessiert war, meinte, sich zornig gebärden zu müssen, und sich, weil es zu faul war, sich nach der Mode zu frisieren, das Haar kurz schnitt.

Doch etwas war seltsam an Pilaats Frau. Sie mochte die Gesellschaft alberner, eitler Frauen nicht und hielt sich mit der größten Selbstverständlichkeit an solche Männer, mit denen ihr Mann verkehrte. Vielleicht begann das mit einem zerrissenen Schuh und dem Bewußtsein, daß Schuhe nur in deren Gesellschaft mehr um der Vergangenheit willen gewürdigt wurden, auf die sie es gebracht hatten, als um dessentwillen, was sie ursprünglich gewesen waren.

Für die »Gesellschaft« hatte sie grundsätzlich wenig übrig, und Geldheiraten widerten sie an, obgleich ihre Familie anfänglich in bezug auf sie durchaus derlei vergebliche Pläne gehegt hatte. Sie waren angesehene Leute, die irgendwo nicht weit vom Meer einen kleinen Besitz hatten und im Laufe von Generationen bei einem Berg alter, matt gewordener Schmuckstücke angelangt waren, in denen der Glanz der Familie beschlossen lag. Das meiste davon hatten sie ihrer Tochter gegeben, als sie erstmals die ehrgeizigen Fühler nach einem wohlhabenden Arzt im Dorf ausgestreckt hatten, und die Tochter hatte es prompt verpfändet. Bisweilen allerdings kehrte dieser Schmuck stückweise zurück und tauchte an ihrem Handgelenk, an ihrem Hals oder an den Ohren wieder auf, und bei derartigen Gelegenheiten rückte sie ein bißchen von ihrem Mann und seinen Freunden ab und saß träumend in einer Ecke, die roten Handgelenke auf die angewinkelten kleinen Knie gelegt.

An einem dieser Abende hatte sich Pilaat nämlich höchst seltsam betragen. Er hatte etliche verdrießliche Stunden allein verbracht und schließlich in einem Café seine Frau aufgetrieben, die diesen mysteriösen wanderfreudigen Schmuck trug.

Der Anblick dieser Edelsteine und des Silbers löste in ihm stets einen Anfall entweder leidenschaftlicher Habgier oder leidenschaftlicher Verachtung aus – er brachte sie entweder an sich und machte sie auf der Stelle zu Geld, oder er legte sie in großer Erbitterung vor sich auf den Tisch und verlangte mit finsterer Miene, daß sie mit dem anderen »Krempel« abgeräumt werden sollten.

Seine Frau wurde dann still, warf den Kopf zurück und lächelte ein wenig. Oder wenn der Kellner eine Geste machte, als wolle er die Schmuckstücke vom Tisch herunterwischen, dann sagte sie mit lauter Stimme – »Ja, nur zu. Nehmen Sie sie weg. Füttern Sie die Hühner damit oder kochen Sie was damit. Ich bin es leid, sie zu tragen.« Dann schrie Pilaat in schrecklicher Wut auf, schnappte den verdatterten Kellner beim Handgelenk, fluchte aus Leibeskräften auf Rumänisch, Italienisch und Französisch und sagte, man behandle ihn wie einen Mann, »der nicht auf ehrliche Weise zu seinen Auszeichnungen gekommen ist«.

Als nächstes verfiel er dann in melancholisches Sinnieren. Er antwortete auf nichts, das irgend nach einer Frage klang, und bestellte ungezählte Flaschen Wein.

Als sie, begleitet von drei oder vier Freunden, endlich ihr Haus erreichten, drohte Pilaat, die Sängerin umzubringen, die im Zimmer unter ihnen jemandem das Singen beibrachte, wo es doch schon halb eins war.

»Was ist denn das für ein Radau?« fragte er, segelte bereits die Treppe hinab und hämmerte an die Zimmertür der Sängerin. Eine magere, gelbgesichtige Frau, besagte Sängerin, öffnete ruckartig die Tür, ließ den Kopf herausschnellen und sagte: »Verschwinden Sie, Sie fauler Vagabund! In meinem Land säßen Leute wie Sie hinter Schloß und Riegel.«

Pilaat schlug sich mit der Faust gegen die Brust. »Ach ja, hinter Schloß und Riegel?« fragte er mit grimmigem Lächeln. »Hinter Schloß und Riegel, ja? Genau das paßt mir an diesem Land nicht. Die lassen einen nicht nach Haus gehen, ehe man nicht irgend etwas verbrochen hat, dessen man sich schon ein bißchen schämen muß, wenn man der Mutter aller Dinge, der Zelle, guten Tag sagen will!«

Angesichts solcher Spitzfindigkeit schlug sie die Tür zu. »Sie sind ja verrückt!« Pilaat segelte die Treppe wieder hinauf und schrie dabei: »Verrückt! Habe ich Sie etwa nicht darauf hingewiesen, daß ich verrückt bin, Sie armseliges, hirnverbranntes Ding? Habe ich mir das etwa nicht gleich zu Anfang selbst bescheinigt? Aber bin ich deshalb schon genötigt, mich von den grauenhaften Tönen martern zu lassen, die aus so hübschen Kehlen dringen wie der von Maria (der Schülerin, die die Gesangsstunden nahm)? Und soll ich jetzt für alle Zeiten die Minderwertigkeit der Dinge bejammern müssen, die Maria zu schlucken gezwungen ist, und das Geräusch, das Maria mit ihrer kleinen Kehle ausstößt?«

Er befand sich unterdessen bereits mitten im Zimmer und bereitete seinen Freunden großes Vergnügen. Seine Frau saß zurückgelehnt in der Ecke und zerrte unablässig die Armbänder ums Handgelenk, während sie blinzelte und mit den Füßen scharrte.

»Was würdest du denn gern machen mit der kleinen Maria, hm, wenn du sie hättest und dich ihres Falles annehmen könntest, wie du willst?« wollte einer der Männer wissen, der einen borstigen Bart hatte und Teergeruch ausströmte.

»Was ich tun würde?« fragte Pilaat und nahm mit dem Rücken zum Feuer Platz. »Ich würde sie gegen Morgengrauen im Paradies singen lassen. Ich bin schließlich ein kraftvoller Mensch. Eines Tages marschiere ich auf die Stadt und zeig's euch. Es ist höchste Zeit für einen Aufstand, wenn kleine Mädchen schon denken, sie könnten singen, und junge Männer denken, sie könnten regieren.«

»Na ja, die Jahreszeit ist halt trostlos. Der Herbst steht vor der Tür.«

»Der Herbst«, versetzte Pilaat und fuchtelte mit dem Arm, »ist die Jahreszeit der Zerstörung – doch wir sind schwache, erbärmliche Kreaturen, und wir überlassen es völlig der Natur, den ganzen Schauplatz einzureißen, wie wir es ihr überlassen, im nächsten Jahr denselben Schauplatz wieder aufzubauen und im Jahr darauf wieder und so weiter für endlose und unerschöpfliche und ermüdende Jahre.«

»Ja, und?«

»Ich würde die Szene besser einreißen als irgend jemand sonst«, sagte er, obwohl er danach gar nicht gefragt worden war, »besser als alle anderen würde ich den ganzen bestehenden Plan der Natur in Stücke reißen. Wie sie beben, wie sie flehen würde! Doch ich würde keine Gnade kennen. Nein, nicht einmal dann, wenn sie auf die Knie fiele und zu meinen Füßen weinen und sie mit ihren unausstehlichen Tränen bedecken würde. Ich würde sie ermuntern, Selbstmord zu begehen. Ich würde mich lustig machen über die Flecken auf ihren Wangen. Den Dreck unter den flehend gebeugten Knien würde ich preisen. Laut lachen würde ich und sie bei diesen gräßlichen, breiten Schultern schütteln, die sie hat, und würde ihr ins Gesicht schreien: ›Nun stirb schon, stirb! Uns schert das nicht. Reiß dir die Blättchen aus dem Herzen. Wir wollen uns ein Bett daraus machen. Weine – wir brauchen etwas zu trinken. Zerstör dich, denn wir brauchen eine Harfe, um das Lied der Freiheit darauf erklingen lassen zu können.‹« Er war halbtrunken von seiner Raserei und stand auf.

»›Hör zu‹, würde ich zu ihr sagen, ›wir haben dich satt. Ich, Pilaat, habe dich satt, und sie, mein kleines Mädchen, hat dich satt, und Maria hat dich satt. Wir alle haben deine Spontaneität satt und deine Ausdauer und deine Pünktlichkeit. Wir wollen dich tot und halb vermodert sehen. Was wir dann tun werden? Wir werden dir unsere Füße ins Herz stampfen, weil sie kalt sind, und unsere Hände werden wir an deinen Handflächen wärmen. Und wir werden einander die Hände schütteln angesichts deines Todes und sagen: Endlich hast du mehr vollbracht als Jahreszeiten und Schönheit, du hast die Zerstörung geschaffen.‹ Wir können nicht länger morgens aufstehen und sagen: ›Sieh an, die Sonne ist aufgegangen.‹ Wir werden unsere Kinder nicht mehr zur Schule schicken, damit sie Mathematik lernen. Nie wieder wird man uns auch nur einen Augenblick lang als ein Ergebnis deiner Launen mit dir in Verbindung bringen. Wir haben die Freiheit gewonnen – so.« Er schnippste mit den Fingern, vollführte eine Pirouette auf dem Absatz, setzte sich, und erörterte nun die Durchführbarkeit der Zerstörung im großen Stil.

Seine Frau in ihrer Ecke blinzelte immer noch und fuhr fort, ihre Armbänder zu drehen. Das ganze Zimmer bot einen so bedrohlichen Anblick, hatte eine so traurige und düstere Atmosphäre und enthielt so viele Gerüche und Stimmen, daß sie ärgerlich war und gern geschlafen hätte. Der Schlaf hatte einen der Männer übermannt, der gegen einen Tisch lehnte; der Kopf war ihm auf die Brust herabgesunken, und er schnarchte leise.

In der anderen Zimmerecke hatte die Unterhaltung eine entschieden revolutionäre Wende genommen. Sie begannen, von einer Belagerung der Stadt zu sprechen. Namen von Personen wurden genannt, die es zu zerstören galt. Sie begannen, sich Gegenstände zusammenzusuchen, die als Wurfgeschosse geeignet waren.

Das Zimmer fing zu knistern an. Dunkle Bärte standen ab, als wären ihre Träger gestochen worden. Lippen warfen sich auf, Ohren zitterten, die Bärte selbst fingen zu beben an. Fäuste ballten sich, Augen funkelten, und die Zunge kannte nichts Verbotenes mehr. Es war etwas gleichermaßen Schreckliches wie Schönes an diesen Männern, die, während sie aufstanden, einen Augenblick lang einen so suchenden und melancholischen Blick auf die alten Dielenbretter des Zimmers richteten, daß Lumpen und Elend für kurze Zeit als etwas Großartiges hätten erscheinen können.

»Hah, großartig wird das! Bei Morgengrauen machen wir's. Bei Morgengrauen krauchen wir los, um den Menschen eine bessere Welt zu schaffen. Sie werden uns kommen sehen, wie wir auf allen Vieren krauchen, und sie werden sagen: ›Da sind die Ratten‹. Sie werden lernen, wozu Ratten imstande sind.« Der eine oder andere der Männer streckte sich ein bißchen zwischen den leeren Flaschen aus. Pilaat begann zu dösen, einen gewichtigen Briefbeschwerer in der Hand. John, sein Busenfreund, saß zu ihm geneigt und umklammerte ein abgebrochenes Stuhlbein, und er flüsterte vor sich hin, um dessen Bedrohlichkeit Nachdruck zu verleihen.

Das Feuer war niedergebrannt und flackerte kaum noch. Pilaats Kopf fiel auf die Brust hinab. Die gesträubten Bärte entspannten sich einer nach dem anderen und beruhigten sich einmal mehr zu seidig glatten Linien. Tiefe Atemzüge traten an die Stelle von Schreien, Schwüren, Verwünschungen. Pilaats Frau regte sich unbehaglich im Traum in ihrer Ecke und hatte dabei die Hand über ihre Armbänder gelegt.

Sie wachte auf – es war Mittag. Sie schaute auf die Straße hinunter. Auf den Stufen der Tür gegenüber stand ein Postbote, und eine Frau mit einem Kleinkind mit rosa Haarbändern bewegte sich langsam auf den Park zu.

Sie stolperte über Pilaat und ein oder zwei der Männer, die sich wärmesuchend aneinander gedrängt hatten. Alle waren sie im Schlaf von den Gegenständen weggerückt, die sie sich als Waffe ausgesucht hatten. Sie waren über sie gerollt und hatten gemerkt, daß sie weh taten und störten. Das Stuhlbein lag neben dem Briefbeschwerer. Sie streckte sich, öffnete den Mund und gähnte. Sie sah sich nach einer Kippe um, fand eine und zündete sie sich gemächlich an. Sie machte das Ölöfchen bereit für den alten, fleckigen Kaffeetopf. Wieder schaute sie aus dem Fenster; es war ein strahlend schöner Tag. Sie dachte an ihr Lieblingscafé und lächelte, als sie sich ein, zwei neue Wendungen durch den Kopf gehen ließ, die sie in bezug auf das Leben gebrauchen würde. Sie steckte Pilaats Buch in die Tasche. Der Kaffee begann zu kochen.

Altweibersommer

Im Alter von dreiundfünfzig Jahren war Madame Boliver wieder jung. Sie wurde mit einem Male von einem Strudel unbekümmerter Jugendlichkeit gepackt und zur strahlenden Schönheit. Was sie mit den Jahren angefangen hatte, die sich zu einer derart vollkommenen Summe addiert hatten, wußte sie nicht – es war ein seltsamer, verschwommener Traum. Sie war unansehnlich, beinah häßlich gewesen, schüchtern, eine alte Jungfer. Sie war groß und ungelenk gewesen – in dem jugendlichen Alter, das bei Mädchen als Knospe bezeichnet wird, hatte sie sich hingesetzt, als würde sie gleich in der Mitte durchbrechen.

Als sie dreißig war, war sie unverhohlen und in erstaunlichem Maße Yankee gewesen; kerzengerade kam sie eckigen Ganges auf einen zu. Sie war streng, schweigsam und neugierig gewesen. Was wahrscheinlich der Grund dafür war, daß sie Madame genannt wurde. Sie trug Schwarz, das mit weißen Krägen und Manschetten abgesetzt war, ihr Haar war straff zurückgebunden und ließ Ohren mit großen Ohrläppchen sehen. Dies straffe Haar entblößte ihr Gesicht zu jener augenfälligen, unschönen Nacktheit, die Zimmer zuweilen an sich haben, wenn schwere, melancholische Vorhänge aufgezogen werden – sie blickte mit derselben unalltäglichen, erwartungsvollen Miene dem Leben entgegen, die gute Stuben zur Schau tragen, wenn sie sich für die einzige festliche Gelegenheit des Jahres auftun, die bekundet, daß ihre Besitzer keine armen Leute sind.

Sie hatte keine Freunde und konnte keine Bekanntschaften aufrechterhalten – ihre Zunge war scharf, rasch und wahrheitsliebend. Sie sprach selten, doch mit soviel unerbittlicher Strenge und Genauigkeit, daß diejenigen, die einmal mit ihr zu tun gehabt hatten, Sorge trugen, ihr kein zweites Mal in dieser Weise ausgeliefert zu sein.

Sie wurde stetig älter und das ohne Bedauern – lange noch, ehe sie dreißig war, hatte sie alle Ansprüche auf ein gewöhnliches Leben wie auch jegliche Hoffnung auf ein »ungewöhnlich« zu nennendes aufgegeben; sie wandelte auf einem geradlinigen Pfad zwischen beiden, und sie war es zufrieden und machte sich wenig Gedanken darüber, was an ihr das wohl war, das sie ungeliebt und unliebenswürdig gemacht hatte.

Ihre Schwestern hatten geheiratet und sich von ihr entfernt wie Blütenblätter fortgeweht werden und den kahlen Stengel übriglassen – ihre Kinder kamen zu ihr wie Pollen, und sie hatte Freude an ihnen und war auf bescheidene Weise glücklich. Früher hatte sie auch einmal von Liebe geträumt, doch das war gewesen, ehe sie noch siebzehn war – zu dem Zeitpunkt war ihr dann klar, daß sie niemand um ihre Hand bitten würde – sie war unansehnlich und unattraktiv, und sie war zufrieden.

Sie war Magd und Ratgeberin in einem geworden – alles, was es zu bewerkstelligen oder zu lösen gab, wurde ihr aufgebürdet. Sie schuftete anstandslos und bereitwillig für andere, und die ließen sie schuften.

Mit 53 erglühte sie in einem Altweibersommer von überwältigender Schönheit. Sie war groß und prachtvoll anzuschauen. Der Duft einer exotischen Blume umwehte sie; sie strömte irgend etwas aus, das in Duft und Ton jene köstliche Nähe zu Schmerz und Lust ahnen ließ; allen bis dahin gestaltlosen Dingen lieh sie plastische Gestalt. Sie war wie ein erlesenes Holz, das zu einem Model geschnitzt worden war – sie atmete unversehens wie jemand, der ein halbes Jahrhundert tot gewesen ist.

Ihr Gesicht war freilich nicht jenes mollige, flaumige nichtssagende Antlitz der ersten Jugend – es war schmal und dunkel und zeigte ein paar höchst empfindsame Fältchen; um den Mund herum gab es Anzeichen eines Humors, den sie nie besessen hatte, und einer Liebe, die sie nie gekannt hatte, einer Freude, die sie nie erlebt hatte, und einer Weisheit, die zu erwerben ihr ganz unmöglich gewesen war. Ihre immer noch neugierigen Augen mit den blauweißen Rändern und der leuchtenden Iris waren halb von seltsam staubigen Wimpern verhangen. Das Haar, das einst straff zurückgekämmt gewesen war, war zwar immer noch zurückgekämmt, doch entblößte es keine so entsetzlich strengen Züge mehr. Vielmehr schien das Haar all jenen einen Gefallen erweisen zu wollen, deren Blick seine bescheidene Fülle suchte, weil es ein Gesicht enthüllte, das zugleich betrachtenswert und ungewöhnlich war.

Ihr Lächeln war reich an Farben – das leuchtende Hellrot ihres Zahnfleischs, die auffällige Weiße ihrer Zähne, der feuchte Schimmer ihres empfindsamen Mundes, das alles erweckte den Eindruck, Madame Boliver sei durch und durch von einem vollendeten, erlesenen Leben gefärbt.

Wenn sie jetzt den Raum betrat, hoben alle Anwesenden die Köpfe und sprachen über sie. Sie war sich dessen sehr wohl bewußt, und es gefiel ihr – nicht, daß sie übermäßig eitel gewesen wäre, es war nur so neu und unerwartet.

Eine Zeitlang genügte ihr schon ihre bloße Jugend – sie lebte mit sich selbst, als sei sie ein zweiter Mensch, dem der Zugang zu einem wunderschönen, langersehnten Traum gestattet worden war. Sie wußte nicht, was sie tun sollte. Hätte sie aufgrund ihrer neuen Jugend die Religion wiederentdecken können, sie hätte an Andachten teilgenommen und mit inbrünstiger Freude und Zuversicht dem Niederknien und Aufstehen beigewohnt, doch gehörte dies zu ihrer einstigen Kindheit und war somit nicht, was sie brauchte.

Damals hatte sie gebetet, weil sie häßlich war; jetzt konnte sie nicht beten, weil sie schön war – sie wollte etwas Neues, dem sie sich zuwenden, mit dem sie sprechen konnte.

Eins ums andere verschwanden die alten, unschönen Dinge, und an ihrer Stelle fanden sich venezianisches Glas und Onyxschalen, Seidenstoffe, Kissen und Parfum ein. Aus ihren Büchern wurden Zeitschriften mit seltsamen, unübertrefflich gelungenen und gewagten Illustrationen.

Alsbald hatte sie einen Salon. Alles riß sich um sie. Herren mit Politikerkoteletten, mit pomadisiertem und gelocktem

Haar, überließen ihre Überzieher den Armen feierlich ernster, bestens geschulter Bediensteter.

Junge Studenten mit Blume im Knopfloch und Ambitionen fanden sich ein; ein, zwei Gesandte schauten herein, legten Herzen zu Füßen und empfahlen sich wieder. Dichter und Musiker, Literaten und Künstler, die mit Modernem experimentierten, gruppierten sich um ihre Kaminsimse wie Schmetterlinge sich über Bonbons zusammenfinden und ergossen ihre Herzen in ihr Ohr.

Etliche Herren von Muße und Millionen machten ihr mit Tränlein in den Winkeln ihrer alerten Augen entfesselt den Hof. Professoren mittleren Alters und gar ein Diözesan fanden sich im Gedränge derer, die ihre hübsche Wohnung an den Tagen füllten, wenn sie empfing.

Etwas an Madame Boliver wollte ihr nicht recht nachgeben. Sie war immer noch ängstlich; sie schreckte zusammen, zog mitten in irgendeiner hitzigen Debatte die Hand zurück und erbleichte – bei solchen Gelegenheiten eilte sie dann zum Spiegel, wenn sie auch nie den Kopf wandte, um hineinzuschauen.

War das möglich, daß sie jetzt schön war? Und wenn, würde es andauern? Und ihr Herz sagte ihr: »Ja, es wird andauern«, bis sie endlich glaubte.

Sie ließ die Vergangenheit hinter sich und versuchte, sie zu vergessen. Die Erinnerung daran schmerzte sie, als sei das etwas, das sie in einem Augenblick der Zerstreutheit begangen hatte und dessen sie sich schämen mußte. Sie erinnerte sich daran, wie man sich an eine kleine unrechte Handlung erinnert, die jahrelang im Gedächtnis verborgen lag. Sie dachte an ihre einstige Reizlosigkeit, wie ein anderer an irgendeine selbst verübte Grausamkeit denken mochte. Ihre Augen wurden feucht, wenn sie daran zurückdachte, wie sie sich selbst in den Zwanzigern gesehen hatte. Ihre Lippen zitterten, wenn sie an ihre Strenge und ihre scharfen Erwiderungen zurückdachte.

Ihr eigener Körper warf ihr all das vor, was ihm in ihrer

anderen Jugend aufgezwungen worden war, und eine seltsame Leidenschaft bemächtigte sich ihrer und verwandelte die Erinnerung an ihre Schwestern in etwas, das zuweilen jenem Haß der Unterdrückten gleichkam, die sich der Drangsal erinnern, wenn sie der Fülle gewichen ist.

Doch jetzt war sie frei. Sie dehnte sich, sie sang, sie saß lange Stunden träumend, die Ellenbogen aufs Fensterbrett gestützt, und schaute in den Garten hinaus. Sie lächelte, als ihr der alte Brauch der Serenade in den Sinn kam, und fragte sich, wann sie sie wohl selbst kennenlernen würde.

Daß sie dreiundfünfzig war, bereitete ihr niemals Sorge. Es kam ihr nicht einmal in den Sinn. Sie war schon vor langer Zeit, als Zwanzigjährige, dreiundfünfzig gewesen, und jetzt war sie zwanzig mit dreiundfünfzig, das war alles – das war die Entschädigung, und wenn sie ihr mittleres Alter in der Jugend durchlebt hatte, dann konnte sie ihre Jugend auch im mittleren Alter durchleben.

Manchmal dachte sie, wieviel schöner die Natur doch in ihren Betrügereien war als in ihren Heilmitteln.

Diejenigen, die sie umschwebten, boten ihr, ein ums andere Mal, die Ehe an oder wollten sie nach Italien oder Spanien mitnehmen, sie mit Geld und Verehrung überhäufen, und anfangs hatten sie mit ihren Beteuerungen nahezu offene Türen bei ihr eingerannt, weil diese Beteuerungen an sich so neu und so beglückend waren.

Doch desungeachtet war sie irgendwo hinter all ihrer Jugendlichkeit alt genug zu wissen, daß sie nicht liebte, wie sie lieben wollte, und so wartete sie mit einer Geduld, die ihr durch die unablässigen Aufmerksamkeiten der vielen versüßt wurde.

Und dann war Petkoff, »der Russe«, in Begleitung eines der Studenten gekommen.

Eine schwere Pelzmütze senkte sich bis fast über seine zwinkernden, durchdringenden Augen. Er trug ein Gemisch von Kleidern, das ihn auf Anhieb zugleich als Ausländer wie als armen Mann erkennen ließ. Sein kleiner Schnauzbart bedeckte kaum eben empfindsame, wohlgeformte Lippen, und die gerade Haarsträhne, die ihm zu beiden Seiten seiner enganliegenden Ohren hinabwuchs, erweckte den Eindruck, als gehöre er in eine andere Zeit, so als habe auch er, ungeachtet seines geringen Alters, in der Zeit gelebt, als sie ein Mädchen war.

Er konnte nicht viel über dreißig sein, vielleicht war er gerade eben dreißig – er sagte wenig, wandte den Blick jedoch niemals vom Gegenstand seines Interesses.

Er sprach aber nicht schlecht und fiel dabei gelegentlich ins Russische, was sehr pikant war. Mit seinem unbeirrbaren Blick schlug er alle anderen Bewerber aus dem Feld. Er ignorierte die restliche Gesellschaft so gründlich, daß man ihm wenigstens keine Grobheit nachsagen konnte. Wenn einer die bloße Gegenwart seiner Mitmenschen nicht zur Kenntnis nimmt, kann er allenfalls als »seltsam« gelten.

Petkoff war gleichzeitig ein ehrgeiziger und ein selbstbezogener Mensch – in allem war er entschieden und kannte kein zögerndes Versteckspiel, es sei denn, es bedurfte eines solchen, um zum erwünschten Ergebnis zu kommen. Er wirkte anziehend auf Madame Boliver, weil er genauso seltsam war wie sie, ihre Jugend war etwas Fremdes, und das war auch Petkoff.

Er war in dies Land gekommen um einer vielversprechenden Unternehmung willen; er hatte sich also fürs erste als Mensch und in Herzensdingen in acht zu nehmen.

Was er in bezug auf Madame Boliver empfand, war zunächst Erstaunen darüber, daß eine solche Frau noch unverheiratet war; er wußte nichts über ihre Vergangenheit und schätzte sie als wesentlich jünger ein, als sie in Wirklichkeit war. Nach einer Weile wich sein Erstaunen dann dem Vergnügen und schließlich wirklicher, aufrichtiger Liebe.

Er begann, ihr den Hof zu machen, vernachlässigte infolgedessen seine Geschäfte ein wenig und machte sich diesbezüglich Sorgen, blieb aber dennoch hartnäckig.

Er erkannte sehr wohl, daß sie ihrerseits eine tiefe Neigung für ihn zu fassen begann. Stundenlang lief er im Park umher und ließ sich die Affäre gründlich durch den Kopf gehen. Für und Wider gleichermaßen.

Das brachte ihm jedoch nichts ein, außer zunehmender Ungeduld. Er neigte zu eindeutigen Schritten und konnte sich nicht entschließen, zu gehen oder zu bleiben. Im Grunde konnte es für sein Geschäft überhaupt nichts Schlimmeres geben als diese anhaltende fiebrige Unentschlossenheit. Er kam zum Entschluß.

Madame Boliver war selig. Sie begann, sich von ihrem geselligen Leben zurückzuziehen und verwandte statt dessen fast ihre ganze Energie auf die Anbetung ihrer ersten wirklichen Liebe. Sie erhörte ihn auf der Stelle mit einer Spur ihrer einstigen messerscharfen Entschiedenheit und grenzenlosen Freimütigkeit. Er erklärte ihr, sie nehme ihn ja wie ein Stück Kuchen bei einer Teegesellschaft, und sie lachten beide.

Das war im Winter. Madame Boliver war fünfundfünfzig – er fragte sie nie, wie alt sie sei, und ihr kam es nie in den Sinn, es ihm zu erzählen. Sie setzten ihren Hochzeitstermin auf Anfang Juni nächsten Jahres fest.

Sie waren ungeheuer glücklich. Einer nach dem anderen zogen die feurigeren unter den anderen jüngeren Bewunderern sich zurück, doch nur langsam; sie wandten im Gehen ein wenig den Kopf, da sie gleichzeitig zu eitel und zu skeptisch waren, um zu glauben, daß so etwas von Dauer sein könne.

Sie gab immer noch Empfänge, und immer noch waren ihre Zimmer voller Menschen, doch wenn Petkoff eintrat, ein wenig besser gekleidet, aber immer noch ein wenig gleichgültig der Schar der anderen gegenüber, legte ihre ausgelassene Heiterkeit sich schlagartig, und sie sprachen von den neuen Romanen und dem neuesten Trend in der Kunst.

Petkoff hatte in dem Maße von ihnen Notiz genommen, wie es einem Mann geziemt, der weiß, was er erobert hat und von wem und wie vielen. Er blickte sie beiläufig an, doch mit einer Spur von Wohlgefühl.

Madame Boliver wurde schöner, strahlender, graziöser. Ihre Bewegungen begannen fließendem Wasser zu ähneln. Sie war fast zu glücklich, zu geschmeidig, sich ihres Wohlbefindens allzusehr bewußt. Sie wurde arrogant, blieb dabei aber immer noch die strahlende Schönheit; sie wurde eitel, blieb jedoch immer noch anmutig; sie wurde sich selbst zur Gewohnheit, blieb jedoch immer noch nachdenklich. Man könnte sagen, sie war in einem allzu günstigen Alter aufgeblüht; sie war alt genug, um es zu würdigen, und das ist etwas Gefährliches.

Sie brachte Stunden beim Friseur und beim Schneider zu. Ihr Toilettentisch glich einem Schlachtfeld. Hier fand sich das gesamte Waffenarsenal, um das Alter auf Distanz zu halten. Sie fuhr in einer offenen Kutsche die Allee entlang und lächelte, wenn sie ihren Namen und ihr Foto auf der Seite mit den Gesellschaftsnachrichten fand.

Schließlich hatte man den Eindruck, sie sei zwar schön, sich dessen jedoch zu bewußt; talentiert, doch zu eitel; gewandt im Auftreten, doch dessen allzu sicher; eigenartig und ausgefallen und wundervoll, doch ein wenig zu eigenartig, ein wenig zu ausgefallen, ein wenig zu wundervoll. Sie wurde nach außen hin ungeheuer komplex, doch im Innern bewahrte Madame Boliver immer noch ihre Ehrlichkeit, ihre Offenheit und ihre Schlichtheit.

Und dann mußte Madame Boliver sich eines Tages hinlegen. Es begann mit Kopfschmerzen und endete mit starken Schüttelfrösten. Sie hoffte, am nächsten Tag wieder aufstehen zu können, und lag dann eine Woche im Bett. Sie verschob ihre Gesellschaft, weil sie annahm, bald wieder auf den Beinen zu sein, statt dessen hielt sie sie in einem Sessel sitzend ab, von Kissen gestützt.

Petkoff war besorgt und verdrossen. Er hatte Madame Boliver eine Menge Zeit geschenkt, und er hatte auf eine selbstsüchtige, alles umfassende Weise viel für sie übrig. Als sie nicht mehr aufstand, zerbrach er einen venezianischen Becher, indem er ihn in den Kamin warf. Als sie darüber lachte, brach er plötzlich in sehr heftiges Weinen aus. Sie versuchte, ihn zu trösten, doch er wollte sich nicht trösten lassen. Sie versprach ihm, daß sie bald wieder auf den Beinen sein werde, wie eine

Mutter einem Kind einen langersehnten Gegenstand verspricht. Als sie sagte: »Bald geht es mir wieder gut, Lieber, schließlich bin ich doch eine junge Frau«, hörte er auf und schaute sie durch einen Film schmerzlicher Tränen an.

»Aber bist du das denn wirklich?« fragte er und ließ zum erstenmal seine heimliche Befürchtung laut werden.

Und in diesem Augenblick dämmerte ihr das Grauenhafte der Situation. Der Jugend, wenn die Jugend kommt, wie es ziemlich ist, wohnt das Greisenalter inne, das ihren Verlust verschmerzen kann, doch wenn sie kommt, wenn jemand schon alt ist, fehlt ihm die Zeit, ihren Verlust mitanzuschauen.

Sie setzte sich auf und starrte ihn an.

»Ja, nun«, sagte sie trocken und bestimmt, »so ist das nun mal. Ich bin nicht mehr jung an Jahren.«

Sie konnte nicht sagen »nicht mehr jung«, weil sie jung war.

»Es kommt ja auch nicht darauf an.«

»Oh«, sagte sie, »dir wird es nicht darauf ankommen, uns hingegen schon.«

Sie legte sich zurück und seufzte, und kurz darauf bat sie ihn, sie ein Weilchen allein zu lassen.

Als er fort war, rief sie den Arzt.

Sie sagte: »Mein Freund – sterbe ich schon – so bald?«

Er schüttelte nachdrücklich den Kopf. »Natürlich nicht«, versicherte er ihr, »in einer Woche etwa haben wir Sie wieder auf den Beinen.«

»Was hält mich denn dann im Bett fest?«

»Sie haben sich überanstrengt, weiter nichts. Wissen Sie, ein so ausgedehntes gesellschaftliches Leben, liebe Madame, das nimmt noch die Jüngsten mit.« Er schüttelte bei diesen Worten den Kopf und zwirbelte seinen Schnauzbart. Sie schickte ihn ebenfalls weg.

Die nächsten Tage waren glücklich. Sie fühlte sich besser. Sie saß ohne Anstrengung im Bett. Sie genoß Petkoffs liebevolle Aufmerksamkeit, die er ihr mit frischem Eifer zuteil werden ließ. Er hatte Angst gehabt, und er verschwendete mehr übertriebenes Lob und mehr bestrickende Worte auf sie als je zuvor. Er war wie ein Mann, der, als er sein Vermögen schwinden sah, erkannt hatte, wie teuer es ihm doch war und wie unentbehrlich, als es zu ihm zurückkehrte. Dadurch, daß er sie fast verloren hatte, wußte er einzuschätzen, was er empfunden hätte, hätte er sie wirklich verloren.

Es wurde zu einem Scherz zwischen ihnen, daß sie überhaupt irgendwelche Befürchtungen gehegt hatten. Im Klub schlug er seinen Freunden auf den Rücken und rief:

»Gentlemen, eine schöne, junge Frau.« Und dann erwiderten sie gewöhnlich den Schlag und riefen: »Glückspilz!«

Sie bestellte einen großen Wein- und Kuchenvorrat für die Hochzeitsfeier, kaufte ein paar neue venezianische Gläser und genehmigte sich ein paar neue kostbare alte Teppiche für den Fußboden. Sie liebäugelte außerdem ziemlich mit einem neuen Kleid, das für eine bemerkenswert niedrige Summe angeboten wurde, doch sie begann sich zu zügeln, denn sie hatte es eigentlich doch arg übertrieben.

Und eines Tages starb sie.

Petkoff kam in einer aufgewühlten, seltsamen Stimmung. Vier Kerzen brannten zu Kopf und Füßen, und Madame Boliver war schöner denn je. Stampfend, so daß er mit jedem Schritt kleine Staubspiralen vom neu erworbenen Teppich emporsandte, schritt Petkoff neben der Bahre auf und ab. Er beugte sich vor und zündete sich an einer der flackernden Kerzenflammen eine Zigarette an. Madame Bolivers ältliche Schwester, die neben der Toten kniete, hüstelte und blickte vorwurfsvoll in Petkoffs Gesicht hinauf, der einmal mehr jeden und alles vergessen hatte. »Verdammt!« sagte er und schob die Finger in die Weste.

Die Nacht in den Wäldern

Für Trenchard repräsentierte das städtische Gefängnis die Freiheit, die er sich immer so leidenschaftlich gewünscht hatte, eine gemeinschaftliche Freiheit, die diejenigen, die sie genießen, als gesellschaftliche Langeweile bezeichnen. Ihm, der ständig in seinem kleinen Keller bedienen mußte, wo er Brot backte, erschien dies quadratische, wackelige Gebäude als etwas Heiliges, bis zu dem Tag, wo er und seine Frau eingesperrt wurden und feststellen mußten, daß sie in einer Gemeinde von fünftausend Einwohnern die einzigen Missetäter waren – und das verdarb die Sache gründlich.

Jennie und er waren so etwas wie die sprichwörtlichen glücklichen dreißig Jahre verheiratet. Beide waren sie klein, gedrungen und gutmütig. Sie waren beide sanftmütig und hatten flaumige Haut und lächelten leicht. Sie waren so genau aufeinander abgestimmt, daß man den Eindruck haben konnte, sie seien irgendwann einmal im selben Nest geboren worden.

Beide stammten ursprünglich aus dem Süden Frankreichs; beide erinnerten sich nicht groß daran, doch riefen sie immer wieder aufgeregt: »Ach, was war das doch für eine Welt, Schatz! Nichts als Sonne und Blätter und umgepflügte Erde und Blumen!«

Beide hatten sie ihr ganzes Eheleben hindurch nahezu ehrfürchtig von der Freiheit gesprochen – und damit die Art von Freiheit gemeint, zu der ihre Jugenderinnerungen zurückschweiften –, von der Freiheit eines Lebens im Freien.

Jennie hätte sich den Gegebenheiten anpassen können, hätte sie nicht treu zu Trenchard gestanden. Zwar blickte sie oft in die Straße hinaus, um die Herrlichkeit der gerade erst erblühten Bäume einzuatmen, die die Bücherei flankierten, doch war das eine passive Art der Sehnsucht, die sie mit ins Grab genommen hätte, hätte es da nicht die entsprechende Sehnsucht in der Brust ihres Mannes gegeben.

Sie hatten keine Kinder, die ihnen die Freiheit geschenkt hatten, die die köstliche Fessel einer nachwachsenden Jugend bedeutet; sie hatten keine Verwandten und keine sehr engen Freunde außer ihrem Hund Pontz. Sie lebten in einer Welt, die aus genau einem Menschen bestand – für Jennie aus Trenchard, für Trenchard aus Jennie, und dazu kam dann noch beider Liebe zu ihrem Hund, die ein Teil davon war.

In ihrer Jugend war Jennie rund, rosig, freundlich und dabei schnell im Handeln und langsam im Kopf gewesen. Sie war in eine Welt der Hühner und Enten, der Kühe und Pferde und selbstverständlicher Frühlinge und Herbste hineingeboren worden. Sie hatte damals Rattenschwänze gehabt, blaue Kittel getragen und war das stillste Mädchen der ganzen Schule gewesen. Wenn die Jungen sie neckten, runzelte sie ein wenig die Brauen; wenn sie sie an den Zöpfen zogen, wandte sie langsam den Kopf und sagte irgend etwas, das zwar nicht sonderlich herabsetzend war, dafür aber um so zögernder herauskam. Sie weinte nie, jammerte nie und beklagte sich nie. Schließlich ließen sie sie in Ruhe, denn diese Art junger Mensch ist der Fluch im Leben eines ungezogenen Jungen.

In seiner Jugend war Trenchard ebenfalls klein gewesen, pummelig, äußerst gutmütig, dabei aber aufbrausend. Er brauchte lange für seine Schularbeiten, war gründlich, aber träumerisch in seinem Vorgehen und wurde von seinen Eltern sehr verhätschelt.

Er hatte große Augen unter schweren Lidern und eine ungeheuer weiße Haut. Sein Mund und seine Nase wirkten wie etwas, das gegen eine harte, standfeste Mauer absticht. Die Nase war eine abrupt vorspringende Knolle.

Sie war immer noch blond, wenn der Farbton auch blasser wurde. Er war immer noch im Besitz von schwarzem Haar, wenn es auch in den letzten Jahren begonnen hatte, sich ein bißchen zu locken, das einzige Anzeichen dafür, daß er erwachsen geworden war, wie er zu sagen pflegte, woraufhin sie erwiderte: »Du willst wohl noch jünger werden, als du bei der Geburt warst, mein Schatz!«

Natürlich waren sie nicht ständig so milde gestimmt. Sie hatten den einen oder anderen Streit, wie es in guten Familien nicht nur notwendig, sondern auch üblich ist. Er konnte nicht rauchen, und folglich priemte er. Sie hatte ihm diesen »gemeinen Trick, den mein Vater sich nie genehmigt hat«, schon längst vergeben. Sie konnte nicht nähen, doch er hatte ihr vergeben, obwohl, wie er sagte, »alle Frauen in meiner Familie hervorragend mit der Nadel umzugehen verstanden«.

Zuweilen verfiel Trenchard in verdrießliches Schweigen; dann lächelte Jennie und bediente die Kunden selbst. Abends, wenn die Backofentür loderte wie das blutende Maul irgendeines Dämons, zog Trenchard, nackt bis zur Hüfte, Brötchen für den Morgenverkauf heraus. Seine Frau sagte dann ziemlich energisch: »Mein lieber Mann, du arbeitest zu schwer. Es ist doch jetzt Zeit und Geld genug vorhanden, damit es sowohl für unsere alten Tage wie für einen kleinen Urlaub reicht.«

Darauf schüttelte er den Kopf.

»Doch, du brauchst eine kleine Ruhepause«, und dann setzte er stets hinzu: »Pah, was ich brauche, ist Freiheit!«

Sie setzte sich hin, ließ die Hände auf dem Karomuster ihrer Schürze ruhen und sagte: »Na schön, deine Freiheit. Kaufen wir uns doch ein bißchen Land.«

»Wovon? Wir haben nicht genug Kapital.«

»Riskieren wir es einfach«, sagte sie.

»Ehe man zwanzig ist, kann man spekulieren, danach nicht mehr«, antwortete er. Und so vergingen die Tage mit den kleinen Sehnsüchten der beiden, die durch die zärtliche Fürsorge des einen für den anderen gestillt wurden.

Und dann kommt der große Einbruch. Ein Mann und seine Frau irgendwo an der Stadtgrenze sterben plötzlich, und als Ursache hat man herausgefunden, daß sich in einem Brotlaib Gift befand. Da Jennie und Trenchard die einzigen Bäcker in der Stadt sind, hat der Polizeichef sie im Nu beim Wickel, und beide landen unweigerlich in eben dem Gefängnis, das zu beziehen Trenchard sich ersehnt hatte.

Wie die Vögelchen fangen sie an, nach einander zu picken, fragend, redend, lachend, weinend. Trenchards Tränen saßen immer schon locker, und jetzt besteht sein Gesicht gleichzeitig aus Lachen, Tränen, Erstaunen und Angst, Vergnügen und Enttäuschung.

»So sieht das hier also aus!« scheint er zu sagen, als er sich wieder und wieder in der Zelle umdreht, die wie ein gewöhnliches Zimmer aussieht, allerdings eins mit ein paar rostigen Eisenstäben vor den Fenstern.

Unmöglich – er beginnt zu lachen. »Liebe Jenny«, sagt er ungeheuer aufgeregt, »da haben wir ja die Freiheit und den Urlaub, von denen wir solange geredet haben!«

»Lach nicht«, erwidert sie streng, »die Lage ist wirklich bedrohlich. Man wirft uns etwas Furchtbares vor – begreifst du das?« Und sie faßt ihn beim Ärmel und zieht daran. »Wir sind wegen Mord hier drin – Giftmord. Natürlich«, setzt sie folgerichtig hinzu, »haben wir es nicht getan. Damit brauchen wir uns also nicht zu belasten. Aber vielleicht glauben die ja, daß wir es trotzdem getan haben, und dann müssen wir sterben – ja, ganz gewiß müssen wir sterben, Trenchardlein, und so früh kann ich mich mit diesem Gedanken nicht befreunden.«

»Du wirst wohl recht haben.« Er setzt sich und beginnt unter gewaltigen Schluchzern wieder zu weinen. Jennie hingegen, trockenen Auges und gelassen faltet sie die Hände über der Schürze, wie sie es so oft in dem kleinen Laden getan hat.

»Was sollen wir bloß tun?«

»Da kann man nichts tun.«

Als hätte ihm das einen schrecklichen Stich ins Ohr versetzt, fängt Trenchard erneut zu weinen an, während Jennie ihm die Schulter tätschelt. »Komm, komm«, sagt sie tröstend, »du darfst nicht vergessen, Kleiner: Einmal kommt jeder dran, wie es immer heißt. Und nun ist es soweit.«

»Aber Jennie, wir werden vielleicht aufgehängt!«

»Sehr wahr.«

»Aber das ist ja schrecklich! Wir müssen irgend etwas tun. Gibt es denn auf der ganzen Welt kein Mittel, um diesen Leuten zu beweisen, daß wir das Brot nicht vergiftet haben?«

»Oh doch, es gibt viele Mittel, wenn sie uns nur lassen.«

»Dann laß uns das sofort tun.« Mit diesen Worten steht er auf und steuert die Tür an.

»Die Tür ist verschlossen, Trenchard. Wenigstens weißt du jetzt, wie es im Gefängnis ist.«

»Daran brauchst du mich nicht zu erinnern.«

»Ich will nur, daß du es nicht vergißt.«

»Warst du das, Jennie, die mich immer davon abgehalten hat?«

»Was meinst du damit?«

»Deinetwegen habe ich nie meine Freiheit bekommen, meine geliebte kleine Freiheit, die Liebe meines Herzens.«

»Trenchard, du bist ein Schuft.«

»Jennie, du bist eine eigensinnige und schlechte Frau.«

Woraufhin beide dazu übergehen, zu weinen und einander zu küssen und zu tätscheln, als versuchten sie, ein zerbrochenes Bild wieder heil zu machen, etwas, das sie sich in den dreißig Jahren ihres Ehelebens aufgebaut haben.

Tief umschattet, so als säße sie ebenfalls im Gefängnis, bricht die Nacht an. Die Luft hat sich abgekühlt, denn es ist Spätsommer, und die beiden klammern sich aneinander und warten auf den Schritt des Wärters.

Trenchard fängt an, vor sich hinzuträumen – nicht weit weg ist der Wald, der prächtige, lautere, schützende Wald mit dem Moos und den Blättern. Wie oft hat er sich nicht danach gesehnt, ihn zu erforschen, doch hat die Zeit nicht einmal zu einem Besuch gereicht. Jenny beginnt, sich wegen der Brötchen zu sorgen, die gerade zu gehen angefangen hatten.

»Am Ende stimmt es gar nicht, daß Leben Freiheit ist, hm, Jennie?« Sie schüttelt den Kopf und sorgt sich immer noch wegen der Brötchen.

Er lehnt sich gegen die Gitterstäbe am Fenster und schaut hinaus in die gewaltige Dunkelheit und das noch gewaltigere Schweigen der Wälder. Ein paar wilde Vögel, die der Einbruch der Nacht aufgestört hat, kreisen weit weg am Himmel oben und stoßen einsame, fruchtlose Schreie aus, als sie niederfliegen in den Schutz des Waldes.

Auf einmal sagt Trenchard: »Jennie«, es klingt verschwörerisch, »wir wollen fliehen!«

In dem Wort »fliehen« steckt mehr als nur die Bedeutung, die er ihm zu verleihen scheint! Darin steckt die ganze Sehnsucht ihres Lebens, die Sehnsucht nach der Freiheit ihrer Jugend, die ihnen im Gedächtnis ist, der Zeit zum Spielen, als sie beide zu jung waren, um sie richtig schätzen zu können, zu jung aber auch, um sie zu vergessen.

»Gibt es denn eine Möglichkeit?«

Großspurig sagt er: »Ich schaffe eine Möglichkeit.«

Und das tut er auch. Auf Zehenspitzen durchmißt er den wurmstichigen, baufälligen Raum, tastet den Boden ab und blickt prüfend zur Decke hinauf.

»Versuch mal das Fenster.«

Fieberhafte Vorfreude auf das Abenteuer, das er nun endlich mit allen Sinnen erleben wird, erfüllt ihn, während er sich an den Gitterstäben versucht, die in ihrer Verankerung erbeben, aber nicht nachgeben.

Ach, es ist sinnlos; anders verhält es sich mit der Tür. Jennie, die verwegen auf sie zu tritt, wie kleine Kinder auf das zutreten, was sie bisweilen fürchten, um es zu plagen, rüttelt an ihr, und siehe da, die Tür öffnet sich langsam mit einem knarrenden Geräusch, das noch vor wenigen Augenblicken der Laut der Knechtschaft gewesen war.

Sie spähen in die Finsternis hinaus. Irgend jemand schnarcht leise. Sie beginnen zu laufen, anfangs ungeschickt und dann behender. Auf die Schatten der Wälder zu, auf das große Draußen und die große Freiheit. Jennie hat die Brötchen jedoch noch nicht vergessen und keucht: »Sollen wir nicht besser zum Laden zurückgehen, Trenchard, und nach dem

Teig sehen?« Doch er hört sie nicht, seine Seele ist erfüllt von der neuen Freiheit, dem ersten Zug Nachtluft und Baumduft in dreißig Jahren.

Er schaudert ein wenig. »Ist das nicht großartig?« Und sie sagt: »Doch, es ist schön.« Und sie laufen weiter.

Sie können jedoch nicht sehr weit laufen, weil sie schließlich für so etwas doch ziemlich alt sind, und für Trenchard heißt es überdies, Priemen oder Fliehen, und man muß bedenken, daß der Tabak eine dreißig Jahre alte Gewohnheit war und die Sehnsucht nach Freiheit nur ein dreißig Jahre altes Verlangen, und die eine ist immer stärker als die andere.

Beide sinken neben einem Gebüsch nieder.

Der frische Geruch von Grassoden und Moos steigt ihnen in die Nüstern, der Duft von einer zertretenen Blume, ein paar blutenden Beeren. Das Geräusch der Blätter und des Windes in der Luft hört sich gut an. Die Vögel, die Trenchard beobachtet hatte, sind jetzt gänzlich verschwunden, und bis auf irgendetwas, das sich im Boden regt, und die rastlosen Geräusche eines Waldes, der stetig im Wachstum begriffen ist und der Luft die Erde darbietet, ist alles still.

Alsbald setzen sie ihren Weg fort und dringen tiefer in den Wald ein, dorthin, wo eine Verfolgung beinah unmöglich ist. Sie lassen sich auf Hände und Knie nieder und kriechen; ein-, zweimal fallen sie aufs Gesicht, und Jennie flüstert: »Diesmal habe ich die Erde geküßt.«

Es ist kühl, kälter noch, als sie erwartet haben, und sie haben zu ihrem Schutz nichts als die Büsche, unter denen sie liegen, und Trenchards Mantel.

»Glaubst du«, fängt sie an, »daß sie uns hier jemals finden werden?«

Er sagt großspurig: »Das möchte ich bezweifeln.«

»Aber was soll denn aus unserem Laden werden?«

»Wie sollen wir denn dahin zurückkönnen – wir sind doch auf der Flucht, verstehst du denn nicht, Jennie?«

»Doch«, sagt sie, »ich verstehe.« Doch sie versteht nicht und schaut Trenchard mit sorgenvollen Blicken an und denkt, wie sehr er sich tatsächlich nach seiner Freiheit gesehnt haben muß.

»Aber was würden die denn mit uns machen?«

»Weißt du, wie schwer das Verbrechen ist, das man uns zur Last legt?«

»Ja, schon.«

»Dann weißt du auch, was sie mit uns machen werden.«

»Wir werden sterben.«

»Ja, wir werden sterben – vorausgesetzt, sie fangen uns wieder ein.«

»Werden sie uns wieder einfangen, Trenchard?«

»Ich weiß nicht – weshalb sorgst du dich denn? Im Augenblick sind wir frei, Jennie. Leg dich hin und schau die Sterne an.«

»Ich kann mich nicht hinlegen!« schreit sie mit einemmal und klammert sich an Trenchard. »Wenn sie dich nun kriegen und töten und mich auch?«

»Ach was, sei nur ruhig, dazu kommt es bestimmt nicht.«

»Aber vielleicht ja doch?«

In diesem Augenblick schrecken beide hoch.

»Was war das?«

»Es klang nach einem bellenden Hund.«

»Und das?«

»Wir werden bereits verfolgt«, sagt er trübsinnig und erhebt sich abermals auf die Knie, »komm weiter!«

Sie hören wieder den Hund bellen, und das Bellen ist näher gekommen und schließt eindeutig zu ihnen auf.

»Hör doch!« ruft Jennie aus, »das klingt nach unserem Pontz!«

»Ich habe ihn im Keller gelassen. Er wird uns noch verraten – unser Kind wird uns bestimmt verraten.«

Er klingt jetzt so nahe, daß sie glauben, er sei bereits neben ihnen, doch dem ist nicht so. Einen Augenblick später jedoch springt Pontz sie mit seinem schweren weißen Körper an und kläfft dabei kurze, verrückte Entzückenslaute – und er springt um sie herum und leckt ihnen Hände und Gesicht.

Dann hören sie Männerstimmen.

»Oh, mon dieu!« rufen beide aus, »der Kleine hat uns bereits verraten.«

Trenchard kniet am Boden und versucht, Pontz die Schnauze zuzuhalten. »Noch nicht«, flüstert er.

Pontz beginnt zu winseln, sich zu winden – und als er entwischt ist, bellt er noch lauter und freudiger.

»Es muß sein«, sagt Trenchard und packt den Hund bei der Gurgel. Er umspannt sie mit den Händen, drückt langsam zu, und während er drückt, steigen ihm Tränen in die Augen. Jennie sitzt vorgebeugt, die Hände im Schoß. Sie beginnt, die Karos in ihrer Schürze zu zählen. Gleich darauf fangen sie zu graben an.

Werden sie Zeit genug haben, um ihn zu begraben – ihren Kleinen –, der so froh war, sie wiederzusehen, so glücklich, so anhänglich?

Nein. Sie sind zu erschöpft. Schließlich legen beide sich neben dem Körper des toten Pontz nieder.

»Werden sie uns finden?«

»Wahrscheinlich.«

»Ist das dort nicht eine Laterne?«

»Doch, ich glaube schon.«

»Das ist uns teuer zu stehen gekommen, Trenchard.«

»Doch es bedeutet Freiheit – für eine kurze Zeit.«

»Sollen wir nicht lieber jetzt gleich sterben, statt nachher, wenn ...«

»Nein. Bleib einfach nur liegen. Es ist so schön.«

»Schrecklich ist es.«

Er setzt sich plötzlich auf und sagt voller Ingrimm: »Die sollen denken, daß wir glücklich und zufrieden sind.«

»Ich kann schon verstehen, was sie sagen, Trenchard. Sie sind gleich bei uns.«

»Jetzt laß uns still liegen – das ist die Freiheit.«

Entsagung

Skirl Pavet beugte sich vor und stützte den Kopf gegen die Rückenlehne des Kirchenstuhls; er hätte gern aufgeblickt, wagte es jedoch nicht.

Sein Gebet war lange schon gesprochen worden, ehe er auf die Knie geglitten war; jetzt hielt er den Kopf gesenkt, um den Gebeten anderer nicht hinderlich zu sein.

Er tastete im Dunkeln nach seinem Gesangbuch, konnte es jedoch nicht finden. Er begnügte sich damit, seine Stiefelsohle zu befühlen, wo sich ein Loch ankündigte.

Die dämmrige Kirche und der Weihrauchgeruch kamen ihm ganz wunderbar vor, wie ein verdunkelter Parfümbeutel für Schmerzen. Hier schüttelte man sich die Gewänder der Sünde aus, und wenn sie nicht gereinigt werden konnten, so konnten sie doch immerhin parfümiert werden. Er hatte gehört, Ballettmädchen täten etwas Ähnliches – benutzten Kölnisch Wasser, wenn sie bis zur nächsten Nummer keine Zeit hatten.

Die hohe Decke sah in Skirls Augen wie ein umgestülptes Model aus, ein Ort, wo formlose, schreckliche und häßliche Dinge zu schönen gemacht wurden. Er bekreuzigte sich, als er das dachte und ihm sein Kummer wieder einfiel, und er schaute sich ein wenig verstohlen mit seinen gelben Augen um, die in blasse, feste Runzeln gebettet waren wie eben erblühte Blumen.

Er konnte den Altar weit weg, am Ende seines Flehens, erkennen; von seinen beiden Weihrauchkesseln stiegen langsam dünne parfümierte Rauchwolken zu beiden Seiten der leuchtend roten Priestergestalt empor.

Skirl Pavet blickte auf dies ferne Bild und dachte, wie sehr dieser Altar doch einem Toilettentisch ähnelte – einem Toilettentisch für die Seele – und wie sehr der scharlachrote Priester einem hübschen roten Herbstblatt, das gegen das polierte hölzerne Ding mit der gewaltigen aufgeschlagenen Bibel geweht war. Er bewegte sich obendrein ganz wie ein Blatt, mal hierhin, mal dorthin, als versuche er, ein Lied zu spielen, und könne die Melodie nicht finden.

Er hob das Gesicht dem Bild der Jungfrau entgegen. Ihr Ausdruck einer erwachenden Unschuld gefiel ihm. Da war die Gestalt am Kreuz, auch das war schön, wie eine prächtige, pathetische Frucht – eine ganz besondere Leistung der Natur –, doch irgendwie zu bekümmert, um gepflückt zu werden.

Die Sonne, die gegen das Buntglas der Fenster schlug, kippte farbige Lichter auf den Boden, das war wie das Sonnenlicht im Wald. Alles kam Skirl wie ein Wald vor, ein großer, dichter Wald. Ein Ort, wo alles sproß – der Kummer sproß und die Reue und die Hoffnung und die Tugend und die Sünde.

Er dachte, wie herrlich die Sünde doch war. Sie war so gediegen und stark und universal. All die gebeugten Häupter mit ihren Lippenbewegungen wurden von der Sünde erzwungen. Die Sünde eilte in zwei feinen beißenden Bächen seinen Hals hinab. Jetzt bewegte er ebenfalls die Lippen, aber nur weil ihn die Lücke nervös machte, die ein loser Zahn am selben Morgen hinterlassen hatte.

Er sah Bewegung in die Reihen kommen; die Leute gingen, und einige von ihnen traten mit einem Bein aus der Kirchenbank heraus, beugten es und entfernten sich rasch. Er lächelte ein wenig und stand ebenfalls auf. Männer und eine Frau tauchten die Hände ins Weihwasser, warteten, bis sie im Schatten des Pfeilers angelangt waren, und bekreuzigten sich.

Er tauchte seine eigene dicke Hand ein und berührte sich viermal, während er gemächlich die verschüchterten Menschen musterte; er bespritzte sich ausgiebig, wie ein Vogel in einer öffentlichen Pfütze badet, und ließ Myriaden von Wassertropfen auffliegen.

Er schämte sich dessen nicht und trocknete sich die kurzen Finger ab, während er die Stufen hinabstieg.

Jetzt, wo er im Sonnenlicht stand, erinnerte er sich, daß er um Kraft gebetet hatte, um eine schreckliche Art von ausdauernder Kraft, das Wirksamwerden einer möglichen Stärke, die er, vor langer Zeit, hätte haben können, wenn er gewollt hätte.

Sein Eingeständnis, daß die Sünde schön und stark sei, war nur eine andere Art, einsichtig und dankbar Abschied von dem zu nehmen, was er gewesen war, was er getan hatte, und den Weg frei zu machen für das, was er jetzt tun mußte, jetzt sein mußte – Abschied nämlich mit einer Art feinsinnigem Charme, einer klugen, philosophischen Verbeugung.

Skirl Pavet kehrte gerade nach fünfundzwanzigjähriger Abwesenheit zu seiner Frau nach Hause zurück. Er stellte sich das alte Haus, die vertraute Straße, die einstigen Bekannten vor. Die meisten Menschen, die ihn gekannt hatten, würden unterdessen seinen Namen, seinen Spitznamen, ja selbst seinen Kosenamen vergessen haben. Sie würden in dunklen Ecken ihres Gedächtnisses danach kramen, sein Gesicht nach einem Anhaltspunkt für die Eigenart absuchen, die ihm welchen Namen auch immer eingetragen hatte. Er kehrte mit nagendem Verlangen und nagender Furcht zurück. Er wußte zwar, wieviel Fenster die Küche hatte, konnte sich jedoch nicht einmal erinnern, wie die Hände seiner Frau sich anfühlten.

Er blickte in das hochaufragende Gewirr der New Yorker Dächer hinein. Er dachte an den Tag zurück, als die erste Wanderdrossel ihn aus der Stadt mit ihrem hektischen, ganz auf Wettkampf gebauten Leben herausgelockt hatte. Er war in einem trägen Traum gefangen, als er sich stadtabwärts wandte.

Seltsam, daß er, ein Pole, hier sein sollte. Durch Tränen, unvermutete, blickte er in den Himmel. Seltsam auch, daß er nun sein Gesicht seinem Zuhause und den Dingen zuwenden sollte, die ihn gebrochen, ihn wie ein Blatt in einem Wald umhergetrieben hatten, das es von seinem Ast gerissen hat und das nun umhertaumelt zwischen fremden Baumstämmen, bis es sich seinen Weg ins Freie erkämpfen und schließlich die Felder erreichen kann, um sich auch dort wieder nur zwischen starken, saftstrotzenden grünen Dingen herumzudrücken, hilflos über satte, langgezogene Erdwälle zu flattern, langsam sterbend, dürr werdend, braun und melancholisch und dabei immer beweglicher, bis endlich …

Seltsam, daß er, Skirl Pavet, dessen Lippen jegliches heilige Bild in Polen berührt, sich gegen das Glas vor so mancher Ikone gedrückt, so manches Kreuz gefunden hatten, schließlich so enden sollte. Mit dieser trockenen Absage an die ganze Lebenskraft seiner Jugend und deren Schwung, an seine ganze Wanderliebe, an seine Freiheit. Wie herrlich das gewesen war. Was für Kehlen die finnischen Mädchen hatten, was für Hände die englischen!

Er stolperte über eine Unebenheit des Trottoirs und wandte sich um, um in die Gesichter der Menge zu blicken. Dunkle Gesichter und blasse, manche stumpfsinnig, manche heiter. Ein Offizier ging vorbei, schwenkte seinen Spazierstock und klirrte mit den Sporenkettchen, die unter seinen Stiefeln hindurchliefen.

Skirl ließ die Hände sinken und baumeln. Das tat er immer, wenn er ratlos war; es verlieh ihm das Gefühl einer derartigen Hoffnungslosigkeit, daß einfach irgend etwas mit ihm passieren, irgend etwas eintreten mußte, das ihn aus dieser schrecklichen Stumpfsinnigkeit, dieser müßigen, verträumten Erschöpfung befreien würde.

Er dachte an Polly, seine Frau, eine Person von mittlerer Größe mit drallen Knien und vollen Lippen, die zu farblos und freundlich waren. Er erinnerte sich, daß ihre Nasenflügel ziemlich tief ins Gesicht eingebettet waren, und befand, daß dieser Typ immer rund wurde. Sie war immer schon eine gutmütige Frau gewesen, aber lebensfroh, lachlustig.

Sie war die Tochter eines Hotelbesitzers im Westen. Er vergegenwärtigte sich seine erste Begegnung mit ihr. Sie war der Liebling der Familie und wäre sehr verwöhnt gewesen, hätte sie eine rasche Auffassungsgabe oder einen scharfen Verstand besessen. Doch so lächelte sie nur über die, die sie verhätschelten, schnurrte bei freundlicher Behandlung wie ein Kätzchen, und wie ein Kätzchen kam sie ohne aus, wenn sie aufhörte. Er war nach dem Westen gegangen, weil er von den Möglichkeiten gehört hatte, die sich dort böten; er war mit leeren Händen und mit dieser frischwangigen Maid, mit Polly, zurückgekehrt – der Tochter eines Hotelbesitzers. Sie tummelte sich alsbald wieder in dem Geschäft, das sie kannte, eröffnete in den frühen Dreißigern ein Restaurant nahe Seventh Avenue, und von der Zeit an war er ruhelos geworden.

Das war lange her. Jetzt dachte er daran zurück, und seine Nüstern durchlief ein kleines, rasches Beben, als sich pikante Erinnerungen einstellten, und er schloß die Augen und versuchte, sich an das Muster des Teppichs zu erinnern, den man überqueren mußte, ehe man zum Tisch gelangte. Zwei hockende Drachen, ein aufrechter und zwei umgekehrte hockende Drachen – war es das, oder irrte er sich, und es war ein ganz anderes Bild? Er zerbrach sich den Kopf über ihre Art von Englisch; sie hatte ein paar seltsame Eigenheiten mit kurzen Wörtern, irgend etwas war mit ihren Lippen gewesen. Er konnte sich nicht erinnern, was für Wörter, und was da mit ihren Lippen gewesen war.

Sie saß gewöhnlich an einem langen Tisch mit ihren ältesten Kunden, beleibten, stumpfsinnigen Männern mittleren Alters. Einige waren Kurzwarenhändler, ein paar Schneider, einer war Bankier, ein anderer Börsenmakler.

Später, wenn die Schar der Mittagsgäste gegangen war, saßen die Köche und Kellner an einem anderen langen Tisch am hinteren Ende des Raumes, in weißen Mützen und Schürzen, und sprachen langsam, leise über die Herstellung von Buttersauce, *tripe sautée*.

Er lächelte mit einemmal, als er sich an den Namen des Chefkochs erinnerte – Bradley, das war ein seltsamer Name. Er hatte keine Zähne, und sein ausladender Kiefer schwang rhythmisch in zufriedenen, mächtigen Kaubewegungen, während ein Lippenbärtchen sich über der eingesunkenen Oberlippe hob und senkte.

Und dann war da Sammie gewesen, der immer in die Sirup- und Milchkrüge gespäht und seufzend den Kopf darüber geschüttelt hatte, wie schnell sie sich leerten, und sich beim Essen gesputet hatte, mit dem ganzen Körper und unablässig regen Armen dem leidenschaftlichen Wunsch gefolgt war, an die Reste in den Schüsseln heranzukommen, ehe sie in den Bäuchen verschwanden, die ihn umgaben.

Skirl hatte das schmutzig, eklig genannt. Er hatte immer schon das Land geliebt, die offenen Felder, den Geruch des Frühlings wie den Atem eines geliebten Menschen nach Monaten eines öden Hinsterbens. Das Gefühl der aufbrechenden Knospen und die frühen Regenfälle, die sich Freiheiten mit den frisch eingesäten Blumenbeeten erlaubten, indem sie kleine Lehmbröckchen in eilende Bächlein jagten, die es darauf anlegten, etwas in die Eingeweide der Erde mit hinabzunehmen. Das Geräusch von Tieren, die durch Brombeergesträuch und Morast rannten, das Knacken kleiner Hufe im Gestrüpp und der Geruch neugeborener Kälber mit feuchtem Fell. Und das war das Argument gewesen, das er gegen sie ins Feld geführt hatte, seine Entschuldigung, als er wegging, um sich sein Anteil Leben, Liebe und Erde zu holen.

Er hatte ein Kind, doch auch das hatte er vergessen, hatte es beiseite gelegt, es in seinem Gedächtnis verstaut, um es dann hervorzuholen, wenn ihm danach zumute wäre, und das mit der Gemütsruhe eines Menschen, der sich nimmt, was er begehrt, jedoch niemals ganz fahren läßt, was er nicht begehrt, sondern es aufhebt, um in Notzeiten davon Gebrauch zu machen. Polly hatte es bis zum vierten Lebensjahr mit großzügigen, herzhaften Klapsen auf seine dicken, roten Backen großgezogen und zustimmende Blicke geerntet, wenn sie es hochnahm, herzte, es in die Haut auf beiden Seiten seines nassen Mündchens kniff, in Quietschlaute über es ausbrach und sich mit der freudigen Erregung und der Energie von Müttern an ihm berauschte, die ihr Fleisch und Blut gern haben; so küßte sie denn seine winzigen weißen Zähnchen und beobachtete es schließlich, die Arme in die Hüften gestemmt, wenn es davonkroch und sagte: »Ist das nicht ein

Bursche?« und machte dazu jene Tierlaute, die das Kind vor einer allzu frühen Begegnung mit den Schrecken der Zivilisation bewahren.

Er hatte behauptet, er sei eifersüchtig auf die dicken, behäbigen Männer, mit denen Polly zusammensaß und Nüsse knackte und lachte, obwohl er sehr wohl wußte, daß es zum Geschäft eines Restaurantbesitzers gehört, liebenswürdigen Umgang mit den Gästen zu pflegen. Doch irgendwie gefiel ihm ihre Art nicht, wie sie deren Geschichten aus ihnen herausholte. Das verübelte er wirklich. Er hatte das Gefühl, er hätte der einzige sein sollen, über den Polly alles wußte, daß solche Fragen wie die, wo andere Männer ihre Kleidung kauften, ihre Bräute trafen oder ihre Sorgen loswurden, nicht Gegenstand von Pollys Neugier hätten sein sollen. Er verargte diesen wohlgenährten Herren ihre Art, sich nach dem Essen zurückzulehnen, die Backen aufzublasen, Banderolen von Zigarren zu schnipsen und sich breit zu machen, als wollten sie sagen: »Hier ißt es sich weiß Gott nicht schlecht, aber vor allem sitzt es sich hier gemütlich.«

Er verargte ihnen ihre behaglichen Seufzer, die kreisförmige Nach-dem-Essen-Bewegung ihrer geschlossenen Münder, ihr unablässiges Gequalme. Er haßte ihr Gelächter, er haßte ihre Zufriedenheit mit der Stadt, ihre schmutzigen Straßen, ihre ermüdenden, langweiligen Berufe. Das war nicht das Leben. Er hatte damals das Gefühl, sie unterdrückten ihn, umzingelten ihn, töteten ihn mit dicken Schichten Fleisch, indem sie sich über und um ihn legten wie ein Boot voll zappelnd sterbender Fische.

Und wegen dieser Dinge hatte er um Stärke gebetet, die Stärke, sich von allem fernhalten zu können, das er liebte, die Stärke, zu all dem zurückkehren zu können, das ihm weh tat und ihn einlullte, allem zu entsagen, so daß er seine alten Tage wenigstens mit dieser Frau würde verbringen können, die immer freundlich, beschränkt und wohlgelaunt gewesen war. Jene anderen verlassen zu können, die jung und helle waren und verstanden.

Da war Ollie, die große, herrliche Ollie mit ihren seltsamen großen Augen und ihrer Art zu sagen: »Du wirst mich schon nicht vergessen, mein kleiner Mann.«

Sie war die einzige wirkliche Leidenschaft seines Lebens gewesen, dachte er, doch er war nicht lange bei ihr geblieben. Es hatte andere gegeben, reizende Frauen, warmherzige, sanfte Geschöpfe – bis auf die eine, die ihn eines Nachts auf Java geohrfeigt hatte.

Das machte ihm jetzt nichts mehr aus, er war froh, daß sein Gesicht überhaupt von irgendeiner Erinnerung prickelte, solche Dinge waren die Würze der großen faden Masse, die ein Mann darstellt, ehe er geliebt hat.

Er wußte, er war nicht immer glücklich gewesen, vielleicht würde er Polly das eingestehen, wenn er zurückkehrte, es würde sie ja vielleicht freuen zu erfahren, daß es Zeiten gegeben hatte, wo er sie vermißte, sie sogar mit anderen verglich. Er gestand Polly gern Dinge ein, dann sah sie immer fröhlich drein und nickte, als wollte sie sagen: »So ist es recht, halt schön die Ohren steif!«

Das war das Seltsame an Polly, die nahm niemals übel, machte niemals Vorwürfe, schien das, was er tat, nicht einmal für seltsam zu halten: eine Art von Lebensphilosophie, deren hauptsächliche Überzeugung in jenem Satz gipfelte: »Halt schön die Ohren steif« – so als sei die bloße Tatsache, daß die Menschen die Ohren steif hielten, an sich schon eine Entschuldigung für alles.

Das war vielleicht eine etwas geringschätzige Betrachtungsweise, doch sie hatte ihn getröstet. Selbst in jenen Tagen, als er wach in dem gelben Holzbett mit den vier Pfosten gelegen, in der Dachkammer, deren Sparren fast seinen Kopf berührten, und befunden hatte, daß er kein anderes Obdach wollte als den Himmel.

Ganz deutlich spürte er jetzt wieder die weichen Decken jenes Bettes an seinem unrasierten Kinn, die kühle Kante der gestärkten Bettücher, die er am Hals nicht ertragen konnte – ein Gefühl, als sollte er gleich erwürgt, enthauptet werden!

Er hatte Polly nach diesen fünfundzwanzig Jahren Abwesenheit geschrieben, und sie hatte ihm zurückgeschrieben, er solle kommen. Ob sie sich wirklich freuen würde, ihn wiederzusehen? Das mußte wohl so sein, denn sie besaß keine wirkliche Neugier, kein vergleichendes Werturteil, kein Verlangen, eins und eins zusammenzuzählen, um das ganze Gewebe des Lebens vor Augen zu haben, Teile, Ausschnitte, Ränder genügten ihr. Sie hatte keinen anderen Grund als gerade nur diesen, ihn zurückkehren zu lassen, wenn er das wollte.

Und plötzlich überlief es ihn heiß, weil er erkannte, wie gut sie war, immer gewesen war.

Und der Junge, der mußte jetzt längst in den Zwanzigern sein, erwachsen. Doch er konnte sich kein Bild von ihm machen. Er hielt die Hand auf Schulterhöhe in die Luft. Die Leute blieben stehen, wandten sich lächelnd um. Er errötete und ließ die Hand wieder sinken. So groß würde sein Junge jetzt sein. Die Leute konnten natürlich nicht wissen, was er gerade dachte. Es war einfach nur eine Geste, die er machen mußte, um das Vergehen der Zeit zu spüren.

Er mußte jetzt gut zu ihm sein, mußte ihm und ihr den Rest seines Lebens widmen. Kein Sichabwenden mehr, kein Drang zur Natur mehr, kein Hang mehr zu schönen Kehlen, Händen, Gesichtern.

Er wußte, wie schwach er war, welcher Natur seine Leidenschaften waren, große, überwältigende Leidenschaften, und Ollie lebte hier, sehr nah bei seinem Haus – und wie wichtig sie ihm gewesen war…

Ja, das war der Grund, weshalb er gebetet hatte – um die nötige Kraft gebetet, sich klug verhalten zu können, seine Augen vor allem verschließen zu können außer vor seinem eigenen Inneren, vor allem außer den häuslichen Dingen, die ihm gehörten.

Er war ein Pole, und er liebte seinen Gott, und er erinnerte sich wieder des Bildes der Jungfrau und des Christusbildes, eines Christus, der jenem Abwärtsdrang folgte, wie alle Dinge, die betrüben – die Tränen, das Fleisch, und er dachte an all die heiligen Bilder in anderen Ländern, die vom Abdruck seines großen, liebkosenden Mundes befleckt worden waren.

Er war sehr müde, er hatte gar nicht gewußt, daß er so müde sein konnte. Er war diese paar Blocks in der Vergangenheit so oft gegangen, und sie hatten ihn nicht müde gemacht, und er erinnerte sich, daß er müde gewesen war, als er sich zum Beten niedergekniet hatte.

Und dann war er in ihrer Straße, an ihrer Tür, drehte den Türknauf, trat ein, und ihm war, als sei er nur gestern fortgewesen, und die Geranien in ihren Töpfen waren die, die er erst vor einer Sonnenumdrehung gepflanzt hatte, und der Tisch voller beleibter Herren war derjenige, den er nur eine Morgendämmerung früher gehaßt hatte. Und da war Polly, die aufstand und Krümel verstreute, lächelnd, ein wenig dicker, heiter, lebensfroh, lachlustig.

Und der Tisch am hinteren Ende des Raumes war von einer Schar weißbemützter, weißbeschürzter Köche und Kellner umgeben. Nur Bradley war nicht da, jemand mit einem kleinen, schmalen Kinn hatte den Ehrenplatz eingenommen, und niemand sprang auf, um in die Krüge mit Sirup und Milch zu schauen.

Hastig stellte er Fragen, um zu verhindern, daß er seine ganze Vergangenheit auf einmal verlor, denn was er noch gestern gewesen war, schien plötzlich weniger als ein Traum zu sein. Und weniger als Dunst waren die herrlichen Tage, die er mit Ollie in Huntington verbracht hatte, einer kleinen Stadt, durch deren Straßen graugesichtige Büroangestellte eilten, die sich zur Mittagszeit an der niedrigen, efeubewachsenen Mauer versammelten, die den Friedhof umschloß. Damals hatten die Vögel im Gras gesungen, und dort waren die Liebenden den Blicken Bekannter ausgewichen, indem sie hinter dem zerfallenden Symbol in Gestalt eines alten Steines verschwunden waren, der die Liebe eines Menschen zu einem vor langem dahingeschiedenen Menschen ausdrückte.

Und sie, Ollie, hatte die bloßen Arme hinter sich ins Gras

geworfen und von einem neuen Gingankleid gesprochen, von den bunten Postkarten, die in der Gegend verkauft wurden, Bildchen von der Mühle, der Kirche, der Bibliothek – ja …

Er fragte ebenfalls nach den alten Bekannten, und Polly antwortete ihm drolligerweise, indem sie von ihrem eigenen Leben erzählte; wie der Sohn eines ihrer Kunden das Offizierspatent erworben und bereits auf See sei, und wie Tessie krank geworden und im Herbst verschieden sei.

Schließlich saß er auf der Kante seines Bettes. Wie leicht es doch gewesen war zurückzukehren, er wußte nun auch wieder, wie ihre Hand sich anfühlte. Wie sie den Mund verzog, das hatte er immer irgendwie gewußt, das ging nach links, und ihr westlicher Akzent gehörte nun einfach einmal zu seinem Leben.

Und der Junge?

Der Junge war verheiratet.

Darauf wäre er nun nie gekommen.

Er tastete in der Tasche nach seiner Pfeife, fand sie, und während sein Blick über die alten Sparren und das Bett mit den vier Pfosten wanderte, seufzte er. Polly war dicker, viel dicker geworden, doch war sie ihm gerade nur um ein Doppelkinn fremder.

Er schloß die Augen. Er hatte um Stärke gebetet – Polly holte ihm seine Pantoffeln, und Trägheit überkam ihn und schien ihn jeder Kraft zu berauben, sie sich selbst zu holen. Dann langte er hastig nach ihnen.

»Und Ollie?«

»Ihre Enkelin ist letzten Juni getauft worden.«

Durch das kleine schmutzige Fensterviereck blickte er hinaus in die Straße.

»Laß nur, ich zieh sie dir schon an, das Bücken fällt dir nicht mehr so leicht wie früher, Skirl.«

»Ich habe heute gebetet – auf den Knien …«, und er streckte einen bestrumpften Fuß aus. Er nickte fast und lachte ein wenig, zufrieden.

Doch später, als er sich zur Wand kehrte und sich mit einem Finger bekreuzigte, quollen ihm Tränen durch die Lider. Er konnte Polly unten mit der Küchenhilfe sprechen hören, die mit den Pfannen klapperte, doch er war müde und fiel in einen leichten Schlummer.

Kopfunter

Hinter zwei flinken Pferden fuhr, in der Mittagshitze, Julie Anspacher. Die Luft war erfüllt vom Lärm der Winden und des Brunnenwassers und vom parfümierten Wellenschaum der Blumen, und Julie starrte geradeaus, während die Straße sich in die Wegstrecke ihrer Erinnerung verwandelte.

Der Kutscher, ein alter Skandinavier und ein Freund der Familie, der genau zwei Sagen kannte, eine, die von einem Rebhuhn und eine, die von einer Frau handelte, saß steif auf seinem Bock und ließ die Zügel über die glatten Hinterteile der Stuten schleifen; er pfiff die Weise, die zur Geschichte vom Rebhuhn gehörte, wiegte sich dabei langsam auf seinem stabilen Sitz, und mit der Melodie kam, wie der von Kräutern, der starke Duft von Pferdefell zurück, in das sich schmerzhaft das Leder drückte.

Die Pferde begannen, hügelan zu ziehen, ließen die Ohren spielen und senkten ruckhaft die Köpfe. Auf der Kuppe angekommen, sprangen sie in einem Wirbel von Funken und Staub in den Galopp. Der Kutscher, der immer noch kerzengerade saß, immer noch pfiff, zügelte die Pferde letztmals mit schwungvoller Gebärde und hob den Peitschenstock hoch in die Luft, um ihn dann elegant in seinen Halter zu senken. Mit tiefer Baßstimme sagte er: »Es ist einige Zeit vergangen, seit wir Sie zuletzt gesehen haben, Mrs. Anspacher.«

Julie hob ihr langes Gesicht aus dem Kragen und nickte.

»Ja«, sagte sie kurz und runzelte die Brauen.

»Ihr Mann hat den Mais schon geerntet, und die Obstbäume hängen berstend voll.«

»Ach ja?« Sie versuchte, sich zu erinnern, wie viele davon Apfel- und wie viele Birnbäume waren.

Der Kutscher wechselte die Zügel von der einen Hand in die andere und wandte sich um: »Es ist schön, Sie wiederzusehen, Mrs. Anspacher.« Er sagte das so schlicht, mit so viel herzlicher Freude, daß Julie laut herauslachte.

»Ach, wirklich?«, antwortete sie, biß sich jedoch sogleich auf die Lippen und richtete den zornigen Blick starr geradeaus.

Das Kind, das neben ihr saß, beweglich, wie es seinem Alter angemessen war, hob das Gesicht, aus dem mit drolliger Kühnheit eine kleine Adlernase hervorsprang. Es hielt einen altmodischen Hermelinmuff in der Hand, der ihm immer wieder halb entglitt und dessen Schwänze nach allen Richtungen abstanden.

»Sie erinnern sich doch an Mrs. Berling?«, fuhr der Kutscher fort, »Sie hat wieder geheiratet.«

»Ach, tatsächlich?«

»Ja, Ma'am, so ist es.«

Er fing an, ihr von einer freien Stelle im Postamt zu erzählen, die der Neffe ihres Gatten eingenommen hatte.

»Korruption!«, schnaubte sie verächtlich.

Das Kind fuhr zusammen und sah dann rasch weg, wie es Kinder tun, wenn sie etwas erwarten und nicht begreifen, was. Der Fahrer ließ die Peitsche auf den Pferden niedergehen, links und rechts; ein Saum aus dichtem Schaum bildete sich entlang den Kanten des Geschirrs.

»Was sagten Sie gerade, Mrs. Anspacher?«

»Nichts sagte ich. Ich sagte, alles ist verloren von Anbeginn, wenn wir es nur wüßten – immer.«

Das Kind sah zu ihr auf, dann senkte es den Blick auf seinen Muff.

»Ann«, sagte Julie Anspacher plötzlich und nahm dem Kind den Muff vom Schoß. »Hast du schon einmal so große Pferde gesehen?«

Das Mädchen wandte ihr das aufleuchtende Gesicht zu, beugte sich nieder und versuchte, zwischen den Armen des Kutschers hindurchzublicken. Sie lächelte.

»Sind das deine?«, flüsterte sie.

»Du brauchst nicht zu flüstern«, sagte Julie. Sie holte tief Luft, so daß sich die Seide ihrer Bluse über den Brüsten spannte. »Nein, es sind nicht meine, doch wir haben auch zwei – noch größere – schwärzere …«

»Darf ich sie sehen?«

»Natürlich wirst du sie ansehen – sei nicht albern!«

Das Kind zuckte zusammen und zerrte nervös an seinem Muff. Julie Anspacher überließ sich wieder ihren Gedanken.

Es waren fast fünf Jahre vergangen, seit Mrs. Anspacher zuletzt zu Hause gewesen war. Vor fünf Jahren, in geradeso einem Herbst, hatten die Ärzte ihr noch sechs Monate zu leben gegeben … Eine Lunge zerstört, die andere bereits angegriffen. Manchmal nennt man das den ›weißen Tod‹, manchmal die ›Liebeskrankheit‹. Sie hustete ein wenig, als sie daran zurückdachte, und das Kind an ihrer Seite hustete ebenfalls, wie ein Echo, und der Kutscher runzelte die Stirn und dachte bei sich, daß Mrs. Anspacher wohl nicht geheilt sei.

Sie war neununddreißig; sie hätte mit vierunddreißig sterben sollen. Innerhalb jener fünf Jahre Gnadenfrist hatte ihr Gatte Paytor sie fünfmal besucht. Zur Weihnachtszeit hatte er die über vierzehnstündige Bahnfahrt ins Landesinnere unternommen. Er verfluchte die Ärzte, nannte sie Dummköpfe und fragte sie jedesmal, wann sie nach Hause käme.

Das Haus tauchte auf. Schmutzigweiß stand es vor den Robinien. Rauch, der träge Rauch, der sich im Herbst zu einer geraden Säule erhebt, stieg in einen leeren Himmel auf, als der Kutscher die Pferde zum Stehen brachte, deren schaumbedeckte Kiefer den Druck der Trense spürten. Julie Anspacher sprang mit einem Satz neben der Kutsche zu Boden, so daß der modisch kurze Schoß ihrer Jacke tanzte. Sie wandte sich um, schob die schwarzbehandschuhten Hände unter das Kind und hob es auf den Weg hinab. Irgendwo bellte ein Hund, als sie durch das Tor traten.

Ein Hausmädchen im Häubchen steckte den Kopf aus einem Fenster heraus, schrie überrascht auf, zog den Kopf wieder ein und knallte den Fensterflügel zu, und Paytor kam mit langsamen, gemessenen Schritten über den Kies auf seine Frau und das Kind zu.

Er war ein Mann mittlerer Größe mit einem dichten, gestutzten Bart, der in einem grauen Keil am Kinn endete. Er war kräftig, gravitätisch und kehrte beim Gehen die Knie nach außen, was ihm einen wiegenden, verläßlichen Gang verlieh; er hatte ernste Augen und einen energischen Mund. Er wirkte ein wenig überrascht. Er hob den aprikosenfarbenen Schleier, der Julies Gesicht verbarg, beugte sich vor und küßte sie auf beide Wangen.

»Und woher kommt das Kind?«, wollte er wissen und berührte das Kinn des kleinen Mädchens.

»Nun komm schon, sei nicht albern«, sagte Julie ungeduldig und segelte auf das Haus zu.

Er eilte ihr nach. »Ich freue mich so, daß du da bist«, sagte er und versuchte, mit ihrem weitausholenden, schwingenden Gang Schritt zu halten, der das Kind fast vom Boden hob und es zwang, im Laufschritt neben ihr herzustolpern.

»Sag doch, was haben die Ärzte gesagt – geheilt?«

Es war seiner Stimme anzumerken, daß er glücklich war, als er fortfuhr: »Nicht, daß ich wirklich etwas auf ihre Meinung gäbe – ich habe dir ja immer schon ein hohes Alter vorausgesagt, stimmt das nicht? Denn was hatten die Ärzte denn in Marie Baskirtseffs Fall für eine Heilmethode, wie? Sie haben sie bei geschlossenen Fenstern in ein dunkles Zimmer eingesperrt – so starb sie natürlich –, das war damals ihre Methode. Jetzt ist es Kochs Tuberkulin – und das ist ebenfalls nichts als Blödsinn. Gute, frische Luft, darauf kommt es an.«

»Es hat aber bei manchen Menschen gewirkt«, sagte sie, während sie vor ihm ins Wohnzimmer trat. »Ein Junge war da – nun, davon später. Läßt du Ann bitte von irgend jemandem zu Bett bringen – die Reise war anstrengend für sie –, sieh nur, wie schläfrig sie ist. Lauf nur, Ann«, fügte sie hinzu und schob sie mit sanftem Nachdruck auf das Hausmädchen zu. Während sie verschwanden, stand sie und blickte sich um und setzte unterdessen den Hut ab.

»Ich bin froh, daß du die Kristallüster abgenommen hast –

ich habe Kristallüster noch nie ausstehen können –.« Sie trat ans Fenster.

»Ich habe es nicht getan, das Dach ist eingestürzt – gleich nach meinem letzten Besuch im Dezember. Du siehst großartig aus, Julie.« Er errötete. »Ich freue mich so, ich bin so schrecklich froh, weißt du. Ich fing langsam an zu glauben ... Na, nicht daß die Ärzte wirklich eine *Ahnung* hätten ... Doch es hat so lange gedauert ...« Er versuchte zu lachen, überlegte es sich dann jedoch anders und brachte stockend heraus: »Das ist doch ein Höhenunterschied von über fünfhundert Metern – aber dein Herz – das ist kräftig – war es immer.«

»Was weißt denn du von meinem Herzen?«, sagte Julie wütend. »Du weißt nicht, wovon du sprichst. Das Kind wiederum ...«

»Ja?«

»Sie heißt Ann«, schloß sie verdrießlich.

»Ein hübscher Name – deine Mutter hieß so, wem gehört es denn?«

»Herrgott noch mal!«, rief Julie und bewegte sich im Zimmer umher, indem sie die Sitzgarnitur umrundete. »Mir, mir, mir natürlich! Wem denn sonst, wenn nicht mir?«

Er schaute sie an. »Dir? Aber Julie, was für ein Unsinn!« Sämtliche Farbe war aus seinem Gesicht gewichen.

»Ich weiß – wir müssen das besprechen –, es muß alles arrangiert werden, es ist schrecklich. Aber sie ist nett, ein kluges Kind, ein braves Kind.«

»Was um alles in der Welt soll denn das bedeuten?« Er vertrat ihr den Weg. »Weshalb bist du denn in einer solchen Stimmung – was habe ich denn getan?«

»Großer Gott, was sollst *du* denn getan haben! Was bist du doch für ein alberner Mensch. Nichts natürlich, absolut nichts!« Sie winkte ab. »Darum geht es doch nicht; weshalb fängst du denn von dir an? Ich tadele dich nicht, ich bitte nicht um Vergebung. Ich habe auf den Knien gelegen, ich habe den Kopf gegen den Boden geschlagen, ich habe mich erniedrigt, doch ...«, setzte sie mit einer schrecklichen Stimme hinzu, »das ist nicht tief genug, der Boden ist nicht tief genug; sich niederzubeugen ist nicht genug, um Verzeihung zu bitten, ist nicht genug, sie zu erlangen? – wäre nicht genug. Es gibt auf der Welt einfach nicht das richtige Elend, das ich durchleiden könnte, nicht die richtige Art des Mitleids, das du empfinden könntest; auf der ganzen Welt gibt es kein Wort, das mich heilen könnte; Buße kann mich nicht erschüttern – es ist etwas jenseits aller Zwecke –, es ist Leiden ohne jede Vollstreckung, es ist wie unzulänglicher Schlaf; es ist wie alles, das ohne Maß ist. Ich bitte nicht um das Geringste, weil es nichts gibt, das gegeben oder entgegengenommen werden kann – wie primitiv, diese Fähigkeit, entgegenzunehmen …«

»Aber, Julie …«

»Nein, nein, das ist es nicht«, sagte sie schroff, und ihre Augen schwammen in Tränen, »selbstverständlich liebe ich dich. Doch stell dir das einmal vor: Ich, eine Gefahr für jedermann – außer für solche wie mich, die dieselbe Krankheit haben und damit rechnen, sterben zu müssen: Voller Angst, vollkommen gefangengenommen von einem Problem, das eine Handvoll Menschen angeht – erfüllt von Fieber und Lust –, keinesfalls einer selbstgewollten Lust, sondern einer, die mit Hitze zu tun hat. Und so voller Angst, so voller Angst! Und nichts, das danach kommen wird, was immer du anstellst, überhaupt nichts, überhaupt nichts, nur der Tod – und man macht weiter –, es geht weiter –, dann das Kind –, und das Leben, ihres, wahrscheinlich, für eine Zeitlang …«

»*Aha.*«

»Deshalb konnte ich es dir nicht erzählen. Ich dachte: Nächsten Monat sterbe ich, ganz bald wird keiner uns mehr wiedersehen. Trotzdem, alles in allem, und sag was du willst, ich wollte nicht gehen – und ich *habe* versucht … nun, du weißt schon, was ich meine. Dann starb ihr Vater – sie haben festgestellt, daß sie eine schwache Lunge hat … Der Tod pflanzt sich fort … Seltsam, nicht wahr … Und die Ärzte …« Sie fuhr herum: »Du hast recht, sie haben mich belogen, und ich habe es durchgestanden, von Anfang bis Ende.«

Er hatte sich von ihr abgewandt.

»Die wirkliche, die eigentliche Vorstellung dabei ist«, sagte sie mit gequälter Stimme, »daß eine Sache einen Sinn haben sollte. Die Qual sollte eine Bedeutung haben. Ich wollte nicht über dich hinausgehen oder dir irgend etwas voraushaben – das war nicht die Idee, es war überhaupt nicht die Idee. Ich dachte, es sollte mich nicht mehr geben. Ich wollte nichts hinterlassen als dich, nur dich. Du mußt das glauben, oder ich ertrage es nicht ... und trotzdem«, fuhr sie fort, während sie ungeduldig im Zimmer umherlief, »es war auch eine Art hysterischer Freude dabei. Ich dachte, wenn Paytor Intuition hat, jenes seltsame andere ›Etwas‹, das bei allem im Mittelpunkt stehen muß (oder es gäbe kein so sehnliches Verlangen danach), jenes geheimnisvolle Etwas, das uns immerfort so nahe ist, daß es bald schon obszön ist – ja, ich dachte, wenn Paytor das hat (und denk dir, ich wußte die ganze Zeit, daß du es nicht besaßest), diese ›Gnade‹, dachte ich, nun, dann wird er verstehen. Dann sagte ich mir bei solchen Gelegenheiten, nachdem du schon lange wieder weg warst, *jetzt* hat er die Antwort, eben in diesem Augenblick, genau Schlag halb zehn, wenn ich jetzt bei ihm sein könnte, dann würde er zu mir sagen: ›Ich verstehe.‹ Doch sobald ich den Fahrplan in der Hand hielt, um den Zug herauszusuchen, in dem du säßest, wußte ich, daß es in deinem Innern kein solches Gefühl gab – ganz und gar keins.«

»Empfindest du denn kein Grauen?«, fragte er mit lauter Stimme.

»Nein, ich empfinde kein Grauen – zum Grauen gehört der Konflikt, und ich sehe für mich keinen. Ich bin dem Leben entfremdet, ich bin verloren in stillem Gewässer.«

»Hast du einen religiösen Glauben, Julie?«, fragte er sie, wieder mit dieser lauten Stimme, so als richte er sich an jemanden, der weit weg war.

»Ich weiß nicht, ich denke schon, doch ich bin mir nicht sicher. Ich habe versucht, an etwas Äußeres und Umfassendes zu glauben, etwas, das mich forttrüge, nach jenseits – das verlangen wir doch von unseren Glaubensgewißheiten, nicht wahr? Es wird jedoch nicht genügen, es entgleitet mir wieder; ich kehre wieder zu der Vorstellung zurück, daß es etwas Angemesseneres gibt als die Erlösung.«

Er legte den Kopf in die Hände. »Weißt du«, sagte er, »ich habe immer gemeint, daß eine Frau, weil sie Kinder haben *kann*, alles wissen müßte. Die bloße Tatsache, daß eine Frau etwas so Anmaßendes zu tun imstande ist, wie ein Kind zu bekommen, müßte ihr die Gabe der Prophetie verleihen.«

Sie hustete, das Taschentuch vor dem Gesicht. Sie lachte bitter. »Man lernt es zwar, behutsam mit dem Tod umzugehen, doch niemals, niemals ...« Sie sprach nicht zu Ende, sondern starrte ins Leere.

»Warum hast du das Kind hierhergebracht, weshalb bist du denn dann überhaupt wiedergekommen, nach so langer Zeit? – Es ist alles so schrecklich verworren.«

»Ich weiß nicht. Vielleicht, weil es ein Falsch und Richtig, ein Gut und Böse gibt, und ich das herausfinden mußte. Wenn es so etwas gibt wie eine ›immerwährende Gnade‹, dann möchte ich darüber etwas erfahren. Die christliche Gnade hat etwas so Unvertrautes, so eine befremdliche Intimität ...« Sie hatte die Angewohnheit, das Gesicht zu verziehen, indem sie die Augen schloß. »Ich dachte, vielleicht weiß Paytor ja Bescheid ...«

»Bescheid worüber?«

»Die Spaltung. Ich dachte, er wird imstande sein, mich von mir selbst abzuspalten. Persönlich fühle ich mich nicht gespalten; ich scheine ein geistig gesundes, ausgeglichenes Ganzes zu sein, doch ein hoffnungslos verstricktes. Ich sagte mir: Paytor wird erkennen, wo die spaltende Absicht liegt und wovon sie ausgeht, obwohl ich mich die ganze Zeit über gar nicht aus der Affäre zu ziehen versuchte, ich habe nicht an irgendein System gedacht – nun ja, mit anderen Worten, ich wollte ins *Unrecht* gesetzt werden. Verstehst du?«

»Nein«, sagte er mit unverändert lauter Stimme, »und was schwerer wiegt, ist, daß du selbst gewußt haben mußt, was du mir angetan hast. Du hast alles auf den Kopf gestellt. Oh, ich will gar nicht sagen, mich betrogen – es ist viel weniger als das und mehr, es ist das, was die meisten von uns tun, wir verraten die Umstände, wir bleiben ihnen nicht treu. Nun«, sagte er schneidend, »ich kann nichts für dich tun. Ich kann nicht das Geringste tun; es tut mir leid, es tut mir sehr leid, doch so ist es nun einmal.« Er grimassierte, und seine Schultern zuckten.

»Das Kind hat es auch«, sagte Julie Anspacher und blickte ihm ins Gesicht. »Ich werde bald sterben. Es ist lächerlich«, setzte sie hinzu, während ihr die Tränen über das Gesicht strömten. »Du bist stark, bist es immer gewesen, und deine Familie vor dir war es ebenfalls – nicht einer von ihnen unter neunzig, als er unter die Erde kam –, es ist alles verkehrt – es ist völlig lächerlich!«

»Ich weiß nicht, vielleicht ist es gar nicht lächerlich. Man sollte sich hüten, allzu rasch zu einem Schluß zu kommen.« Er begann, seine Pfeife zu suchen. »Nur mußt du selbst doch wissen, wie sehr ich mich quäle, wenn eine Sache einigermaßen gewichtig ist, tagelang, jahrelang. Und warum? Weil ich sofort zu Schlußfolgerungen gelange und dann einen harten Kampf führen muß, um sie wieder zu zerstören!« Er klang jetzt ein wenig hochtrabend. »Weißt du«, sagte er, »ich bin menschlich, aber anspruchslos. Vielleicht werde ich später imstande sein, dir etwas zu sagen – dir wenigstens einen Anfang zu bieten. Später.« Er wandte sich ab, die Pfeife in der halbgeöffneten Hand, verließ das Zimmer und schloß die Tür hinter sich. Sie hörte ihn die Treppe hinaufsteigen, die harten Eichenholzstufen, auf den Speicher, wo er Schießübungen abhielt und auf die konzentrischen Ringe seiner Scheibe zielte.

Die Dunkelheit brach herein, sie verschluckte die Büsche und die Scheune und hüllte die Wohlgerüche des Obstgartens ein. Julie lehnte sich gegen ihre Hand, die an der Kante der Fensteröffnung ruhte, und lauschte. Sie hörte schwaches Hundelärmen in der Ferne, den Bach, der den Berg hinablief, und sie dachte, Wasser in der Hand hat keine Stimme, doch brüllt es richtig, wenn es über die Felsen hinabstürzt. Es singt über den kleinen Steinen in Bächen, doch schmeckt es nur nach Wasser, wenn man es einfängt und es sich sträubt und einem durch die Finger rinnt. Sie hatte das Gefühl, Tränen in den Augen zu haben, doch sie fielen nicht. Sentimentale Kindheitserinnerungen, sagte sie sich, die manchmal angsterregend gewesen und eng verknüpft waren mit Angeln und Schlittschuhlaufen und dem Tag, an dem man sie die Wange ihres toten Priesters hatte küssen lassen – *Qui habitare facit sterilem – matrem filiorum laetantem* – dann *Gloria Patri* –, was sie hatte weinen lassen aus einem seltsamen, nachträglichen Kummer, der heruntergeschluckt worden war, weil sie damals, als sie seine Wange berührte, eine aggressive Passivität geküßt hatte, die unversehrt war und kalt.

Sie wanderte innerlich umher und verwunderte sich. Sie konnte Paytor auf den dünnen Dielen oben umherlaufen hören, konnte seinen Tabakrauch riechen, konnte ihn klackend die Hähne seiner Gewehre spannen hören.

Mechanisch ging sie zur Truhe in der Ecke hinüber; sie war mit Schneeszenen dekoriert. Sie hob den Deckel. Sie schlug die obere Schicht alter Spitzen und Schals um, bis sie an eine Hemdbluse aus gestreiftem Taft gelangte ... Diejenige, die sie vor Jahren getragen hatte, sie hatte ihrer Mutter gehört. Sie hielt inne. Das Kind? Paytor schien das Kind nicht zu mögen. »Wie albern!«, sagte sie laut. »Sie ist still, lieb, sanft. Was will er mehr?«, doch nein, das genügte jetzt nicht. Sie zog die Handschuhe aus – warum hatte sie das nicht sofort getan? Vielleicht war es ein Fehler gewesen zurückzukehren. Sie schritt auf die Treppe zu, um Paytor zu rufen und ihm das zu sagen, und steckte unterdessen ihren Schleier hoch. Die Zeit verrann. Doch nein, das war nicht die Antwort, das war nicht die richtige Vorstellung.

Das Pendel der Uhr im Holzgehäuse auf dem Kaminsims schob die Zeit mit behäbiger Mühelosigkeit vor – und zurück, und Julie, die jetzt am Fenster stand, döste schlaflos vor sich hin –, lange groteske Träume stellten sich ein, klammerten sich an sie, verflüchtigten sich und wälzten sich erneut heran. Irgendwo hustete Ann im Schlaf; Julie Anspacher hustete ebenfalls, wobei sie sich das Taschentuch vors Gesicht hielt. Sie hörte Füße, die auf und ab und auf und ab gingen, und der Tabakgeruch war nicht mehr nur schwach zu spüren.

Was konnte sie tun, um Gottes willen, was blieb ihr denn zu tun? Wenn sie nur nicht diese Angewohnheit hätte, gegen den Tod anzukämpfen. Sie schüttelte den Kopf. Der Tod lag jenseits des Wissens, und zuerst einmal mußte man in einer anderen Hinsicht Gewißheit haben. »Wenn ich nur die Kraft hätte zu fühlen, was ich fühlen soll, doch ich habe so lange soviel ertragen, doch wohl nicht zu lange, das ist das Tragische... Die unendliche Disziplin, die es erfordert, alles ertragen zu lernen.« Sie dachte: »Wenn Paytor mir doch nur Zeit ließe, ich würde damit schon fertig werden.« Dann war ihr, als müsse irgend etwas passieren. »Wenn mir doch nur das richtige Wort einfiele, ehe es passiert«, sagte sie sich. Sie sagte es wieder und wieder. »Weil mir kalt ist, kann ich nicht nachdenken. Ich werde gleich nachdenken. Ich ziehe die Jacke aus, den Mantel an...«

Sie stand auf und streifte mit der Hand an der Wand entlang. Wo war er? Hatte sie ihn auf dem Stuhl liegenlassen? »Mir fällt das Wort nicht ein«, sagte sie, um sich mit irgend etwas zu beschäftigen.

Sie wandte sich um. Seine ganze Familie... langlebige Menschen ... »und ich auch, ich auch«, murmelte sie. Ihr wurde schwindlig. »Das kommt daher, daß ich auf die Knie nieder muß. Das ist jedoch nicht tief genug«, widersprach sie sich, »aber wenn ich den Kopf nach unten halte, abwärts – nieder, nieder, nieder, nieder ...« Sie hörte einen Schuß. »Sein Blut gerät rasch in Wallung...«

Ihre Stirn hatte die Dielen noch nicht ganz berührt, jetzt berührte sie sie, doch stand sie unverzüglich wieder auf und stolperte dabei über ihr Kleid.

Oscar

Vor dem Haus erhoben sich zwei stattliche Fichten, und rings umher wuchsen kleine Föhren und Hemlockstannen. Der Gartenweg kämpfte sich zwischen wildwachsenden Blumen und Unkraut zur Veranda hinauf, und gegen seine altertümliche Silhouette hoben sich schattenhaft Scheunen und Schuppen ab.

Es stand in den Hügeln, und gerade unterhalb zog sich um eine Kurve der Straße der friedliche graue Stausee.

Manchmal überquerten Ausflugsgesellschaften die Wiesen und wanderten gemächlich auf die Berge zu. Und manchmal konnte man im Unterholz Kinder von Dingen murmeln hören, die sie kaum kannten.

Seltsame Dinge hatte dies Landstädtchen gesehen. Mord, Diebstahl und verdrossen schweigende Jungen, die mit finsterer Miene, die sonnenverbrannten Lider halb geschlossen, im Jakobskreuzkraut vor sich hin starrten.

Der Ort war schroff, öde und unzugänglich im Winter. Im Sommer war er überlaufen von Künstlern und Städtern mit Ehefrauen und Babies. Jeden Samstag fand auf der Gemeindewiese ein Markt statt, wo für ein Spottgeld Gebrauchtwaren zu haben waren und auf eine ebenso furchtbare wie flüchtige Weise geflirtet wurde. Es gab Picknicks, Bergsteigen, Reden im Rathaus über das Böse im Menschen, über Sünde und Demokratie und hin und wieder einen Vortrag über das, »was jedermann wissen sollte«, dem Mütter beiwohnten, deren Sprößlinge unterdessen bei Dienstboten blieben, die wiederum wußten, was niemand wissen sollte.

Dann gab es Kino, nackte Beine, Diözesane, Fräulein mit Lockenkaskaden, und sonntags konnte man Mr. Widdie, dem Geistlichen, der an Schwindsucht litt, zuhören, wenn er über die Nächstenliebe sprach.

In diesem Haus und in dieser Stadt lebte seit nun schon etwa fünfzehn Jahren Emma Gonsberg.

Sie war ein kleines Geschöpf, lebhaft, lächelnd, ungeheuer gutmütig. Sie war zweimal verheiratet gewesen, einmal geschieden und nun, noch in den Dreißigern, Witwe.

Über ihre beiden Ehemänner äußerte sie sich selten. Einmal hatte sie die Bemerkung gemacht: »Alles nur Einbildung, sie haben, was mich betrifft, nie das Mindeste begriffen.«

Sie versuchte, modisch zu sein, trug das Haar im venezianischen Stil, trug Gewänder nach Art von Lady de Bath beim Besteigen ihrer Kutsche; und versuchte, Umgang nur mit denen zu pflegen, die ihr sagen konnten, »wo sie stand«.

Ihr Sohn Oscar war vierzehn, ungefähr. Er trug ausgesucht kleidsame englische Kleidung und hatte sich zwei Wörter eines obskuren indianischen Dialekts gemerkt, die »Flöhe« zu bedeuten schienen, denn jedesmal, wenn er Gästen diese Wörter trotzig entgegenschleuderte, ertönte schallendes Gelächter, wobei seine Mutter sich stets am meisten erheiterte. Bei solchen Gelegenheiten senkte er den Blick und entblößte eine Reihe allzu kräftig geratener Zähne.

Emma Gonsberg liebte Blumen, konnte jedoch keine ziehen. Sie bewunderte Katzen, weil die »so gar nichts Unterwürfiges« hatten, doch sie wollten nicht bei ihr bleiben; und obwohl sie Pferde liebte und sich danach sehnte, eine jener wagemutigen Frauen zu sein, die mit ihnen umgehen konnten, »ohne in den Boxen zerquetscht zu werden«, ignorierten die sie doch mit gleichmütigem Desinteresse. Bei all ihren Neigungen, Leidenschaften und Bemühungen war es ihr gerade nur gelungen, ein paar übelriechende Fasane großzuziehen, und dabei mußte sie es bewenden lassen.

Im Winter führte sie ein einsames, diskriminierendes Leben. Im Sommer füllte ihr Haus sich mit gemischten Gestalten, so könnte man sagen. Da waren ein hitziger, melancholischer Jude, ein Offizier, der stets dazu aufgelegt war, mit eitler Stimme abfällig von seinen Orden zu reden, und ein anderer, der ohne beleidigende Absicht fluchte.

Schließlich hatte sie dergleichen aufgegeben, teilweise deshalb, weil es ihr bald danach gelungen war, eine kompromittierende Beziehung zu einem Mann namens Ulrich Straussmann einzugehen. Ein großer ungeschliffener Kerl war das, der aus Tirol zu kommen behauptete; ein Kerl ohne Feingefühl, doch mit einer gewissen herben Sinnlichkeit ausgestattet. Ein gutmütiger Mensch, soweit es nach ihm ging, mit kräftigen Einschlägen einer deutschen Sinnesfreude, die zugleich etwas Sentimentales und etwas Schnödes an sich hatte; der Typ Mann, der ländliche Gebiete durch eine einzige Geste in ein Bordell verwandeln und aus Kindern starke Feinde machen kann. Er ging durchaus schneidig zu Werke, wenn es darum ging, anderen Menschen Dinge in den Kopf zu setzen, die er selbst nicht tun wollte.

Er roch sehr stark nach Pferden und war stolz darauf. Er beteuerte seine Zuneigung zu allem, was in Pelz oder Fell einherkommt, doch eine Colliehündin, die im Ruf der Sanftmütigkeit stand, fuhr auf ihn los und biß ihn. Er hatte stets eine lederne Peitschenschnur dabei, die in einer geflochtenen Schlaufe endete, und stand gern stundenlang mit gespreizten Beinen und redete, wobei er seine sinnige Peitsche herumwirbelte, und während er an seinem Schnauzbart zog, beobachtete er aus dem Augenwinkel erwartungsvoll, welche von den Damen die Füße einzog.

Er sprach in ziemlich gleichförmigem, leicht näselndem Ton und befeuchtete sich die Lippen, indem er die Zunge weit hervorstieß wie ein Tier. Seine Zähne waren prachtvoll, und seine Zunge war ungewöhnlich rot, und er hielt sich auf beides ebensoviel zugute wie auf seine Waden. Die waren üppig, muskulös und ziemlich ansehnlich.

Er brüstete sich gern damit, daß es nichts gebe, das er nicht tun und dafür Verzeihung erlangen könne, weil, wie er es ausdrückte, »ich die Menschen niemals unbefriedigt lasse«. Ob es sich nun um Haß handelte oder um Liebe, er schien dabei stets überdurchschnittlich erfolgreich abzuschneiden. »Die meisten Menschen sind schwächlich«, setzte er dann hinzu, »während ich groß, stark, gesund bin. Festes Fleisch durch und durch«, sprach's, schlug sich gegen die Brust und lächelte.

Er war neu in der Stadt und besaß genügend Unverschämtheit, um Aufmerksamkeit zu erregen. Obendrein hatte er etwas Kindlich-Naives, wie alle großen, kräftigen Männer, die von sich selbst sprechen: Das war wahrscheinlich seine Rettung, denn wenn er trank, wurde er oft grob und beleidigend, doch die Frauen einer Gesellschaft versetzte er dann alsbald dadurch in gute Laune, daß er einer von ihnen einen herzhaften, gutmütigen Klaps auf das Hinterteil gab, den sie so leicht nicht vergessen würde.

Neben diesem Mann hatte Emma noch ein paar alte Freunde von der weniger interessanten, wenngleich manierlicheren Sorte. Darunter war allerdings eine Ausnahme, Oliver Kahn, ein verheirateter Mann mit etlichen Kindern, von denen man zwar sagen hörte, die man jedoch niemals zu Gesicht bekam. Ein seltsamer, ruhiger Mann, der ständig redete. Er hatte herrliche Augen und einen unzulänglichen Mund – sehr volle Lippen. Zu Anfang wurde geargwöhnt, er sei ein ziemlicher Abenteurer gewesen. Er roch nach dem noch recht jungen Kult des »schrecklich guten Menschen«. Er schien sich irgendwie unschön gegen seine Familie betragen zu haben und verbrachte nun den Rest seines Lebens in leidenschaftlicher Hingabe an Reue und schlechtes Gewissen. Er war einer jener Gäste geworden, die man nur dann nicht missen möchte, wenn sie abwesend sind. Er blieb schließlich ganz da und schlief in Stiefeln in einem Vorzimmer – seine einzige königliche Angewohnheit.

Am Anfang hatte Emma ihn ungeheuer gemocht. Er war gleichzeitig sanftmütig und zornig, doch seit der Zeit kurz vor Beginn der Straussmann-Affaire hatte er sie aufzubringen begonnen. Sie dachte insgeheim: »Er wird verrückt, weiter nichts.« Sie war wütend auf sich selbst, weil sie »weiter nichts« gedacht hatte, als habe sie anderes, Bedeutenderes erwartet.

Er verfügte über einen enormen Appetit, er aß wie ein Porthos und trank wie ein Pantagruel und sprach Stunden um Stunden über dasselbe, »die Nächstenliebe«, und seine freie Zeit verbrachte er, die Hände auf den Rücken gelegt, vor dem Fasanenkäfig. Er war früher einmal ein Schnepfenjäger gewesen und einmal auch auf Großwildjagd gegangen, doch mittlerweile, so sagte er, war es ihm, vor dem Fasanenkäfig, um Bedeutenderes zu tun.

Er hatte sich wie alle tüchtigen Jagdfreunde sogar selbst durch die Hand geschossen, doch in letzter Zeit behauptete er, er könne sich nicht erinnern, woher die Narbe stammte.

Er schien einiges durchzumachen. Das Böse reichte tief, und das Gute reichte tief, und er durchlitt die Qualen der Verdammten. Er weinte und lachte und aß und trank und schlief, und mit jedem Jahr wurden seine Augen liebevoller, zärtlicher und sein Mund voller, gewöhnlicher.

Das Kind Oscar mochte Kahn nicht, doch wurde er manchmal ungeheuer aufgeregt, sprach sehr schnell, fast herausfordernd, ein wenig boshaft, und einmal, als Kahn seine Hand genommen hatte, zog er sie wütend weg. »Nicht«, sagte er.

»Warum denn nicht?«

»Weil sie schmutzig ist«, versetzte er boshaft.

»Als wüßtest du wirklich, was ich gerade gedacht habe«, sagte Kahn und legte die Hände auf den Rücken.

Emma hatte Kahn gern, sie hing an ihm. Er erwähnte ihre Fehler ohne Bedauern oder Vorwurf, und das war an sich schon eine göttliche Art von Liebe.

So bemerkte er: »Wir können nicht gerecht sein, weil wir irregeführt sind; wir sollten stolz genug sein, um unsere Feinde als Richter willkommen zu heißen, doch wir hassen, und hassen tut nur, wer nicht neugierig ist. Ich liebe mit einer immerwährenden, doch wandelbaren Liebe, weil ich weiß, daß ich nicht der richtige Mensch bin, um gut zu sein – und weil ich den Schatten an der Schwelle verehre.«

»Was für einen Schatten, Kahn?«

»Wir haben ihm den Namen eines einzelnen Menschen gegeben, Christus – es ist die Kraft; für die meisten von uns ist sie tot, ein Phantom. Wenn man sie besitzt, *ist* man Christus, und wenn man nur ein wenig davon besitzt, ist man bloß die Verheißung des Messias.«

Das schienen große Worte zu sein, und sie schaute ihn mit einem bewundernden kleinen Lächeln an.

»Sie erfüllen mich mit Unbehagen, weil ich befürchten muß, nicht oft genug ›Ich liebe Sie mit einer immerwährenden Liebe‹ gesagt zu haben, um daraus einen Akt des Fanatismus zu machen.«

Was Oscar angeht, so tat der, was ihm gefiel, was ihm zwar Charakter verlieh, das Zusammenleben mit ihm jedoch schwierig gestaltete.

Er war keiner von diesen »hochaufgeschossenen« Jungen mit den langen Beinen und »zäh wie Dörrfleisch – Gott sei's gedankt!«, wie seine Mutter Gästen gegenüber erklärte. Er war eher zu rundlich, mit stämmigen Waden und Hüften und recht fülligem Gesicht. Seine Hände und Füße waren nicht unverhältnismäßig groß, wie das bei Kindern in seinem Alter gewöhnlich der Fall ist, doch sahen sie zu alt aus.

Er rauchte nicht heimlich. Im Gegenteil, eines Tages hatte er vor seiner Mutter eine Pfeife herausgeholt, sie gestopft und schweigend geraucht, und das nicht einmal mit ängstlicher Miene und auch wieder nicht mit besonders verwegener Miene. Er tat es auf ganz schlichte Weise, wie etwas, das er nun endlich zu tun beschlossen hatte, und Emma Gonsberg war damit einigermaßen ratlos zu Kahn gerannt.

Die meisten Kinder ziehen auf unbeholfene Weise Kreise durchs Zimmer. Oscar hingegen schritt auf gleichmütige, feierliche Weise in alle vier Ecken, schaute sich hier die Buchrücken, dort ein Bild an und ließ gelegentlich auf sehr gereifte Art ein beifälliges Grunzen hören.

Er hatte einen Schatz, und was dies Mädchen und seine Art des Umgangs mit ihr anging, so gab es da lediglich einige wenige der üblichen Merkmale – er war schüchtern, dachte mit wahrer Leidenschaft ausschließlich an sie, und von der üblichen Altklugheit der ersten täppischen Liebesversuche war wenig zu spüren, obwohl er sie in Wahrheit mit einem Grinsen abtat, wenn er befragt wurde.

Er nahm sich selbst in einem Maße ernst, daß es ans Humorlose grenzte – und obgleich er wußte, daß er noch ein Junge war und die Kennzeichen des Heranwachsenden trug – und wissen tat er es ganz gewiß –, sagte er einmal: »Ja, und – ist das vielleicht ein Grund, weshalb ich nicht in allen Dingen ernsthaft sein soll?« Diese Äußerung hatte seine Mutter so sehr in Erstaunen versetzt, daß sie sogleich nach Kahn geschickt hatte, um zu erfahren, ob das Kind seiner Meinung nach frühreif sei – und Kahn hatte geantwortet: »Wenn er es ist, kann man sich doch nur freuen.«

»Aber was hat man denn zu erwarten?«

»Kinder«, antwortete er, »sind nie das, was sie angeblich sind, und sie sind es nie gewesen. Er mag alt sein für sein Alter, doch welches Kind war das nicht?«

Unterdessen versuchte sie Straussmann und Kahn zusammenzubringen. »Mein Haus ist völlig zerstritten«, dachte sie, doch diese beiden konnten sich einfach nicht vertragen. Straussmann wirkte stets schrecklich oberflächlich und zynisch, und Kahn langweilig und unergiebig.

»Die haben beide abnorm große Bedürfnisse«, dachte sie verdrießlich. Sie hörte zu, als die beiden sich eines Abends auf den Verandastufen zu unterhalten versuchten. Kahn sagte gerade:

»Sie müssen jedoch davor auf der Hut sein, eigentlich könnte ich sagen: sich dagegen wappnen, wenn Sie Gutes tun, das geringste Vergnügen zu empfinden. Das ist sehr schwierig, das weiß ich, doch es läßt sich bewerkstelligen. Man kann geben und vergeben und sanftmütig dulden, wie beiläufig, könnte man sagen, bis es zur zweiten Natur geworden ist.«

»Da haben Sie's ... dulden – wer will denn Duldsamkeit oder eine zweite Natur? Na schön, lassen wir das auf sich beruhen. Ich fühle mich wie ein Kind – es ist schwierig, sich nicht wie ein Kind zu fühlen.«

»Wie Oscar – er wird von leidenschaftlichen Empfindungen fortgerissen – selbst in seinem Alter«, setzte Emma zögernd hinzu. »Vielleicht ist das ja nicht ganz so, wie es eigentlich sein sollte?«

»Die Erinnerung an das Erwachsenwerden ist schlimmer als die Todesangst«, bemerkte Kahn, und Emma seufzte.

»Ich weiß nicht; das Landleben sei für Kinder wie geschaffen heißt es – darüber könnte ich einiges erzählen ...«, Straussmann sprach nicht weiter und pfiff Oscar zu. »Soll ich Oscar etwas über das Landleben erzählen – darüber, wie es wirklich ist?« fragte er Emma und wandte den Kopf.

»Lassen Sie den Jungen in Frieden.«

»Tja also, über das kleine Dorf da drüben«, fuhr Straussmann fort und nahm Oscar beim Arm, »da gibt es eine hübsche Geschichte, die ich dir erzählen könnte – vielleicht tue ich das, wenn du älter bist –, doch laß dir von deiner Mutter nicht einreden, das Land sei etwas Nettes, Gesundes, Sauberes, denn mein liebes Kind, es ist abgrundschlecht.«

»Lassen Sie sofort den Jungen in Frieden!« schrie Emma und wurde sehr rot.

»Oh, ja – selbstverständlich lasse ich ihn in Frieden – nur wird das auch nicht viel einbringen, denn – verzeihen Sie«, fuhr er fort, »ich gebe zwar zu, daß Kindern vieles erzählt wird, das sie besser nicht hören sollten, doch als ich zehn war, gab es einfach nichts, das ich nicht wußte. Es geschah eines Tages in einem Hotel in Southampton – ein düsterer Kasten, trübsinnig, es roch fürchterlich nach Schimmel, die Wände waren feucht und fleckig. Ein eigenartiger Ort, was?, um die Wonnen der Liebe kennenzulernen, aber sowieso halten sich unsere Eltern ja selten bei den Wonnen auf – sie sind zu sehr mit den schmutzigen Einzelheiten beschäftigt, den schieren schmutzigen Einzelheiten. Mein Vater hatte einen prächtigen Bart, und ich erinnere mich daß ich dachte, wenn er diese Sachen doch bloß nicht gesagt hätte. Ich war danach fünf, sechs Jahre kaum mehr zu etwas zu gebrauchen, doch meine Schwester war anders. Sie genoß es unsäglich und vergaß das Ganze dann sofort wieder, es sei denn, ich erinnerte sie daran.«

»Geh zu Bett, Oscar«, sagte Emma unvermittelt.

Er ging, und als er die Stufen hinaufstieg, ließ er die Finger nicht mit seinem üblichen »Ene mene mu« an den Sprossen des Geländers entlanggleiten.

Emma war ein wenig beunruhigt und schaute ihm nach, als er schweigend hinaufging und dabei kaum die Arme bewegte.

»Kinder sollten mit sehr viel Umsicht behandelt werden, sie sollten so viel erfahren wie möglich, aber in einer weniger oberflächlichen Form, als das später im Leben der Fall ist.«

»Ich glaube, das Kind wird schlecht geboren und erwirbt dann nach und nach Anstand«, sagte Straussmann grinsend.

»Ach, bitte schön«, rief Emma fröhlich, »wollen wir doch von Dingen reden, von denen wir etwas verstehen.«

Kahn lächelte. »Schön ist das, wirklich schön«, sagte er und meinte ihre Fröhlichkeit. Er sagte ihr immer wieder schmeichelhafte Dinge über ihre Unbeschwertheit und das jedesmal mit zorniger Stimme.

»Na, na, jetzt werden Sie nur nicht wahnsinnig. Wozu soll denn das gut sein?« sagte sie unvermittelt und dachte: »Er ist ein Mensch, der sich einmal zu oft entdeckt hat.«

»Sie irren sich, Emma, ich bin des Wahnsinns nicht würdig.«

»Ich will Ihnen nicht zu nahe treten, Kahn«, versetzte sie.

Oscar tauchte auf einmal vor ihr auf, barfuß.

Sie starrte ihn an. »Was ist denn?« brachte sie schließlich mit einer schwachen, fast erstickten Stimme heraus.

»Ich möchte dich küssen«, flüsterte er.

Sie trat langsam auf ihn zu, als er ihr entgegenstürzte, ihre Hand ergriff, sie küßte und ins Haus zurückkehrte.

»Mein Gott«, rief sie aus, »er fängt an, sich seine eigenen Gedanken zu machen«, und rannte ihm nach.

Ihr fiel wieder ein, wie sie am letzten Abend mit ihm gesprochen hatte, gerade erst am letzten Abend. »Du mußt mit einer ewigwährenden, doch wandelbaren Liebe lieben«, und er war unruhig geworden. »Mit einer ewigwährenden, doch wandelbaren Liebe.«

»Was meinst du denn mit ›wandelbar‹?« Seine Handflächen waren feucht, und seine Füße zuckten.

»Eine Liebe, die jede Einzelheit in sich aufnimmt, jedes Element – die verstehen kann, ohne zu hassen, ohne Unterschiede zu machen, glaube ich.«

»Warum sagst du ›glaube ich‹?«

»Ich wollte sagen, ich weiß es«, antwortete sie verwirrt.

»Wirf diesen Kahn raus, das ist ein Schuft«, sagte er unvermittelt und grinste.

»Was sagst du denn da, Oscar?« entgegnete sie und wurde frostig. »Ich komme nie wieder an dein Bett, nehme deine Hände und sage das Vaterunser auf.«

»Das macht nichts, wenn du nur dafür sorgst, daß dieser Mann seine Koffer packt«, sagte er und betonte das Wort Koffer.

Sie war sehr wütend und bereits auf halbem Weg zur Tür. Dann wandte sie sich um. »Warum sagst du das, Oscar?«

»Weil er dich nervös macht – na, also schön –, weil er ein Schleicher ist.« Er sah seiner Mutter an, daß sie ärgerlich, verblüfft war, und wurde rot bis an die Ohren. »Das meine ich nicht, ich meine, er ist nicht gut. Er guckt nur, ob nicht etwas Gutes passiert, eintritt –« Seine Stimme erstarb, und er hob den tiefernsten, tränenvollen Blick zu ihrem Gesicht. Sie beugte sich nieder und küßte ihn und stopfte die Bettdecke um ihn fest wie bei einem kleinen Jungen.

»Ich bin aber kein kleiner Junge«, widersetzte er sich.

Und heute abend kam sie so lange nicht wieder herunter, bis sie annehmen konnte, daß Kahn und Straussmann weg waren.

Kahn war verschwunden, doch Straussmann hatte ein paar Rundgänge über das Anwesen gemacht und stand im Schatten der Verandatreppe, als sie heraustrat.

»Kommen Sie«, sagte er, »was fehlt Ihnen denn?«

»Ich glaube, Religion«, antwortete sie abrupt, »aber wahrscheinlich ist es Liebe.«

»Machen wir doch einen Gang«, schlug er vor.

Sie hielten auf die Schatten der prächtigen stillen Berge und die dichteren, anmaßenderen Schatten der Schuppen und Scheunen zu. Sie blickte in das Schweigen und die Nacht hinein, und eine warme Empfindung wie von Freude oder etwas Erwartetem, aber Unberührbarem überkam sie, und sie hätte gern gelacht oder geweint, und beim Gedanken daran wußte sie, es war keins von beiden.

Sie war sich eine Weile seiner Gegenwart fast nicht bewußt, da sie an ihren Sohn dachte. Sie hob ihren langen Seidenrock über die Knöchel und wanderte davon in die Abendfeuchtigkeit. Zu ihrer Rechten fing ein Ziegenmelker zu pfeifen an. Es klang, als säße er auf dem Zaun, und Emma blieb stehen, um sich zu vergewissern. Kurz darauf nahm sie Ulrichs Arm, und als sie seine Muskeln schwellen fühlte, begann sie an die Bibel zu denken. »Alle, die zum Schwert greifen, werden durch das Schwert umkommen. Alle, die aus dem Fleisch leben, werden durch das Fleisch umkommen.«

Sie hätte gern jemanden gehabt, an den sie glauben konnte. Sie sah eine Tür vor ihrem geistigen Auge und wie sie diese Tür öffnete und sagte: »Nun sag mir doch, was das alles bedeutet – gerade heute erst habe ich mir gedacht: ›Die aber dem Fleisch leben ...‹« – und wie ihr dann die Tür auf einmal vor der Nase zugeknallt wurde. Sie schreckte zusammen.

»Sie sind nervös«, flüsterte er angenehm berührt.

Lastende reglose Schatten machten sich auf dem Weg breit.

»So viele Millionen Blätter und Zweige, um einen einzigen dunklen Schatten zu erzeugen«, sagte sie und bedauerte es sofort, weil es albern romantisch klang, ganz anders als das, was sie hatte ausdrücken wollen.

Sie bogen um die Ecke der Remise. Etwas bewegte sich, eine Kröte, grau und häßlich, sprang ihr über die Füße und in die Dunkelheit der Hecken hinein. Als sie das Scheunentor erreichten, blieben sie stehen. Sie konnten schlafende Hühner erkennen, deren weiße Nickhäute sich über den Augen bewegten – und durch ein Fenster an der Rückwand Dampf, der vom Misthaufen aufstieg.

»Es scheint keine echten Bauern mehr zu geben«, sagte sie laut, als ihr ein Buch über die Probleme der Bauern und Gutsbesitzer in den Sinn kam, das sie gelesen hatte.

»Sie denken an mein Landleben«, sagte er lächelnd.

»Nein, das nicht«, sagte sie, »ich habe mich nur gefragt, was das Land eigentlich an sich hat, daß es so schrecklich wirkt?«

»Das liegt daran, daß Sie Puritanerin sind – eine enggeschnürte, entzückende kleine Puritanerin.«

Sie zuckte bei diesen Worten zusammen und beschloß zu schweigen.

Tatsächlich war Straussmann von fieberhafter Erregung gepackt – das erging ihm mit Frauen immer so, insbesondere jedoch mit Emma. Er versuchte, das fürs erste zu verbergen, da er, zu Recht, annahm, daß offen zur Schau getragene Erregung ihr in diesem Augenblick nicht gefiele – »es kann sich jedoch nur noch um Minuten handeln, und dann wird sie es begrüßen«, versprach er sich selbst und wartete ab.

Es ging ihm durch den Sinn, daß sie über ihn lachen würde. »Sie wird es dennoch genießen. Das ist bei allen Frauen so, die mit mehr als einem Mann zu tun hatten und noch nicht vierzig sind«, sinnierte er. »Was sie bekommen, gefällt ihnen, doch sie lachen einen aus und wissen, daß man lügt –«

»Oh, Gott!« sagte Emma plötzlich, zog ihren Arm weg und wischte sich das Gesicht mit dem Taschentuch.

»Was ist denn?«

»Nichts, es ist nur die Hitze.«

»Es ist warm«, sagte er niedergeschlagen.

»Ich verachte alles, ich verachte wirklich alles, doch das glauben Sie ja doch nicht – ich meine alles, wenn ich sage alles ... Sie denken bestimmt, ich meine nur eine bestimmte Sache, habe ich nicht recht?« Sie sprach überstürzt weiter. Sie spürte, daß sie gleich hysterisch werden würde.

»Das macht doch nichts«, erwiderte er und schritt weiter

neben ihr her, während sein Herz heftig schlug. »Leg dich, Hund!« sagte er laut.

»Was soll denn das heißen?« Sie hob die Augen, und er blickte hinein, und beide lächelten sie.

»Schon besser. Ich wünschte, ich wäre Gott.«

»Verlangen nach Berufung also.«

»Falsch und obendrein grauenhaft, wie üblich«, antwortete sie, und nun glühte sie vor Zorn.

Er zog an seinem Schnurrbart und schnüffelte. »Ich rieche die Hecken bis hierher – ach ja, das Land ist ein launiger Betrüger – wie riecht es nicht angenehm, doch das ist trügerisch. Das Land, meine liebe Emma, hat mehr dazu beigetragen, den Menschen zu verderben, ihn klein und häßlich zu machen, ihn seinen niedrigen Instinkten auszuliefern, als Morphium, Alkohol und Frauen. Deshalb liebe ich es ja auch, deshalb ist es ja auch der ideale Aufenthaltsort für Frauen. Sie sind Teufel und sollten ausgetrieben werden, und da es auf dem Land nun einmal mehr Platz gibt und eine Austreibung demzufolge wenig wahrscheinlich ist, bleibt mehr Zeit für das Vergnügen.« Er beobachtete sie aus dem Augenwinkel, während er diese Dinge sagte, um mitzubekommen, ob sie schlecht aufgenommen wurden. Sie wirkte kühl, aber angespannt.

Etwas später kamen sie wieder an den Schobern vorbei.

»Was war denn das?« fragte Emma plötzlich.

»Ich habe nichts gehört.«

Aber sie hatte etwas gehört, und ihr Herz schlug bang. Sie erkannte Oscars Stimme. Sie hob die Hand und bedeutete Straussmann, daß er still sein sollte. Sie wollte nicht, daß er etwas mitbekäme; sie wünschte sich, der Boden würde sich auftun und er würde von seiner gähnenden Kluft verschluckt.

»Sehen Sie doch – die gelbe Blume dort unten!« sagte sie und zeigte zum Ende des Weges, den sie gerade eben zurückgelegt hatten. »Die muß ich haben, bitte!« Mit Vergnügen tat er, worum sie gebeten hatte.

Sie horchte – sie hörte die Stimme von Oscars Schatz:

»Es ist, als ob wir schon eins wären.« ... Die Stimme klang

hoch, energisch, zielstrebig, emotionslos, kindliches Nachplappern irgendeiner Romanszene. Oscars Stimme tönte zurück, halb besänftigt:

»Magst du mich wirklich – lieber als Berkeley?«

»Doch, bestimmt«, antwortete sie in demselben falschen Ton, »viel lieber.«

»Komm zu mir«, sagte er sanft – das Heu raschelte.

»Nein, lieber nicht – ich will nicht überall Roggen in den Haaren haben.«

»Dolly, bist du gern auf dem Land?«

»Ja, schon« – das kam ohne Überzeugung.

»Wir werden in die Stadt ziehen«, antwortete er.

»Ach Oscar, du bist so stark!« Sie kicherte, und Emma erschauderte bis ins Innerste.

Als nächstes hörte sie: »Was ist denn, Oscar – sag bloß, du weinst?«

»Ich bin nicht ... Na schön, dann bin ich eben ... Was macht das schon? ... Irgendwann wirst auch du das verstehen.«

Sie war offensichtlich erschrocken, denn sie sagte in einem etwas schrillen Ton: »Kein Mensch würde für möglich halten, daß wir wirklich so verliebt sind, nicht, Oscar?«

»Ja, wie kommst du denn jetzt gerade darauf?«

»Ach, es ist schon jammerschade«, sagte sie, wieder in diesem falschen Ton, und seufzte.

»Macht es dir denn etwas aus? Warum denn?«

Straussmann kehrte mit der gelben Blume zurück, die er zwischen Daumen und Zeigefinger hielt. Emma eilte ihm ein Stück entgegen.

»Kommen Sie, gehen wir nach Haus, den anderen Weg entlang.«

»Nein, gehen wir lieber nicht nach Haus«, sagte er kühn und ergriff ihr Handgelenk, so daß es weh tat.

»Ah«, sagte sie, »Vous m'avez blessée d'amour« – spöttisch.

»Ja, sprechen Sie ruhig Französisch, das hilft Frauen wie Ihnen in solchen Augenblicken«, sagte er roh und küßte sie.

Doch während sie seinen Kuß erwiderte, dachte sie: »Der

Dummkopf, weshalb nimmt Oscar sie bloß so ernst, wo sie doch beide Kinder sind und sie ihn quält.«

»Mein Liebling, mein Schatz, mein kleiner Liebling«, stammelte er gerade.

Sie versuchte, nicht hinzuhören, und zitterte ein wenig. »Doch nun sagen Sie mir doch, mein Freund – nein, nein, nicht so hastig –, was halten Sie denn von der Unsterblichkeit?« Er hatte sie so weit weggestoßen, daß sie die Haltung nicht gleich wiederfand. »Mein Gott, mit anderen Worten, was ist denn mit dem Vergeltungswillen?«

Doch sie konnte nicht fortfahren. »Ich habe es versucht«, dachte sie.

Später, als fast schon der Morgen dämmerte, sagte er: »Wie traurig, trunken zu sein – nur um zu sterben. Denn das Ende des Menschen ist das Fatum, mit anderen Worten, das Ende des Menschen ist vulgär.«

Sie verspürte das Bedürfnis nach etwas, das nicht da gewesen war.

»Da sehen Sie wenigstens, daß ich schließlich doch nicht Gott bin.«

»Das sehe ich allerdings, meine Dame«, sagte er, »doch Sie sind dafür ein verdammt schlaues kleines Frauchen.«

Als sie ins Haus trat, fand sie Kahn mit weit geöffneten Augen flach auf dem Rücken liegend.

»Konnten Sie nicht schlafen?«

»Nein, ich konnte nicht schlafen.«

Sie war wütend. »Das tut mir leid – Sie leiden.«

»Ja, ein bißchen.«

»Kahn«, rief sie in tiefem Gram und warf sich neben ihm auf die Knie. »Was hätte ich denn tun sollen, was soll ich tun?«

Er legte ihr die Hand an die Wange. »Meine Liebe, meine Liebe«, sagte er und seufzte, »vielleicht war es ja unrecht von mir.«

Sie hörte ihm zu.

»Sehr unrecht, das ist mir jetzt völlig klar. Ich bin ein schlechter Mensch, ein alter, schlechter Mensch.«

»Nein, nein!«

»Doch, doch«, widersprach er mit sanfter, leiser Stimme. »Ja, schlecht, jämmerlich und schwach.« Er schien sich an irgend etwas erinnern zu wollen. »Was habe ich bloß übersehen?« Er stellte die Frage in solch verwirrtem Ton, daß sie verblüfft war.

»Ist es Haß?« fragte sie.

»Vermutlich, ja, vermutlich ist es das.«

»Kahn, versuchen Sie doch nachzudenken – da muß noch etwas anderes sein.«

»Wahnsinn.«

Sie erschauderte.

»Ist Ihnen kalt?«

»Nein, es ist nicht die Kälte.«

»Nein, es ist nicht die Kälte«, sprach er ihr nach, »Sie frieren nicht, Emma, Sie sind ein Kind.«

Tränen begannen, ihr die Wangen herunterzurollen.

»Ja«, fuhr er traurig fort, »auch Sie werden es hören: Die Reue ist das Medium, durch das der böse Geist sich eines Menschen bemächtigt.«

Und wieder schrie er seine Qual heraus. »Aber ich bin nicht oberflächlich – ich mag ausschweifend gewesen sein, doch oberflächlich war ich nicht. Ich wollte alles aufgeben, mich allem aussetzen, was ES von mir verlangte, alles tun, was immer ES gebot und verfügte. Das Schreckliche ist jedoch, ich weiß nicht, was Hingabe ist. Ich weiß nicht, wann es Hingabe ist und wann nur ein Fall kleinmütiger Berechnung.

Die wahre Hingabe besteht darin, daß einer nicht weiß, ob er sich von einer Klippe stürzt oder nicht, und es ihm gleichgültig ist. Ich kann das jedoch nicht tun, weil ich wissen muß, weil ich befürchte, falls ich mich hinunterstürzen sollte, mich um der wertloseren Sache willen weggeworfen zu haben, und das«, sagte er mit grauenerfüllter Stimme, »könnte ich niemals überleben, ich könnte niemals wieder glauben. Und so kommt es, daß ich niemals wissen werde, Emma; nur Kinder und die Einfältigen wissen, und ich bin zu verbildet, um den göttlichen Abstieg zu vollziehen.«

»Aber so sagen Sie mir doch«, sagte sie hastig, »was soll ich denn tun, was soll ich denken? Meine ganze Zukunft hängt davon ab, von Ihrer Antwort – daß ich weiß, ob ich unrecht tue, wenn ich nicht hasse, nicht zuschlage, nicht töte – Sie müssen mir das einfach sagen, ich schwöre Ihnen, mein ganzes Leben steht und fällt damit, mein ganzes Leben.«

»Fragen Sie mich das nicht, ich kann das nicht wissen, kann Ihnen das nicht sagen. Ich, der ich nicht einmal ein einziges Schäfchen leiten könnte, was sollte ich mit einer Seele anfangen können und was erst recht mit Ihnen? Nein«, fuhr er fort, »ich bin so untüchtig. Ich bin so verwirrt. Der Tod wäre eine Erlösung, doch er würde nichts ausrichten. Er richtet nie irgend etwas aus, er wischt einfach nur die Tafel ab, er ist nur ein Weg, die Summe aus dem Gedächtnis zu streichen, und doch wäre ich froh, wenn ich sterben könnte. Wie soll ich denn jetzt irgend etwas wissen, außer, daß alles, was ich gedacht und gesagt habe, nicht unaufrichtig war, ein kleiner Abgrund, aus dem ich lachend angesichts des Übels meiner Beschränktheit davonkriechen werde.«

»Aber das Kind – was habe ich Oscar gesagt: man müsse mit immerwährender Liebe lieben …«

»Das stimmt«, sagte er.

»Hören Sie, Kahn. Was habe ich ihm angetan, was habe ich mir selbst angetan? Was treiben wir hier eigentlich alle? … Sind wir alle verrückt … oder sind wir bloß erregt, überdreht, hysterisch? Ich muß das wissen, ich muß das wissen.« Sie nahm seine Hand und spürte ihre Tränen darauf.

»Kahn, ist das eine immerwährende, doch wandelbare Liebe – was für eine Art von Liebe ist das?«

»Vielleicht ist es ja das«, rief er, sprang auf und riß sich mit einer wilden Gebärde das Hemd vom Hals. »Sehen Sie her, ich bin mit nackter Brust auf die Welt losgegangen – konnte jedoch die Klinge niemals finden. Ach, die Zivilisiertheit unserer eigenen Verdammnis – das ist das Grauenhafte. Vor ein paar Jahren noch hätte dies gewiß nicht stattfinden können. Wissen Sie«, sagte er und wandte ihr den wildglühenden Blick zu, »das Schrecklichste von der Welt ist, die Brust zu entblößen und niemals die Klinge eindringen zu spüren!« Er vergrub das Gesicht in den Händen.

»Aber Kahn, bedenken Sie doch, Sie müssen mir eine Antwort geben. Diese ganze Unentschiedenheit mag für uns ja hingehen, für uns, die wir zu alt sind, um uns zu ändern, für uns alle, die Gott über irgendein Spielzeug erreichen können, das wir als Symbol benutzen, aber da ist auch noch mein Sohn, was soll der denn denken, empfinden, der hat ja nun keine Narrenpritsche zum Schwenken, keinen Schemel, auf dem er stehen kann. Bin ich für ihn verantwortlich? Warum«, schrie sie hemmungslos, »muß ich für ihn verantwortlich sein? Ich schwöre Ihnen, ich werde es nicht sein, ich kann das nicht. Ich lade mir das nicht auf. Doch ich habe es schon getan, ich habe es schon getan. Gibt es irgend etwas, das mich gegen mein eigenes Blut immunisieren kann? So sagen Sie doch – ich muß die Tafel abwischen ... Die Finger treiben mich zum Wahnsinn ... Kann er jetzt nicht auf eigenen Füßen stehen? Ach, Kahn, Kahn!« rief sie und küßte ihm die Hände. »Sehen Sie, ich küsse Ihnen die Hände, ich tue so viel. Sie müssen der Prophet sein ... Sie können angesichts des Zeichens, das ich Ihnen gebe, nicht weniger tun ... Ich muß wissen, ich muß eine Antwort haben, ich werde Sie bekommen.«

Er stieß sie plötzlich von sich und seine Augen nahmen einen furchtsamen Ausdruck an.

»Wollen Sie mir Angst machen?« flüsterte er.

Sie ging in die Diele, ins Dunkle, und wußte nicht, warum, und begriff nichts. Ihre Seele stand in Flammen, und sie verzehrte Dinge, die seltsam und wohltuend und kostbar waren.

Schließlich trat sie ins Zimmer ihres Sohnes und vor sein Bett. Er lag, eine fieberglühende Wange gegen die schmutzige Hand geschmiegt und hatte die Knie angezogen; sein Mund hatte einen eigenartigen Ausdruck von Überraschtheit.

Sie beugte sich nieder, sprach ihn an und wußte gar nicht, was sie da tat. »Falsch, falsch«, flüsterte sie und schüttelte ihn bei den Schultern. »Hör zu, Oscar, steh auf! Hörst du mich?«

Er erwachte und schrie auf, als eine ihrer Tränen, vergessen, kalt, gegen seine Wange schlug. Schüttelfrost packte seine Glieder. Sie ging mit dem Gesicht nah an seins heran.

»Mein Sohn, hasse auch, das ist unvermeidlich … unwiderruflich …«

Er streckte beide Hände aus und stieß sie ihr gegen die Brust und sagte mit gedämpfter Stimme: »Geh weg, geh weg«, und er sah aus, als wolle er gleich zu weinen anfangen, doch er weinte nicht.

Sie wandte sich ab und flüchtete in die Diele.

Am Morgen beim Frühstück hatte sie jedoch nichts Ungewöhnliches an sich, sondern zeigte nur eine freundliche Ermattung und Nachgiebigkeit. Und beim Abendessen, das immer spät stattfand, empfand sie lediglich eine verdrießliche Gleichgültigkeit, als sie Straussmann den Weg hinaufkommen sah. Er hatte ein rotweißes Taschentuch um den Hals, und sie dachte: »Wie komisch er aussieht.«

»Guten Abend«, sagte er.

»Guten Abend«, antwortete sie, und eine Spur ihrer gewohnten Heiterkeit schwang in ihrer Stimme mit. Kahn hatte bereits seinen Platz eingenommen, und nun forderte sie Straussmann auf, es ihm gleichzutun. Sie begann, den kalten eingemachten Braten aufzuschneiden, fragte sie, ob sie Zucker in den Tee wollten und setzte hinzu: »Oscar wird bald kommen.« Kahn gegenüber zeigte sie nur einen Anflug von Kälte, von Unentschlossenheit.

»Nein«, sagte Straussmann, der immer noch stand, die Beine gespreizt. »Entschuldigen Sie bitte, ich hätte gern ein Wort mit Kahn gesprochen.« Sie entfernten sich gemeinsam von der Veranda.

»Kahn«, sagte er und kam ohne Umschweife zur Sache, »hören Sie«, er packte Kahns Rock beim Aufschlag, »Sie kennen Emma länger als ich, Sie müssen es ihr beibringen.« Er schwenkte einen großen Schlüssel unter Kahns Nase, während er sprach.

»Für den Augenblick habe ich ihn einigermaßen sicher im

Schuppen eingeschlossen, doch wir müssen unverzüglich etwas unternehmen.«

»Was ist denn los?« Ein seltsamer, angenehmer, doch kalter Schweiß trat Kahn auf die Stirn.

»Ich habe Oscar neben der Leiche seines Schätzchens, wie hieß sie doch noch, angetroffen; er hatte ihr die Kehle mit einem Küchenmesser durchgeschnitten, ja, mit einem Küchenmesser – er schien ruhig, wollte jedoch nichts sagen. Was sollen wir tun?«

»Die werden sagen, er wär schon immer schlecht gewesen...«

»Alle, die aus dem Fleisch leben ... eh?«

»Nein«, sagte Kahn, und er klang verwirrt, »darum geht es nicht.«

Sie standen und starrten einander so lange an, daß Emma irgendwann nervös wurde und den Gartenweg herabkam, um zu erfahren, was da los war.

Mutter

Schwaches Licht flackerte in der Pfandleihe an der Neunundzwanzigsten. Gewöhnlich saß im Hinterzimmer dieses Geschäfts bei diesem Licht – dem einer wackeligen Lampe mit einem gewöhnlichen grünen Schirm – Lydia Passova, die Inhaberin, und las.

Ihr langer, schwerer Schädel wurde durch straff geknotetes Haar unterteilt. Ihre hohe feste Büste schnürten deutsche Korsetts noch höher und fester. Sie war außerordentlich groß, was ungewöhnlich langen Beinen zu verdanken war. Ihre Augen waren klein und blickten etwas unscharf. Das linke war vom anhaltenden Gebrauch einer Lupe leicht geschwollen.

Sie war im mittleren Alter und bewegte sich sehr langsam, wenn auch sehr gleichmäßig. Sie trug Korallen in den Ohren, eine Korallenkette und viele Korallenringe.

Ihr Schmuck hatte etwas von der Tragik aller Artikel, die sich in der Pfandleihe befinden, und sie bewegte sich zwischen den Auslagen wie die Friedhofswärter, die etwas von der düsteren Stille der Erde angenommen haben, auf der sie so lange schon stehen.

Sie befaßte sich hauptsächlich mit Kameen, Granatschmuck und ungezählten eingelegten Armbändern und Manschettenknöpfen. Es waren jedoch auch ein paar Taschenuhren da und silberne Gefäße und Angelgerät und ausgeblichene Pumps – und wenn sie abends die Lampe anzündete, dann schienen diese Dinge und die Tabletts mit edlen und halbedlen Steinen und die kleinen Ebenholzkruzifixe, je eins zu beiden Seiten des Fensters, ein verstohlenes, flüchtiges Eigenleben zu führen, wobei sie sich der langsam umhergehenden Frau bewußt waren, die in der Straße als Lydia Passova bekannt war.

Niemand kannte sie, nicht einmal ihr Liebhaber – ein kleiner nervöser Kerl, ein Engländer, der schnell und mit ausgeprägtem Akzent sprach, ein rundgesichtiger junger Mann mit einem weichen, tiefen Grübchen im Kinn, an dem zwei eigenständige gelbe Haartuffs wuchsen. Seine Augen waren groß und blaß, und der Augapfel stand vor.

Er trug Tweedanzüge, ging mit einwärts gekehrten Füßen, wirkte bekümmert, wenn er nicht sprach, lachte eine Menge und war fast immer um vier Uhr herum im Café anzutreffen.

Wenn er sprach, geschah das rasch und abgehackt. Er hatte einen großen Teil seines Lebens in Europa verbracht, insbesondere in Badeorten – und hatte, so hieß es, mit einer Familie mit guten Verbindungen in Sankt Moritz Ärger bekommen.

Er wollte gern als ein wenig exzentrisch gelten, und während seines Amerikaaufenthalts gelang ihm das mühelos. Er trug keinen Hut, und es gefiel ihm, wenn man ihn um drei Uhr morgens unter einer Parklaterne die *London Times* lesen sah.

Lydia Passova wurde niemals mit ihm gesehen. Sie verließ ihr Geschäft nur selten, doch freute es sie jedesmal, wenn er irgendwohin gehen wollte. »Geh nur«, sagte sie dann und küßte seine Hand, »und wenn du müde bist, komm zurück.«

Manchmal brachte sie ihn zum Weinen. Dann wandte sie sich um und schaute ihn ein bißchen überrascht an, die Lider gesenkt und mit leicht angespanntem Mund.

»Ja«, sagte er dann, »ich weiß, ich bin trivial – na schön, dann gehe ich eben, ich verlasse dich und werde dich nicht länger stören!«, und er stürzte auf die Tür zu, um dann doch irgendwie jedesmal bei ihr zu landen und weinend den Kopf in ihrem Schoß zu vergraben.

Dann sagte sie: »Aber, aber – warum bist du nur so nervös?«

Und dann lachte er wieder: »Mein Vater war ein nervöser Mensch und meine Mutter war ein Nervenbündel, und ich...« Er sprach den Satz nicht zu Ende.

Manchmal sprach er lange Stunden mit ihr, wobei sie selten antwortete und sich mit ihrer Lupe und ihren Ringen beschäftigte, doch am Ende schickte sie ihn ganz bestimmt mit den Worten weg: »Das ist alles ganz bestimmt richtig, daran habe ich keinen Zweifel. Nun geh allein aus und denk darüber nach –«, und dann ging er, irgendwie erleichtert, und umarmte ihre breiten Hüften mit seinen kräftigen Ärmchen.

Sie kannten einander erst seit sehr kurzer Zeit, seit drei oder vier Monaten. Er war mit seinem kleinen goldenen Ring in die Pfandleihe gegangen, er war ständig in Geldnöten, obwohl seine Mutter ihm wöchentlich fünf Pfund schickte, und während sie den Ring begutachtete, war Lydia Passova so ruhig, so unausweichlich, so notwendig gewesen, daß es ihm vorgekommen war, als kenne er sie schon seit eh und je – »von irgendwann«, wie er sagte.

Sie waren jedoch niemals zusammengewachsen. Sie blieben voneinander getrennte Wesen, und, was sie betraf, ruhig, geistesabwesend.

Er erfuhr niemals, wie sehr sie ihn mochte. Sie sagte es ihm nie; wenn er fragte, schaute sie ihn mit diesem Ausdruck der Überraschung an und kräuselte die Lippen.

Am Anfang hatte er sie ungeheuer oft gefragt und sich an sie geklammert, und sie war umhergegangen und hatte ihre Tabletts mit einem leichten Lächeln in Ordnung gebracht, und schließlich hatte sie die Hand gesenkt und ihn zärtlich gestreichelt.

Er war sofort ganz aufgeregt geworden. »Laß uns tanzen«, hatte er gerufen, »ich habe großes Talent zum Glücklichsein!«

»Ja, du bist sehr glücklich«, sagte sie.

»Du verstehst das doch?« hatte er unvermittelt gefragt.

»Was?«

»Daß meine Tränen nichts sind, keine Bedeutung haben, sie sind einfach nur eine schützende Flüssigkeit – wenn ich irgend etwas erlebe, das für mein Gefühl mein Glück berührt, dann weine ich, weiter nichts.«

»Ja«, sagte Lydia Passova, »ich verstehe.« Sie wandte sich um und griff nach irgend etwas auf einem Regalbrett und fragte ihn über die Schulter: »Tut es weh?«

»Nein, es erschreckt mich nur. Du weinst doch nie?«

»Nein, ich weine nie.«

Das war alles. Er erfuhr niemals, woher sie gekommen war, wie ihr Leben verlaufen war, ob sie verheiratet gewesen war oder nicht, ob sie Liebhaber gekannt hatte oder nicht; das einzige, was sie sagte, war: »Nun, du bist doch mit mir zusammen, verrät dir das denn nichts?«, und er mußte antworten: »Nein, das verrät mir nichts.«

Wenn er in dem Café saß, dachte er oft: »Ist das eine großartige Frau ...«, und er war ein wenig verdutzt darüber, daß er so etwas dachte, weil sein Verlangen nach ihr so völlig verschieden war von jeglichem Bedürfnis, das er jemals zuvor gekannt zu haben schien.

Er kannte kein Zögern, was sie betraf, dies Zögern, daß er bei seinen Eroberungen noch stets erlebt hatte. Doch gab es auch nicht eine Spur von Scham – er war weder stolz auf Lydia Passova, noch war er ihretwegen verlegen, er war etwas völlig anderes.

Er hätte sich selbst nicht sagen können, welcher Art seine Empfindung war – doch war das nicht im mindesten beunruhigend.

Die Leute hatten ihn nämlich aufzuziehen begonnen:

»Du bist ja ein Teufelskerl, was Frauen angeht.«

Doch wenn ihn das früher mit Stolz erfüllt hätte, so erfüllte es ihn jetzt mit Unbehagen.

»Beispielsweise eine gewisse Lydia Passova, wer hätte je gedacht ...«

Wütend stand er auf.

»Also, wenn Sie meinen, daß Sie ...«

Und er hatte sich entfernt, war zwischen all den Stühlen ein wenig ins Stolpern geraten und hatte jedem, der ihm den Weg zur Tür versperrte, die Hand auf den Rücken gelegt.

Doch erkannte er wohl, daß Lydia Passova, als sie noch jünger war, eine »perverse Frau« gewesen war – alles, was sie tat, besaß eine Ökonomie, die früher einmal eine sehr gefühlvolle und sinnliche Ungeduld gewesen sein mußte, und deshalb empfand jeder, der sie sah, einen persönlichen Verlust.

Zuweilen eilte er in seiner Pein zu ihr, stellte sich unvermittelt vor sie hin und drückte es so aus:

»Jemand hat etwas zu mir gesagt.«

»Wann ... wo?«

»Eben, im Café.«

»Und was?«

»Ich weiß nicht, etwas Vorwurfsvolles ...«

»Leider sind wir nun einmal nur das, was wir sind.«

Sie hatte eine große, schöne Angorakatze, die auf dem Tablett mit Amethysten und Opalen zu sitzen und sie aus sehr hellen, kalten Augen anzustarren pflegte. Eines Tages starb sie, und sie rief ihren Liebhaber zu sich und sagte:

»Bring sie hinaus und begrab sie.« Und als er sie beerdigt hatte, kehrte er zurück und sagte mit zuckenden Lippen: »Du hast diese Katze geliebt – das wird ein schwerer Verlust sein.«

»Habe ich denn ein Gedächtnis?« fragte sie.

»Ja«, antwortete er.

»Nun ja«, sagte sie ruhig und klemmte sich entschlossen die Lupe ins Auge, »wir haben einander angeschaut, das genügt.«

Und dann starb sie eines Tages.

Der Hausbesorger kam zu ihm, als er gerade seinen Schnaps nippte und mit seiner Cousine sprach, einem hübschen jungen Mädchen, das ein langweiliges und behagliches Provinzleben führte und sich dagegen aufzulehnen begann.

Er stand auf, bebend, bleich, und eilte hinaus.

Die Polizei war da, und sie sagten, ihrer Meinung nach sei es Herzversagen gewesen.

Sie lag im hinteren Zimmer auf der Couch. Sie war vollständig bekleidet, trug sogar ihren Korallenschmuck; ihre Schuhe waren ordentlich geschnürt – große Schleifen aus gerippter Seide.

Er blickte nieder. Ihre kleinen Augen waren leicht geöffnet, das linke, das die Lupe gehalten hatte, stand ein wenig weiter offen als das rechte. Eine Minute lang wirkte sie ganz natürlich. Sie sah aus wie jemand, der gleich sagen würde: »Setz dich zu mir.«

Dann spürte er die Veränderung. Sie lag in der eigenartigen Schwere des Kopfes – die er durch seine Verzweiflung, nicht durch Berührung erspürte. Die hohen Brüste wirkten sehr reglos, die Hände waren halbgeschlossen, ein wenig hilflos, wie im Leben – Hände, die zu stolz waren, um »festzuhalten«. Das angezogene Bein ließ einen schwarzen Unterrock und einen gelben Strumpf sehen. Es schien, als sei sie hart geworden – fest, wie in einem Model –, als wiese sie jetzt alles zurück, habe ihn durch diese Zurückweisung wie in einem letzten schrecklichen Ansichdrücken zerquetscht. Er trat näher und kniete nieder. Er erschauderte. Er legte die zu Fäusten geballten Hände an die Augen. Er konnte nicht weinen.

Sie war eine alte Frau, das sah er wohl. Daß das eine, was sie für einen anderen Menschen noch hatte erübrigen können, aufgehört hatte, machte das schlicht und direkt sichtbar.

Irgend etwas drückte ihn nieder, lastete auf ihm, beugte seine Schultern, schloß ihm die Kehle. Er fühlte sich wie jemand, dem zum erstenmal eine Leidenschaft bewußt geworden ist, in Gegenwart eines Angehörigen.

Er warf sich aufs Gesicht wie ein Kind.

In der Nacht weinte er jedoch, als er mit angezogenen Knien im Bett lag.

Die Ärzte

Wir haben uns gegen das Jüngste Gericht gewappnet.« Diese Bemerkung machte Dr. Katrina Silverstaff in den seltsamsten Augenblicken, und es schien damit nichts weiter auf sich zu haben – wie wenn einer seufzt: »Reg dich nicht auf.« Oft sagte sie es zu sich selbst. Sie dachte es, wenn sie auf dem Heimweg war, an der östlichen Kaimauer des Flusses entlang, und die Schachtel mit den Kümmelkuchen, die sie stets zum Tee mit nach Hause brachte, an ihrer Bindfadenschlaufe vom Finger herabbaumeln ließ; sie blieb jedoch jedesmal stehen und lehnte sich über die Mauerkrone, um die Flußbarken zu beobachten, wie sie, schwerbeladen mit hellen Ziegelsteinen, den Islands zustrebten.

Dr. Katrina und ihr Gatte Dr. Otto hatten dasselbe Gymnasium in Freiburg im Breisgau besucht. Beide hatten Gynäkologen werden wollen. Otto Silverstaff schaffte es, wie man so sagt, doch Katrina kam bei der Vivisektion vom Weg ab und benahm sich, als sei sie sich einer schändlichen Handlungsweise bewußt. Otto wartete ab, was sie tun würde. Sie blieb den Übungen fern und wurde im Park gesehen, wo sie vorgebeugt saß, Ottos Spazierstock vor sich, den goldenen Knauf in beiden Händen, die Ellenbogen auf die Beine gestützt, und langsam die herabgefallenen Blätter aufspießte. Sie fand nie wieder zu ihrer Heiterkeit zurück. Sie heiratete Otto zwar, schien jedoch nicht zu wissen, *wann*; sie wußte, warum – sie liebte ihn –, doch er vermied sie, indem er sich im Fluß der Zeit tummelte, indem er absolut *alltäglich* war.

In den frühen Zwanzigern kamen sie nach Amerika und fanden sofort Anklang bei den Bewohnern der Second Avenue. Die Leute mochten sie, sie waren vertrauenswürdig, sie waren verläßlich; Dr. Katrina machte sich um Säugetiere und Vögel verdient, und Doktor Otto war in jedem Zoll seiner zielstrebigen, rundlichen kleinen Gestalt ein Mann von leidenschaftlichem Pflichteifer. Es war ein Mann wie aus einem Stück – sieht man einmal ab von den baumelnden Gummischläuchen seines Stethoskops –, der sich da um schwerste Fälle bemühte. Wenn er mit den Fingern gegen einen dargebotenen Rücken pochte, reckte er sich gleichzeitig mit hervortretenden Augen und zusammengepreßten Lippen um die dazugehörige Schulter und sprach dann unter Schwaden von Hoffnung, Lakritze und Karbolsäure sein Verdikt aus.

Die Namensschilder der beiden Ärzte hingen einträchtig nebeneinander in dem kleinen gekachelten Flur, und einträchtig nebeneinander (wie Menschen auf einem holländischen Gemälde) saßen die Ärzte an ihrem Tisch, der dem Fenster zugekehrt war. Der erste Tag war der Tag, an dem sie zum erstenmal bemerkte: »Wir haben uns gegen das Jüngste Gericht gewappnet.« Zwischen ihnen stand ein Globus und auf seiner Seite eine Waage. Er hatte das Gewicht müßig auf seinen rostenden Zähnen hin- und hergeschoben, als sie zu sprechen begann, und als sie abrupt aufhörte, spielte er nicht weiter und blickte sie mit einem nachsichtigen Ausdruck an. Sie gefiel ihm ungeheuer; sie war »Seewasser« und »unpersönliche Tapferkeit«, die weder um Aufmerksamkeit bat, noch welcher bedurfte. Sie ruhte fest in verdienstvoller Hingabe, war eingebettet in ein festumrissenes Territorium der Abstraktion, einer hervorragend organisierten Begegnung mit der Entfremdung; sie war Otto unverständlich wie eine Entscheidung beim Schach, sie konnte jeden nur erdenklichen Zug tun, doch, so kam es dem Arzt vor, wie der auch aussehen mochte, er würde nach den Regeln jenes uralten Spiels erfolgen.

Die Ärzte hatten ihre Praxis kaum mehr als ein Jahr, als ihr erstes Kind geboren wurde, ein Mädchen, und im darauffolgenden Jahr war es ein Junge; dann kamen keine Kinder mehr.

Da sich Dr. Otto immer als Liberalen – im ursprünglichen, gesünderen Sinne des Wortes – betrachtet hatte (wie er später zu erklären pflegte, wenn er mit seinen Nachbarn im ungarischen Grillrestaurant saß, seine Frau neben sich), konnte er an der Geistesabwesenheit seiner Frau nichts Seltsames finden, an ihrer Verschlossenheit, ihrem Schweigen, insbesondere, wenn es ein Xylophon gab und ein Mädchen sich in der beizenden Luft des rotierenden Sprühregens auf der Stiefelspitze um die eigene Achse drehte. Katrina war immer schon musikbeflissen gewesen, man konnte sagen, daß sie Note für Note »bei der Sache war«. Sie sammelte außerdem Bücher der Vergleichenden Religionswissenschaft und fing an, Hebräisch zu lernen. Er sagte zu allen: »Na? Sind wir nicht heimisch in *allem*?«

So ging ihr Leben ins zehnte Jahr. Das Mädchen hatte angefangen, Tanzunterricht zu nehmen, und der Junge (der eine Brille trug) vertiefte sich in die Insektenkunde. Dann geschah etwas, das völlig ungewöhnlich war.

Eines Tages hatte Doktor Katrina auf das Läuten eines hausierenden Bücherverkäufers hin die Tür geöffnet. Gemeinhin hatte sie mit derlei Burschen keine Geduld und pflegte sie mit einem scharfen »Nein, danke!« abzuweisen. Diesmal verweilte sie jedoch mit dem Türknauf in der Hand und betrachtete einen Mann, der seinen Namen mit Rodkin angab. Er sagte, seine Tour führe ihn insbesondere durch diesen Teil der Stadt. Er sagte, er habe ihn nämlich ausgelassen im letzten Jahr, als er Carlyle's *French Revolution* verkauft habe. Diesmal verkaufe er jedoch die Bibel. Doktor Katrina trat zur Seite und ließ ihn ein. Sichtlich überrascht, trat er in die Diele.

»Wir gehen ins Wartezimmer«, sagte sie, »mein Mann hat Sprechstunde und darf nicht gestört werden.« Er sagte: »Ja, selbstverständlich, ich verstehe.« Obwohl er überhaupt nichts verstand.

Das Wartezimmer war leer, düster und feucht, wie ein aus dem Meer aufgestiegenes Stück Weideland. Doktor Katrina hob den Arm und knipste ein einsames Licht an, das seinen schwingenden Bogen über den verblichenen Teppich ergoß.

Der Hausierer, ein hagerer blasser Mann mit ungekräuseltem, flachsblondem Bart, dem Bart eher eines Tieres als eines Mannes, und mit einem Schopf desselben, fast weißen Haars, das ihm glatt von der Schädelplatte herabhing, war – mit diesen hellen Augen, die er obendrein hatte – kaum bedrohlich zu nennen; er war so farblos, daß er geisterhaft wirkte.

Doktor Katrina sagte: »Wir müssen über Religion sprechen.«

Er war verdutzt und fragte, weshalb.

»Weil«, sagte sie, »sich niemand daran erinnert.«

Er antwortete nicht, bis sie ihn aufforderte, Platz zu nehmen, und er nahm Platz und schlug die Beine übereinander; dann sagte er: »Also?«

Sie saß ihm gegenüber, den Kopf leicht abgewandt, und dachte offensichtlich nach. Dann sagte sie: »Ich will, daß die Religion etwas wird, das nicht nur *wenigen* zugänglich ist. Ich meine, nur *für* wenige zugänglich; wieder etwas Unmögliches wird; das man wieder finden muß.«

»*Wird?*«, wiederholt er. »Das ist ein eigenartiges Wort.«

»Es ist das einzig mögliche Wort«, sagte sie gereizt, »weil die Religion augenblicklich von zu vielen beansprucht wird.«

Er fuhr sich mit der kleinen Hand durch den Bart. »Ja, schon«, antwortete er, »ich verstehe.«

»Nein, das tun Sie nicht!«, wies sie ihn scharf zurecht. »Kommen wir zum entscheidenden Punkt. Für mich ist das alles zu sehr arrangiert. Ich sage das nicht, weil ich Ihre Hilfe brauche. Ich werde Ihre Hilfe niemals brauchen.« Sie starrte ihm ins Gesicht. »Damit Ihnen das von Anfang an klar ist.«

»Von Anfang an«, wiederholte er mit lauter Stimme.

»Von Anfang an, von vornherein. Nicht Hilfe, *Hinderung*.«

»Und um *was* zu bewirken, Madame?« Er nahm die Hand vom Bart, senkte den linken Arm und ließ seine Bücher fallen.

»Das ist meine Angelegenheit«, sagte sie, »es hat nichts mit Ihnen zu tun; Sie sind nur Mittel zum Zweck.«

»Soso«, sagte er, »Mittel zum Zweck.«

Ein Zittern ergriff ihre Wange, wie eine schmerzliche Grimasse. »Sie können nichts tun, nicht als Person.« Sie stand auf. »Ich muß alles tun. Nein!«, sagte sie und hob beide Hände und ergriff die Zipfel ihres Schultertuchs mit einer Geste des Zorns und des Stolzes, obwohl er sich nicht gerührt hatte, »ich werde Ihre Geliebte sein.« Sie ließ die Hände in die Falten des Tuchs sinken. »Doch«, setzte sie hinzu, »mischen Sie sich nicht ein. Morgen werden Sie mich besuchen kommen, das ist genug; das ist alles.« Und bei diesem »alles« verspürte der kleine Hausierer eine ihm gänzlich fremde Angst.

Immerhin kam er am nächsten Tag; nervös, unter Verbeugungen, stolpernd. Sie wollte ihn nicht sehen. Sie ließ ihm durch das Hausmädchen ausrichten, daß sie ihn nicht brauche, und er ging beschämt wieder weg. Er kam am darauffolgenden Tage wieder und bekam lediglich zu hören, Doktor Katrina Silverstaff sei nicht zu Hause. Am nächsten Sonntag aber war sie es.

Sie war still, nahezu sanft, als bereite sie ihn auf eine Enttäuschung vor, und er hörte zu. »Ich halte das Verbotene ganz bewußt frei von Gewissensbissen. Ich hoffe, Sie verstehen das.«

Er sagte: »Ja«, und verstand nichts.

Sie fuhr unerbittlich fort: »Es wird keine Dornen für Sie geben. Sie werden die Dornen vermissen, doch maßen Sie sich nicht an, das in meiner Gegenwart zu zeigen.« Und angesichts seines Entsetzens setzte sie hinzu: »Und ich erlaube Ihnen nicht zu leiden, während ich im Zimmer bin.« Langsam und umständlich begann sie, ihre Brosche abzunehmen. »Ich verabscheue jeglichen geistigen Verfall.«

»Jeje!«, sagte er leise.

»Der Wille ist es«, sagte sie, »der die vollständige Entfremdung herbeiführen muß.«

Für ihn selbst unerwartet, bellte er: »Das will ich meinen!«

Sie schwieg nachdenklich, und wider Willen hörte er seine Stimme sagen: »Ich will leiden!«

Sie wirbelte herum: »Nicht in meinem Haus!«

»Ich werde Ihnen durch die ganze Welt folgen.«

»Sie werden mir nicht fehlen.«

Er sagte: »Was werden Sie tun?«

»Zerstört man sich, wenn man gänzlich unbeteiligt ist?«

»Ich weiß nicht.«

Als nächstes sagte sie: »Ich liebe meinen Mann. Ich möchte, daß Sie das wissen. Es hat damit nichts zu tun, auch das sollen Sie wissen. Er *gefällt mir*, und ich bin sehr stolz auf ihn.«

»Ja ja«, sagte Rodkin und fing wieder an zu zittern. Seine Hand am Bettpfosten brachte die Messingstangen zum Klirren.

»In mir ist etwas, das traurig ist, weil es ist.«

Er antwortete nicht; er weinte.

»Da ist noch etwas«, sagte sie unwirsch, »worauf ich bestehe – daß Sie mich nicht durch ihre Aufmerksamkeit beleidigen, während Sie im Zimmer sind.«

Er versuchte, seinen Tränen Einhalt zu gebieten, und er versuchte zu begreifen, was geschah.

»Denn sehen Sie«, fuhr sie fort, »manche Menschen trinken Gift, manche nehmen das Messer, andere ertrinken. Ich nehme Sie.«

In der Morgendämmerung fragte sie ihn, aufrecht sitzend, ob er rauchen wolle, und zündete ihm eine Zigarette an. Danach zog sie sich in sich selbst zurück und saß auf der Mahagonibettkante, die Hände im Schoß.

Unglücklicherweise war Rodkin nun behaglich zumute. Er drehte sich im Bett herum, setzte sich mit gekreuzten Füßen hin und rauchte langsam, mit Bedacht.

»Bereut man?«

Doktor Katrina antwortete nicht, sie regte sich nicht, sie schien ihn nicht gehört zu haben.

»Sie haben mich erschreckt gestern abend«, sagte er, streckte die Fersen weg und legte sich auf den Rücken. »Gestern abend ist beinah ein Jemand aus mir geworden.«

Es herrschte immer noch Schweigen.

Er begann, aus seiner Bibel zu zitieren. »Werden die Tiere des Feldes und die Vögel unter dem Himmel dich je verlassen?« Er setzte hinzu: »Wird je ein Mensch dich verlassen?«

Katrina Silverstaff blieb, wie sie war, doch ein kaum merkliches Zucken durchlief ihre Wange. Die Morgendämmerung war hereingebrochen, die Straßenlaternen gingen aus, ein Milchwagen ratterte über das Kopfsteinpflaster und in die Dunkelheit einer Seitenstraße hinein.

»Eine. Eine von vielen... *die* Eine.«

Sie sagte immer noch nichts, und er machte seine Zigarette aus. Das Atmen fiel ihm schwer. Er begann zu zittern; er rollte sich herum, setzte sich auf und zog seine Sachen an.

»Wann werde ich Sie wiedersehen?« Der kalte Schweiß brach ihm aus, seine Hände zitterten. »Morgen?« Er versuchte, auf sie zuzugehen, fand sich jedoch in Türnähe wieder. »Ich bin nichts, niemand –«, er wandte sich ihr zu, beugte sich ein wenig hinab, als wollte er sie küssen, doch es kam kein Zeichen der Ermutigung. »Sie nehmen alles weg. Ich kann nicht fühlen, ich leide nicht, nichts, wissen Sie – ich kann nicht –.« Er versuchte, sie anzuschauen. Nach langer Zeit gelang es ihm.

Er erkannte, daß sie nicht wußte, daß er im Zimmer war.

Daraufhin befiel ihn so etwas wie Entsetzen, und mit leisem, geübtem Griff drehte er den Türknauf und verschwand.

Ein paar Tage später in der Abenddämmerung kam er, mit dem Herzen eines Hundes, in die Straße der Ärzte und schaute zu deren Haus hinüber.

Eine einzige, zur Schleife gebundene Seidenbahn hing an der Tür.

Von dem Tag begann er, heftig zu trinken. Er galt in den Cafés des Viertels alsbald als rechte Landplage, und einmal, als er Doktor Otto Silverstaff mit seinen beiden Kindern allein in einer Ecke sitzen sah, lachte er laut auf und brach in Tränen aus.

Tagebuch eines gefährlichen Kindes

1. September

Heute bin ich vierzehn geworden; die Zeit fliegt nur so; Frauen altern schnell.

Heute habe ich mir eine andere Frisur gemacht und mir eine Frage gestellt: »Wie wird mein Schicksal aussehen?«

Weil ich heute meine Kindheit hinter mir gelassen und den Gegebenheiten ins Auge geblickt habe.

Mein Onkel aus Glasgow mit den eckigen Koteletten und der dumpfen Stimme bringt meiner Mutter Fasane. Ich werde während des Essens schweigend dasitzen und nachdenken. Vielleicht wird irgendwer, der Sinn für die Heranwachsenden hat, mit gespannter Stimme fragen: »Warum siehst du denn so nachdenklich aus, Olga?«

Falls das eintreten sollte, werde ich es sagen.

Ja, ich werde das Schweigen brechen.

Denn früher oder später müssen sie erfahren, daß ich einiges zu verbergen habe.

Damit meine ich, daß ich mich mit der Frage auseinandersetze, ob ich mich in die Hände eines anständigen Mannes geben und eine Mutter werden soll, oder ob ich ein ausschweifendes Leben führen und mir draußen in der Welt meinen Platz suchen soll.

Irgendwie glaube ich, ich werde eher ausschweifend sein.

Das ist mehr nach meinem Geschmack. Wenigstens glaube ich das.

Ich habe versucht, die innere Gewißheit dadurch zu zügeln, daß ich dies Leuchten in meinen Augen unterdrücke, wenn ich vor dem Spiegel stehe, doch keine zehn Minuten später habe ich schon Zitronen gegen meine Sommersprossen geschnitten.

»Ach Weib, dein Name ... usw.«

3. September

Ich konnte gestern nichts in mein Tagebuch schreiben, meine Hände zitterten, und bei jeder Kleinigkeit schreckte ich zusammen. Ich glaube, das zeigt, daß ich anämisch sein werde, sowie ich alt genug bin, um mir das leisten zu können.

Das ist erfreulich; ich werde bekommen, was ich haben will. Ja, ich bin froh, daß ich schon früh zu zittern anfange. Vielleicht neige ich zur Innenschau. Man darf nicht zu viel in sich hineinschauen, solange das Innere noch zart ist. Ich möchte mich nicht erschrecken, ehe ich das ertragen kann.

Ich werde heute abend weiter darüber nachdenken, wenn Mutter das Licht ausmacht und ich in aller Ruhe eine Cremespeise essen kann. Dabei kommen mir oft die besten Gedanken.

Ah! Was für Einfälle habe ich nicht, wenn ich langsam, genießerisch eine Cremespeise esse!

10. September

Viele Tage sind vergangen; ich habe nichts geschrieben. Habe ich mich womöglich verändert? Ich werde mich einen Tag lang ausschließlich mit diesem Gedanken beschäftigen.

11. September

Ja, ich habe mich verändert. Ich habe herausgefunden, daß ich der Familie das schuldig bin.

Ich will das erklären. Vater ist Anwalt, Mutter führt ein gesellschaftliches Leben.

Man stelle sich vor, wie das auf die Außenwelt wirken würde, wenn ich herumliefe, als hätte ich ein Geheimnis.

Wenn ein menschliches Auge auf diese Seite fiele, dann könnte das ungeheuer leicht mißverstanden werden.

Was für eine Schande brächte ich nicht auf das Haupt meines Vaters – und auch auf das meiner Mutter, wenn man das Ganze einmal stark verallgemeinern will –, weil ich nun einmal frühreife Neigungen habe.

Ich sollte um ihretwillen eine Idiotin sein!

Das werde ich!

4. Oktober

Ich habe es geschafft. Niemand errät, daß es in meinem Innern brodelt. Niemand argwöhnt, daß ich zu meinem Recht gekommen bin, wie es heißt.

Bin ich aber. Das ist heute nachmittag passiert, als der Diplomat aus Brasilien zu Besuch kam.

Meine Kindheit ist nur Erinnerung.

Sein Name ist Don Pasos Dilemma. Aus seinem einen Auge spricht große Intelligenz; das andere beschäftigt sich vor allem mit einem Monokel. Zwischen den Schneidezähnen hat er bequeme Lücken, und er spricht mit solch einem weichen Genäsel, daß man Lust bekommt, Satinkleider zu tragen.

Er macht meiner Schwester den Hof.

Meine Schwester ist ein außerordentlich gewöhnliches Mädchen, zwar älter als ich, doch hat ihr Geist keinerlei Zugang zu den Dingen, die für mich nahezu auf der Hand liegen. Sie sieht nicht schlecht aus, doch verglichen mit meiner ist diese Schönheit vulgär.

Ich habe etwas Zeitloses, während meine Schwester ganz und gar vergänglich ist.

Ich saß hinter dem Phonographen, als er eintrat. Ich las gerade *Drei Leben*. Natürlich sah er mich nicht.

Pech für ihn, armer Kerl!

Meine Schwester war auch da; sie ging auf dem engstmöglichen Raum auf und ab und zerrte an ihrem Fächer. Er muß sie geküßt haben, denn sie sagte: »Oh«, und dann muß er sie heftiger geküßt haben, denn sie sagte wieder »Oh« und schnappte nach Luft, und einen Augenblick später sagte sie leise: »Sie sind ein gefährlicher Mann!«

Da sprang ich auf und sagte laut und bestimmt:

»Hurra, ich liebe die Gefahr!«

Doch niemand verstand mich.

Ich soll mit Brot und Milch ins Bett gesteckt werden.

Macht nichts, das Zimmer, in dem ich schlafe, geht auf den Garten hinaus.

7. Oktober

Ich war während der letzten Tage zu aufgeregt, um Eintragungen zu machen. Alles hat sich großartig entwickelt.

Es ist mir gelungen, ein unterirdisches Leben zu führen. Ich habe heimlich etwas Herrliches getan. Ich habe den Butler bestochen, Don Pasos Dilemma eine Nachricht zukommen zu lassen, und dem Stallburschen habe ich Angst gemacht, so daß er mir ein gesatteltes Pferd zur Verfügung stellt. Und unter dem Bett habe ich eine Peitsche mit Silberknauf.

Gott helfe allen Männern!

Und dies ist mein Plan: Ich werde mich um Mitternacht am Ende des Zitronenhains mit Don Pasos Dilemma treffen und ihn mit der Peitsche schlagen. Aus zwei Gründen: Erstens verdient er es, und zweitens ist das russisch. Danach werde ich ihn keines Blickes mehr würdigen, doch um die Psychologie der Familie wird es wesentlich besser bestellt sein.

Dessen bin ich mir ganz sicher.

Ja, bei Vollmond wird Don Pasos Dilemma mich erwarten. In seiner Schlechtigkeit hat er sich bereits ausgemalt, wie ich ihm in die Arme falle, ein zerfließendes Stück zarter, grüner Jugend.

Statt dessen wird er ein Mannweib am Hals haben! Das Wort allein macht mich schaudern. Es gibt nur noch ein anderes Wort, das mich so stark berührt – Xanthippe! Das sind meine Worte!

Ach, mit vierzehn ein Mannweib zu sein! Welche Frau hat das schon geschafft?

Keine bisher.

8. Oktober

Gestern nacht war es soweit. Doch ich will der Reihe nach erzählen.

Der Mond ging schon sehr früh auf und hing als prächtige Scheibe am Himmel. Sein Licht fiel auf die Goldregenbüsche und Zitronenbäume und bewirkte, daß es mir eiskalt den Rükken rauf und runter lief. Ich dachte viel an die Duse und an alles, was sie auf Balkons zu leiden gehabt hat; jedenfalls legen die meisten Bilder von ihr diese Vermutung nahe.

Auch ich stand auf dem Balkon und litt mit abgewandtem Gesicht. Das silberne Licht glitt über die glatte Balustrade und schwamm im Goldfischteich.

In der einen Hand hielt ich die silberbeschlagene Peitsche. Auf dem Kopf hatte ich einen modischen satinierten Reithut mit einer einzelnen Feder, die frei an der Seite hinabfiel.

Ich hörte, wie die winzige Perlmuttuhr auf meinem Kaminsims die Minuten hinwegtickte. Ich begann, sachte gegen den Schaft meines Reitstiefels zu schlagen. Eine nervöse Frau weiß, was sie dem Schufte schuldet. Ich biß mir auf die Unterlippe und bedachte, was mir noch zu tun blieb. Ich beugte mich vom Balkon hinab und schaute in den Garten. Da stand der Stallbursche in seinem roten Flanellhemd und neben ihm die temperamentvolle Stute.

Ich versuchte, aufgeregt zu werden, doch meine Brust wollte sich nicht heben. Vielleicht bin ich noch zu jung.

Ich werde vom Balkon auf den Rücken des Pferdes springen. Ich pfiff dem Jungen, er blickte nickend herauf. Schon stand die Stute unter meinem Fenster. Ich sah auf die Armbanduhr. Es war zwei Minuten vor zwölf. Ich sprang.

Ich muß die Fallhöhe falsch eingeschätzt haben, oder aber das Pferd hat sich bewegt. Jedenfalls landete ich in den Armen des Stallburschen.

Na schön, vom Stallburschen zum Prinzen, diesen Weg haben ja alle faszinierenden Frauen genommen.

Ich schlug dem Pferd die Hacken in die Flanken und flog davon wie der Wind.

Ich kann es jetzt noch spüren – die Nachtluft auf meinen Wangen, die Muskelanspannung des herrlichen Tieres, den Herbstgeruch, die Düsternis, die Stille. Meine eigene transzendente Natur – ich näherte mich dem Mann, den ich haßte – haßte mit dem Haß einer Familie. Er, der meine Schwester geküßt hatte, der bis heute nacht nie einen Gedanken an mich verschwendet hatte und der nun ganz fiebernde Erwartung war – ja, der mit dem harten, abgefeimten Pochen eines südländischen Herzens im mittleren Alter die Minuten zählte.

Wenn man zwischen Leben und Tod steht (jeder Augenblick hätte mein letzter sein können), dann, so heißt es, läßt man seine ganze Kindheit noch einmal an sich vorüberziehen. Angeblich tritt einem jede Einzelheit noch einmal deutlich vor Augen.

Jedenfalls wandte mein Geist sich zurück. Da die Strecke so kurz war, durchmaß er sie mehrmals.

Ich dachte an die vielen glücklichen Stunden, die ich damit verbracht hatte, meiner jüngsten Schwester Spinnen auf den Rücken zu setzen, sie am Haar zu zerren und ihr meine Brotrinden zu essen zu geben. Ich dachte an die Stunden, die ich mit der Lektüre von Petronius und Rousseau und Glyn im Staub unter dem Sofa verbracht hatte. Ich dachte an meinen Vater, einen großen, finsterblickenden Kerl, der sechs Fuß zwei Zoll in Socken maß, meist jedoch im Morris-Stuhl saß. Dann erinnerte ich mich an den Tag, als ich vierzehn geworden war, der erst gut einen Monat zurücklag.

Wie alt einer wird und wie plötzlich!

Ich wurde alt auf dem Pferderücken, zwischen zwölf und zwölf Uhr eins.

Denn um Punkt zwölf erblickte ich die Gestalt Don Pasos Dilemmas im Schatten der Bäume, und mein Herz stand still, und ich spürte, wie all die kindlichen Unsicherheiten einer festen, unbeugsamen Haltung wichen, und ich wußte, ich würde nie wieder ein Kind sein.

Ich konnte kaum erkennen, wie der Verräter gekleidet war, doch ich spürte, daß er sich für die Gelegenheit aufgeputzt hatte. Ich wäre jede Wette eingegangen, daß er sich hinter den Ohren und unter dem Kinn parfümiert hatte. Das ist die Art von Kniff, mit der diese ausländischen Männer es immer versuchen.

Das habe ich in irgendeinem Buch gelesen.

Solche Männer planen Niedergänge; sie sind sozusagen Connaisseurs des Betrugs. Sie sind die Virtuosi der Verderbtheit.

Ich zügelte den ausgreifenden Schritt meines Pferdes; ich hob die silberbesetzte Peitsche. Ich warf den Kopf zurück. Ein Lachen durchdrang die mitternächtliche Stille.

Es war mein eigenes, hoch, getränkt von der Verachtung für Leben, Liebe und Männer.

Es war ein gutes Lachen.

Ich ließ die Peitsche niederfahren...

27. Oktober

Ich habe meinen Entschluß geändert.

Ja, ich habe einen ganz anderen Entschluß gefaßt – ich werde mich weder einem guten Manne zu eigen geben und eine Mutter werden, noch werde ich in die Welt hinausgehen und ein ausschweifendes Leben führen. Ich werde weglaufen und ein Junge werden.

Denn dieser Spanier, dieser Brasilianer, dieser Don Pasos Dilemma hat meine Herausforderung mißachtet, diese feine stolze Herausforderung eines Mädchens von jugendlicher Tatkraft, er hat sie verächtlich abgetan und sich, genau besehen, hinter meiner Mutter verkrochen, so daß ich zu später nächtlicher Stunde Enttäuschung und Kummer erleben mußte, wo kein nettes Mädchen unterwegs sein und erst recht nichts erleben sollte.

Denn wie Sie vielleicht erraten haben, war es nicht Don Pasos, der zum Treffpunkt geritten gekommen war, sondern meine Mutter, die seinen langen spanischen Umhang trug.

3. November

Noch ein Jahr, und ich bin fünfzehn. Eine Frau muß wieder jung werden können. Ich habe mir das Haar abgeschnitten und frage mich nichts.

Absolut nichts

Das Haus der Wanderdrossel

In einem stattlichen, bereits etwas heruntergekommenen Herrenhaus am unteren Ende der Avenue lebte eine Frau namens Nelly Grissard.

Zwei wuchtige Hähne standen zu beiden Seiten der Backsteintreppe und blickten in den Park, und im Garten hinter dem Haus der Springbrunnen, der seine Seele nun schon so viele Jahre verströmt hatte, ergoß sich immer noch murmelnd über den Bäuchen der drei Cherubim, die sein massives Becken trugen.

Nelly Grissard war dick und lebhaft im Übermaß. Nie ließ sie einen gewachsten Boden unter sich hinweggleiten, ohne ihre Leichtfüßigkeit unter Beweis zu stellen. Jede Unze Nelly Grissard war stets auf dem Sprung. Ihre Finger klopften, ihre Füße wippten, ihr Busen wogte. Ihr ganzes Zwerchfell schwoll unter den kleinen Knacklauten von Fischbein, Spitze und Taft.

Sie trug Flaumiges um den Hals, hatte eine Vorliebe für dunkelburgunderrote Seiden und trug sechs Halbunterröcke, »aus Freude an der Entdeckung, daß ich gar nicht so dick bin, wie es immer heißt«. Sie verfärbte sich ihre tüchtigen, eckigen Zähne mit Tabak und schnitt sich eine Ponyfrisur.

Nelly Grissard sagte gern: »Ich habe mehr Französisches als Menschliches an mir.« Ihr verstorbener Gatte war Franzose gewesen; er hatte seine Nationalität mit der Melancholie eines Mannes mit sich herumgeschleppt, der halb den Mantel hatte fallen lassen und mit seinem Mantel sein Leben und der schließlich, nachdem er ihn eng um sich gerafft hatte, dahingeschieden war, wie es sich für einen Franzosen geziemt.

Es hatte viele »Perioden« in Nelly Grissards Leben gegeben, eine russische, eine griechische und, wie diejenigen behaupteten, die den Vorzug genossen, durch ihr Schlüsselloch schauen zu dürfen, sogar eine chinesische.

Sie glaubte an die »Intuition«, doch war das stets Intuition aus erster Hand. Sie trieb Erdkunde nach dem strengen Ordnungssystem ihrer Liebesgeschichten – niemals zwei Männer aus demselben Landesteil.

Sie nahm auch gern »Botschaften aus der Geisterwelt« entgegen – so blieb sie in Kontakt mit der internationalen Gefühlswelt –, sie hatte viele Eisen im Feuer, und das »spirituelle« Eisen war darunter keineswegs das geringste.

Dann besaß sie, was sie »Heilkraft in den Fingerspitzen« nannte – sie konnte Kopfschmerzen verschwinden lassen und nach einem einzigen Darüberstreichen sagen, ob die Beule auf dem jeweiligen Kopf eine Beule hoher Geistigkeit oder eine der Habgier war – oder ob (und dann schloß sie erschaudernd die Augen und zog langsam die Hand auf eine Weise zurück, die zaudernde Erwartungsfreude ausdrückte) es die Beule der Sinnlichkeit war.

Nelly war, mit anderen Worten, gefährlich auf ihre Gefühle bedacht. Nur eine gefühlsselige Frau konnte ein prächtiges, weitläufiges Herrenhaus »Das Haus der Wanderdrossel« nennen, nur eine gefühlsselige Frau konnte überhaupt so viele Tage und Nächte hindurch immer wieder atemlos »ja« sagen oder so oft mit einer derart erhobenen, wissenden Miene von ihrem Bett aufstehen, wie sie es getan hatte.

Niemand, der durch die Gitterstäbe des Souterrainfensters schaute, wäre auf den Einfall gekommen, in Nelly Grissard könne es gären. Ihre weißgestärkten Domestiken raschelten umher, kühle Finger an gekühltem Geflügelfleisch und geeisten Flaschen. Der Koch allerdings war ein wenig nachlässig; er stellte sich gern in die Eingangstür, wenn der Frühling nahte, und schaute über den Kopf von Nelly Grissards alter Amme hinweg, die den ganzen Tag in einem Rollstuhl saß, die schwachen Hände über einer ausrangierten Reisedecke im bevorzugten Burgunderton gefaltet, und mit halb zerschmolzenem Blick auf den ewigen Springbrunnen starrte, während sich unter dem dampfenden Gesicht des Kochs auf einer behaarten Brust ein verblichenes Amulett hob und senkte.

Zuweilen hielt die Welt den Atem an, um Nelly Grissard zuzusehen, wie sie die Treppe hinabsprang, Stufe um Stufe, um dann mit einer abschließenden hurtigen Bewegung ihre prachtvollen Beine zu einer Ausfahrt zu entführen, während der Kutscher mit der Peitsche schnalzte und die geflochtenen Bänder an den Ohren der Pferde tanzten.

Und das wäre dann etwa alles – ach nein, falls es jemanden interessiert, da war noch ein Mann von Anfang vierzig, der jeden Nachmittag um Punkt vier Uhr vorbeikam und einen schweren schwarzen Spazierstock schwang.

Dieser Mann war Nicholas Golwein – halb Tatar, halb Jude. Nicholas Golwein hatte irgend etwas Finsteres, Bösartiges und Undurchschaubares an sich und etwas Gewinnendes, Freundliches, Mitfühlendes. Doch war er von Natur ein richtiger Jude. Er ritt wenig, tanzte noch weniger, rauchte jedoch mächtige Zigarren zu seiner Beruhigung und konnte den durchschnittlichen zappeligen Amerikaner ohne weiteres an die Wand grübeln.

Er war gereist, er hatte gelebt, wie »die Römer lebten«, und hatte so manchem glutäugigen Mädchen heimgeleuchtet, so daß es etwas zum Vergessen oder Sich-Erinnern hatte, je nach Naturell.

Dieser Mann war in der verlottertsten Periode ihres Lebens Nelly Grissards Liebhaber gewesen. Zu der Zeit, als sie sich ihr Trinkwasser grün färbte und von Ochsenleber und »testina in brodo« lebte, hatte Nicholas Golwein ihren Kragen zurückgeschlagen und sie an jene intime Stelle des Halses geküßt, wo er gerade aus dem Tageslicht, doch noch kaum in den Schatten der Brust hinübergetreten ist.

Zweifellos war Nelly Grissard in außerordentlich früher Jugend verdorben worden, wenn man unter verdorben die Fähigkeit verstehen will, das zu genießen, was andere erschaudern läßt, und über das zu erschaudern, was andere genießen.

Nelly Grissard träumte »absolut aufrichtig« – Betonung auf absolut –, als es der letzte Schrei war, Undurchschaubares zu träumen; sie konnte die Unterhaltung gerade so lange in Gang halten, um nicht unangenehm zu brillieren, sie sprach gern von den Verbrechen früherer Zeiten, und dann zog sie den Bauch ein und krümmte die Finger ein wenig, gerade nur ein wenig, aber doch auch wieder um so viel, daß ihre Gäste ein wenig fröstelten und dachten, sie hätte wirklich zur Zeit der Cenci geboren werden sollen. Und als gerade der Gauguin-Wahn herrschte, ließ sie es sich angelegen sein zu erwähnen, daß sie dieselben Routen in der Südsee bereist habe, doch wo Gauguin zu Fuß gegangen sei, sei sie von zwei verwunderten Eseln getragen worden.

Sie war gerade lange genug »nett« zu Nicholas Golwein gewesen, um die Melancholie seiner Rasse zu einem ranken, hohen Schößling emporzutreiben. Er liebte schöne Dinge, und sie besaß sie. Er hatte sich an sie gewöhnt, hatte ihr viel »verziehen« (denn diejenigen, die überhaupt etwas zu verzeihen hatten, mußten das bei Nelly besonders ausgiebig tun), und die Tatsache, daß sie zu quick war, um des Verzeihens eines bestimmten Menschen lange zu bedürfen, trieb ihn in nagende Bitterkeit und Verzweiflung.

Die Tatsache, daß sie »in die Jahre kam« und daß sie die übliche Furcht der Frau vor Alter und Verfall nicht teilte, iwo – sondern vielmehr lauter neue Schritte sah, die es zu gehen galt, da sie eine Fruchtbarkeit besaß, die nur aus einem dekadenten Inneren kommen kann, trieb ihn nahezu zum Wahnsinn.

Als der Herbst kam und die Blätter von den Bäumen fielen, als die Natur hitzig wurde und die letzten Flammen der Jahreszeit zwischen den Zweigen emporleckten, brannten Nicholas Golweins Wangen in einem stumpfen Rot, und er schlug die Augen nieder.

Das Leben existierte für Nicholas Golwein nicht als Angelegenheit, die sich von einem Tag zum nächsten bewegte – es wurde ihm vielmehr von Zeit zu Zeit zugeworfen, wie man einem Livreebediensteten einen Mantel zuwirft, und das machte ihn stolz, mürrisch, schweigsam.

War es nicht in gewisser Weise unanständig, daß es, nach

all seinem Verzeihen und Verstehen, das Verzeihen und Verstehen eines anderen geben sollte?

Nelly Grissards Liebe hatte zweifellos etwas Grausames; sie nahm, wie es sich gerade anbot, und in Nicholas Golweins Fall hatte es sich vielleicht am allermeisten angeboten. Die anderen vor ihm waren alle aus ihrer gesellschaftlichen Schicht gewesen – der erste hatte sie sogar geheiratet, und als sie ihn endlich so weit hatte, daß er mit dem Rücken zur Wand stand, hatte er ihr ein hübsches Vermögen hinterlassen. Nicholas Golwein hatte sich seinen Lebensunterhalt immer selbst verdient, er war Künstler und lebte wie Künstler leben. Dann kam Nelly – und ging –, und nach ihm hatte sie abermals einen von ihrem Schlag genommen, einen reichen Norweger – Nord, ein Freund von Nicholas.

Zuweilen ging Nicholas Golwein nun aufs Land hinaus und versuchte zu vergessen, versuchte, die Neigungen zu zügeln, die Nellys Liebe genährt hatte. Er durchstöberte kleine Städte, kam jedoch jedesmal eilends wieder zurück und roch nach Sassafras, dem dumpfen durchdringenden Grasduft, der Berührung mit Bäumen, halbgezähmten Tieren.

Das Land ließ ihn an Schuberts Unvollendete denken – er fing dann zu rennen an – zu rennen schien eine Möglichkeit zu sein, all das zu vollenden, was an Natur, Musik, Liebe flüchtig und unvollständig geblieben.

»Würde ich Gott erkennen, wenn ich ihn sähe?« An solchen Gedanken Freude zu haben, war nicht jedermann gegeben, und das heiterte ihn auf.

Manchmal ging er Nord besuchen. Er war sich nicht zu schade, Nellys Liebhaber aufzusuchen – allerdings stand das fühlbar zwischen ihnen.

Er hatte sich kürzlich den Tod ausgemalt. An Nicholas Golweins Phantasien war etwas ungeheuer Steriles; sie waren die Phantasien einer Rasse, nicht die eines einzelnen Menschen.

Er erörterte den Tod mit Nord – vor dem Ende hat so ein Gespräch, das das Ende betrifft, etwas Ergötzliches, und Nord besaß die Kälte, die den Tod stark macht.

»Ich kann hassen«, sagte er also und beobachtete Nord aus dem Augenwinkel; »Nelly kann das nicht, sie ist zu provinziell…«

»Ja, da ist etwas Wahres dran. Nelly ist gut zu sich selbst – was kann man mehr wollen?«

»Es gibt immerhin noch Verständnis.« Er meinte Mitleid, und seine Augen füllten sich mit Tränen. »Spricht sie überhaupt je von mir?«

»Oh ja.«

»Und was sagt sie so?«

»Warum bist du nie mit dem zufrieden, was du hast, Nicholas?«

Nicholas Golwein wurde rot. »Ein Schüsselchen Sahne, und die Katze soll sich die Pfoten lecken in alle Ewigkeit. Vermutlich würde man herausfinden, was sie empfindet, falls sie überhaupt etwas empfindet, wenn man stürbe.«

»Hmh, ja, vermutlich.«

Sie blickten einander an, Nicholas Golwein verstohlen, wobei er die Lippen um seine Zigarre bewegte, Nord geistesabwesend, mit einem kleinen Lächeln. »Ja, das würde sie amüsieren.«

»Was?« Nicholas Golwein ließ von seiner Zigarre ab und richtete den brennenden Blick auf Nord.

»Tja, wenn du das einrichten kannst…«

Nicholas Golwein machte eine heftige Handbewegung und schüttelte seine Manschettenknöpfe wie Zaumzeug. »Ich kann das einrichten«, sagte er und fragte sich, was Nord sich wohl denken mochte.

»Das ist natürlich ziemlich ekelhaft«, sagte Nord.

»Ich weiß, ich weiß, ich sollte dahinscheiden wie ein wahrer Herr, doch in mir steckt mehr als ein Herr, da gibt es so etwas wie Verständnis für die Gemeinheit. Ein Jude kann nur etwas lieben und mit etwas intim sein, was ein bißchen abnorm ist, und so liebe ich denn das, was gemein und verräterisch und hinterlistig ist, weil für mich darin Edelmut und Unbehagen stecken – ja, also« – er breitete schwungvoll die Arme aus – »wenn du Nell sagen müßtest: ›Er hat sich im Morgengrauen mit dem Bettlaken erhängt‹ – was dann? Alles, was sie je zu mir gesagt hat, was sie mir gewesen ist, wird sich für sie verändern – sie wird diese französischen Zeitschriften nicht mehr auf dieselbe Weise lesen können, sie wird nicht mehr auf dieselbe Weise Wasser schlucken können, wie sie es immer getan hat. Ich weiß, du wirst sagen, da ist auch noch die Natur, und weißt du, was ich antworten werde: daß ich Verachtung für die Tiere empfinde – einfach nur, weil sie bei ihrer Lebensführung nicht den Launen Nelly Grissards Rechnung tragen müssen –, paß auf, hör zu, ich habe gerade einen Entschluß gefaßt –« er wurde mit einemmal ruhig und blickte Nord unmittelbar ins Gesicht.

»Ja?«

»Ich folge dir die Treppe hinauf, stelle mich hinter die Tür, und du sagst dann genau folgende Worte: ›Nicholas hat sich aufgehängt.‹«

»Und was dann?«

»Das ist alles, es ist völlig ausreichend – dann weiß ich über alles Bescheid.«

Nord stand auf und ließ Nicholas die Tür des Cafés für sich öffnen.

»Du hast also nichts dagegen?« murmelte Nicholas Golwein.

Nord lachte ein kaltes, beleidigendes Lachen. »Es wird sie amüsieren.«

Nicholas nickte: »Ja, wir haben die rohen Grundbedürfnisse zwischen den Zähnen gehalten wie brave Hunde …«, sagte er und versuchte, seinerseits beleidigend zu sein, es klang jedoch nur pathetisch, sentimental.

Ohne ein Wort zu wechseln, stiegen sie am nächsten Tag gemeinsam die Treppenstufen zu Nelly Grissards Haus empor. Die Tür zum hinteren Wohnzimmer stand halb offen, und Nicholas schlich sich dahinter und setzte sich auf ein Tischchen.

Er hörte Nord Nelly begrüßen, und Nellys Stimme antworten: »Ah, mein Herz«, er hörte einen Augenblick lang nicht weiter zu, seine Gedanken wanderten in die Vergangenheit, und er kam sich auf einmal friedlich und glücklich vor. »Das Kühlen alter Wunden«, dachte er, ein Einssein mit allem, das gut und einfach war – mit allem, das das Böse nicht entstellt hatte.

»Religion«, dachte er bei sich, stützte das Kinn auf die Hände und sann darüber nach, was die Religion zwar den Menschen zu allen Zeiten, niemals hingegen einem einzigen Mann in höchster Not bedeutet hatte. »Religion ist ein Entwurf für den Schmerz – weiter nichts.« Dann dachte er, das müsse doch, wie alle Kunst auch, im Grunde gegen Gott gehen – Gott hatte eigene Pläne gemacht – doch halt, darüber später ...

Nelly hatte gerade etwas gesagt – es hatte ein tödliches Schweigen geherrscht, dann ihr Aufschrei, doch er hatte vergessen, das zu belauschen, was gerade vorgegangen war. Er wechselte die Position der Hände über seiner Spazierstockkrücke. »Da ist jemand im Himmel«, hörte er sich im Geiste sagen. Diese Empfindung war angenehm, sie schien ihm aus dem tiefsten Innern seines Wesens zu kommen. »Da ist jemand im Himmel – wer wohl?« Doch es gab darauf keine Antwort, die nicht blasphemisch gewesen wäre.

»Juden bringen sich nicht um ...«

Nellys Stimme. Er lächelte – es gab jemanden im Himmel, doch hier war keiner. »Ich komme«, murmelte er bei sich – und empfand bei diesem Versprechen eine wollüstige Hingabe.

Seine Augen füllten sich mit Tränen. Was am Tod gut war, war vor langer Zeit schon aufgezehrt worden – jetzt war er nur noch stumpfsinnige Wiederholung –, der Tod war über das Bedürfnis nach Tod hinausgegangen.

Komischerweise mußte er an Nelly an dem Abend denken, als sie etwas zu verzeihen hatte. Er hatte sie am Ende eines burgunderroten Bandes zu sich herangezogen: »Verzeih, verzeih«, und sie war nett genug gewesen, ihn nicht hochzuziehen, ihn nicht zu küssen und zu sagen: »Ich verzeihe dir« – sie hatte einfach nur dagestanden und ihre nikotinverfärbten Zähne zu einem herzhaften Lachen entblößt: »Der eliminierte Judas.« Er legte die Hand vor den Mund: »Ich bin *dort* gewesen«, und *dort* erschien wie ein Ort, wo niemals jemand gewesen war. Wie grausam, wie ungeheuerlich!

Jemand lief im Zimmer umher, mit schwerem Schritt, nachdenklich. »Sie hat sich immer etwas auf ihre Leichtfüßigkeit zugute gehalten«, und nun lief sie umher wie ein Tier im Käfig und stieß kleine Schreie aus: »Am Hals!« – seltsame Worte, grauenhaft ... unwirklich ...

»Um ein bißchen garstiger zu sein als die anderen, ein bißchen tüchtiger« – nun, das war ihm also ebenfalls gelungen.

Jemand mußte sich an die Couch lehnen, sie knarrte. Das führte ihn nach Boulogne zurück; er hatte in Boulogne einmal ein Mädchen geliebt, und einmal im Dunkeln waren sie hingefallen, das war so gewesen, als fiele man durch den Himmel, durch die Sterne hindurch und merkte, daß die Sterne nicht nur eine Schicht ausmachten, sondern viele Schichten, Millionen Schichten, daß sie eine eigene Dichte besaßen, und dann die Tiefe – dann der Boden – das war wie die abschließende Verheißung von etwas Schmutzigem, doch Dauerhaftem – Festem.

Von den Straßen drangen Geräusche herauf; Automobile, die stadtauswärts fuhren, Getrappel von Hufen, eine Fahrradklingel – das mußte ein Kind sein – anhaltend und durchdringend –, ja, nur ein Kind würde einen Ton so lange durchhalten.

»Das Leben ist das Leben«, hatte Nelly gerade gesagt, bestimmt, entschieden. Am Ende hatte er das doch gut hinbekommen – er hatte niemals lange über den Tod nachdenken können, doch jetzt hatte er darüber nachgedacht, ihn ganz schön wirklich werden lassen – er mußte an Spatzen denken, aus irgendeinem Grund, der ihm unbekannt blieb, und das erfüllte ihn mit Sorge.

»Die Linie der Hüften, einfach Renoir noch einmal ...«

Sie waren bei dem alltäglichen Thema Kunst angelangt.

Die Geräusche im Zimmer zwitscherten um ihn her wie Flügel in einem engen Garten, wo es weder Nacht noch Tag gibt. »Im Tod liegt eine Macht, selbst noch im Gedanken an den Tod, die sehr schrecklich ist und sehr schön –«. Sein Stock entglitt ihm und schlug auf dem Boden auf.

»Was war denn das?« Nelly Grissards Stimme war hoch, erregt, verblüfft …

»Ein Scherz.«

Nicholas Golwein trat plötzlich ins Zimmer.

Nelly Grissard, die kniete und Nords Schuh in der Hand hielt, starrte ihn an. Es sah ganz so aus, als habe sie gerade Nords Fuß küssen wollen.

Nicholas Golwein verbeugte sich, eine großartige Verbeugung, und schickte sich zu gehen an.

»Du solltest dich schämen«, schrie Nelly Grissard wütend und stand auf.

Er begann zu stammeln: »Ich – ich verlasse die Stadt – ich wollte meine Aufwartung machen …«

»Ja, dann verschwinde doch!«

Nicholas Golwein ging hinaus und schloß behutsam die Tür hinter sich.

Das Niggerweib

John Hardaway lag im Sterben. Das war es jedoch nicht, was ihn störte. Seine kleinen, wohlgeformten Hände zuckten auf der weichen Bettdecke, die sich langsam mit seinem Atem hob und senkte, und er atmete mühsam mit offenem Mund, so daß alle Zähne sichtbar waren.

Rabb, das Niggerweib, kauerte in der Ecke. Die Luft um sie herum war schwanger von ihrem Geruch. Sie blinzelte unaufhörlich. Die Gegenwart ihres Herrn erfüllte sie mit Scheu, aber auch mit Scham, weil er im Sterben lag – derselben Scham, die sie empfunden hätte, hätte sie ihn zufällig beim Toilettemachen gestört.

Rabb war ein gutes Niggerweib; sie hatte John Hardaways Mutter gedient, sie hatte sie sterben sehen – die alte Mrs. Hardaway war gegen ihre Spitze geflattert wie ein im dichten Laub gefangener Vogel –, Rabb hatte bei Mrs. Hardaways Tod von Nutzen sein können, weil Mrs. Hardaway sie geliebt hatte, auf ihre Weise.

Mrs. Hardaway war auf eine begreifliche Weise gestorben – auch sie hatte mühsam geatmet, mit offenem Mund, doch war das sanft und eifrig geschehen, wie bei einem Kind an der Brust.

Rabb hatte versucht, ihr nahe zu sein, hatte ihre Hände zu Hilfe genommen. Doch was sie zu berühren versucht hatte, hatte in einem versteckten Winkel von Mrs. Hardaway gelegen, wie eine unter dem Bett versteckte Katze, und Rabb hatte schließlich überhaupt nichts getan.

Mit John Hardaway war es jedoch anders. Sie sah zu, wie das Leben kokett mit ihm spielte. Es spielte mit ihm, wie ein Hund mit einem alten Mantel spielt. Es bewirkte, daß er unvermittelt unter gewaltigen Heiterkeitsanfällen erbebte. Es spielte mit seinen Lidern, es verzerrte seinen Mund, es ging in seinem Körper ein und aus, wie eine Flamme an einer Zündschnur entlangleckt – um ihn schließlich mit völliger Nichtachtung zu strafen und ihn kalt, einsam und abstoßend liegen zu lassen.

John Hardaway haßte Neger mit jenem Haß, den ein Herr Liebe nennt. Er war ein Südstaatler und vergaß das nie. Rabb war seine Amme gewesen, sie hatte ihn zu einem großen Jungen heranwachsen sehen, und dann war sie dabei gewesen, als er seiner Geliebten aufgrund irgendeines Makels seiner im übrigen makellosen Leidenschaft das Leben zur Hölle gemacht hatte.

Von Zeit zu Zeit rief John Hardaway nach Wasser. Und als Rabb seinen Kopf anzuheben versuchte, beschimpfte er sie als »schwarzes Miststück« – schließlich hatte er sie gewähren lassen.

John Hardaway war neunundfünfzig, er hatte gut gelebt, verachtungsvoll, und das macht das Ende immer leichter; er war ein Gentleman gewesen auf die einzige Art und Weise, die einem Südstaatler zu Gebote steht – er hatte niemals vergessen, daß er ein Hardaway war...

Jetzt rief er ihr mit lauter Stimme zu:

»Wenn ich sterbe – verlaß das Zimmer!«

»Ja, *sah*«, flüsterte sie traurig.

»Bring mir die Brühe.«

Sie brachte sie zitternd. Sie war sehr müde und sehr hungrig, und sie hätte gern gepfiffen, wisperte jedoch nur:

»Kann ich nichts für Sie tun?«

»Mach das Fenster auf.«

»Es ist Nacht, *sah* ...«

»Mach's auf, dummes Ding...«

Sie ging zum Fenster und öffnete es. Sie war hübsch, als sie so den Arm ausstreckte, und ihre Nase war fast so vollendet wie bestimmte jüdische Nasen; ihre Kehle war glatt und pulste.

Gegen zehn Uhr am selben Abend begann John Hardaway vor sich hin zu singen. Er hatte etwas für Französisch über, doch was er auf Französisch lernte, sang er auf Englisch.

»Oh mein Kleines, ich hab dich gewiegt auf meinem Knie … Ich hab deine Ohren geküßt und deinen Hals …«

»Jetzt lege ich Sie flach hin …«

»Das kannst du halten, wie du willst.«

Er versuchte, sich umzudrehen, doch es gelang ihm nicht, und so lag er und starrte ins Feuer.

Als John Hardaways Tod an diesem Punkt angelangt war, kam Rabb, the nigger, aus ihrer Ecke hervor und hörte auf zu zittern. Sie war hungrig und begann, sich Suppe in einer Kasserolle warm zu machen.

»Was machst du da?« wollte John Hardaway auf einmal wissen.

»Ich bin hungrig, *sah*.«

»Dann geh raus – geh in die Küche.«

»Ja, *sah*«, sagte sie, rührte sich jedoch nicht.

John Hardaway atmete schwer, ein Schleier legte sich vor seine Augen – dann, nach unendlichen Jahren, hob er auf einmal die Lider. Rabb schlürfte inzwischen langsam die dampfende Suppe.

»Verfluchtes Niggerweib!«

Sie erhob sich schleunigst aus der Hocke, indem sie sich auf die Hand stützte, und wich in Richtung Tür zurück.

»Mein Kleines, ich hab dich gewiegt auf meinem Knie …«

Rabb schlich wieder näher – sie trat an sein Bett.

»Massah – soll ich nicht vielleicht …«

»Was?«

»Einen Priester – vielleicht?«

»Dummes Ding!«

»Ja, *sah*, ich wollte nur sicher sein.«

Er versuchte zu lachen. Er preßte die Knie gegeneinander. Er hatte sie vergessen.

Schließlich, kurz vor der Morgendämmerung, begann er zu phantasieren.

Rabb benetzte den Fleischwulst im Innern ihrer Lippe und biß die Zähne aufeinander. Sie begann völlig grundlos zu grinsen und strich sich über die Hüften.

Er rief nach ihr.

»Ich will dir was sagen.«

Sie trat zu ihm – mit rollenden Augen.

»Komm näher.«

Sie trat näher.

»Beug dich nieder!« Sie beugte sich nieder, doch ihr Mund begann sich bereits mit Speichel zu füllen.

»Fürchtest du dich?«

»Nein, *sah*«, log sie.

Er hob die Hand, doch sie sank kraftlos wieder herab.

»Bleib, wo du hingehörst«, flüsterte er und schlief sofort ein. Sein Atem begann zu rasseln, während Rabb in der Ecke kauerte, ihre Brüste mit den Armen umfangen hielt und sich sachte auf den Ballen wiegte.

Das Rasseln hielt an. Rabb begann, auf Händen und Knien auf ihn zuzukriechen.

»*Masssah!*«

Er regte sich nicht.

»John!«

Eine seltsame Empfindung regte sich in ihm – er hob die Lider mit ihrem weißen Wimpernsaum und sagte fast unhörbar:

»Geh jetzt!«

Er hatte die Augen lange Zeit geschlossen gehalten, als ihn der Gedanke beunruhigte, jemand könne in seinen Körper zu gelangen versuchen, während er ihn verließ. Er öffnete die Augen, und da stand Rabb, das Niggerweib, ganz dicht bei ihm und blickte auf ihn hinab.

Ein Blutschwall quoll ihm aus der Nase.

»Nein, *sah*!«

Er begann zu keuchen. Rabb reckte sich zu voller Größe empor und blickte auf ihn hinab. Sie begann, ihm hastig Luft zuzufächeln. Er atmete noch schneller, seine Brust fiel zusammen wie ein Kartenhaus. Er versuchte zu sprechen, doch es gelang ihm nicht.

Plötzlich beugte Rabb sich nieder, hielt ihren Mund an seinen und hauchte ihm ihren Atem ein, einen einzigen gewaltigen Atemstoß lang. Seine Brust hob sich, er öffnete die Augen, sagte »Ah!« und starb.

Rabb fuhr sich mit der Zunge über die Lippen, und als sie den Blick hob, starrte sie auf den Fleck an der Wand, der ein bißchen höher saß, als sie es gewohnt war. Nach einer Weile erinnerte sie sich daran, daß sie ihre Suppe noch gar nicht aufgegessen hatte.

Ein Junge stellt einer Dame eine Frage

Die Tage waren sehr warm und kurz gewesen. Nun war Herbst, und alles näherte sich dem Ende. Es war ein schlimmes, aber doch auch vergnügliches Jahr gewesen. Eine große Zahl von Menschen war enttäuscht worden, und man sah sie infolgedessen nicht ständig von einem Ort zum nächsten hasten, wie es Menschen üblicherweise tun, die in ihren Gewohnheiten noch durch nichts erschüttert worden sind. Sie bewegten sich langsam fort, und es ging die Rede, der Winter mit Schnee und Frost sei höchst willkommen.

Carmen la Tosca hatte die Angewohnheit, in lebhaftem Galopp den Feldweg hinunter- und in das Gehölz an seinem Ende hineinzureiten. Sie beugte sich so gut wie überhaupt nicht im Sattel vor, wenn sie unter den Zweigen hindurchritt. Die Feder an ihrem Hut neigte sich und schwang elegant wieder an ihren Platz zurück, wenn sie um die Wegbiegung galoppierte.

Ihr Pferd war eine Kaskade von reinstem Weiß. Die seidige Stirnmähne, die sanfte Schräge des Stirnbeins verschmolzen mit einer nervösen Nüster. Und dort, wo Carmen la Tosca die lebendige Rückenlinie mit der eigenen durchkreuzte, wogte das Rückgrat unter ihr so gewandt wie Wasser, und sein Beben ging in die regen, massiven Hinterbacken über, die ihrerseits dem schaumweißen Schweif einen samtigen Halt boten.

Carmen la Tosca ritt gut. Sie ließ mehr als das Übliche an Hüfte in den Sattel fallen. Über den Zügeln lagen die behandschuhten Hände in einem Griff, der bewußt auf Gängelung verzichtete.

Carmen la Tosca war Schauspielerin. Sie hatte in »Fife and Fiddle« und »Drums of the King« gespielt.

Sie übernahm Rollen, die auf eine gewisse Vorliebe für Gefahr und Intrige schließen ließen. Sie war immer schön behandschuht und beschuht, und ihre Kleider fanden allgemeine Nachahmung.

Sie hatte Repertoiretheater gespielt und am Anfang Opern gesungen; sie war die Königin in »Aida« gewesen und hatte am Varieté eine Knabenrolle gespielt. Jetzt ruhte sie sich aus.

Sie war nicht die Art Frau, wie sie gewöhnlich in dies stille Landstädtchen kam, das, wie man so sagt, ans Vorgebirge geschmiegt lag. Der Junge, der im Kolonialwarenladen bediente, sagte, sie sei »pyramidal«. Kleine Kinder rannten rückwärts vor ihr her und schrien provozierend: »Rote Lippen, rote Lippen!« Doch niemand kannte sie wirklich.

Sie war im Frühling des Jahres mit einem Diener und einer Zofe aufgetaucht. Zwei Tage lang hatte man sie an den Fenstern Vorhänge aufhängen sehen. Als alle aufgehängt waren, sah sie eine Zeitlang niemand mehr. Dann kaufte sie ein weißes Pferd und ritt es. Und danach ritt sie ständig auf dem weißen Pferd, obwohl sie bis zum Herbst noch sechs oder sieben andere anschaffte. Gewöhnlich ritt sie allein aus. Hin und wieder ritt ein Herr an ihrer Seite, der ein Muttermal hatte, das sein Gesicht zu einem unbeabsichtigten ironischen Ausdruck verzerrte. Durch das Gehölz führte ein Ziegenpfad, und dahin kamen manchmal zwei Jungen und lagen dort und sprachen von ihr und warteten darauf, daß sie, auf diese elegante Weise auf der weißen Stute reitend, vorbeikäme. Diese Jungen waren Brandt und Bailey Wilson, die Söhne eines Farmers. Bisweilen kamen Pärchen, die neben der Bergstraße Beeren lasen, nahe genug heran, um sie hinter dem Flügelfenster lachen zu hören.

Bisweilen ging sie zu Fuß, stieg dann vorsichtig den Hügel hinab, wobei sie den Melonenpflanzen auswich, und sprach strahlend mit einem jungen Mann, kümmerte sich jedoch wenig um die Wirkung ihrer Worte, nicht aus Eitelkeit, sondern aus Mangel an Interesse an der Wirkung als solcher.

Es gab natürlich eine Menge Klatsch über sie. Sie legte es nicht auf Rätselhaftigkeit an und war doch auf Schritt und Tritt davon umgeben.

Die Leute meinten, sie sei nicht gerade schön, doch häßlich war sie auch nicht. Beide Elemente hielten ein vollkommenes Gleichgewicht in ihrem Gesicht. Sie war auf rohe Weise faszinierend.

Eine dürre, hochgewachsene Frau aus dem Dorf, die aus London gekommen war, behauptete, Carmen La Toscas Rükken gleiche dem der Königin. Das war aber wahrscheinlich eine Übertreibung.

Carmen la Tosca frühstückte im Bett und spät. Sie bestäubte sich die Arme mit Talkum und kleidete sich mit sehnsüchtigem Ausdruck in einen hellen Spitzenfrisierumhang. Sie trank Tee und aß Brötchen, und das Bett stand zwischen zwei unlackierten Kirschholzovalen, in die zwei Gravuren, historische Größen des Londoner Tower, eingekerbt waren, des Tower in seiner blutigsten Stunde.

Die Doppelfenster gingen auf den Obstgarten hinaus. Sie wandte dem Obstgarten und seinen fallenden Äpfeln den Rücken zu und las den Hl. Franziskus oder die Morgenzeitung, die, bis sie in ihre Hände gelangte, einen Tag alt war oder auch zwei.

Das Zimmer war kahl und grau und ländlich. Und Carmen la Tosca und ihr Bett bildeten darin einen seltsamen Kontrast. Sie dachte gern darüber nach, wenn sie gerade nichts anderes im Kopf hatte. Wenn der Morgen kühl war, trug sie eine Steppjacke, und wenn es regnete, ließ sie die Rouleaus hochziehen, so daß sie möglichst viel vom herabfallenden Regen mitbekam.

In der Frühe des Morgens, den der Junge wählte, hatte es geregnet, doch um elf hatte es aufgehört, und die Sonne versuchte herauszukommen. Carmen la Tosca konnte riechen, wie naß alles war.

Der Junge war Brandt Wilson, vierzehn; er war auf der höheren Schule der nächsten größeren Stadt bislang recht gut vorangekommen. Er war klein und sein Kopf groß, und sein Gesicht war durch eine gewisse Melancholie vorzeitig ein wenig weich geworden. Er war schlammbespritzt, und sein roter

Schlips ragte auf alberne Weise oben aus einer Jacke heraus, die zu groß war für seine schmale Brust mit ihren zaghaften Muskelansätzen.

Er stand vor ihr auf dem Läufer, den Hut in der Hand.

Carmen la Tosca fuhr ruckartig im Bett herum.

»Wer bist du? Wo kommst du her?«

»Ich bin Brandt Wilson. Ich bin durchs Fenster hereingekommen. Es war ganz leicht.«

»Schön«, sagte sie, »worum geht es?«

Das Kind zögerte und stieß, mit einem betrübten Blick, hervor:

»Ich habe einen Bruder.«

Carmen la Tosca schob die Zeitung beiseite und betrachtete ihn amüsiert und ein bißchen verwundert.

»Er ist zwei Jahre älter als ich – und da ist etwas, das ich nicht verstehe... Und Sie wissen doch alles.«

»Wer hat das behauptet?«

»Die Nachbarn, mein Vater, meine Mutter, meine Schwester, der Schulmeister, der Posthalter...«

»Das genügt.«

»Sie sind eine welterfahrene Frau.« Der kindliche Ton seiner Stimme trat erschreckend deutlich hervor.

»Mein Bruder ist irgendwo, wohin keiner mitkann –, meine Schwester hat gesagt: ›Ich mag Bailey nicht mehr, der hat dies schlaue kleine Funkeln in den Augen verloren‹, und ich hab gesagt: ›Es ist noch da, wenn man ihm etwas schenkt, das er gern hat, und er es auswickelt, mit gesenktem Kopf...‹«

»Wieso denkst du denn darüber so viel nach?«

»Einmal schien die Sonne, und wir hatten draußen am Ufer gelegen, die Arme unter dem Kopf, und dann hat er gesagt – er hat gestanden ...«, das Kind wurde unsicher, blickte ihr dann jedoch gerade ins Gesicht und sagte: »Bailey hat geweint, als er wußte, daß es vorbei war...«

»Was vorbei war?«

»Ich hab ihn gefragt, und er hat geantwortet: ›Ich bin jetzt ein Mann!‹ Soll ich auch weinen, wenn ich das weiß? Was hat das denn alles zu bedeuten?«

Carmen la Tosca stützte sich auf den Ellenbogen und schaute ihn mit tränenfeuchtem Blick an, so als habe sie geweint, doch das war nichts als Illusion.

»Wie viele seid ihr denn bei euch?«

»Drei. Ein verheirateter Bruder.«

»Und wie alt ist der?«

»Vierundzwanzig. Er hat auch einmal geweint, aber anders, wegen seiner Liebsten. Sie ist nämlich gestorben, und als sie ihm das gesagt haben, da hat er losgeheult und gesagt: ›Ich hätte sie retten können.‹ Wir haben ihn gefragt, wieso denn, doch das wollte er uns nicht sagen, aber Mutter hat er es gesagt. Er hat gesagt: ›Ich hätte sagen sollen: Ich liebe dich.‹ Gibt es denn so eine Macht?«

Carmen la Tosca lag auf dem Rücken, die Hände neben sich.

»Das war Unschuld. Wir warten alle auf den Tag, wo die Menschen von unserer Unschuld erfahren werden, noch einmal ganz von neuem«, sagte sie heiter.

»Und ist das dann Leiden?«

»Ja, eine bestimmte Art zu leiden, für jeden«, sagte sie ernsthaft, »doch keine persönliche Qual. Das darfst du nicht glauben. Leiden ist immer gleich, meins, deins, jedermanns. Diese ganzen Unterscheidungen, und was die Menschen über sie sagen, das ist Unsinn. Leiden ist überall und für jeden gleich.« Sie setzte sich plötzlich im Bett auf und sagte leise: »Nun willst du wohl nicht mehr mit mir reden?«

Er fuhr mit den Fingern am Fußteil des Bettes entlang.

»Tut mir leid«, sagte sie hastig und gänzlich verwirrt. »Meine Trägheit ist schuld daran.«

»Woran?« fragte er schüchtern.

»Daß du verlegen bist.«

»Macht nichts.«

»Sag mal«, fuhr sie fort, »denkst du manchmal an die Tiere?«

»Warum?«

»Ja oder nein?«

»Ich weiß nicht. Ich bemerke sie…«

»Großartig!« rief sie und klatschte in die Hände, »genau das wollte ich wissen. Ja, und was würde das alles, du und ich und dein großer Kummer, für sie bedeuten?«

»Ich weiß nicht, was Sie meinen.«

»Deine Fragen, meine Antworten? Nichts.«

Er errötete und senkte den Blick. »Was bedeutet das?« wiederholte er, und während er das sagte, wußte er nicht mehr, weshalb er hergekommen war oder was er gesagt hatte, und während sie antwortete, versuchte er verzweifelt, das Gleichgewicht wiederzufinden.

Er sagte: »Und Sie wissen nicht, was ich durchmachen muß, ehe ich wie Bailey fühle?«

»Ein bißchen Schlimmes Tag für Tag, dadurch wächst alles.«

»Ja, das war's, was ich wissen wollte«, sagte er atemlos.

»Dann hör zu, das macht den ganzen Unterschied zwischen einem Herrn und einem Narren aus. Tu guten Menschen niemals Böses, sie vergeben es einem immer, und das ist garstig.«

»Doch was ist denn mit den ganzen Sachen, von denen die Leute reden und die ich nicht verstehe?«

»Die einfache Geschichte, erzählt von einfachen Menschen – das ist am Ende das einzige, dem du Gehör schenken wirst.«

»Und ich soll nicht versuchen, aus all dem irgendwie schlau zu werden?«

»Nein«, sagte sie, »nichts davon. Laß das bleiben.«

»Und nicht versuchen zu verstehen, was ihn zum Weinen gebracht hat?«

»Nimm's, wie es ist. Das Kalb ist geboren, sie liegt in der Sonne; sie wartet auf das Ende. Das ist Würde.«

»Aber manchmal bin ich unglücklich.«

»Am Ende wirst du wissen, daß du nichts weißt. Das wird dein Tod sein.«

Brandt rührte sich nicht, obwohl sie ihre Zeitung wieder zur Hand genommen hatte.

»Einfach nur das?«

»Komm her«, sagte sie, und er kam schnell zu ihr. Sie streckte die Hand mit einem sanften Lachen aus und berührte ihn. »Da, das ist alles.«

Da ging er.

Eine Nacht mit den Pferden

Bei Anbruch der Abenddämmerung im Sommer jenes Jahres kroch ein Mann im Abendanzug mit Zylinder und Stöckchen auf Händen und Knien durch das Gesträuch, das das Weideland des Bucklerschen Gutes säumte. Ihm schmerzten die Handgelenke von seinem Gewicht, und er setzte sich hin. Zudringliche Kletterpflanzen, wohin er auch blickte; sie erklommen die Bäume, die Zaunpfähle, sie waren überall. Er spähte durch das dichte Gewirr der Zweige und erblickte eine Gruppe weißstämmiger Birken, die vor der Dunkelheit schimmerten wie Zähne in einem Schädel.

Er konnte hören, wie das Tor in seinen Angeln knirschte, wenn der Wind dagegenschlug. Sein Herz bewegte sich mit der Erde. Ein Frosch ließ seinen quakenden, unwiederbringlichen Ruf hören; der Mann rang nach Atem, die Luft war drückend heiß, als berge er sich in einer Höhle des Erstaunens.

Er wäre gern eingenickt; statt dessen legte er jedoch Hut und Stöckchen neben sich, strich die Rockschöße unter sich glatt, legte sich flach auf den Rücken und wartete. Eine rasche Bewegung erschütterte den Boden. Unvermittelt begann er, warnend zu beben, und er fragte sich, ob das von seinem Herzen kam.

Weit weg blinkte eine Lampe im Fenster, als die Zweige gegen den Wind schwangen; der Geruch zerdrückter Gräser, der sich mit dem schwachen, beruhigenden Stallgeruch mischte, fächelte empor und verflüchtigte sich nordwärts.

Das Beben setzte sich fort, es lief unter seinem Körper hindurch und stürzte dann in die Erde hinab.

Er richtete sich auf. Er setzte den Hut auf den Kopf und stemmte den Rohrstock zwischen seinen gespreizten Beinen gegen den Boden. Jetzt spürte er nicht nur das Beben der Erde, sondern bekam auch das gedämpfte, hörnerne Geräusch von

Hufen mit, die gegen die Grasnarbe schlugen, wie ein Freund dem anderen auf den Rücken schlägt, hart, aber ohne Böswilligkeit. Sie waren auf seiner Seite angelangt, als sie die Kurve der Willow Road nahmen. Er preßte die Stirn gegen das Gatter.

Das leise, bedrohliche Geräusch steigerte sich, wie sich Hitze steigert; die Pferde donnerten mit gestreckten Hälsen an ihm vorbei, und ihre Beine hoben und senkten sich wie wilde, planlos stichelnde Nadeln.

Er sah, wie ihre Bäuche sich hin- und herwarfen und die Stangen des Zauns streiften, während sie vorbeischwenkten. Keuchend erhob er sich auf seiner Seite der Barriere. Sein Fuß verfing sich in der kriechenden Fichte, und er stürzte zu Boden, wobei er sich den Kopf an einem Baumstumpf aufschlug. Blut rann ihm vom Schädel. Wie eine rote Mähne lief es ihm in die Augen, und er strich es mit dem Handrücken weg, als er seinen Hut aufsetzte. In dieser Haltung wurde er von den stampfenden Hufen durchgerüttelt wie ein Kind auf einem Knie.

Als nächstes suchte er nach seinem Stock und fand ihn im Farn verhakt. Eine wächserne Winde streifte seine Wange, als er sich niederbeugte. Er ließ die Zunge daran entlanggleiten und knipste sie mit den Zähnen durch. Wie er sich auch bewegen mochte, das Gras war ständig unter ihm und knackte mit Zweigen und Zapfen. Eine Eichel fiel aus dem weich niederrieselnden Puder des Waldes herab. Er hob sie auf, und während er sie zwischen Zeigefinger und Daumen hielt, kehrten seine jagenden Gedanken zu der Szene mit der Hausherrin zurück, denn als was hätte man sie sonst bezeichnen können, wenn nicht als ›die Hausherrin‹, Freda Buckler, die zierliche, temperamentvolle Frau, die eine Trommel als Herz und einen Spielzeugkörper hatte, der alles unterstand, die schnurrte, durchdrungen von Schamlosigkeit, ein mechanisches Schnurren, das ihr die Menschlichkeit austrieb.

Er blies gegen seinen Schnauzbart. Freda mit diesem ärgerlichen gelben Schleier! Er erklärte ihr, er sei ›ärgerlich‹, er erklärte ihr, er sei ›schamlos‹, nichts als ein Mittel der Verführung. Er blies die Backen auf und pustete sie an, als sie vorbeiging. Sie lachte, strich ihm über den Arm, warf den Kopf zurück, die Nüstern leuchtend rot bis obenhin. Sie waren am Ende gemeinsam ausgeritten, eine Stiefellänge Abstand zwischen sich, sie nicht größer als eine Grille. Zutiefst unglücklich hatte er seinem Pferd die Sporen gegeben, und sie hatte gesagt: »Sachte, John, sachte!« und ihren breiten brennenden Mund gezeigt. »Du kannst doch nicht das *ganze Leben lang* ein Stallknecht bleiben! Pferde!«, schnaubte sie verächtlich. »Ich mag Pferde, aber...« Er hatte seine Reitgerte sinken lassen. »Es gibt noch andere Dinge. Du kannst nicht einfach immer weiter Reitknecht bleiben, nicht mit soviel Anmut, und du weißt es. Ich werde einen Gentleman aus dir machen. Ich führe dich auf eine Stufe, wo man nicht länger ein ›Ding‹ ist. Du wirst sehen, du wirst es genießen.«

Er hatte sich hinübergelehnt und mit seiner Peitsche nach ihrem Stiefel geschlagen. Sie erwischte sie am Knie, der Fuß flog in seinem Steigbügel auf, als tanzte sie.

Und das kleine Biest war entzückt! Sie trabten eine Weile weiter, und sie trabten zurück. Er half ihr beim Absitzen, und sie schwebte davon, mit nachflatterndem gelbem Schleier, und rief ihm über die Schulter zu:

»Du wirst es *lieben!*«

Noch ehe sie es einen Monat lang so getrieben hatten (indem sie einander aus der Fassung brachten, einander hierhin und dahin zerrten, jagend und gejagt), wurde daraus ein Spiel bar jeden Vergnügens. Verderbte Dame, verderbter Stallknecht, auf den Schwingen des Taumels.

In was zog sie ihn da hinein? Er schrie, brüllte, knallte mit der Peitsche – was stellte sie sich vor, was sie wollte? Die Art Frau, die nicht die Wahrheit sagen kann; die Wahrheit rann aus ihr heraus und floh sie, als wären ihre Adern Pipetten, die der Teufel hineingesteckt hatte; und wenn er trank, dann blähte er sich auf und wurde eine Beute des Stolzes, er schwemmte ihn hinweg. Er sah sie in jedem Spiegel hinter sich stehen, sie folgte ihm von Schaustück zu Schaustück, sie tauchte neben ihm auf, führte ihn umher, ihre Hand unter seinem Ellenbogen.

»Du wirst zum Generalgouverneur aufsteigen – nun, sagen wir, zum Inspekteur…«

»Inspekteur!«

»Was dir lieber ist, sag meinethalben Rittmeister – sag Kavallerieoffizier. Auch wieder Pferde, Leder, Peitschen…«

»Oh mein Gott!«

Sie wieherte nahezu, als sie auf dem Absatz herumfuhr:

»Mit einer breiten, flachen, edlen Brust«, sagte sie, »du wirst mit Ehrenzeichen gepflastert sein … Bedeckt sein davon … Du wirst nicht länger Trübsal blasen…«

»Hören Sie auf!«, schrie er, »Ich bin *gerne* gewöhnlich!«

»Bei einer derart behenden Taille werden die Hörner dich verfehlen.«

»Was für Hörner?«

»Das Dilemma.«

»Ich könnte Sie schon zum Schweigen bringen, und zwar gründlich, wenn ich wollte!«

Sie war amüsiert. »In die Enge getrieben?«, fragte sie.

Sie quälte ihn, sie wußte es. Sie quälte ihn mit ihren ›kulturellen‹ Gegenständen. Das Knie auf eine Ottomane gestützt, hielt sie die zerbrechlichste Miniatur empor, ihm entgegen, ein Stück Elfenbein in der hohlen Hand, mit der sie es von der Sonne weghielt, und sagte: »So schau doch nur, schau doch!«

Er legte die Hände auf den Rücken. Sie trieb ihm das aus. Sie forderte ihn auf, uralte Meßbücher in die Hand zu nehmen, Märchenbücher, alle hübsch gearbeitet, alle in rotbraunen Rips gebunden. Sie breitete Landkarten aus und zeigte, indem sie mit einer langen Hutnadel über Berge und Klüfte fuhr, »nur mal eben, wo sie gewesen war«. Wie eine trockene Schnecke wanderte die Spitze die Küste entlang, bis sie auf einmal, indem sie den Stahl hineinbohrte, »*Borgia!*« rief und dastand und mit einem Ring voller uralter Schlüssel klapperte.

Seine Besorgnis wuchs im Verein mit seiner Neugierde.

Wenn er sie nun heiratete – nachdem er sie geheiratet *hatte*, was denn dann? Wo stünde er, nachdem er ihre verrückte Laune befriedigt hätte? Was würde sie am Ende aus ihm machen, mit einem Wort, was würde sie von ihm übriglassen? Nichts, absolut nichts, nicht einmal seine Pferde. Da hätte man einmal einen verdammten Idioten. Er würde nach Freda nirgends mehr hinpassen, er wäre weder, was er war, noch was er gewesen war; er wäre ein *Ding*, halb stehend, halb hockend, wie jene Figuren unter den Dächern historischer Gebäude, die Ruhestellung der Verdammten.

Er hatte sie oft angeschaut, ohne sie zu sehen. Nach einer Weile begann er, sie mit großer Aufmerksamkeit zu betrachten. Nun ja! Wirklich ein maushaftes Frauchen mit hellem, hübschem Haar, das ihr wie Insektenfühler in den Nacken fiel und sich regte, wenn der Wind sich regte. Sie huschte und tänzelte zuviel umher, immer mit der bewußtlosen Intensität eines mechanischen Spielzeugs, das über den Boden ruckte und schurrte.

Und sie war ihm immer um ein, zwei Schritte voraus oder strich ihm, um Armeslänge von ihm entfernt, gerade nur so über den Arm, oder sie kam wie ein Windstoß herein und legte ihr spitzes kleines Kinn auf seine Schulter, wobei sie langsam wieder entschwebte – nur, damit er über sie stolperte, wenn er sich umwandte. Und an diesem speziellen Tag hatte er sie beim Handgelenk gepackt und sie herumgeschleudert. Dies eine Mal, dachte er bei sich selbst, dies eine Mal werde ich sie ohne alle Umschweife nach der Wahrheit fragen. Vielleicht verjagt ein direkter Schuß sie ja.

»Miss Freda, einen Augenblick mal! Sie wissen doch, ich habe keinen einzigen Freund auf der Welt. Sie wissen ganz genau, daß ich keinen Menschen habe, zu dem ich gehen und von dem ich mir auf irgendeine Frage eine Antwort holen kann. Also gut, was wollen Sie eigentlich von mir?«

Sie errötete bis in die Haarwurzeln. »Mädchenhaft! Sie wollen doch nicht etwa mädchenhaft werden?« Sie sah aus, als würde sie gleich schreien, ihre ganze Gestalt siedete, doch sie fing sich wieder und sagte gedehnt mit gespielter Gelassenheit:

»Sei nicht nervös! Sei geduldig. Du wirst dich an alles gewöhnen. Es wird dir sogar gefallen. Es gibt nichts Erfreulicheres als den Aufstieg.«

»Und dann?«

»Dann wird alles andere in weite Ferne rücken, der Stall und alles andere.« Sie versenkte ihre Nasenflügel in die Falten eines Spitzentaschentuchs. »Ist das nicht ein lohnendes Schicksal?« näselte sie.

Am schlimmsten von allem war der letzte Abend gewesen, der Abend des Maskenballes. Sie hatte auf seiner Anwesenheit bestanden. »Komm«, sagte sie, »einfach so, wie du bist, und sei unser Einpeitscher.« Das war der endgültige Schlag, die unverzeihliche Beleidigung gewesen. Er hatte gehorcht, nur war er nicht »einfach so, wie er war« gekommen. Er machte sorgfältig Toilette; er zog sich für den Abend an wie ein feiner Herr; er war infolgedessen der einzige Anwesende, der nicht ›angezogen‹ war, das heißt, nicht für die Gelegenheit passend.

Bei seiner Ankunft fand er die meisten Gäste beschwipst. Es dauerte nicht lange, und er war selbst mehr als nur ein bißchen angetrunken und stellte entsetzt fest, daß er, würdevoll und langsam, ein Menuett tanzte mit einem prächtigen weichen Plunderkuchen von einer Frau, die, besternt von Zechinen, in Kaskaden von gebauschtem Tüll vor sich hin grunzte. Schleunigst entwand er sich dieser Umarmung, hielt auf den blanken Stellen des kolophonium-bepuderten Bodens mühsam das Gleichgewicht und traf auf Freda, die mit einem winzigen Gläschen Magenlikör auf ihn zutrat und ihn ihm in den offenen Mund kippte. In dem Augenblick wurde ihm bewußt, daß er nach Luft geschnappt hatte.

Er blieb abrupt stehen. Sein fieberhafter Blick erfaßte den ganzen Raum. Dort in der Ecke saß Fredas Mutter mit ihren Katzen. Sie saß immer in Ecken, und sie saß immer mit Katzen. Und da war der Rest der Besetzung – Vettern, Neffen, Onkel,

Tanten. Im nächsten Augenblick, die *Gaillarde*. Freda stand, die Arme erhoben, die Handflächen nach außen gekehrt, die Ellenbogen in Brusthöhe nach innen angewinkelt, eine Gottesanbeterin, unmittelbar vor ihm. Halt! Er entzog sich ihr, zeichnete mit der Krücke seines Stöckchens säuberlich einen Kreis um sie und wich dann durch die Fenstertüren zurück.

Dann wußte er nichts mehr, bis zu dem Augenblick, wo er sich im Gesträuch wiederfand, seufzend, das Gesicht dicht am Gatter, und hineinspähte. Er war wieder bei seinen Pferden; er war dort, wo er nun wieder hingehörte. Er konnte hören, wie sie die Grasnarbe aufrissen, umhergaloppierten, als befänden sie sich ihrerseits in ihrem Ballsaal, und das, was das Seltsamste überhaupt war, in dunkler Nacht.

Er fing an, sich unter der niedrigsten Stange hindurchzuziehen, Hut und Stock warf er voraus, und robbte keuchend hinein. Der schwarze Hengst war jetzt an der Spitze. Die Pferde nahmen gerade die Kurve in der Willow Road, die auf die entferntere Koppel führte, und durch den Staub hindurch sahen sie zugleich schwach und riesenhaft aus.

Auf der Hügelkuppe hatten sich vier von ihnen abgesondert und verharrten, um Witterung zu nehmen. Er würde sich eins einfangen, aufsitzen, er würde fliehen! Er hatte keine Angst mehr. Er stand auf und schwenkte schreiend Hut und Stock.

Sie schienen ihn nicht zu erkennen, und sie kurvten an ihm vorbei und jagten davon. Er starrte ihnen nach, dem Weinen nahe. Er dachte nicht an seine Kleidung, seine weiße Hemdbrust, den Zylinder, den fuchtelnden Stock, sein unvermitteltes Auftauchen aus der Dunkelheit, ihre Erregung. Aber bestimmt mußten sie ihn erkennen –, es konnte sich nur noch um Sekunden handeln.

Stampfend, mit flatternden Mähnen, schnaubenden Nüstern, Dampf ausstoßend, als sie herannahten, passierten sie ihn, eine wiehernde Flut, und er verfluchte sie entsetzt, doch was er rief, war »Hure!«, und er kämpfte mit einem rasenden Schmerz, der ihn würgte, und lag am Boden ausgestreckt, schluchzend. »Ich kann das, verdammt noch mal, ich schaffe das, ich komme da schon noch hin!«

Die fliegenden Hufe des ersten Pferdes verfehlten ihn, die des zweiten nicht.

Wenig später zerstreuten die Pferde sich, knabbernd und schweifschlagend, und mieden dabei eine Stelle, wo das Gras hoch stand.

Der Diener

Die Felder um Louis-Georges' Haus fingen ganz zu Beginn des Frühjahrs zu grünen an und überließen die umliegenden Felder ihrem melancholischen Grau, denn Louis-Georges war der einzige Farmer, der auf seinen Feldern Roggen säte.

Louis-Georges war ein kleiner Mann mit einem dunklen, ovalen Gesicht, das wie ein Goya brannte und eine lange schiefe Nase trug, in der ein stacheliger Rauhreif von Haar gedieh. Seine Arme schwangen seinen Beinen voraus; seine ganze Person wußte, wer er war – die Art Mensch.

Er war von leidenschaftlichem Stolz auf alles erfüllt, was er tat, selbst wenn es nicht sonderlich gut geriet, er sich nicht sonderlich gut darauf verstand – er war persönlich so sehr daran beteiligt, so sehr hineinverstrickt.

Manchmal, wenn er auf dem Hof stand und mit emporgereckter Nase die wohlriechende Luft einsog, empfand er ein ungeheures Vergnügen an seinem Land, und dann rieb er die Finger gegeneinander oder wedelte mit den Händen über die Hörner seines Viehs hinweg, über denen summend die Fliegen kreisten, oder schlug seinen Rennpferden gegen die Schenkel und sagte zu ihrem Ausbilder: »Die haben jedes für sich mehr Rasse im Leib als irgendein Hinterteil in den Ställen von Westminster!« – und tat so, als kenne er sich genau aus, vom Maul bis zu den Hufen – kurz, er war ein Mann, der nahezu alles im Leben anschaute, als ob er ›es gemacht‹ hätte.

Zuweilen spielten er und Vera Sovna Verstecken in den Getreidespeichern und inmitten der Heuhaufen, sie mit schleppenden Volants und hohen Absätzen, in denen sie kreischend zwischen Rechen und Dreschflegel umhersprang.

Einmal fing Louis-Georges eine Ratte, mit der bloßen Hand, und das mit einem solchen Geschick, daß sie keinen Gebrauch von ihren Zähnen machen konnte. Er verbarg seine freudige Genugtuung und zeigte ihr statt dessen, wie man das machte, und stellte es als ein Kunststück hin, das er erlernt habe, um das Wintergetreide zu schützen.

Vera Sovna war ein hochgewachsenes Geschöpf mit mageren Schultern, die sie hochzog, als seien ihr die Schulterblätter zu schwer. Sie kleidete sich gewöhnlich schwarz, und einen nicht geringen Teil der Zeit lachte sie in ziemlich hohen Tönen.

Sie war eine enge Freundin von Louis-Georges' Mutter gewesen, doch nach dem Tod der Mutter war sie, infolge ihrer fortdauernden engen Beziehung zum Haus, in Verruf geraten. Es wurde getuschelt, sie ›habe etwas‹ mit Louis-Georges. Wenn die Gutsbesitzer sie sein Haus betreten sahen, konnten sie sich nicht beruhigen, bis sie sie wieder herauskommen sahen. Wenn sie sie herauskommen sahen, die Röcke achtsam über die Knöchel gelüpft, dann suchten ihre mißbilligenden Zungen den Gaumen; falls sie langsam ging und ihr Kleid nachschleppte, sagten sie: »Was für einen Staub sie auf der Zufahrt aufwirbelt!«

Falls sie etwas wußte von ihren Regungen, ließ sie es sich jedenfalls nicht anmerken. Sie fuhr durch die Stadt, wobei sie weder nach rechts noch nach links blickte, und überquerte den Marktplatz, ohne jemanden anzusehen, doch offensichtlich entzückt von den rosafarbenen Blumensträußen, dem leuchtenden Wirrwarr gelber Kürbisse und grüner Gurken, den zu ordentlichen Bergen aufgetürmten Früchten auf den Verkaufstischen. Doch bei den seltenen Gelegenheiten, wo Louis-Georges sie begleitete, schlug sie die Beine übereinander oder beugte sich vor und drohte ihm mit dem Zeigefinger oder wandte den Kopf von einer Seite zur anderen oder lehnte sich lachend zurück.

Manchmal besuchte sie die Gesindekammern, um mit Leahs Kind zu spielen, einem kleinen Geschöpf mit O-Beinen und zerbrechlichem Hälschen, das den Bauch herausstreckte, damit sie ihn tätschelte.

Die Mägde Berthe und Leah waren wohlgestalte, zufriedene Frauen mit heiteren blauen Augen, schönen Zähnen und runden festen Brüsten, einladend wie Pippinäpfel. Sie versahen ihre Pflichten, wobei sie auf Roggenhalmen und auf Salatblättern kauten, die sie mit der Zunge einholten.

Jung, wie sie war, hatte Leah offensichtlich etwas getan, um dessentwillen sie nun in regelmäßigen Abständen betete, gewöhnlich vor einem hölzernen Christus, der in der Scheune von einem Balken herabhing und ihr ein so vertrauter Anblick war, daß sie Ihn gar nicht wahrnahm, bis sie sich zum Melken niederließ und die Augen hob; dann lehnte sie die Stirn gegen den Bauch der Kuh und betete, wobei die Milch ihr über die kräftigen Knöchel spritzte und in den Boden sickerte, bis Berthe kam, um ihr beim Eimertragen zu helfen, und sie bemerkte: »Es sieht nach Regen aus.«

Vera Sovna hielt sich stundenlang im Garten auf, und das Kind krabbelte hinter ihr her und hinterließ die Spuren seiner Händchen, die naß waren von seiner Spucke, auf den staubigen Blättern, oder riß mit solcher Mühelosigkeit junge Gemüsewurzeln aus, daß es auf sein Hinterteil plumpste und in die Sonne hinaufblinzelte.

Die beiden Mägde, der Diener Vanka und Louis-Georges bildeten zusammen den Haushalt, außer daß er sich, bei deren gelegentlichen Besuchen, um Louis-Georges' Tanten Myra und Ella erweiterte.

Vanka war Russe. Er kaute Nägel. Er hielt nicht auf seine Kleidung, so als habe er gerade nur Zeit für die Adrettheit seines Herrn. Sein üppiges blondes Haar war zerzaust trotz der Pomade, seine Brauen waren zerklüftet und weiß. Seine Augen waren, wenn er die schweren Lider hob, sanft und intelligent. Er war absolut pflichttreu.

Louis-Georges sagte oft zu ihm: »So, Vanka, jetzt erzähl mir doch noch einmal, was sie mit dir gemacht haben, als du noch ein Junge warst.«

»Sie haben meinen Bruder erschossen«, antwortete Vanka dann und zog an seiner Stirnlocke. »Sie haben ihn als ›Roten‹ erschossen. Sie haben ihn mit meinem Vater zusammen ins Gefängnis gesperrt. Dann hörte meine Mutter, die ihnen in zwei

Eßgeschirren Essen brachte, eines Tages ein Geräusch; es klang wie ein Schuß, und an dem Tag brachte Vater nur ein Eßgeschirr zurück, und angeblich hat er es zurückgegeben wie ein Mensch, der über die Achsel blickt.« Diese Geschichte erzählte Vanka oft, und manchmal setzte er seufzend hinzu: »Meine Schwester, die eine hübsche Frau gewesen war (die Studenten besuchten sie immer, nur um sie reden zu hören), wurde kahl – über Nacht.«

Nach derartigen Zwiegesprächen schloß Louis-Georges sich in sein Arbeitszimmer ein, wo er mit großer, krakeliger Schrift an seine Tanten schrieb. Manchmal fügte er ein, zwei Äußerungen über Vanka ein.

Bisweilen kam dann Vera Sovna herein und schaute ihm dabei zu und lüpfte ihre Rüschen und hob die Brauen. Wenn Vanka ebenfalls anwesend war, erwiderte sie seinen starren Blick. In beider Blicken lag die kalte Präzision von Stahl.

Sie stand dann mit dem Rücken zum Kamin, mit auswärtsgekehrten Absätzen, klopfte gegen die gestraffte Seide ihres Rocks und sagte:

»Na weißt du, jetzt ist es aber genug!«, und setzte hinzu: »Vanka, nimm ihm die Feder weg.«

Vanka rührte sich nicht. Louis-Georges schrieb weiter, lächelnd und schnaufend, doch ohne jemals die Hand von der beschriebenen Seite zu heben. Vanka wiederum stand einfach nur da und nahm die Seiten an sich, sobald sie fertiggeschrieben waren.

Schließlich stieß Louis-Georges dann mit einem lauten Federkratzen und unter nachdrücklichem Scharren den Stuhl zurück, erhob sich und sagte: »So, und nun wollen wir Tee trinken.«

Am Ende verfiel er einer schleichenden Krankheit. Sie befiel seine Glieder. Er war gezwungen, am Stock zu gehen. Er klagte über sein Herz, doch hielt er daran fest, hinauszugehen und die Pferde anzuschauen, und um Vera Sovna zu unterhalten, hieb er mit dem Stock nach den Fliegen und genoß dabei den Geruch von Milch und Mist.

Er hatte Pläne für die Heumahd, für das Einbringen der Ernte, doch mußte er alles den Landarbeitern überlassen, die, unbeaufsichtigt, wie sie waren, alle Naselang davonspazierten, auf ihre eigenen Äcker, zu ihren eigenen kaputten Zäunen.

Sechs Monate später wurde Louis-Georges bettlägerig.

Die Tanten kamen und nahmen das Ausmaß des Verfalls im einfallenden Sonnenlicht in Augenschein, während sie Linderungsmittel zuteilten wie Frauen, die ein Baby in ihrer Obhut haben, und äußerten untereinander überrascht: »So war er aber wirklich noch *nie*«, rupften samtene Achselbänder, die ihnen in die Schultern schnitten, und beäugten einander von beiden Seiten des Bettes.

Sie hatten Angst davor, Vera Sovna zu begegnen. Ihre Lage war heikel. Sie hatten zu Lebzeiten von Louis-Georges' Mutter zwar auf freundschaftlichem Fuß mit ihr gestanden, doch sowie die alte Dame gestorben war, das Gefühl gehabt, an Würde und Zurückhaltung zulegen zu müssen. Außerdem schienen sich die Leute im Städtchen gegen Vera gewandt zu haben. Doch wollten die Tanten auch wieder nicht allzu unfreundlich sein, also verließen sie ihren Platz an Louis-Georges' Bett jeden Abend für eine Stunde, so daß Vera Sovna ihn besuchen kommen konnte, und Vera Sovna kam dann auf leisen Sohlen herein und sagte »Ach, mein *Lieber*!«. Sie erzählte ihm gern Geschichten, die sie ihm früher schon erzählt hatte und die alle von ihrem eigenen Leben handelten, so als könne jenes Leben, das noch nicht abgelaufen war, hilfreich sein. Sie erzählte ihm von ihrer Woche in London, von einem Besuch im Haag, von Abenteuern mit Hotelbesitzern in unmöglichen Gasthäusern, und manchmal, wenn sie sich ihm zuneigte, meinte er, sie weinen zu hören.

Doch trotz all dieser betrüblichen Dinge – der Krankheit und der gespannten Atmosphäre – schien Vera Sovna seltsam fröhlich.

Während des Verfalls von Louis-Georges dienten Leah und Berthe als Krankenschwestern, die seine Laken wechselten, ihn umdrehten, um ihn mit Öl und Alkohol abzureiben, sich bekreuzigten und ihm den Löffel hielten.

Der Diener stand am Fuß des Bettes, bemüht, nicht zu husten oder zu seufzen oder seinem Herrn sonst in irgendeiner Weise beschwerlich zu fallen. Manchmal schlief er jedoch ein, indem er sich am Bettpfosten festhielt, und wachte auf, wenn die Träume von der ›Revolution‹ kamen, Träume, die verblaßten, wenn er in den Wachzustand gestoßen wurde.

Vera Sovna hatte sich angewöhnt, mit den Mädchen in der Küche zu Abend zu essen, einem langen kahlen Raum, der ihr gefiel. Vom Fenster konnte man den Obstgarten und die Pumpe und die langgestreckte, sacht abfallende Wiese sehen. Von den Balken hingen Zwiebelzöpfe herab, und Rauchfleischseiten baumelten über dem langen Tisch mit seiner dünnen Schneeschicht aus Mehl und den heißen, frischen Brotlaiben.

Die Mädchen nahmen Vera Sovnas Gesellschaft frohen Mutes hin. Wenn sie wegging, wischten sie die Tischplatte ab und sprachen dabei von anderen Dingen, schärften die Messer und dachten nicht mehr an sie.

Auf dem Gut ging alles seinen Gang wie gewöhnlich. Nichts wurde durch die Hinfälligkeit des Herrn in Mitleidenschaft gezogen. Die Saaten reiften, die Zeit der Heuernte ging vorbei; im Obstgarten war das dumpfe Geräusch des Fallobstes zu hören. Louis-Georges wurde reif für den Tod, abwesend, als sei er nie gewesen. Von Vera Sovna ging ein stilles Leuchten aus. Sie handhabte die Arzneiflaschen, als handelte es sich um musikalische Intervalle; sie arrangierte ihm Blumensträuße, als handelte es sich um Tribute. Und Vanka?

Das war derjenige, der sich in größter Pein befand, er beugte sich unter dem kürzer werdenden Schatten seines Herrn wie jemand, dem es endlich vergönnt ist, um seiner selbst willen Kummer zu empfinden.

Myra und Ella, die vor Entsetzen wie gelähmt waren, schüttelten sich die Krümel vom Schoß und schickten einander hinein, Louis-Georges besuchen, und machten einander vor, daß es ihm sehr viel besser ging. Nicht, daß sie Angst davor hatten, daß er sterben könnte, sondern sie hatten Angst davor, daß sie nicht vorbereitet sein könnten.

Wenn der Arzt kam, streiften sie ihre Verzagtheit ab. Sie eilten hin und her und ließen sich Rezepte ausschreiben, Löffel polieren; sie schlossen die Augen und saßen zu beiden Seiten seines Bettes und malten sich aus, daß er bereits die Absolution erteilt bekommen und das Zeitliche gesegnet hätte, um das Vergnügen haben zu können, die Augen zu öffnen und ihn genauso vorzufinden wie immer.

Als sie wußten, daß er wirklich im Sterben lag, konnten die Tanten nicht aufhören, ihn zu berühren. Sie versuchten, die Stellen seines Körpers zu bedecken, die allzu deutlich das Ausmaß seines Verfalls verrieten, die dünnen Arme, den feuchten pochenden Fleck am Hals, die eingefallene Magengrube. Sie tätschelten seine Handgelenke und trieben den Arzt und die neue Schwester ganz allgemein zum Wahnsinn. Am Ende schlug Myra allen anderen ein Schnippchen und kniete unbemerkt vor lauter Verzweiflung neben Louis-Georges nieder und streichelte sein Gesicht. Der Tod schien nicht überall zu sein, das heißt, er schien nicht an einem Platz zu bleiben, sondern schien sich mit ihren Liebkosungen von einer Region in die nächste zu bewegen. An diesem Punkt wurde sie mitsamt ihrer Schwester ausgesperrt. Sie wanderten die Diele auf und ab, hatten Angst zu sprechen, waren unfähig zu weinen, drückten sich aneinander vorbei und stemmten die Handflächen gegen die Wände.

Als Louis-Georges dann wirklich starb, erhob sich das Problem Vera Sovna. Sie vergaßen sie jedoch bald über ihrem Bemühen, den Weisungen des Toten Folge zu leisten. Louis-Georges hatte Sorge getragen, daß alles so weitergehen würde wie gewöhnlich; er würde in den Wechsel der Jahreszeiten nicht eingreifen, er hatte das nächste Jahr ›vorausgeplant‹.

Die Hühner rühmten sich ihrer Eier wie gewöhnlich, wie gewöhnlich waren die Ställe von fröhlichem Lärm erfüllt. Die Felder gossen ihr Leben in verschwenderischer Fülle über die Scholle, und Vanka faltete und verstaute die Kleider des Toten.

Als der Bestatter kam, duldete Vanka nicht, daß er Hand an den Leichnam legte. Er wusch und kleidete ihn selbst. Er selbst legte Louis-Georges auch in den schimmernden Sarg, der nach Kolophonium roch; er steckte die Blumen, und er verließ schließlich den Schauplatz, indem er mit der ganzen Sohle seiner plötzlich schwerfällig gewordenen Füße auftrat. Er ging in sein Zimmer und schloß die Tür.

Er ging auf und ab. Er hatte das Gefühl, etwas unerledigt gelassen zu haben. Er liebte Dienstbarkeit und Ordnung; er liebte Louis-Georges, der den Dienst zu einer Notwendigkeit und die Ordnung wünschenswert gemacht hatte. Was dazu führte, daß er die Handflächen aneinander rieb und sie dabei dicht an seinen seufzenden Mund hielt, als könne das Geräusch ihn irgendein verschwiegenes Geheimnis lehren. Natürlich hatte Leah eine Szene gemacht, über die man sich, wenn man die Umstände bedachte, allerdings nicht weiter wundern konnte. Sie hatte ihr Baby hereingebracht, es neben dem Leichnam abgesetzt und ihre erste Anweisung erteilt: »Ihr könnt jetzt mal eine Minute miteinander spielen!«

Vanka hatte sich nicht dagegen verwahrt. Das Kind war zu verschreckt, um die sorgfältig arrangierte Pracht von Louis-Georges' Abschied zu beeinträchtigen, und beide, Kind und Mutter, verließen das Zimmer alsbald in lautlosem Stumpfsinn. Vanka hörte, wie sie in die tiefer gelegenen Regionen des Hauses hinabstiegen, das absichtsvolle Gestampfe Leahs, das hurtige Getrippel des Kindes.

Während er in seinem Zimmer auf und ab lief, hörte Vanka, wie die Bäume gegen den Wind schlugen; eine Eule schrie aus dem Schober, eine Stute wieherte, stampfte und senkte den Kopf wieder in ihren Futterkasten. Vanka öffnete das Fenster. Er meinte, Schritte auf der kiesbestreuten Einfassung zu hören, die die Hortensienbüsche umgab; ein schwacher Duft, wie er von den tanzenden Rüschen an Vera Sovnas Kleid aufstieg, schien in der Luft zu hängen. Verärgert wandte er sich ab; dann hörte er sie rufen.

»Vanka«, sagte sie, »komm, mein Fuß hat sich in den Ranken verfangen.«

Ihr Gesicht mit dem offenen Mund erschien oberhalb der Fensterbank, und einen Augenblick später sprang sie ins Zimmer. Und da standen sie nun und sahen einander an. Sie waren noch niemals miteinander allein gewesen. Er wußte nicht, was er tun sollte.

Sie war ein bißchen aufgelöst; Zweige hatten sich in den Rüschen ihrer Röcke verhakt. Sie hob beide Schultern und seufzte. Sie streckte die Hand aus und sagte seinen Namen.

»Vanka.«

Er trat zurück und starrte sie an.

»Vanka«, wiederholte sie und trat zu ihm und stützte sich auf seinen Arm. Mit größter Schlichtheit sagte sie: »Du mußt mir alles erzählen.«

»Ich erzähle es Ihnen«, sagte er automatisch.

»Sieh doch, deine Hände!« Plötzlich ließ sie den Kopf in seine Hände sinken. Er erbebte; er zog die Hände weg.

»Oh sieh doch, du glücklicher Mensch!«, rief sie, »glücklichster aller Menschen, vom Schicksal erwählter Vanka! Er hat sich von dir berühren lassen, von ganz nah, ganz nah, hautnah, herzensnah. Du wußtest, wie er aussah, wie er stand, wie seine Fesseln in den Fuß übergingen! –«, er hörte sie schon gar nicht mehr, er war dermaßen erstaunt –, »Seine Schultern, wie sie geformt waren. Du hast ihn angekleidet und ausgekleidet. Du kanntest ihn, ganz und gar, lange Jahre. Erzähl mir – erzähl mir, wie war er?«

Er wandte sich ab. »Ich erzähle es Ihnen«, sagte er, »wenn Sie ruhig sind, wenn Sie sich hinsetzen, wenn Sie still sind.«

Sie setzte sich. Sie beobachtete ihn mit großer Freude,

»Seine Arme waren zu lang«, sagte er, »doch das wissen Sie, das konnten Sie sehen, aber schön; und sein Rücken, seine Wirbelsäule, sein Rücken verjüngte sich, er war schlank, höchst edel geformt ...«

Das Kaninchen

Die Straße war von Blättern bedeckt gewesen an dem Tag, da der kleine Schneider sein Heimatland verließ. Er sagte Guten Tag und Auf Wiedersehen in einem Atemzug, den Mund mit den breiten Zähnen aufgerissen, als sei er aus tiefem Wasser gezogen worden. Er verließ Armenien nicht, weil er das wollte, sondern er verließ es, weil er mußte. An ganz Armenien war nichts, das er nicht gern auf alle Zeiten immer weitererlebt hätte; es war die bare Notwendigkeit, man stieß ihn hinaus. Mit einem Wort, man hatte ihm in New York eine Erbschaft hinterlassen.

Das Abschiednehmen brach ihm nicht das Herz, er weinte keine Tränen, die fallenden Blätter versetzten ihm keinen Stich, er handhabte die ganze Angelegenheit, wie ein schlichter, schicksalsergebener Mann das tun sollte. Er ließ sich Armenien durch die Finger schlüpfen.

Sein Leben war eine gefestigte, stetige, langsame, angenehme Sache gewesen. Er pflügte und kümmerte sich um seine Felder. Die Hände über dem Schaft seiner Sense gefaltet, beobachtete er seine grasende Kuh. Er pflegte die Federn und Schnäbel seiner Enten, so daß das Gefieder glatt anlag, die Schnäbel unversehrt und glänzend blieben. Er ließ die Hand gern über die Geschöpfe auf seinem kleinen Stück Land gleiten, sie waren genauso erfreulich wie Pflanzen; ja, genaugenommen sah er da eigentlich keinen großen Unterschied.

Das war nun anders geworden. Seine Angehörigen rieten ihm (da er alleinstehend war), die Erbschaft anzunehmen, eine kleine Schneiderei, die sein Onkel ihm hinterlassen hatte. Wenn er sich einen Gehilfen nahm, sagten sie, konnte er damit nur besser fahren. Es würde ihn vielleicht »bilden«, einen »Geschäftsmann« aus ihm machen, einen »Chef«, einen Mann, der sich in der Welt auskannte.

Er widersprach zwar, doch nicht sonderlich nachdrücklich; er war ein schüchterner Mann, ein sanfter Mann. Er säuberte den Spaten, schärfte seine Sägen, schüttelte die Späne aus dem Hobel, ölte Bohrer und Hobeleisen, rieb Fett ins Geschirr, und während er sein letztes Kalb aus der erschöpften, murrenden Kuh herauszog, fragte er sich, was er tun sollte.

An dem Tag, da er aufbrechen sollte, ging er als erstes in den Wald, wo er Zweige herabgeholt und zusammengebunden hatte, um sich eine Hütte gegen die Sonne zu bauen. Sein Krug, worin er sein Sirup-Zimt-Wasser gehabt hatte, war noch da, neben seinem Sitzbalken. Der Wald wucherte in den Fahrweg hinein; die Schatten, die von hellen Löchern aus Sonnenlicht zerrissen waren, tanzten in satten Tupfern. Mücken vom Sumpf sangen über seinem Kopf. Sie gerieten in die langen Haare seines Kinnbarts und verfingen sich darin, sirrend hingen sie in dem Gewirr, rotierten gegen seine Wange, flogen auf, wenn er in die Hände klatschte, und während er sich gegen das Gesicht schlug, sah er sich im Geiste in klaglos ertragenem Unglück hoch oben auf einem Tisch sitzen und nähen, als wäre er gestorben und müßte damit fertig werden.

So kam also eines Tages ins untere Manhattan (in die Straße, wo der Laden von Amietiev, dem Schneider, war) ein Fremder, der jüngste Amietiev, und er kam mit einem Besen. Die Passanten sahen, wie er ihn über die Dielenbretter seines Erbteils schwang, eines Raums nicht viel größer als 12 mal 24 Fuß, wobei das hintere Drittel durch einen Vorhang abgetrennt war, der das schmale Bett und die danebenstehende Kommode verbarg. Er sog prüfend die Luft ein, wie er die Luft seines Landes geprüft hatte, er nieste. Er packte den Raum im Geiste gewissermaßen beim Genick und schüttelte ihn im Angesicht seiner verlorenen Hektar.

Er hatte das Schneiderhandwerk zwar als Junge erlernt, als dieser nunmehr verstorbene Onkel sein Vormund gewesen war, doch seine Finger waren ungeschickt, und er brach die Nadel ab. Er arbeitete langsam und mühevoll, und er hielt den Atem zu lange an und stieß ihn dann unter lauten Seufzern wieder aus. Er schuftete bis spät in die Nacht, das Schneiderbügeleisen zwischen den Knien. Leute, die auf dem Nachhauseweg waren, äugten zu ihm herein, wie er auf seinem langen Tisch saß, halb verborgen von den Anschlägen an seinen Fensterscheiben, dem von Fliegendreck übersäten Modenalbum, das aufgeschlagen im Fenster lag und worin hochelegante Herren in Gehröcken zu sehen waren, von längst überholten Ankündigungen religiöser Veranstaltungen und Programmzetteln der komödiantischen Veranstaltungen des Viertels. Bummler, denen seine Blässe auffiel, bemerkten: »Der da stirbt bestimmt an Schwindsucht, möcht' ich wetten!«

Auf der anderen Straßenseite, auf einem Fleischerschragen (der mit Amietievs noch verbliebenen Futterseiden, Schottenstoffen und Wollstoffen wetteiferte) lagen leuchtende Rinderviertel, Kalbsköpfe und -füße; Reste von Tieren, gelbrosa Fettschichten. Da gab es Muskelfleisch und Nieren mit ihrem Netz aus Talg; riesige Karkassen, die in der Mitte durchgehauen waren und die Tastatur der Wirbelsäule sehen ließen, und, an Haken aufgehängt, Enten, die mit dem Kopf nach unten in Becken abtropften.

Wenn der kleine Schneider aufblickte, machte ihn das furchtbar traurig; die Farben waren eine Todesernte. Nur allzu gern erinnerte er sich der wogenden Wiesen seines Heimatlandes, mit den Kühen auf den Feldwegen und dem Obst, das einem über den Kopf herabhing, und er wandte sich ab und stichelte weiter.

Hinter dem Vorhang gab es einen kleinen Gaskocher, auf dem er sich sein Frühstück wärmte; bisweilen eine Wurst, immer Kaffee, Brot, Käse. Im Sommer war es zu heiß, im Winter herrschte im Laden eine tödliche Stickluft. Er konnte es nicht wagen, die Tür aufzumachen. Er wurde von Kälte angeweht, jedesmal, wenn ein Kunde hereinkam (kein Mensch schien je auf die Idee zu kommen, daß er vielleicht den Wind abbekäme), also saß er in der verbrauchten Luft, die durch den Gasofen noch unendlich verschlechtert wurde, und mit jedem Tag traten ihm die Augen tiefer in den Kopf, wuchsen die dunklen Brauen mehr und mehr hervor. Die Kinder in der Nachbarschaft nannten ihn ›Kohlenauge‹.

Im zweiten Sommer kam das Geschäft in Schwung, er arbeitete schneller, lieferte ausgezeichnete Flickarbeit, berechnete sehr wenig und gönnte sich selbst nie die geringste Zeit; er stichelte, wendete, bügelte, änderte, als wäre die Welt ein riesiger Wall alter Kleider gewesen. Zu diesem Zeitpunkt hatte er sich bereits mit einem kleinen, kranken, schlanken italienischen Mädchen angefreundet, das anfangs mit dem Mantel ihres Vaters bei ihm erschienen war. Sie roch herb, wie nach Zitronen.

Ihr glattes schwarzes Haar, das in der Mitte gescheitelt war, war so schwarz wie ihre Augen; unter einer gebogenen Nase brannte ihr Mund, der energisch geschlossen war. Nahezu alles Leuchtende hatte es ihm angetan. Er dachte an die vielen Kalender mit all den Madonnen, die er gesehen hatte, und er beging den Fehler, dies Mädchen damit in Verbindung zu bringen. Die scharfe, gierige Grausamkeit ihres Gesichts gefiel ihm; er verwechselte das rasche Hin- und Herzucken ihres Kopfes mit Munterkeit. Er selbst war kein gutaussehender Mann; das störte ihn jedoch nicht, er sah genauso gut aus wie alle anderen in seiner Familie auch, und das genügte. Es war ihm überhaupt nicht bewußt, daß sein Körper, gemessen an der Größe seines Kopfes, ziemlich klein war; die Tatsache, daß er krauses Haar hatte, verschlimmerte die Sache noch.

Dies Mädchen, Addie, tat all diese Dinge kund. Das schmerzte ihn, weil er anfing, sie zu mögen. Ihm entging nicht, wie hungrig sie aussah, wenn er das durch das Zittern seiner Nadel verriet. Er war verdutzt. »Warum«, fragte er, »wenn du solche Sachen über mich sagst, siehst du so hübsch aus?«

Dabei war das das Schlimmste, was er sagen konnte, es ermutigte sie, es schmeichelte ihr. Sie legte es weiter darauf an, ihren Schnabel zu wetzen, und er reizte sie obendrein ständig: Schließlich war sie weder so nett, wie er gedacht hatte, noch so jung. Endlich, nachdem er lange mit sich zu Rate gegangen war und sich gründlich das Hirn zermartert hatte, fragte er sie, ob sie schon an Liebe und Heirat gedacht habe. Natürlich hatte sie das; hier hatte sie direkt vor der Nase ein Geschäft, das nur auf sie wartete, es war vielversprechend und schien ›blühen‹ zu wollen, wie man so sagt, und war sie nicht außerdem schon an ihn gewöhnt? In aller Stille, Schläue und ohne etwas zu überstürzen (was er, Trottel, der er war, nicht bemerkt hatte), hatte sie ihre Pläne gemacht. Es freute sie zwar, die Bindung einzugestehen, doch ihre Worte waren: »Du bist nicht gerade ein Prachtexemplar!« Sie sagte es unwirsch (so als werfe sie ihm irgend etwas vor). Sie sagte es hochnäsig und strich dabei ihren gefältelten Rock mit zwei Fingern glatt. Er hatte das Gefühl, daß sie sehr stark war, er selbst hingegen so ziemlich nichts.

»Was verlangst du denn von mir?«

Sie zuckte die Achseln, warf das Haar zurück und öffnete den Mund so weit wie überhaupt möglich, so daß die darin kauernde Zunge in ganzer Länge sichtbar wurde.

»Ich meine, wenn ich irgend etwas tun muß, was ist das denn? Wenn ich, wie du sagst, nichts weiter bin als –«

»Du wirst niemals etwas *sein*«, sagte sie, dann setzte sie hinzu: »Du wirst niemals etwas *anderes* sein.«

»Na gut. Etwas anderes vielleicht nicht, aber vielleicht ja mehr?«

»So siehst du aus.« Sie verstand sich darauf, ihn mit wenigen Worten abzufertigen, das war ihre Form der Verachtung.

»Was heißt das – ›so siehst du aus‹?«

»Du bist beispielsweise nicht der Typ, um ...«

»Um was?« Er rutschte herum und starrte sie eindringlich an.

»Du bist wohl kaum ein *Held*!« Sie lachte, es klang wie eine ganze Reihe kurzer Schnapplaute, wie bei einem Hund.

»Sind Helden gefragt?« sagte er mit solcher Tücke und einem derart verstörten Gesicht, daß sie kicherte.

»Nicht in deiner Familie, wie ich sehe.«

Er nickte. »Ganz recht. Doch, das ist völlig richtig. Wir waren stille Leute. Du magst also keine stillen Leute?«

»Pah!«, sagte sie, »Das sind doch Weiber!«

Er dachte lange Zeit darüber nach. Langsam bewegte er sich von seinem Tisch herunter. Er nahm sie bei den Schultern und schüttelte sie sachte hin und her.

»Das stimmt nicht, und du weißt das auch. Sie sind etwas anderes.«

Sie fing an zu schreien. »Ach nein! Jetzt bin ich also eine Lügnerin. So weit ist es schon gekommen! Ich bin abscheulich, unnatürlich, unnatürlich!« Es war ihr gelungen, sich in die höchsten Töne geheuchelter Entrüstung hineinzusteigern, sie riß an ihrem Haar und schwenkte es von rechts nach links wie eine Peitsche. Dadurch, daß sie sich auf diese Weise selbst Gewalt antat, daß sie derart aus der Fassung geriet und ihre geradezu herablassende Selbstsicherheit einbüßte, bereitete das schlaue Balg ihm eine derartige Qual, als müßte er die Zertrümmerung eines Heiligenbildes mitansehen.

»Nein, nein!« rief er und klatschte in die Hände. »Tu so was nicht, geh nicht so mit dir um! Ich werde etwas tun, ich mache alles, was es auch sei.« Er trat zu ihr und zog ihr das Haar aus der Faust. »Ich tue *alles* für dich! Doch, bestimmt, ich werde es tun, ich tu's, ich tu's!«

»Was wirst du tun, Amietiev?«, fragte sie unvermittelt mit einer solchen Ruhe, daß seine Bangigkeit geradezu daran abprallte. »Was ist das denn, was du tun willst?«

»Ich werde kein solches Weib mehr sein. Du hast mich Weib genannt; es ist etwas Schreckliches für einen Mann, das gesagt zu bekommen, vor allem, wenn er klein ist, und ich bin klein.«

Sie trat auf ihn zu, die Ellenbogen fest an die Rippen gepreßt, die Handflächen nach außen gekehrt, und sie setzte die Füße seitwärts. »Du wirst alles für mich tun? Wie? Etwas Kühnes, etwas wirklich *Großes*, etwas Großartiges nur für mich?«

»Nur für dich.« Er sah sie bekümmert an. Das kurze, grausame Zucken ihres Mundes (alles an ihr war flüchtig) –, die erbärmlich dünnen Arme, der schmächtige Brustkorb, das allzu lange Haar, die Hände, die an den Handgelenken schlackerten, der schleifende Gang der schmalen Füße und der schwache, trostlose beißende Zitronengeruch, der von ihrem schwingenden Rock in Wolken aufstieg, trieben ihn von ihr weg. Wieder war er vor Kummer wie vernichtet. Sie trat von hinten an ihn heran, griff sich seine beiden Hände, zog sie hinter seinen Rücken und küßte ihn, indem sie sich an ihn lehnte, in den Nacken. Er versuchte, sich umzudrehen, doch sie hielt ihn fest, und so standen sie eine Weile, dann riß sie sich los und rannte auf die Straße hinaus.

Er machte sich wieder an die Arbeit; im Schneidersitz auf dem Tisch hockend, fragte er sich, was von ihm wohl erwartet wurde. Etwas Derartiges war ihm bislang nie passiert; tatsächlich hatte er ihr immer erzählt, wie sehr er sich nach einem Leben auf dem Land sehnte, mit ihr an seiner Seite, auf den Feldern oder zwischen Büschen und Gemüsen. Und jetzt trat er sich auf einmal in der Rolle des Helden gegenüber... Was war denn überhaupt ein Held? Was war denn der Unterschied zwischen ihm und dieser Art Mann? Er versuchte sich zu besinnen, ob er jemals einen gekannt hatte. Er erinnerte sich an Geschichten, die die Zigeunerinnen ihm erzählt hatten, vor urlanger Zeit, als er noch in seiner Heimat war. Die hatten ihm gewiß von einem jungen Burschen erzählt, der ein ungeheuer starker Ringkämpfer war und wie der Teufel mit seinen Feinden rang, sich jedoch, da er nicht imstande gewesen war, irgendetwas zu töten, von einem Berg gestürzt hatte. Doch einem wie ihm, einem Schneider, wäre so etwas unmöglich... er würde dabei nur umkommen, und davon hätte er nichts. Er dachte an all die großartigen Menschen, von denen er gehört oder gelesen hatte oder denen er zufällig hätte begegnen können. Da war Jean, der Schmied, der ein Auge verloren hatte, als er sein Kind vor einem Pferd gerettet hatte; doch wenn er, Amietiev, ein Auge verlor, würde Addie ihn schon überhaupt nicht leiden können. Und wie stand es mit Napoleon? Der war nun wirklich sehr berühmt; er hatte alles gemacht, ganz allein mehr oder minder, und war dabei so weit gegangen, daß er sich sogar ohne irgendwelche Hilfe zum Kaiser gekrönt hatte, und die Menschen bewunderten ihn so sehr, daß sie in der ganzen Welt sein Bild aufhängten, weil er natürlich ein Meister im Töten gewesen war. Er dachte darüber lange Zeit nach und gelangte schließlich zu dem unausweichlichen Schluß: Alle Helden waren Männer, die töteten oder getötet wurden.

Nun ja, das war unmöglich; wenn er getötet würde, hätte er ebensogut gleich in seinem Land bleiben und Addie niemals zu Gesicht bekommen können – folglich mußte er also töten, doch was?

Er könnte natürlich auch jemanden oder etwas retten, doch müßte das dann mit irgendeiner Gefahr verbunden sein, und womöglich gäbe es so etwas tagelang nicht, und er war des Wartens müde.

Er legte seine Arbeit beiseite, glitt vom Tisch herab, drehte das Licht kleiner und versuchte, mit dem Gesicht nach unten auf seiner Bettstelle liegend, die ganze Sache zu durchdenken.

Er setzte sich auf und rieb sich mit beiden Händen die Wangen. Es war feucht unter seinem Bart, das spürte er. Er versuchte, sich ein Bild von der Sache zu machen, ein Bild davon, wie Töten war. Er saß auf der Bettkante und starrte auf das kleine Stück Teppich mit seinem persischen Muster, und sein Geist folgte dessen gewundenen Linien.

Er dachte an Bäume, an den Bach, wo er fischen gegangen war, die grünen Felder, die Kühe, die ein langes Band heißer Luft aus ihren Nüstern ausstießen, wenn er sich näherte; er dachte an die Gänse, er dachte an das dünne Eis auf den Weihern mit den Büschen, die daraus hervorsprossen... Er dachte an Addie, und Addie war mit der Vorstellung vom Töten verquickt. Er versuchte, sich als jemanden zu sehen, der jemanden zerstört. Er schlug die Handflächen gegeneinander und verschränkte die Finger. Nein, nein, nein! Mit so etwas konnte man nicht einmal einer Drossel den Garaus machen. Er hielt die Hände nebeneinander und blickte auf die Daumen. Er rieb sie an seinen Beinen entlang. Wie schrecklich war nicht ein

Mord! Er stand auf und warf den Körper hin und her, als schmerzte er ihn. Er ging in den Laden und zog das Rouleau so hoch, wie es ging.

Genau gegenüber brannten zwei helle Lampen im Fenster des Fleischers. Er konnte die Rinderhälften von ihren Haken herabhängen sehen, die gekühlten Blutlachen in den Schalen, die geschlossenen Augen der Kalbsköpfe, die nebeneinander auf ihren Schragen aufgereiht lagen und wie gehäutete Frauen aussahen, und in der Zugluft der offenen Tür baumelnd, Wild mit eingeknickten Läufen.

Vorsichtig trat er aus seinem Laden auf die Straße hinaus, auf Zehenspitzen, als ob jemand ihn hätte sehen oder hören können. Er überquerte die Fahrbahn, stieß die Stirn gegen die Schaufensterscheibe des Fleischers, starrte all die geschlossenen Lider der jungen Tauben an, die verwitterten, geschrumpften Spinnweben der Gänsefüße, den überquellenden Abfalleimer, der seine Lungen und Gedärme ausspie. Ihm wurde erst flau im Magen und dann schlecht. Er legte die Hand gegen die Magengrube und drückte. Er zog an seinem Bart und zwirbelte die rotbraunen Haare, die ihm zwischen die Finger kamen.

Er kannte den Fleischer gut; er wußte auch, wann er auf ein Bier in die Kneipe ging und den Laden für einen Augenblick verließ. Er kannte seine Gewohnheit, die Hintertür nur eingeklinkt zu lassen, und wußte genau, was im Hinterzimmer gelagert war. Er erwartete kein Hindernis und traf auch auf keins. Er stieß die Hintertür ohne jede Schwierigkeit auf. Einen Augenblick lang machte das Dämmerlicht ihn blind, doch im nächsten tauchte er bereits wieder aus dem Laden auf und hatte einen Kasten unter dem Arm. Verstohlen, hastig, stolpernd lief er wieder über die Straße, auf seine eigene Tür zu, stieß sie mit dem Fuß auf und fiel nahezu hinein.

Der Widerschein der rubinroten Glasschirme des Fleischerladens lief rot über seine Modezeichnungen und die einherstolzierenden Herren aus Pappe. Der kleine Schneider setzte den Kasten in der hintersten Ecke nieder. Das Herz schlug ihm bis in den Hals hinauf. Er suchte im Innern fieberhaft nach irgend etwas, woran er sich halten konnte, etwas, das ihm das Gleichgewicht wiedergeben würde. Er mußte seine Entschlossenheit wiederfinden. Er biß die klappernden Zähne aufeinander, doch das trieb ihm nur die Tränen in die Augen, und so verschränkte er die Hände im Nacken, sank gleichzeitig neben dem Kasten auf die Knie und senkte Hände und Stirn zum Boden. Er mußte es tun! Er mußte es tun! Er mußte es *jetzt* tun! Seine Gedanken begannen wieder umherzuschweifen. Er versetzte sich wieder in seine Heimat, in eine andere Jahreszeit. Sonne auf dem Waldboden. Er erinnerte sich an die Mücken. Er kauerte sich mit baumelnden Armen auf die Hacken. Der strahlende, unvermutet einsetzende Sommer! Pflügen, Säen, Heuernte – was für ein Jammer! Er stutzte – was war ein Jammer? Erst jetzt ging es ihm auf.

In dem Kasten rührte sich etwas, das atmete und strampelte, um sich von ihm zu entfernen. Er stieß einen Schrei aus, eher ein Grunzen als einen Schrei, und das Etwas im Kasten antwortete mit einem angsterfüllten, harten Trommeln.

Der Schneider beugte sich vor mit ausgestreckten Händen, dann schob er sie zwischen den Stäben hindurch in den Kasten hinein, öffnete sie und schloß sie wieder, fest, ganz fest! Fester! Das Schreckliche, das wirklich Schreckliche an der Sache war, das Tier quiekte nicht, es wimmerte nicht, es schrie nicht: Es keuchte, als benähme der Wind ihm den Atem, es kämpfte sich mühsam aus dem Leben heraus, das furchtsame Scharren der bereits Überwältigten im Angesicht der letzten schäbigen Ungeheuerlichkeit.

Der Schneider stand auf und wich vor dem zurück, was er getan hatte. Er trat gegen den Wassereimer, wandte sich um und tauchte die Hände hinein. Er schlug ins Wasser und warf sich die Wellen mit dem Handrücken ins Gesicht. Er sprang zur Tür und öffnete sie. Addie stürzte herein, sie hatte, mit den Händen auf dem Rücken, hochgereckt an der Tür gelehnt, um hereinzuspähen.

Sie richtete sich ohne Entschuldigung oder Ausrede auf;

sie sah seinem Gesicht an, daß er zum erstenmal im Leben etwas Ungeheuerliches getan hatte und das, da gab es keinen Zweifel, für sie. Sie trat dicht an ihn heran, wie sie es mit der Tür gemacht hatte, die Arme auf den Rücken gelegt. »Was hast du getan?« sagte sie.

»Ich habe getötet – ich glaube, ich habe getötet –«

»Wo? Was?« Sie trat von ihm zurück und blickte in die Ecke auf den Kasten.

»*Das!*« Sie fing zu lachen an, ein hartes, markerschütterndes Gelächter.

»Rutsch mir den Buckel runter!« schrie er, und sie verstummte und sah ihn mit offenem Mund an. Sie stürzte los und hob das kleine graue Kaninchen hoch. Sie legte es auf den Tisch; dann trat sie zu Amietiev und schlang die Arme um ihn. »Komm«, sagte sie, »kämm dich.«

Sie fürchtete sich vor ihm, mit seinem Mund stimmte irgendetwas nicht, denn er hing seitlich leicht herab. Sie fürchtete sich vor seinem Gang, der laut, klatschend war. Sie schob ihn auf die Tür zu. Er setzte Fuß vor Fuß, mit einer Präzision, die ihn zuerst den Hacken aufsetzen ließ, dann folgte die Fußspitze...

»Wo willst du denn hin?«

Er schien nicht zu wissen, wo er war, er hatte sie vergessen. Er bebte, den Kopf erhoben, im Innersten verwundet.

Die Leidenschaft

Jeden Nachmittag um vier Uhr dreißig, außer donnerstags, bewegte sich eine elegante Kutsche mit gemessener Bravour durch den Bois. Sie wurde von zwei Braunen gezogen, deren glänzende Lacklederscheuklappen silberne *Rs* zierten und deren gestutzte Schwänze sich stolz über schön beschlagenen, makellosen Schwanzriemen wölbten.

In dieser Kutsche mit ihren halbzugezogenen Vorhängen saß die Prinzessin Frederica Rholinghausen, aufrecht, genau in der Mitte eines mit Klöppelmedaillons abgesetzten Kissens. Ihr Kopf bewegte sich nicht. Dem reglosen Gesicht hinter dem enggezogenen Schleier, der die leuchtende Pracht eines mit Bändern und Rosen überladenen Strohhuts umspann, wurde das Rouge nicht mehr aufgelegt, um seine Konturen zu unterstreichen, sondern um eine edle Abgezehrtheit zu malen. Die hochgewachsene Gestalt mit den hohen Schultern, die wie zerbrechliche Strebepfeiler wirkten, war in grauen Moirée gehüllt, dessen übermäßige Steifheit sich zu zwei scharfkantigen Punkten, den mageren Knien, zuspitzte wie die Ecken einer Pralinenschachtel. Keine Perle des Halsbands erzitterte zwischen den eingesunkenen blauen Adern, ebensowenig wie der leichte Glanz der Nägel durch irgendwelche persönlichen Gesten vom Schicklichen abwich, und nicht anders verhielt es sich mit den Schnallen auf den Schuhen oder auch dem durchdringenden Blick. Die ganze Pracht und Haltung teilte die Kehrtbewegung der Kutsche, als die Pferde den See umrundeten und die Schwäne aufstörten, die ihre Beschwerde schnatternd über die Wasseroberfläche ausstreuten. Die Spaziergänger unter den Bäumen schienen (wenn die Kutsche sie ins Blickfeld rückte) winzig und eingesperrt, denn die mächtigen astlosen Baumstämme warfen ein geradliniges Schattengitter. So bewegte sich dies parfümierte Gehäuse durch den Tag.

Der Kutscher, der mit seinem Sohn oben auf dem Bock saß, richtete den jungen Mann für ein Kutscherleben ab, an dem der alte Mann nicht teilhaben würde. Jeden Donnerstag, wenn die Prinzessin zu Hause blieb, wurde die leere Kutsche in einem zügigen, federnden Trab gefahren, und jeden Donnerstag hallte die Allee de Longchamps von den Rufen des alten Mannes wider: »*Eh, doucement, doucement!*«

Die Gefolgschaft der Familie, nurmehr fünf Bedienstete, arbeitete mit sowenig Anstrengung, wie sich mit einer abnehmenden Routine vereinbaren ließ. Jeden Morgen wurden in der Bibliothek die Bücher mit ihren weißen Ziegenledereinbänden und dem verblichenen Wappen abgestaubt, und jeden Nachmittag, wenn die Sonne nicht gar zu grell war, wurden im Musikzimmer die Vorhänge aufgezogen, doch da die Prinzessin sich mit jedem Jahr weniger von Zimmer zu Zimmer bewegte, wurde Jahr um Jahr ein Zimmer mehr auf immer dichtgemacht.

In der Küche schlug der Koch mit der Regelmäßigkeit eines Uhrwerks das Eiweiß von drei Eiern mit Rum und Zucker für das abendliche Soufflé, und mit derselben Regelmäßigkeit wässerte der Gärtner in der Abenddämmerung die Pflanzen, als sei er befördert worden, denn umgeben von der stillen Pracht der Schloßgärten sog er deren düstere, behäbige Majestät ein, als sei es die eines Versailles.

Der Schoßhund, seit langem schon zu alt, um von dem rüschenbesetzten Chintzkissen in seinem Korb aufzustehen, schlief schwer, ein Knäuel aus weißem Fell, von dem sich weder Glieder noch Gesicht abhoben, abgesehen von dem Strich aus dunklem Haar, der den Lidern ihren Platz zuwies, und dem feuchten, immer tiefer sackenden Punkt unter dem Kinn.

An ihren Donnerstagen erhob sich die Prinzessin um drei und kleidete sich vor einer langen Eichenstellage an, die von facettierten Flaschen blitzte. Sie war fast einen Meter achtzig groß gewesen und mit der Zeit nur um weniges geschrumpft. Wohin sie sich auch wenden mochte, standen Schnittblumen, doch sie pflegte sie nicht. Die Jagdszenen, die zwischen den hohen Eichenholzstühlen an der Wand hingen (sie hatte sie in der Jugend gemalt) waren staubbefiedert und gehörten einer fernen Vergangenheit an. Das Spinett in der Ecke, das mit einem, von ihrer eigenen Hand bestickten Satinüberwurf bedeckt war, warf sich entlang der Schrägkante seines Deckels und kündete auf diese Weise vom Schweigen eines halben Jahrhunderts. Die Notenhefte, die dort aufgestapelt lagen, waren für Sopran. Eins war beim *Liebeslied* aufgeschlagen. Der einzige Gegenstand, der in jüngster Zeit in Gebrauch genommen worden war, war der Kandelaber, dessen Kerzen auf ihrem Dorn halb herabgebrannt waren, denn die Prinzessin las bis in die Nacht hinein.

Es gab nur zwei Porträts, sie hingen im Eßzimmer. Das eine zeigte ihren Vater, der, in Uniform, neben einem Tisch stand, den Hut mit dem Federbusch in der Hand, die Hand wiederum auf dem Heft eines Schwertes, die gespornten Stiefelabsätze versunken im üppigen Flor eines Läufers. Das andere Porträt zeigte ihre Mutter auf einer Gartenbank. Sie war im grünen Jagdkostüm und hatte einen männlich wirkenden, kleinen Hut schräg über dem Ohr sitzen. In der einen Faust hielt sie, über hohen Reitstiefeln, eine ganze Kaskade von Rüschen. In einer Barockvitrine waren Miniaturen von Brüdern und Cousins aufgestellt; das waren weißblonde, geschlechtslose Kinder mit rosigen Wangen, die zwischen dem Nippes hervorlächelten; da gab es Fächer, Münzen, Siegel, Porzellanplatten (die von Adlern belebt waren) und, unpassenderweise, die Statuette einer Dame, die durch das hauchdünne Gewebe eines Nachtgewands auf ihre farblosen Brüste niederblickte.

Bisweilen regnete es, so daß die Tropfen gegen die hohen Fenstertüren klatschten und die Widerspiegelung in den Spiegeln stürmte. Bisweilen traf die Sonne einen Kristallüster, der seinerseits eine kalte Feuerschwinge gegen die Decke warf.

Kurz, die Prinzessin war sehr alt. Nun wird behauptet, die Alten könnten sich dem Grab nicht ohne Bangigkeit oder religiöse Zeremonie nähern. Die Prinzessin aber wohl. Sie befand sich in der Hand hochgradigen Verfalls: Sie war *sèche*, doch dank einer letzten Eiterung ihres Willens lebte sie noch.

Bisweilen, nicht oft, doch bisweilen lachte sie mit der einprägsamen Schärfe einer im unpassenden Augenblick auftauchenden Erinnerung, und das Auflachen eines sehr alten Menschen wirkt verstörend, weil es ohne Freundlichkeit und isoliert ist. Hin und wieder hatte sie, wenn sie in diesem, keinem Vergleich zugänglichen Augenblick ihre Augengläser hob, überraschenderweise den Ausdruck eines *galant*, eines *bonvivant* – doch lag über ihrer Haut ein Anflug von Blau, der vom Einverständnis mit der Sterblichkeit kündete. Sie sprach niemals von der Seele.

Hin und wieder kamen zwei verrostete Tanten zu Besuch, die von taperigen Gefährten begleitet wurden, ebenso wackeligen und hinfälligen, denen es gleichwohl gelang, heruntergefallene Gegenstände wiederzufinden, verlegte Brillen und zerbröckelten Kuchen – geduldig beugten sie sich herab und richteten sich wieder auf, während ihre Taschenuhren an ihren silbernen Häkchen hin- und herbaumelten.

Bisweilen schlenderte der einzige Neffe herein, ein »Taugenichts« – nicht sonderlich kindlich in seinem Gebaren, eher unverschämt und selbstgerecht –, nachdem er seine Pferde eingestellt hatte; mit gespreizten Beinen kam er durch das ganze Zimmer stolziert, ließ dabei die Schlaufe seiner Reitgerte gegen die Wickelgamasche klatschen, versprach »ewige Ergebenheit« und trug mit ausgestrecktem Arm eine derbe Zinnie vor sich her. Dann brach er in einem Sessel zusammen und bewies jene Gleichgültigkeit, die ihm in seinem hochwohlgeborenen Schienbein, in Schenkel und Scheitel vererbt worden war, ein gänzlich Ungenierter, Verdienstvoller ohne Verdienst, nippte Tee aus der zerbrechlichen Teetasse und starrte, während er tüchtige Halbmonde in das dünne Butterbrot biß, mit kaltem, berechnendem Blick ins Freie hinaus; und wenn die Prinzessin das Zimmer verließ, bemerkte er es wirklich nicht.

Kurt Anders, ein polnischer Offizier von einem vage erinnerlichen Regiment, der fast nie in Uniform erschien, war der wichtigste ihrer Besucher. Einmal im Monat, am zweiten Donnerstag, machte er seit dreißig Jahren seine Aufwartung, trank bei der Gelegenheit zierlich aus demselben Porzellan und war doch ein Riese, tüchtig gegurtet und oberlastig. Zwei langgezogene Falten gingen von der langen, gebogenen Nase aus, unterhalb deren sein Mund, der zu klein und zu flach geraten war für die weit auseinanderstehenden Zähne, der Tasse zustrebte. Er sprach mit ausgeprägtem Akzent.

Er war Witwer. Er sammelte Stiche und alte Ausgaben, Feuerwaffen und Briefmarken. Außerdem war er ein Verehrer des siebzehnten Jahrhunderts. Er trug braunrote Handschuhe, die, wenn er sie mit einer einzigen energischen Bewegung abstreifte, einen schwachen Veilchenduft ins Zimmer entsendeten. Er hatte das Auftreten eines Mannes, der der Ausschweifung nicht abhold gewesen ist; er wirkte, als habe er alles gegessen. Doch wenn er seiner ganzen Erscheinung nach auch elegant war, so haftete ihr doch irgend etwas an, das vom Beichtstuhl nicht weit entfernt war.

Manchmal kam er ein wenig zu früh, und dann ging er zu den Ställen, wo die beiden Braunen, die jetzt die einzigen Pferde waren, stampften und gestriegelt wurden, und wo das erfreuliche Gezänk, das Geschnappe und Gekläffe von Hündinnen, die gerade schwer am demnächst zu erwartenden Wurf des Jahres trugen, ihn erwarteten. Anders beugte sich eifrig nieder, um ihre Schnauzen zu streicheln, an ihren Lederhalsbändern zu ziehen, und blieb lang genug, daß ihre Schwänze sich beruhigen konnten.

Dieser Mann, dessen Geschichte angeblich ebenso *éblouissant* wie dunkel gewesen war, und der, so wollte es der Klatsch, seine Familie in der Jugend mit ziemlicher Gewißheit enttäuscht hatte, war zweifelsohne eine *figure scandaleuse.* Er hatte die *demimonde* allzu gern gehabt. Er hatte die Gunst der »Favoritinnen« sämtlicher großen Männer genossen. Er hatte einen Hang zu allen, die auf »Vergebung« angewiesen sein würden. Er war viel zusammen gewesen mit einem »Liebling« der Akademie, einem Sproß des Hauses Valois, derjenigen, die

»L'Infidèle« genannt wurde – oder jedenfalls behauptete er das –, und die sich, obwohl leidenschaftlich »modern«, doch hingezogen fühlte zu Museum und Wachsfigur, insbesondere den mit einem Seil eingefriedeten Sektionen, die königlichen Equipagen oder mittlerweile historisch gesicherten Betten längst vergessener Könige eine Heimstatt boten.

Die Wahrheit? Anders hatte Freude am Manöver, am vollkommenen »Sprung«, dem Trick aus dem Hut und ganz allgemein an einer gesunden Witterung. Imposant, mit hochangesetztem Bauch, gamaschentragend und behandschuht, schlenderte er durch den Luxembourg, beobachtete die Blätter, wie sie auf die Standbilder toter Königinnen herabfielen, die Spielzeugboote auf dem Teich, die Schleifen, die an den Rücken kleiner Mädchen auf und ab hüpften, die Leute, die nur dasaßen und nichts sagten. Wenn man nun einst in den Genuß des Paradieses kommt? Dann ist der einzige nicht wiedergutzumachende Verlust jeglicher Park in Paris, den man nicht mehr besuchen kann.

Später, wenn er dann ins Musikzimmer trat und seine Handschuhe abstreifte, sprach er gern von den Hunden, von den verschiedenen Rassen, vom Herbst, von der Luft im Hinblick auf den Herbst und von der Luft anderer Länder; sprach er gern von dieser oder jener Kathedrale, diesem oder jenem Drama. Zuweilen legte er der Prinzessin eine seltene Radierung vor, von der er hoffte, daß sie ihr gefallen würde, oder er ging vor ihr auf und ab, bis ihr die Taschen seines Gehrocks auffielen, in die er kleine Blumen gesteckt hatte. Manchmal vergaß er auch Pferde und Hunde, Radierungen und Herbste, und konzentrierte sich auf Verwendung und Niedergang des Rapiers und auf die Vorteile des Schaftstiefels für den Schauspieler. Die Prinzessin zitierte gern Schiller. Dann vertiefte Anders sich in die Verwendung des Narren bei Shakespeare, wobei er unermüdlich einen dünnen Goldreif am kleinen Finger drehte (der einen Rubin so zart wie Wasser aufblinken ließ) und einen Einwand bedachte, den die Prinzessin gemacht hatte und der die Unmöglichkeit betraf, die Tradition zu wahren, wo sich doch heute sowieso jeder zum Narren mache. Als nächstes verlegten sie sich vielleicht auf die Literatur im allgemeinen, und sie fragte ihn dann, ob er in der Lyrik Großbritanniens sehr bewandert sei. Er antwortete, Chaucer habe es ihm angetan und der sei ein Bursche, der verteufelt schwer wieder abzuschütteln sei. Woraufhin sie lächelte und in ernsthaftem Ton nachfragte: »Wieso schütteln?«, um dann in eine Diskussion über Malerei hinüberzugleiten und damit auch zu dem Thema, wie diese das häusliche *genre* eingebüßt habe, als die Holländer den Engländern gewichen seien. Sie erörterten das Für und Wider der Interieurs und der Landschaft in der Ölmalerei; und hin und wieder mündete die ganze Erörterung in den Vorschlag, man solle doch eine Ausfahrt machen, etwa um ein erlesenes spanisches Möbelstück anzuschauen. Manchmal ließ er die Radierung da.

Selbstverständlich nahm jeder an, daß die Prinzessin die einzig wahre Leidenschaft seines Lebens sei. Es galt als ausgemacht, daß er, hätte es nicht während des Französisch-Preußischen Krieges einen Bruch gegeben, um die Hand der Prinzessin angehalten hätte. Andere waren genauso unerschütterlich davon überzeugt, daß die Prinzessin viel zu knauserig sei, um ihr Bett mit jemandem zu teilen. Die übrigen behaupteten unbeirrbar, sie seien in der Jugend ein Liebespaar gewesen und jetzt so gut wie Mann und Frau. Doch das war alles Unsinn. Sie waren Seiten in einem alten Buch, die sich zusammengefunden hatten, weil das Buch geschlossen wurde.

Beim vorletzten aller Besuche hatte es so etwas wie Spannungen gegeben. Er hatte Gesualdo erwähnt und den Gram des Mörders; und von dem Mörder war es nur ein Schritt zur Passion Monteverdis »am Grabe des Geliebten«.

»Das ›unbeirrt dem Schrecken zu‹«, sagte er, »das ist Liebe.«

Er blieb unmittelbar vor ihr stehen, während er sprach, und neigte sich ihr zu, um zu sehen, wie sie sich fühlte, und sie, zurückgelehnt spähte sie in sein Gesicht und sagte: »Der letzte Gefährte einer alten Frau ist immer ein ›Unverbesserlicher‹.«

Sie setzte die Teetasse mit einem leichten Zittern der Hand nieder und fügte dann mit beißender Schärfe hinzu: »Wenn jedoch – ein unbedeutender, leichtlebiger Mann mit Bart gesagt hätte ›Ich liebe dich‹, hätte ich an Gott geglaubt.«

Danach kam er nur noch einmal, und nur einmal noch sah man die Prinzessin durch den Bois fahren, ein verschwommener Umriß hinter enggezogenem Schleier. Kurz danach lebte sie nicht mehr.

La Grande Malade

Und da waren wir, meine Schwester Moydia und ich, Madame. Moydia war fünfzehn, und ich war siebzehn, und wir waren rundum jung. Moydia hat eine dünne, dünne Haut, so daß ich sitze und sie anschaue und mich frage, wie sie überhaupt Ansichten haben kann. Sie ist vollkommen weiß, bis auf die Backenknochen, die damals rosig waren: ihre Zähne sind Milchzähne, und sie ist ein zierliches Persönchen, sehr hübsch und possierlich. Sie wollte *›tragique‹* werden und *›triste‹* und ›schrecklich‹ zugleich, wie die großen Französinnen der Zeit, nur heftiger und vielleicht weniger *pure*, und dabei doch sterben und ihr Herz aufgeben wie eine Jungfrau. Es war eine edle, eine unsinnige Ambition, *n'est-ce pas*, Madame? Doch so stand es nun einmal um Moydia. Als wir in Norwegen waren, saßen wir immer in der Sonne und lasen Goethe und waren überhaupt nicht einverstanden mit ihm. ›Der Mann ist *pompeux* und zu *assuré*‹, sagte sie dann und kniff die Lippen zusammen, ›und viel, viel zu *facile*.‹ Doch dann sagen die Leute halt, wir verstünden nichts davon.

Wir sind Russinnen, Moydia und ich, und es war reiner Zufall, der entsetzlichste Zufall in unserem ganzen bisherigen Leben, daß wir überhaupt jemals erfahren haben, daß unsere Großmutter Jüdin war – und warum? Weil man ihr nichtsahnend *erlaubt* hatte, auf dem Totenbett Champagner zu trinken, und Juden ist Champagner doch verboten. Und weil sie nun sozusagen verdammt war (zum Sterben und obendrein wegen der ›Erlaubnis‹), zwang sie Mutter, ebenfalls Champagner zu trinken, so daß sie schon als Lebende verdammt wäre wie die Sterbende im äußersten Falle. So sind wir denn Jüdinnen und keine Jüdinnen. Wir sind das, *wo* wir sind. Wir sind Polinnen, wenn wir in Polen sind, und wenn wir in Holland sind, sind wir Holländerinnen, und jetzt in Frankreich sind wir Französinnen, und eines Tages werden wir nach Amerika gehen und Amerikanerinnen sein, warten Sie nur ab, Madame.

Mittlerweile habe ich das ganze Polnisch vergessen, das ich konnte, und das ganze Russisch, das ich konnte, und das ganze Holländisch, außer allerdings einem Gedicht. Ach, dies Gedicht! Dies winzige Gedichtchen! Es geht einem so ans Herz, so ein schwermütiges, süßes Stückchen Sprache. Es erfüllt einen von Kopf bis Fuß mit Mitleid, weil es zwar vollständig, aber verstümmelt ist, wie eine griechische Statue, und dennoch ein Ganzes, wie ein Leben, Madame.

Nun bin ich nach Paris gekommen, und ich respektiere Paris. Anfangs respektierte ich es in einem großen Hut. Ich bin klein, und ein großer Hut stand mir eigentlich gar nicht, doch ich trug ihn aus Respekt. Es war ein einziger Wirrwarr aus Blumen und einer protzigen Feder; er umstand mein Gesicht, so daß es sich inmitten eines Gartens befand. Mittlerweile trage ich ihn nicht mehr. Ich mußte in meinem Wissen zurückgehen, geradenwegs zurück bis zu der Stelle in meiner Erinnerung, wo ich meinen Vater anschaue und sehe, wie er aussah, wenn er aus dem Schnee hereinkam. Damals sah ich ihn nicht wirklich. Jetzt sehe ich hingegen, daß er die ganze Zeit, als ich mir keinerlei Gedanken über ihn machte, wahrhaft schön war – mit seiner Breitschwanzmütze, dem Rock mit Schnürbesatz, mit all den silbernen Knöpfen und den hohen, spiegelblanken Stiefeln, die seine Beine unmittelbar unter dem Knie umschlossen. Dann denke ich an das Fenster, von dem ich herunterblickte und die Rundung jenes Hutes sah – eines wunderbaren, eines geheimnisvollen roten Filzhutes. Also trage ich meine Hüte aus Respekt für jenen Mann klein. Irgendwann, wenn ich Geld habe, werden meine Schuhe höher sein und mir bis zum Knie reichen. Das ist mein persönlicher Weg, Madame, doch es ist nicht dasselbe mit Moydia. Sie hat eine *großartige Erinnerung, die zur Gegenwart gehört,* und die dreht sich ausschließlich um ein Cape, und folglich trägt sie jetzt ein Cape, bis etwas noch Gebieterischeres das Cape vertreibt. Doch das muß ich erklären.

Zunächst einmal sind wir ja sehr jung, wie schon gesagt, und deshalb wird man auch sehr rasch *tragique*, wenn man tüchtig ist, stimmt das nicht? Also war Moydia, die doch zwei Jahre jünger ist als ich, fast sofort erschöpft.

Sie wissen doch, wie das in Paris ist im Herbst, wenn der Sommer sich gerade vom Laub trennt. Ich war mit Moydia zwei Herbste lang hiergewesen; der erste war traurig, ohne einem das Herz schwer zu machen, so wie das eben ist, wenn alle Geliebten, die man hat, trotz der Kälte leben. Wir gingen in den Tuilerien spazieren, ich mit meinem Käppchen und Moydia in einem flauschigen Mantel, denn die Art Mantel trug sie damals gerade, und wir kauften uns vor dem Kasperletheater rosa und blaue Bonbons und lachten, wenn die Puppen einander hauten, und dabei war Moydias Gesicht unter der zitronenduftenden Haut ganz angespannt, und die Tränen liefen ihr aus den Augen, als wir fanden, wie vollkommen das alles war, die Puppen mit ihrem Gehaue und die Bäume, die kahlen, und der Boden, der zugeschüttet war von ihrem Laub – und dann der Teich. Wir blieben am Teich stehen. Das Wasser war bis zum Rand voll mit Wasserlilienkissen, und Moydia sagte, es sei eine Schande, daß die Frauen sich in die Seine stürzten, nur um in deren Gram einzugehen, statt sich in einen genau richtigen Teich wie diesen zu werfen, wo das Wasser ein Teil von ihnen würde. Wir grämten uns ungeheuer darüber, daß die Menschen nicht in Schönheit lebten oder starben und auch überhaupt nichts planten, und wir erklärten auf der Stelle, daß wir es besser machen würden.

Danach bemerkte ich, fast sofort, daß Moydia ein wenig zu dekorativ geworden war. Sie streute sich den Zucker aus zu großer Höhe in den Tee, und sie sprach sehr schnell. So war das mit meiner Schwester Moydia in jenem Herbst.

Und natürlich wurden wir plötzlich ungeheuer raffiniert. Wir hängten uns zwei lange Spitzenvorhänge über die Betten, und wir sprachen von Liebhabern, und wir rauchten. Und ich? Ich ging in Seidenhosen umher, aus Respekt für China, das ja ein gewaltiges Land ist und *majesté* besitzt, weil man es nicht kennen kann. Es ist wie ein dickes Buch, das man zwar lesen, nicht aber verstehen kann. Also erzähle ich Moydia von China; und wir hielten drei Vögel, die nicht sangen, als Symbol des chinesischen Herzens. Und Moydia lag auf ihrem Bett und wurde immer ruheloser, wie eine Geschichte, die keinen Anfang und kein Ende kennt, nur eine Leidenschaft, wie aufzuckende Blitze.

Immerfort strampelte sie mit den Beinen und zerriß sie Spitzentaschentücher und weinte sie in ihr Kissen, doch wenn ich sie fragte, weshalb sie das alles täte, dann setzte sie sich mit einem Ruck auf und wimmerte: ›Weil ich *alles* will und mich in der Jugend verzehren!‹

So wußte sie eines Tages dann alles. Obwohl ich zwei Jahre älter bin als Moydia, ist es mit mir anders. Ich lebe langsamer, nur Frauen hören mir zu, doch Moydia beten die Männer an. Sie hören ihr nicht zu, sie schauen. Sie schauen sie an, wenn sie sich hinsetzt und wenn sie geht. Mit einemmal begann sie, völlig anders zu gehen und sich hinzusetzen. All ihre Bewegungen waren eine Art *malheureuser* Sturm. Sie hatte ihren Liebhaber, und sie lachte und weinte, das Gesicht nach unten gekehrt, und wimmerte dabei: ›Ist es nicht herrlich?‹ Und vielleicht war es tatsächlich herrlich, Madame. Von all ihren Bewunderern hatte sie den Berühmtesten gewählt, keinen anderen als Monsieur X. Seine große Bekanntheit hatte ihn abgezehrt. Er kleidete sich sehr *soigneusement*, weiße Handschuhe, wissen Sie, und Gamaschen und ein Cape, eine sehr kleidsame Angelegenheit mit einem Militärkragen; und er war *grave* und *rare* und starrte einen mit dem einen Auge überhaupt nicht an, aber das andere, das blickte aus einem Monokel heraus, wie das lidlose Auge eines Fisches in tiefem Wasser. Er war der *protégé* eines Barons. Der Baron hatte ihn sehr gern und nannte ihn seinen *›Poupon prodigieux‹*, und sie spielten zur Unterhaltung des Faubourg Farcen. So verhielt sich das mit Monsieur X, jedenfalls in seiner Glanzzeit, als er, sagen wir ruhig, die *belle d'un-jour* und damit beschäftigt war, Fabeln über Gott und die Welt zu schreiben, doch beendete er die Geschichten stets mit einigen Absätzen gegen die Frauen, *très âcres*.

Moydia begann, sich eine gutturale Stimme zuzulegen. Sie wurde eine *habituée* der Oper; entfesselt umflatterte und umtänzelte sie Monsieur X während der Pause, zerpflückte dabei ihre Blumen und verstreute sie überallhin und trällerte: ›*Je suis éternellement!*‹ Das Publikum sah das mit Mißvergnügen, doch der Baron war entzückt.

Weil meine Schwester und ich schon immer viel zusammengewesen waren, waren wir auch jetzt viel zusammen. Zuweilen besuchte ich den Baron mit ihr und hatte viele erbauliche Stunden, indem ich die beiden einfach nur beobachtete. Wenn der Baron Gäste hatte, war er sehr heiter und verstand sich glänzend auf eine Art gealterter Unreife, und Moydia spielte dann das Kätzchen oder die große Dame, wie es der Anlaß erforderte. Wenn er sie einen Augenblick lang zu vergessen schien, wurde sie zur *gamine*, streckte ihm die Zunge heraus, wenn er ihr den Rücken zukehrte, und zischte: ›*Ah, tu es belle!*‹, woraufhin er sich umdrehte und lachte, und sie wiederum fiel ihm in den Schoß, mit allem was sie hatte, ganz steif und *enragée*. Und dann mußte er sie lange Zeit streicheln und sie mit seiner hohen, abgenutzten femininen Stimme fragen, was los war. Und einmal wollte sie die Augen nicht öffnen, sondern kreischte und ließ ihn ihr Herz fühlen, indem sie sagte: ›Schlägt dies Geschöpf nicht gräßlich?‹, und er fragte in flehentlichem Ton: ›Weil, weil?‹

Dann klatschte sie in die Hände und brach in Tränen aus und schrie: ›Ich verkörpere zu viele Schicksale für Sie. Ich bin Marie auf dem Weg zur *guillotine*. Ich bin Bloody Mary, doch ich habe kein Blut gesehen. Ich bin Desdemona, doch Othello – wo ist der? Ich bin Hekuba und Helena. Ich bin Gretchen und Brünhild, ich bin Nana und Camille. Doch ich bin nicht so gelangweilt, wie sie es sind! Wann werde ich mich *richtig* langweilen?‹

Er langweilte sich und schob sie von seinem Knie herunter.

Sie stürzte sich auf ihn und zerrte an seinen Kleidern und zerriß ihm die Handschuhe und sagte seelenruhig: ›Ich kann mich nur wundern, wie ich Sie so gar nicht liebe.‹

Doch wenn wir nach Hause kamen, mußte ich sie zu Bett bringen. Sie zitterte und lachte, und sie schien Fieber zu haben.

›Hast du sein Gesicht gesehen? Das ist ein Untier! Ein Produkt der *malaise*. Er *will*, daß ich sein Sakristan bin. Er hätte gern, daß ich ihn beerdige. Da bin ich mir sicher. Katya, bist du dir nicht auch sicher? Er ist eine alte Seele. Er ist an seinem sterblichen Ende angelangt. Er ist ekelhaft vor lauter *finis*. Doch der Tod hat ihm einen Aufschub gewährt. Oh!‹, schrie sie, ›ich bete ihn an! Ich bete ihn an! Ich bete ihn an! Oh, ich bete ihn an!‹ Und sie weigerte sich solange, ihn zu sehen, bis er schier rasend wurde und selbst zu ihr kam. Sie rannte das ganze Treppenhaus hinunter vor ihm her. Ich konnte das scharfe Knallen ihrer Absätze und ihre lispelnde Stimme hören, als sie zitierte: ›*Le héron au long bec emmanché d'un long cou*‹, sie trällerte es, als sie die letzte Stufe hinunter in den Tag hineinsprang, und dann rief sie: ›*C'est la fontaine, la fontaine magnifique!*‹ Und man konnte seinen Rohrstock hinterdrein tappen hören.

Dann, letzten Herbst, ehe der Winter anbrach (Sie waren damals nicht hier, Madame), war Moydia nach Deutschland gefahren, um Papa zu besuchen, und die ganze Nacht vor ihrer Abreise hatten wir zusammengesessen, wir drei, Moydia, ihr Liebhaber und ich. Wir tranken viel zuviel. Ich sang mein holländisches Lied und sprach ausgiebig, redete wirres Zeug über Vater und seine Mütze und seine Stiefel und den wundervollen Rock, den er hatte. Das gefiel Moydia, und es gefiel auch mir, doch Monsieur X kamen wir wahrscheinlich wie Bettler vor, die sich an verflossenes Gold erinnerten. Also tanzte ich einen Tatarentanz und wütete, weil meine Stiefel mir nicht bis an die Knie gingen, und die ganze Zeit saß Moydia an die Schulter ihres Liebhabers gelehnt, beide miteinander verschmolzen, als seien sie ein Emblem. Doch als ich herumzuwirbeln aufhörte, rief er mich zu sich und flüsterte, eines Tages würde ich ein Paar großartige Stiefel bekommen, was mich mit großer Freude erfüllte. Doch Moydia sprang auf. ›Ich liebe doch diesen Mann nicht, diesen Cookoo, hm?‹ Sie nannte ihn immer Cookoo, wenn sie ihn am liebsten hatte, so als spräche sie von jemand anderem. ›Ich liebe Cookoo nur, wenn ich betrunken bin. Deshalb liebe ich ihn jetzt überhaupt nicht, weil ich überhaupt nicht betrunken bin. Oh doch, wir russischen Frauen trinken ungeheuer viel, aber zum Nüchternwerden – das berücksichtigen die anderen Völker dabei nicht! Stimmt das nicht, Katya? Das liegt daran, daß wir so extravagant sind, daß wir keine Gerechtigkeit anstreben ... Wir streben Poesie an. Du betest mich zwar an, weißt du‹, sagte sie zu ihm, ›und ich *lasse* dich, doch so ist das nun mal mit polnischen Frauen.‹

›Russischen‹, verbesserte er sie und saß und starrte durch die Rundung seines Monokels nur die Wand an.

Nun gut, Moydia fuhr also nach Deutschland, um Papa zu besuchen, der jetzt Handelsreisender ist und Diamanten kauft und verkauft. Er will uns kein Geld schicken, wenn er uns nicht wenigstens einmal im Jahr zu sehen bekommt. So ist er eben. Er sagt, er will nicht, daß seine Mädchen zu irgend etwas heranwachsen, für das er ungern bezahlt. Manchmal schickt er Geld aus Rußland, manchmal aus Polen, manchmal aus Belgien, manchmal aus England. Er sagt immer, eines Tages käme er auch nach Paris, doch er kommt nicht. Es ist sehr verwirrend, so viele Sorten Geld zu bekommen, wir wissen nie, was wir ausgeben dürfen, wir müssen sehr vorsichtig sein; vielleicht ist das ja die Idee dabei. Doch in diesem Augenblick hatte Moydia jede Vorsicht aufgegeben. Sie kaufte sich ein neues Kleid, um Monsieur X zu gefallen und um darin zu reisen und um Vater nicht zu beunruhigen – alles gleichzeitig. Es war also ein raffiniertes Kleid, sehr geschickt gewählt und rührend. Es bestand ganz aus gepunktetem *suisse*, es hatte ein sehr eng anliegendes Mieder, und auf dies Mieder war, genau zwischen den Brüsten, in sehr feinem Twist ein geschlachtetes Lamm gestickt. Das mochte alles bedeuten, Sie verstehen schon, oder auch gar nichts, und es konnte Vater und Liebhaber gleichermaßen erfreuen.

Nachdem sie weggefahren war, saß ich jeden Nachmittag im Café und wartete auf ihre Rückkehr. Sie sollte nicht länger als zwei Wochen wegbleiben. Das war der Herbst, in dem ich eine große Traurigkeit verspürte, Madame, ich las eine Menge und ging in den Tuilerien spazieren und besuchte wieder den Teich und trat unter die Bäume, wo die Luft kühl war, und es gab ganz viele Menschen, die nicht fröhlich zu sein schienen. Der Herbst ist im vorigen Jahr anders verlaufen; er war schon im September bedrückend gewesen – es war, als käme von weit her ein Katafalk nach Paris herein und jedermann wüßte das. Die Männer knöpften sich die Mäntel bis oben hin zu, und die Frauen hielten die Sonnenschirme schräg, wie gegen den Regen.

So vergingen zehn Tage, und die Jahreszeit hing lastend in einem Dunst, der fast alles andere auslöschte. Man konnte kaum die Seine erkennen, wenn man über die Brücken lief, die Statuen in den Parks hatten sich gänzlich zurückgezogen, und die Wachen sahen aus wie Puppen in Schachteln, der Boden war ständig feucht, die *brasiers* in den Cafés brannten mit aller Kraft. Dann wußte ich, plötzlich wußte ich – Moydias Geliebter lag im Sterben! Und er starb tatsächlich in derselben Nacht. Er hatte sich an dem Abend, als Moydia abgereist war, eine Erkältung zugezogen, und die war immer schlimmer geworden. Es hieß, der Baron sei ständig bei ihm gewesen, und als der Baron gesehen habe, daß Monsieur X wirklich sterben würde, habe er ihn dazu bewegt zu trinken. Sie tranken die ganze Nacht miteinander und bis in den Morgen hinein. Der Baron wollte es so haben: ›Auf diese Weise‹, sagte er, ›kann er vielleicht sterben, wie er geboren ist, ohne es zu wissen.‹

Ich ging also schnurstracks zum Haus des Barons und zu seiner Tür hinauf und pochte – doch er wollte mich nicht einlassen. Er sagte durch die Tür hindurch, Moydias Liebhaber sei noch am selben Morgen beerdigt worden, und ich sagte: ›Geben Sie mir etwas für Moydia‹, und er sagte: ›Was soll ich Ihnen denn geben?‹, und er setzte hinzu: ›Er hat nichts hinterlassen als einen unsterblichen Namen!‹ Und ich sagte: ›Geben Sie mir sein Cape.‹ Und er gab mir sein Cape, durch den Türspalt unter der Kette hindurch, doch er sah nicht zu mir hinaus, und ich ging weg.

Am Abend kam Moydia aus Deutschland zurück. Sie hatte entsetzliches Fieber und sprach sehr schnell, wie ein Kind. Sie wollte unverzüglich zu Monsieur gehen. Ich hatte alle Mühe, sie zu Hause zu halten. Ich steckte sie ins Bett und machte ihr Tee, doch ich konnte es nicht für mich behalten, also brachte ich ihr das Cape und sagte: ›Cookoo ist tot, und das ist sein Cape, und es ist für dich.‹ Sie sagte: ›Wie ist er gestorben?‹, und: ›Warum?‹

Ich sagte: ›Er ist in der Nacht krank geworden, wo du weggefahren bist, er bekam Fieber, und das ging nicht wieder weg, also hat der Baron sich zu ihm gesetzt, und sie haben die ganze Nacht getrunken, so daß er sterben konnte, wie er geboren war, ohne es zu wissen.‹

Moydia begann, mit beiden Händen aufs Bett zu schlagen, und sagte dazu: ›Dann laß uns auch trinken, und ich bete zu Gott, daß ich denselben Tod sterbe!‹ Wir saßen die ganze Nacht und tranken und redeten irgendwelches Zeug. Gegen Morgen sagte sie: ›Da habe ich ja jetzt ein großartiges Leben!‹, und sie weinte und ging schlafen, und am anderen Mittag war sie ganz gesund.

Und jetzt, Madame, trägt sie es immer. Das Cape. Die Männer bewundern sie darin, und tatsächlich sieht sie sehr gut darin aus, finden Sie nicht auch? Sie ist rascher gewachsen als ich, man sollte eigentlich meinen, sie sei die Ältere, nicht? Sie ist heiter, verwöhnt, *tragique*. Sie zuckert ihren Tee aus zu großer Höhe. Und das ist alles. Mehr gibt es nicht zu erzählen, außer – in dem *débâcle* gerieten meine Stiefel ganz in Vergessenheit. Am nächsten Tag brachten alle Zeitungen Seiten um Seiten über Monsieur X, und auf allen Seiten trug er ein Cape. Wir, Moydia und ich, lasen sie gemeinsam. Vielleicht hat man ja sogar in Amerika etwas über ihn gedruckt? Wahrhaftig, wir sprechen ein bißchen Französisch, da müssen wir zusehen, daß wir weiterkommen.«

Aller et retour

Unter den Fahrgästen im Zug von Marseille nach Nizza war eine Frau von großer Kraft.

Sie war weit über vierzig und ein bißchen oberlastig. Sie war enggeschnürt, so daß die Korsettstangen sich bei jedem Atemzug bogen, und bei jedem Atemzug und jeder Bewegung erklirrten auch die klobigen Glieder ihrer vielen goldenen Ketten, während das Klicken derbgefaßter, großer Steine ihre leichteren Gesten unterstrich. Von Zeit zu Zeit hob sie eine langstielige Lorgnette vor die häufig zwinkernden Augen und spähte in die Landschaft hinaus, die hinter dem Rauch des Zuges verschwamm.

In Toulon zog sie das Fenster herunter und lehnte sich hinaus, um nach Bier zu rufen, und der Cul de Paris ihres hüftengen Rockes ragte steil über den hochgeschnürten hellbraunen Stiefeln auf, die wohlgeformte Beine in rosawollenen Strümpfen umspannten. Sie lehnte sich zurück, trank ihr Bier mit Genuß und fing derweil die Erschütterungen ihres Körpers auf, indem sie die kleinen molligen Füße fest gegen den Gummibelag des Bodens stemmte.

Sie war Russin, eine Witwe. Ihr Name war Erling von Bartmann. Sie lebte in Paris.

Bei der Abfahrt in Marseille hatte sie ein Exemplar von *Madame Bovary* erstanden, und das hielt sie nun mit leicht angehobenen, abgewinkelten Ellenbogen in den Händen.

Mit Mühe las sie ein paar Sätze, dann legte sie das Buch auf den Schoß nieder und schaute auf die vorbeiziehenden Hügel hinaus.

Nach ihrer Ankunft in Marseille überquerte sie gemächlich die schmutzigen Straßen, den gebufften Rock bis weit über die Stiefel geschürzt, und wirkte dabei gleichzeitig umsichtig und geistesabwesend. Die dünne Haut ihrer Nase erbebte, als sie die üblen Gerüche der engeren Gassen einsog, doch war ihr weder Vergnügen noch Mißvergnügen anzumerken.

Sie lief die steilen, engen, abfallübersäten Straßen hinauf, die vom Hafen ausgehen, und blickte abwechselnd starr nach links und nach rechts, mit einem Blick, dem nichts entging.

Eine derbe Frau lümmelte sich breitbeinig in der Tür zu einem einzelnen Zimmer, das mit einem hochbeinigen, rostigen Eisenbett vollgestellt war. Sie hielt einen Hahn und rupfte ihn beiläufig mit einer riesigen Hand. Die Luft hing voller schwebender Federn. Sie hoben und senkten sich über Mädchen, die unter ordinären dunklen Ponyfransen hervorzwinkerten. Madame von Bartmann setzte achtsam Fuß vor Fuß.

Vor einem Schiffslieferanten blieb sie stehen und sog den scharfen Geruch geteerter Taue ein. Sie nahm mehrere kolorierte Postkarten von ihrem Ständer, auf denen Frauen beim Baden zu sehen waren oder auch fröhliche Matrosen, die sich mit verschmitztem Blick in falscher Treuherzigkeit über vollbusige Sirenen beugten. Madame von Bartmann berührte die Satinstoffe vulgärer, grellfarbiger Bettüberwürfe, die in einem Seitengäßchen zum Verkauf auslagen. Ein Fenster voller Fliegendreck, staubig und von Sprüngen durchzogen, stellte einen stufenförmigen Aufbau von Trauerkränzen zur Schau, die aus weißen und magentaroten Perlen gewunden und von Abbildungen des Blutenden Herzens eingerahmt waren, diese wiederum aus Blech gehämmert und in blattsilberne Flammen gefaßt und das Ganze gestrandet auf einer Brandung aus Spitze.

Sie kehrte in ihr Hotelzimmer zurück und löste vor dem Spiegel in der hohen Schranktür die Nadeln aus Hut und Schleier. Um die Stiefel aufzuschnüren, setzte sie sich in einen von acht Lehnstühlen, die mit millimetergenauer Präzision an den beiden gegenüberliegenden Wänden aufgereiht standen. Die dicken Samtvorhänge mit ihren üppigen Falten sperrten die Geräusche des Hofes aus, auf dem Tauben verkauft wurden. Madame von Bartmann wusch sich die Hände mit einem großen Oval gewöhnlicher roter Seife und trocknete sie ab, während sie nachzudenken versuchte.

Am Morgen plante sie, auf derbem Leintuch zwischen dem Mahagoni von Kopf- und Fußteil sitzend, den weiteren Verlauf ihrer Reise. Für den Zug war es noch zwei oder drei Stunden zu früh. Sie zog sich an und ging aus. Als sie auf eine Kirche stieß, trat sie ein und streifte langsam die Handschuhe ab. Es war dunkel und kalt, und sie war allein. Zwei Öllämpchen brannten zu beiden Seiten der Figuren des Hl. Antonius und des Hl. Franziskus. Sie legte ihren Lederbeutel auf einer Bank ab und ging in eine Ecke, wo sie niederkniete. Sie drehte die Steine ihrer Ringe nach innen und legte die Hände so aneinander, daß das Licht durch die kleinen Finger hindurchschien. Sie hob die Hände und betete mit der ganzen Kraft der Erkenntnis um eine gewöhnliche Vergebung.

Sie stand auf und spähte umher, verärgert, weil vor dem Allerheiligsten keine Kerzen brannten – und befühlte dabei den Stoff der Altardecke.

In Nizza löste sie einen Omnibusfahrschein zweiter Klasse und erreichte etwa um vier Uhr den Stadtrand. Mit einem großen Eisenschlüssel öffnete sie das hohe, verrostete Eisentor eines privaten Parks und schloß es wieder hinter sich.

Die Allee der blühenden Bäume mit ihren wohlriechenden Blütenschalen, das Moos, das die geborstenen Pflastersteine umsäumte, die heiße, muskatduftende Luft, das unablässige Flügelrascheln unsichtbarer Vögel – das alles verwob sich zu einem Gewirr tönender Muster, heller wie dunkler.

Die Allee war lang und verlief schnurgerade, bis sie zwischen zwei wuchtigen Tonkrügen, aus denen sich stachelgespickte Arme von Kakteen emporwanden, eine Kurve machte, gleich dahinter erhob sich das Haus aus Stuck und Stein. Von den Läden, die auf die Allee hinausgingen, war keiner offen, wegen der Insekten, und Madame Bartmann schritt, immer noch mit gerafften Röcken, langsam neben das Haus, wo eine langhaarige Katze wohlig in der Sonne lag. Madame von Bartmann schaute zu den Fenstern hinauf, deren Läden nur halb geschlossen waren, blieb stehen, überlegte es sich dann jedoch anders und nahm den Weg in das Gehölz im Hintergrund des Hauses.

Das tiefe, durchdringende Gesumme krabbelnder Insekten verstummte, wo sie, mit Bedacht, den Fuß hinsetzte, und sie wandte den Kopf und schaute in die versprengten Tupfer Himmel hinauf.

Sie hielt immer noch den Schlüssel in der behandschuhten Hand, und das siebzehnjährige Mädchen, das aus dem Gebüsch trat, nahm ihn ihr ab, als es neben ihr herzulaufen begann.

Das Kind trug noch kurze Röcke, und das Rosa seiner Knie hatte vom Staub des Unterholzes einen Stich ins Graue angenommen. Eichhörnchenfarbenes Haar teilte sich leuchtend auf seinem Kopf und stieg zu den Läppchen der schmalen Ohren hinab, wo es von einem verblichenen grünen Band zusammengehalten wurde.

»Richter!«, sagte Madame von Bartmann (ihr Gatte hatte einen Jungen gewollt). Das Kind legte die Hände auf den Rücken, ehe es antwortete.

»Ich war draußen, auf den Feldern.«

Madame von Bartmann setzte ihren Weg fort, ohne zu antworten.

»Hast du in Marseille Station gemacht, Mutter?«

Sie nickte.

»Wie lange?«

»Zweieinhalb Tage.«

»Wieso zweieinhalb?«

»Die Züge.«

»Ist das eine große Stadt?«

»Nicht sehr groß, aber schmutzig.«

»Gibt es da irgend etwas Schönes?«

Madame von Bartmann lächelte: »Das Blutende Herz – Matrosen …«

Sie gelangten alsbald aufs freie Feld, und Madame von Bartmann raffte ihren Rock und setzte sich auf einen Erdhügel, der warm war von sonnenbeschienenem Gras.

Das Kind ließ sich mit der Gelenkigkeit seiner Jugend neben ihr nieder.

»Bleibst du jetzt zu Hause?«

»Eine ganze Weile.«

»War Paris schön?«

»Paris war Paris.«

Das Kind verstummte. Es begann, am Gras zu zupfen. Madame von Bartmann zog die hellbraunen Handschuhe aus, die an der Daumenspitze aufgeplatzt waren, und schwieg einen Augenblick, ehe sie sagte: »Tja, nun, wo dein Vater tot ist ...«

Die Augen des Kindes füllten sich mit Tränen. Es senkte den Kopf.

»Kehre ich eilenden Fußes zurück«, fuhr Madame von Bartmann gutmütig fort, »um mein Fleisch und Blut in Augenschein zu nehmen. Schau mich einmal an«, setzte sie hinzu und hob das Kinn des Kindes auf dem Handteller ein wenig zu sich empor. »Zehn, als ich dich das letztemal gesehen habe, und jetzt bist du eine Frau.« Mit diesen Worten ließ sie das Kinn des Kindes wieder sinken und zog ihren Handschuh wieder an.

»Komm«, sagte sie, »ich habe das Haus schon seit Jahren nicht mehr gesehen.« Während sie die dunkle Allee hinaufliefen, sprach sie.

»Steht die schwarze Marmorvenus noch in der Halle?«

»Ja.«

»Leben die Stühle mit den geschnitzten Beinen noch?«

»Nur noch zwei. Letztes Jahr hat Erna einen kaputtgemacht, und im vorletzten Jahr ...«

»Ja?«

»Habe ich einen kaputtgemacht.«

»Wenn Kinder größer werden«, bemerkte Madame von Bartmann dazu. »Na schön. Ist das große Bild noch da, das über dem Bett?«

Das Kind sagte kaum hörbar: »Das ist mein Zimmer.«

Madame von Bartmann zog erneut die Handschuhe aus, nahm die Lorgnette von ihrem Busen, hob sie vor die Augen und betrachtete das Kind.

»Du bist sehr dünn.«

»Ich bin doch im Wachstum.«

»Ich bin auch mal gewachsen, aber eher wie eine Taube. Nun ja, eine Generation kann nicht genau wie die andere sein. Du hast das rote Haar deines Vaters. Das«, sagte sie unvermittelt, »war ein schrulliger, verrückter Kerl, dieser Herr von Bartmann. Ich bin nie dahintergekommen, was wir eigentlich miteinander im Sinn hatten. Was dich angeht«, setzte sie hinzu, indem sie ihre Lorgnette zusammenklappte und die Handschuhe wieder anzog, »muß ich erst einmal sehen, was er aus dir gemacht hat.«

Am Abend in dem wuchtigen Haus mit den wuchtigen Möbeln beobachtete Richter ihre Mutter, wie sie, immer noch in Hut und getüpfeltem Schleier, auf dem ausladenden blanken Flügel spielte, hoch oben hinter dem Terrassenfenster. Es war ein Walzer. Madame von Bartmann spielte schnell, temperamentvoll, ihre juwelenbesetzten Finger sprühten Funken über die Tasten.

Im Dunkel des Gartens lauschte Richter Schubert, der die Lichtbahn der Fensteröffnung herabgeströmt kam. Dem Kind war jetzt kalt, und es erschauderte in dem langen Mantel, der die Kühle seiner Knie streifte.

Nach einem *finale* in der Manier der großen Oper schloß Madame von Bartmann schwungvoll den Flügel und trat einen Augenblick auf die Terrasse hinaus, wo sie die Luft einsog und die klobigen Glieder ihrer Kette befühlte, während ihr die Insekten waagerecht vor dem Gesicht hin- und herschossen.

Kurz danach kam sie in den Garten hinaus und setzte sich auf eine Steinbank, die Wärme verströmte.

Richter stand ein paar Schritte von ihr entfernt, näherte sich nicht und sagte auch nichts. Madame von Bartmann begann, obwohl sie das Kind gar nicht sehen konnte, zu sprechen, ohne sich dabei umzudrehen:

»Du warst immer hier, Richter?«

»Ja«, antwortete das Kind.

»In diesem Park, in diesem Haus, mit Herrn von Bartmann, den Hauslehrern und den Hunden?«

»Ja.«

»Sprichst du Deutsch?«

»Ein bißchen.«

»Laß mal hören.«

»Müde bin ich, geh' zur Ruh.«

»Französisch.«

»O nuit désastreuse! O nuit effroyable!«

»Russisch?«

Das Kind antwortete nicht.

»Ach!«, sagte Madame von Bartmann. Dann: »Warst du in Nizza?«

»Oh ja, schon oft.«

»Und was hast du dort gesehen?«

»Alles!«

Madame von Bartmann lachte. Sie beugte sich vor, den Ellenbogen auf das Knie, das Gesicht in die Handfläche gestützt. Ihre Ohrringe kamen zur Ruhe, das Summen der Insekten war deutlich und sanft; der Schmerz lag noch brach.

»Früher einmal«, sagte sie, »war ich ein Kind wie du. Dicker, gesünder – aber eben doch wie du. Ich mochte schöne Dinge. Allerdings«, setzte sie hinzu, »andere als du, stelle ich mir vor. Dinge, die lebensbejahend waren. Ich ging abends gern aus, nicht, weil der Abend süß und üppig war – sondern um mich zu ängstigen, weil ich das alles erst so kurze Zeit kannte und es nach mir noch so lange existieren würde. Doch das...«, unterbrach sie sich, »ist nicht entscheidend. Erzähl mir, wie du dich fühlst.«

Das Kind im Schatten bewegte sich. »Ich kann nicht.«

Madame von Bartmann lachte wieder, brach dann jedoch abrupt ab.

»Das Leben«, sagte sie, »ist schmutzig. Und beängstigend ist es ebenfalls. Es enthält einfach alles: Mord, Schmerz, Schönheit, Krankheit – Tod. Weißt du das?«

Das Kind antwortete: »Ja.«

»Woher weißt du das?«

Das Kind antwortete abermals. »Ich weiß nicht.«

»Siehst du!«, fuhr Madame von Bartmann fort, »du weißt nichts. Du mußt alles wissen und dann beginnen. Du mußt ein ungeheures Verständnis haben, oder du fällst. Pferde tragen dich geschwind aus der Gefahr; Züge bringen dich dorthin zurück. Gemälde versetzen dem Herzen einen tödlichen Stich – sie hängen über einem Mann, den du liebtest und vielleicht in seinem Bett ermordet hast. Blumen betrüben das Herz, weil ein Kind in ihnen begraben wurde. Musik treibt uns in das Grauen der Wiederholung. Die Kreuzwege sind dort, wo die Liebenden Schwüre ablegen, und die Schenken sind für die Diebe da. Nachdenken führt zum Vorurteil, und Betten sind Felder, auf denen Säuglinge eine aussichtslose Schlacht schlagen. Weißt du das alles?«

Aus dem Dunkel kam keine Antwort.

»Der Mensch ist verderbt von Anbeginn«, fuhr Madame von Bartmann fort, »verderbt von Tugend und Laster. Er wird von beiden erdrosselt und zunichte gemacht. Und Gott ist das Licht, das das sterbliche Insekt entzündet hat, um sich ihm zuzuwenden und an ihm zu sterben. Das ist sehr weise, doch man darf es nicht mißverstehen. Ich will nicht, daß du über irgendeine Hure in welcher Straße auch immer die Nase rümpfst; bete und wandle und vergehe, doch ohne Vorurteil. Ein Mörder mag weniger Vorurteile haben als ein Heiliger. Manchmal ist es besser, ein Heiliger zu sein. Halt dir nichts zugute auf deine Gleichgültigkeit, solltest du von Gleichgültigkeit gepackt werden, und«, sagte sie, »mißversteh den Wert unserer Leidenschaften nicht. Er ist nur die Würze des ganzen Grauens. Ich wünsche mir –« Sie sprach nicht zu Ende, sondern nahm ruhig ihr Taschentuch heraus und trocknete sich schweigend die Augen.

»Was?«, fragte das Kind aus der Dunkelheit.

Madame von Bartmann erschauderte. »Denkst du denn etwas?«, sagte sie.

»Nein«, antwortete das Kind.

»Dann *denke*«, sagte Madame von Bartmann laut und wandte sich dem Kind zu. »Denk alles, Gutes, Schlechtes,

Gleichgültiges, alles, und *tu* alles, *alles*! Versuch herauszufinden, was du bist, ehe du stirbst. Und«, sagte sie, indem sie den Kopf zurücklegte und mit geschlossenen Augen schluckte, »komm als wohlgeratene Frau wieder zu mir.«

Dann stand sie auf und entfernte sich die lange Seitenallee hinab.

Am selben Abend zur Schlafenszeit rief Madame von Bartmann, die sich, rüschenbesetzt und lavendelduftend, bereits in einem Bett mit leinenem Rosenbaldachin zusammengerollt hatte, durch die Vorhänge hindurch:

»Richter, kannst du Klavier spielen?«

»Ja«, antwortete Richter.

»Spiel mir etwas vor.«

Richter hörte, wie ihre Mutter sich wohlig und schwer im Bett herumdrehte.

Die dürren Beine nach den Pedalen gereckt, spielte Richter mit magerer Technik und leichtem Anschlag etwas von Beethoven.

»Bravo!«, rief ihre Mutter, und sie spielte noch etwas, und diesmal blieb es still im Himmelbett. Das Kind schloß den Flügel und zog den Samt über das Mahagoni, machte das Licht aus und trat, immer noch in seinem Mantel fröstelnd, auf die Terrasse hinaus.

Nach ein paar Tagen, während derer sie ihr mit scheuer, verängstigter und verletzter Miene ausgewichen war, trat Richter in das Zimmer ihrer Mutter. Sie sprach ohne Umschweife und beschränkte sich auf wenige Worte:

»Mutter, mit deiner Einwilligung würde ich gern meine Verlobung mit Gerald Teal bekanntgeben.« Ihr Auftreten wirkte gezwungen. »Vater schätzte ihn. Er kannte ihn schon Jahre. Wenn du erlaubst ...«

»Allmächtiger!«, rief Madame von Bartmann und fuhr auf ihrem Stuhl herum, »Wer ist das denn? Wie ist er denn?«

»Er ist bei der Regierung angestellt. Er ist jung ...«

»Hat er Geld?«

»Ich weiß nicht. Vater hat sich darum gekümmert.«

In Madame von Bartmanns Zügen mischten sich Bestürzung und Erleichterung.

»Also gut«, sagte sie, »ich möchte euch beide um Punkt acht Uhr dreißig zum Abendessen sehen.«

Um Punkt acht Uhr dreißig saßen sie beim Abendessen. Madame von Bartmann, die am Kopf des Tisches saß, hörte sich an, was Mr. Teal zu sagen hatte.

»Ich werde mein Bestes tun, um Ihre Tochter glücklich zu machen. Ich bin ein eher beständiger Mensch und auch nicht mehr allzu jung«, er lächelte, »ich habe ein Haus am Stadtrand von Nizza. Mein Einkommen ist gesichert –, ein wenig hat mir zudem meine Mutter hinterlassen. Meine Schwester ist meine Haushälterin. Sie ist eine unverheiratete Dame, doch sehr fröhlich und sehr gutherzig.« Er schwieg einen Augenblick und hielt sein Weinglas gegen das Licht. »Wir hoffen, bald Kinder zu haben –, Richter wird beschäftigt sein. Da sie zart ist, werden wir jährlich einmal verreisen, nach Vichy. Ich habe zwei sehr schöne Pferde und eine stabil gefederte Kutsche. Sie wird nachmittags ausfahren, wenn sie nichts anderes zu tun hat –, ich hoffe allerdings, daß sie zu Hause am glücklichsten sein wird.«

Richter, die zur Rechten ihrer Mutter saß, blickte nicht auf.

Binnen zwei Monaten hatte Madame von Bartmann erneut ihr Reisekleid angelegt, steckte den Kopf unter Hut und Schleier und zurrte ihren Schirm fest, während sie auf dem Bahnsteig stand und auf den Zug nach Paris wartete. Sie schüttelte ihrem Schwiegersohn die Hand, küßte ihre Tochter auf die Wange und stieg in ein Raucherabteil zweiter Klasse.

Sowie der Zug sich in Bewegung gesetzt hatte, zog Madame Erling von Bartmann langsam ihre Handschuhe durch die geschlossene Hand, von den Fingern bis zur Stulpe, und strich sie dann mit festem Griff über dem Knie glatt.

»Herrje, wie überflüssig.«

Löschung

Kennen Sie Deutschland, Madame, Deutschland im Frühling? Dann ist es zauberhaft dort, finden Sie nicht auch? Alles so großzügig und frisch, und die Spree, die sich schmal und dunkel vorwärtswindet – und die Rosen! Die gelben Rosen an den Fenstern. Und die strahlenden Amerikaner mit ihrer Gesprächigkeit, wie sie zwischen den Gruppen schwerfälliger deutscher Männer hindurchlaufen, die über ihre Maßkrüge hinweg ihre lebenslustigen, lachenden Frauen anstarren.

Solch ein Frühling war das vor drei Jahren, als ich von Rußland nach Berlin kam. Ich war gerade erst sechzehn, und mein Herz war das Herz einer Tänzerin. So ergeht es einem manchmal; monatelang ist das Herz nur das eine und dann auf einmal – nur noch etwas völlig anderes, *nicht wahr*? Ich saß häufig im Café am Ende der Straße ›In den Zelten‹, wo ich Eier aß und Kaffee trank und den plötzlich niedergehenden Regen der Spatzen beobachtete. Alle kamen gleichzeitig mit den Füßen auf dem Tisch auf, alle befreiten ihn gleichzeitig von Krümeln, und alle flogen gleichzeitig in den Himmel hinauf, so daß das Café ebenso plötzlich ohne Vögel war, wie es zuvor plötzlich voller Vögel gewesen war.

Manchmal kam eine Frau dorthin, etwa um dieselbe Zeit wie ich, so um vier Uhr nachmittags. Einmal kam sie mit einem kleinen Mann, so einem verträumten, unsicheren. Doch ich muß Ihnen schildern, wie sie aussah: *Temperamentvoll* und groß, *kraftvoll* und dünn. Sie muß damals vierzig gewesen sein und war teuer und nachlässig gekleidet. Man hatte den Eindruck, daß sie Mühe hatte, die Kleider anzubehalten. Ständig schauten ihre Schultern heraus, verhakte sich ihr Rock irgendwo, verlegte sie ihren Geldbeutel, doch die ganze Zeit war sie grausam schmuckbehängt, und irgendetwas Absichtsvolles, Dramatisches verband sich mit ihrer Erscheinung, so als sei sie der Mittelpunkt eines Strudels und ihre Kleider seien bloß kurzlebiger Plunder.

Manchmal lockte sie die Spatzen, und manchmal sprach sie mit dem *Weinschenk*, und dabei verschränkte sie die Finger derart gewaltsam, daß die Ringe hervorstachen und man durch sie hindurchsehen konnte, sie war so lebendig und so deplaziert. Was ihren zierlichen kleinen Mann betraf, so sprach sie Englisch mit ihm, so daß ich nicht wußte, woher sie kamen.

Dann ließ ich mich in dem Café eine Woche nicht sehen, weil ich mich beim *Schauspielhaus* bewerben wollte. Ich hatte gehört, daß sie eine Tänzerin suchten, und mir war sehr daran gelegen, die Rolle zu bekommen, so daß ich natürlich an nichts anderes dachte. Ich wanderte ganz allein durch den *Tiergarten* oder bummelte die *Siegesallee* hinunter, wo all die Statuen der bedeutenden deutschen Herrscher stehen und wie Witwer aussehen. Dann plötzlich dachte ich an die *Zelte* und an die Vögel und an die große, eigenartige Frau, also kehrte ich dorthin zurück, und da saß sie, nippte an ihrem Bier und lockte die Spatzen.

Als ich das Café betrat, stand sie sofort auf und kam auf mich zu und sagte: ›Ja, guten Tag! Ich habe Sie vermißt. Weshalb haben Sie mir denn nicht gesagt, daß Sie wegwollten? Vielleicht hätte ich ja etwas dagegen unternehmen können.‹

So redete sie, mit einer Stimme, die einem ans Herz ging, weil sie so hell und rein war. ›Ich habe ein Haus‹, sagte sie, ›direkt an der Spree. Sie hätten bei mir bleiben können. Es ist ein großes, geräumiges Haus, und Sie könnten das Zimmer gleich neben meinem haben. Es ist nicht einfach zu bewohnen, aber es ist hübsch – italienisch, wissen Sie, wie die Interieurs auf den venezianischen Gemälden, wo die jungen Mädchen liegen und von der Heiligen Jungfrau träumen. Sie würden erleben, daß Sie dort schlafen können, weil Sie dazu ausersehen sind.‹

Irgendwie kam es mir gar nicht absonderlich vor, daß sie so auf mich zutrat und mich ansprach. Ich sagte, bestimmt würde ich ihr in diesem Garten bald wiederbegegnen, und dann könnten wir zusammen ›nach Hause‹ gehen, und sie schien zwar erfreut, aber nicht weiter überrascht.

Dann betraten wir den Garten eines Abends genau im selben Augenblick. Es war spät, und die Geigen spielten bereits. Wir setzten uns zusammen, ohne etwas zu sagen, und lauschten einfach nur der Musik und bewunderten das Spiel des einzigen weiblichen Orchestermitglieds. Gespannt verfolgte sie die Bewegungen ihrer Finger und schien geradezu einen langen Hals zu machen, um alles mitzubekommen. Dann stand die Dame mit einemmal auf, ließ ein paar Münzen auf den Tisch regnen, und ich folgte ihr, bis wir zu einem großen Haus kamen und sie die Haustür aufschloß. Sie wandte sich nach links und trat in ein dunkles Zimmer, machte das Licht an, setzte sich hin und sagte: ›Hier schlafen wir; so ist es hier.‹

Alles war unordentlich und kostspielig und melancholisch. Alles war gediegen und hoch oder breit und geräumig. Eine Kommode reichte mir bis über den Kopf. Der Porzellanofen war riesengroß und hatte ein blaues Blumenmuster. Das Bett war so hoch, daß man darin nur etwas erblicken konnte, das es zu bewältigen galt. Die Wände bestanden vollständig aus Bücherregalen, und alle Bücher waren in rotes Saffianleder gebunden und hatten auf dem Rücken ein goldgeprägtes Wappen, das verzwickt und einschüchternd aussah. Sie läutete nach dem Tee und begann, ihren Hut abzusetzen.

Über dem Bett hing ein gewaltiges Schlachtgemälde; Gemälde und Bett schlossen bündig gegeneinander ab, so daß die riesigen Rümpfe der Hengste erst in den Kopfkissen gezügelt wurden. Die Generäle schienen, so wie sie in ihren fremdländischen Helmen mit tropfenden Schwertern durch die Rauchwalzen und die blutigen Schlachtreihen der Sterbenden wüteten, einen Angriff gegen das Bett zu reiten, das so ausladend, so zerwühlt und verheert war. Die Bettücher schleiften, die Bettdecke hing zerrissen herab, und Federn trieben am Boden entlang und erzitterten unter dem Windhauch, der vom offenen Fenster kam. Die Dame lächelte auf eine traurige, ernste

Weise, sagte jedoch nichts, und es verging eine ganze Weile, bis ich auf einmal ein Kind sah, nicht viel älter als drei Jahre, ein kleines Kind, das inmitten der Kissen lag und einen kümmerlichen Laut von sich gab, wie das Summen einer Fliege, und ich dachte, das sei eine Fliege.

Sie sprach nicht mit dem Kind, beachtete es im Grunde gar nicht, so als hätte es ohne ihr Wissen in ihrem Bett gelegen. Als der Tee hereingebracht wurde, schenkte sie ihn zwar ein, rührte ihn jedoch nicht an und trank statt dessen kleine Gläser Rheinwein.

›Ludwig haben Sie ja gesehen‹, sagte sie mit einer schwachen, kummervollen Stimme. ›Wir sind schon seit sehr langer Zeit verheiratet, er war damals noch ein Junge. Und ich? Ich bin Italienerin, habe aber Englisch und Deutsch gelernt, weil ich bei einem Tourneetheater war. Sie‹, sagte sie unvermittelt, ›Sie müssen das Ballett aufgeben – das Theater – die Schauspielerei.‹

Aus irgendeinem Grund empfand ich es nicht als merkwürdig, daß sie von meinem ehrgeizigen Wunsch wußte, wo ich doch noch gar nichts davon gesagt hatte. ›Und‹, fuhr sie fort, ›Sie sind nicht für die Bühne gemacht; sie sind für etwas Stilleres, Zurückgezogeneres geschaffen. Hören Sie, ich liebe Deutschland sehr, ich lebe hier schon seit etlichen Jahren. Sie werden bleiben, und dann werden Sie schon sehen. Sie haben Ludwig ja gesehen, Sie werden bemerkt haben, daß er nicht stark ist. Er läßt ständig den Kopf hängen, das kann Ihnen nicht entgangen sein. Man darf ihm keinen Kummer zumuten, er hält überhaupt nichts aus. Er hat sein eigenes Zimmer.‹ Sie schien auf einmal erschöpft und stand auf und warf sich übers Bett, am Fußende, und schlief fast augenblicklich ein, umflossen von ihrem Haar. Ich ging daraufhin weg, kehrte jedoch am selben Abend wieder zurück und klopfte an die Scheibe. Sie trat ans Fenster, machte mir ein Zeichen und tauchte gleich darauf an einem anderen Fenster auf und winkte mir, und ich schwang mich auf die Fensterbank und kletterte hinein, und es störte mich nicht, daß sie mir die Tür nicht aufgemacht hatte.

Das Zimmer war nur vom Mond und von zwei dünnen Kerzen erhellt, die vor der Jungfrau brannten.

Es war ein schönes Zimmer, Madame, *›traurig‹*, wie sie sagte. Alles war bedeutungsvoll und alt und düster. Die Bettvorhänge waren aus rotem Samt, italienisch, wissen Sie, und von Goldlitze umsäumt. Der Bettüberwurf war aus dunkelrotem Samt und mit der gleichen Litze eingefaßt. Am Boden neben dem Bett stand eine Fußbank, auf der ein rotes, quastenverziertes Kissen lag, und auf dem Kissen lag aufgeschlagen eine Bibel in italienischer Sprache.

Sie gab mir ein langes Nachthemd, das fiel bis zu den Füßen hinab und bauschte sich dann fast bis an die Knie. Sie öffnete mir das Haar, es war damals lang und gelb. Sie flocht es zu zwei Zöpfen; sie ließ mich neben sich niederknien und sagte ein Gebet auf Deutsch, dann eins auf Italienisch, schloß mit den Worten ›Gott segne dich‹, und ich ging zu Bett. Ich liebte sie sehr, weil es zwischen uns nichts gab als diese seltsame Vorbereitung aufs Zubettgehen. Sie ging dann aus dem Zimmer. Ich hörte das Kind weinen, war jedoch müde.

Ich blieb ein Jahr lang. Der Gedanke an die Bühne war aus meinem Herzen gewichen. Ich war eine *réligieuse*, eine Nonne geworden. Es war eine sanfte Religion, die mit dem Gebet begonnen hatte, das ich ihr an jenem ersten Abend nachgesprochen hatte, und mit der Art, wie ich schlafengegangen war, obwohl wir die Zeremonie niemals wiederholten. Sie wuchs unter dem Einfluß der Möbel und der Atmosphäre des ganzen Zimmers und der Bibel, die an einer Seite aufgeschlagen lag, die ich nicht lesen konnte. Eine Religion, Madame, die keinerlei Entbehrung kannte, und vielleicht war sie demnach nicht gottgefällig und nicht, wie sie eigentlich hätte sein sollen. Ich war eben glücklich, und ich lebte dort ein Jahr lang. Ludwig sah ich fast nie und ebenso selten auch Valentine, denn so hieß ihr Kind, ein kleines Mädchen.

Am Ende jenes Jahres merkte ich jedoch, daß in anderen Ecken des Hauses Unruhe herrschte. Ich hörte sie des Nachts umherlaufen, und manchmal war Ludwig dann bei ihr, ich konnte ihn schreien und sprechen hören, doch ich konnte nicht verstehen, was er sagte. Es hörte sich nach einer Belehrung an, etwas, das von einem Kind wiederholt werden soll, doch wenn das so war, dann blieb die Antwort aus, denn das Kind gab nie einen Ton von sich, außer jenem summenden Schrei.

Manchmal ist es herrlich in Deutschland, Madame, *nicht wahr*? Es geht nichts über einen deutschen Winter. Sie und ich gingen gern am Kaiserpalais spazieren, und sie strich über die Kanonen und sagte, sie seien großartig. Wir sprachen über Weltanschauliches, denn sie hatte das Problem, daß sie zuviel nachdachte, doch sie kam immer zu demselben Schluß, daß man wie alle anderen auch sein oder zu sein versuchen müsse. Sie erklärte, so wie alle anderen zu sein, mit seinem ganzen Wesen und ohne Einschränkung, das heiße, heilig sein. Sie sagte, die Menschen verstünden nicht, was damit gemeint sei, wenn es heiße ›Liebe deinen Nächsten wie dich selbst‹. Es sei damit gemeint, sagte sie, daß man sein solle wie alle Menschen *und* man selbst, und dann sagte sie, man sei gleichzeitig am Ende und mächtig.

Manchmal sah es so aus, als käme sie zurecht, als sei sie durch und durch Deutschland, zumindest in ihrem italienischen Herzen. Sie wirkte so heillos gefaßt und dabei doch betrübt, daß ich mich vor ihr fürchtete und auch nicht fürchtete.

So verhielt sich das, Madame, sie schien es so haben zu wollen, obwohl sie nachts sehr konfus und zerstreut war, ich konnte sie in ihrem Zimmer umhergehen hören.

Dann kam sie eines Nachts herein und sagte, ich müsse zu ihr ins Zimmer kommen. Es war in einer entsetzlichen Unordnung. Es stand ein Kinderbett darin, das vorher nicht dagewesen war. Sie zeigte darauf und sagte, das sei für mich.

Das Kind lag in dem prächtigen Bett, gegen ein großes Spitzenkissen gelehnt. Inzwischen war es vier Jahre alt und lief doch nicht, und ich hörte es niemals irgend etwas sagen oder irgendeinen Laut von sich geben, außer jenem summenden Schrei. Es war schön auf diese unechte Weise, wie schwachsinnige Kinder schön sind. Ein heiliges Tier ohne Abnehmer, befleckt von Unschuld und öder Zeit,. honigblond und schwach, wie jene zwergenhaften Engel auf frommen Drucken und Valentinskarten, wenn Sie verstehen, was ich meine, Madame, etwas, das für einen besonderen Tag aufgehoben wurde, der nicht kommen würde, überhaupt nicht fürs Leben, und meine Dame sprach unterdessen ruhig zu mir, doch ich kannte sie überhaupt nicht mehr.

»Du mußt jetzt hier schlafen«, sagte sie, »ich habe dich dafür hergeholt, falls ich dich brauchen sollte, und ich brauche dich. Du mußt hierbleiben, du mußt für immer hierbleiben.« Dann fragte sie: »Willst du?«, und ich sagte, nein, das könne ich nicht.

Sie nahm ihre Kerze hoch und stellte sie neben mir auf den Boden und kniete daneben nieder und schlang mir die Arme um die Knie. ›Bist du treulos?‹, sagte sie, ›Bist du in mein Haus, sein Haus, das Haus meines Kindes gekommen, um uns im Stich zu lassen?‹, und ich sagte, nein, ich sei nicht gekommen, um sie im Stich zu lassen. ›Dann‹, sagte sie, ›wirst du tun, was ich dir sage. Ich werde es dich lehren, langsam, ganz langsam. Es wird dich nicht überfordern, doch du mußt beginnen, zu vergessen, du mußt *alles* vergessen. Du mußt alles vergessen, was die Menschen dir erzählt haben. Du mußt alle Argumente und die Philosophie vergessen. Es war falsch von mir, von solchen Dingen zu sprechen. Ich dachte, es würde dich lehren, wie du in ihren Geisteszustand zurückfallen kannst, wie du die vergehende Zeit für sie auflösen, dich in ihre Entbehrung und ihre Enteignung hineinfinden konntest. Ich habe dich schlecht erzogen; ich war eitel. Du wirst es besser machen. Vergib mir.‹ Sie legte die Handflächen auf den Boden und hielt ihr Gesicht dicht vor meins. ›Du darfst niemals ein anderes Zimmer sehen als dieses. Es war eine große Eitelkeit, daß ich dich zum Spazierengehen mitgenommen habe. Jetzt wirst du hier drinbleiben, sicher aufgehoben, und du wirst schon sehen. Du wirst es mögen, du wirst lernen, es überhaupt am allermeisten zu mögen. Ich werde dir Frühstück bringen und Mittagessen und Abendessen. Ich werde es euch beiden persönlich bringen. Ich werde dich auf den Schoß nehmen, ich werde dich füttern wie ein Vogeljunges. Ich werde dich in Schlaf wiegen. Du darfst nicht mit mir streiten, – vor allem dürfen wir keine Auseinandersetzungen haben, keine Gespräche führen über den Menschen und sein Schicksal – der Mensch hat kein Schicksal – das ist mein Geheimnis, ich habe es dir bis heute verschwiegen, bis zu diesem Augenblick. Warum ich es dir nicht schon früher gesagt habe? Vielleicht habe ich dies Wissen eifersüchtig gehütet, ja, das muß es sein, doch jetzt schenke ich es dir, ich teile es mit dir. Ich bin eine alte Frau‹, sagte sie und hielt immer noch meine Knie umfaßt, ›als Valentine geboren wurde, war Ludwig noch ein Knabe.‹ Sie stand auf und trat hinter mich. ›Er ist nicht stark, er begreift nicht, daß die Schwachen das Stärkste auf der Welt sind, weil er einer von ihnen ist. Er kann ihr nicht helfen, sie sind unzugänglich füreinander. Ich brauche dich, du mußt es sein.‹ Plötzlich begann sie, mit mir zu sprechen, wie sie mit dem Kind sprach, und ich wußte nicht, mit wem von uns beiden sie sprach. ›Sprich mir nie irgend etwas nach. Weshalb sollen Kinder nachsprechen, was die Leute sagen? Das Ganze ist nichts als ein Geräusch, so heiß wie das Innere eines Tigermauls. Sie nennen das Kultur – aber das ist eine Lüge! Doch eines Tages wirst du vielleicht hinausgehen müssen, wird irgend jemand dich auszuführen versuchen, und dann wirst du sie nicht verstehen oder was sie sagen, außer du verstehst gar nichts, absolut nichts, dann wirst du damit fertigwerden.‹ Sie umkreiste mich, so daß sie uns ansah und mit dem Rücken zur Wand stand. ›Hör zu‹, sagte sie, ›es ist alles vorbei, es ist verschwunden, du brauchst keine Angst zu haben; es gibt nur dich. Die Sterne sind verloschen, und der Schnee fällt und deckt die Welt zu, die Hecken, die Häuser und die Lampen. Nein, nein!‹, sagte sie zu sich selbst, ›warte. Ich werde dich auf die Füße stellen und dich mit Bändern aufputzen, und dann werden wir hinausgehen, in den Garten, wo die Schwäne sind und die Blumen und die Bienen und kleine Tiere. Und dann werden die Studenten kommen, denn es wird Sommer sein, und die werden in ihren

Büchern lesen –‹, sie brach ab, nahm dann jedoch ihre wilde Rede wieder auf, diesmal, als spräche sie wirklich zu oder von mir: ›Katya wird mit dir gehen. Sie wird dich unterrichten, sie wird dir sagen, daß es keine Schwäne, keine Blumen, keine Tiere gibt – *nichts*, absolut nichts, geradeso wie es dir gefällt. Keinen Geist, keinen Gedanken, auch sonst absolut nichts. Keine Glocken werden läuten, keine Menschen werden sprechen, keine Vögel werden fliegen, keine Knaben werden sich regen, es wird keine Geburt geben und keinen Tod; keinen Kummer, kein Lachen, kein Küssen, kein Weinen, kein Entsetzen, keine Freude; kein Essen, kein Trinken, keine Spiele, kein Tanzen; keinen Vater, keine Mutter, keine Schwestern, keine Brüder – nur dich, nur dich!‹

Ich unterbrach sie und sagte: ›Gaya, was quält dich nur so, und was soll ich tun?‹ Ich versuchte, die Arme um sie zu legen, doch sie schlug sie weg und schrie: ›Still!‹ Dann sagte sie, während sie mit ihrem Gesicht ganz nah an meins herankam: ›Sie hat keine Klauen, um daran zu hängen. Sie hat keinen jagdflinken Fuß; sie hat kein Maul für das Fleisch – *Leere*!‹

Dann, Madame, stand ich auf. Es war sehr kalt im Zimmer. Ich trat ans Fenster und zog den Vorhang beiseite, es war eine kalte, sternklare Nacht, und ich stand, den Kopf an den Fensterrahmen gelehnt, und sagte nichts. Als ich mich wieder umwandte, schaute sie mich an, mit ausgestreckten Händen, und ich wußte, daß ich weggehen und sie verlassen mußte. Und ich trat zu ihr und sagte: ›Auf Wiedersehen, my Lady.‹ Und ich ging und zog meine Straßenkleidung an, und als ich zurückkam, lehnte sie an dem Schlachtgemälde, mit herabgesunkenen Händen. Ich näherte mich ihr nicht, sondern sagte nur: ›Auf Wiedersehen, mein Herz‹, und ging.

Manchmal ist es schön in Berlin, Madame, *nicht wahr*? Mein Herz wurde von etwas Neuem bewegt, dem leidenschaftlichen Wunsch, Paris kennenzulernen, und so war es nur natürlich, daß ich Berlin *Lebewohl* sagte.

Ich ging zum letztenmal in das Café in den *Zelten*, aß meine Eier, trank meinen Kaffee und beobachtete das Kommen und

Gehen der Vögel – erst alle auf einmal da, dann alle auf einmal weg. Ich war glücklich gestimmt, denn so ist das mit meiner Stimmung, Madame, wenn ich woanders hingehe.

Doch ein einziges Mal kehrte ich noch zu ihrem Haus zurück. Ich ging einfach nur durch die Tür hinein, denn alle Türen und Fenster waren geöffnet – vielleicht machten sie ja an dem Tag sauber. Ich stand vor der Schlafzimmertür und klopfte, doch es kam keine Antwort. Ich stieß die Tür auf, und da war sie. Sie saß aufrecht mit dem Kind im Bett, und sie und das Kind stießen diesen summenden Schrei aus, und zwischen ihnen gab es keinen menschlichen Laut, und wie gewöhnlich herrschte eine gewaltige Unordnung. Ich trat neben sie, doch sie schien mich nicht zu erkennen. Ich sagte: ›Ich gehe weg; ich fahre nach Paris. Ich habe große Sehnsucht, in Paris zu sein. Deshalb bin ich gekommen, um Lebewohl zu sagen.‹

Sie stand vom Bett auf und kam mit bis zur Tür. Sie sagte: ›Verzeih mir – ich habe dir vertraut – ich habe mich geirrt. Ich wußte nicht, daß ich es selbst tun konnte, doch du siehst ja, ich kann es selbst.‹ Dann legte sie sich wieder aufs Bett und sagte: ›Geh weg‹, und ich ging.

So ergeht es einem, wenn man reist, *nicht wahr,* Madame?«

Duell ohne Sekundanten

Der Baron und die Baronin Otterly-Hansclever saßen zu zweit beim Abendessen, ein jeder eingeschlossen unter dem einsamen kleinen Baldachin des Lichts, das die Kerzen an beiden Enden der Tafel warfen. Der dritte Gang war serviert worden, und der Baron hatte sich drei Schnitzel anstelle der üblichen zwei genommen; denn nun, da seine Duelltage praktisch vorüber waren, hatte er es nicht länger nötig, jeglichen Fettansatz zu vermeiden. Die Baronin saß mit gesenktem Blick, brach schweigend ihr Brot und gedachte der Tage, die nun Vergangenheit waren. Die lange harte Mahagoniplatte zwischen ihnen ließ Silber und Glas aufblitzen und verspottete sie mit ihrer falschen Fröhlichkeit, und Kerzenschatten tanzten über ihre ausdruckslose Oberfläche wie die Geister der Tischgesellschaft, deren Lachen sie einst gekannt hatte. Schweigen herrschte auch im Zimmer, das das einsame Paar mit seinem düsteren Brüten umfing – ein lastendes Schweigen, durchbrochen nur vom Gewisper der Füße des Butlers, wenn er sich bleich im Dämmer jenseits der hohen, brokatbezogenen Stuhlrücken bewegte. Für die Baronin war jedoch gerade dies Schweigen von lärmenden Echos der Vergangenheit erfüllt, und für ihre betrübten Augen schienen die fließenden Schatten jetzt Gestalt, ja nahezu die Umrisse von Phantomgästen anzunehmen, die sich in einem zuckenden Auf und Ab von Gesprächen und Farben um die Tafel zu drängen schienen, ebenso lebhaft wie in jenen noch gar nicht so lang zurückliegenden Tagen, als derselbe Raum von summenden Tischgesprächen und Gelächter erfüllt gewesen war. Die Täuschung war so stark, daß sie halb den Kopf dem Platz zu ihrer Rechten zuwandte, wo der alte Herzog von Yarhoven gewohnheitsmäßig gesessen hatte –, dann dem Platz zu ihrer Linken, wo einst die ordenfunkelnde Brust berühmter Generäle und Politiker in launiger Selbstgewißheit geschwollen war. Jetzt seufzte sie, als sie sich, einen um den anderen, jene reizenden Freunde einer glücklicheren Zeit ins Gedächtnis rief …

Da waren die schlaksigen Hoving-Zwillinge gewesen, sportbegeisterte junge Frauen, deren Lachen den Salon in einer Art langanhaltendem Doppelecho durchzogen und jedermann an rosa Jagdröcke und morgenfrische Herbstwiesen hatte denken lassen, so daß sich eine ungeheure Fröhlichkeit ausbreitete, der sich selbst die diversen Offiziere, die sich in getreuer Pflichterfüllung in den Kolonien Malaria geholt hatten, nicht entziehen konnten. Da waren Schauspielerinnen gewesen, Staatsmänner, Prinzen, selbst ein König – und immer hatte es, wie sich der reizende sentimentale Refrain durch die Operette zieht, eine ganze Ansammlung betrübter kleiner Ehefrauen gegeben, deren Gatten aus dem eigenen Lande hinausgeschickt worden waren, um in einem anderen irgendein politisches Unrecht zu verüben.

Doch jene Tage waren auf tragische Weise vorbei; und nun waren der Baron und seine Baronin allein und so einsam wie entthronte königliche Hoheiten. Das Geld, das früher in Hülle und Fülle vorhanden gewesen war, war immer weniger geworden, bis es jetzt kaum mehr dazu ausreichte, die Fasanen in angemessener Weise zu garnieren. Die Reichtümer waren dahin, die Freunde waren dahin; vor ihnen lag nichts als eine dünne, grauenerregende Einsamkeit. Doch während die Baronin mit jeder Stunde zerbrechlicher und trostloser wurde, schien ihren Gatten ihr Ungemach nicht zu berühren. Tatsächlich, so befand sie, als sie ihn jetzt über die qualvolle Länge der verwaisten Tafel hinweg ansah, schien er völlig in der Vergangenheit zu leben; friedlich, rosig und stumpfsinnig beschäftigte er sich ausschließlich mit seiner Geschichte des Duells vom sechzehnten Jahrhundert bis in seine eigene Zeit – als er, wie er jedem versicherte, der es hören wollte, bei der Ausübung dieser schönen Kunst selbst keine schlechte Figur gemacht hatte. Seine rechte Wange zierte quer eine lange, häßliche Narbe, um die Wahrheit seiner Behauptung zu bestätigen, und obwohl die Geschichte jener Narbe jedes Jahr eine neue prächtige Version fand, verlieh sie ihm doch enorm viel *cachet*.

Als er seine zukünftige Baronin kennengelernt hatte (sie war damals Gertie Platz gewesen und von reizender Leichtgläubigkeit), hatte er ihr versichert, sie sei erst einen Monat alt und er habe sie davongetragen, als er ihre Schönheit und ihren guten Namen verteidigte. Doch kaum hatte das Glimmen in ihrem Herzen sich zu etwas Hellerem, der Liebe zu ihrem tapferen Kavalier recht nahe Kommendem zu entwickeln begonnen, da bekam sie zufällig mit, wie er der Herzogin von Yarhoven erzählte, diese Narbe habe er sich in jener unseligen Nacht in Madrid eingehandelt, als er eine halbe Meile vor der Stadt fremdes Unrecht wiedergutgemacht habe. In den darauffolgenden Jahren (es waren deren zwanzig) hatte er die Geschichte so oft geändert, wie er jemanden finden konnte, der sie hören wollte. Es war, mit Abwandlungen, um eine Frage seiner persönlichen Ehre gegangen, als er verwundet worden war, um die Ehre der Kirche, um die Ehre seines Landes, um die Ehre einer Frau ... es war jedoch stets eine höchst unterhaltende Geschichte gewesen. Ganz zu Anfang hatte die Baronin eine gefesselte Zuhörerin abgegeben. Sie war zusammengezuckt und ihr Atem war rascher gegangen, wenn er, zum Zweck der Veranschaulichung, sein blutiges Rapier zu ziehen vorgab; sie war erschaudert und erbleicht und hatte gemurmelt: »Du bist großartig!« Doch, Allmacht der Gewohnheit, das war lange her! Jetzt erbebten ihre Nasenflügel leise, und sie wandte den Kopf ab.

Als ihre Freunde sie verließen und ihr Leben zu einem dürren Pfad von Schuld und Verzweiflung zu verkümmern begann, war das einst strahlende Lächeln dieser Dame etwas starr geworden, ihr immer rarer werdendes Lachen eine Spur schrill. Falten stellten sich um ihre schönen Augen ein, und ihr Schritt war langsamer, wenn sie in ihrem einsamen Garten umherging und ihrem Gärtner zuhörte, der von Frostschutz für die Erdbeeren und die empfindlicheren Blumen sprach. Ach, sie wußte nur zu gut, weshalb ihre Freunde sie verlassen hatten; so eindrücklich, als sei es ihr mit ätzender Klinge in Hirn und Herz geschnitten worden, konnte sie die Katastrophe bis zu jenem grauenhaften Abend vor fünf Jahren zurückverfolgen, jenem Ball aus Anlaß ihres fünfzehnten Hochzeitstages, als das beklagenswerteste, das tragischste Ereignis ihres Lebens stattgefunden hatte.

Der Baron hatte an jenem Abend gerade der hübschen Gattin General Königs erzählt, wie er in Budapest zu seiner Narbe gekommen sei, wo er im Walzerschritt an der blauen Donau mit einem Gegner gekämpft habe, der den Takt nicht habe halten können, als einer der Hoving-Zwillinge mit einem langgezogenen, widerhallenden Klagelaut (die Akustik im Haus des Barons war wie geschaffen, um Angstschauder auszulösen) schrie, man habe ihr nicht nur den Smaragdanhänger ihrer Mutter gestohlen, sondern sogar die Uhr ihres Großvaters, die so groß war wie eine weiße Rübe und mit einem spatenförmigen Schlüssel aufgezogen wurde und die sie nicht so sehr deshalb ungeheuer schätzte, weil sie von ihrem Großvater stammte, als deshalb, weil sie eintausend britische Pfunde wert war bzw. deren Gegenwert in Dollar, deren Währungszwilling in Mark, deren Duplikat in Lire. Bis zum heutigen Tage erschauderte die Baronin jedesmal, wenn sie sich der absoluten Stille erinnerte, die nach der Bekanntgabe dieses Verlustes eintrat und die von einem erregten Stimmengesumm gefolgt wurde, als die Gäste hektisch begannen, die Summe in die verschiedenen Währungen umzurechnen. Auch peinliche Momente des Schweigens hatte es gegeben, Blicke, die sich ein wenig zu lange, ein wenig zu nachdenklich am Blick anderer festhielten... Dieser ganze neugierige, sprungbereite und dann auch wieder zaudernde Argwohn, der unter Freunden so leicht zu wecken ist, durchwehte wie ein böser Dunst jenes von strahlendem Glanz erfüllte Zimmer. Die Sache war natürlich vertuscht worden, obwohl weder Anhänger noch Uhr jemals wieder auftauchten, und damit hätte die Sache ihr Ende gefunden haben können; doch statt dessen bemerkte die Baronin mit sorgenvoll umdüstertem Blick, daß von jenem Tage an bei jeder folgenden Einladung irgend etwas Wertvolles verschwand. Seitdem fehlte es ihrem Salon an Unbefangenheit; es kamen immer weniger Gäste, und jedesmal wurde mit nervöser Anspannung darauf gewartet, daß jemand aufstand, um den Verlust eines Schmuckstücks kundzutun oder – schlimmer noch, daß jemand rücksichtsvollerweise davoneilte und etwas murmelte wie, er habe einen Manschettenknopf oder eine Krawattennadel, ein Armband oder einen Ring verlegt. Die Dienstboten wurden befragt und etliche wurden als verdächtig entlassen. Doch die Diebstähle hörten nicht auf, und die Baronin wurde so dürr wie ein Blatt im Winde und hob mittlerweile den erschöpften Blick nur noch selten zu den Gesichtern der Freunde, die ihr geblieben waren; dann blieben nach und nach auch diese letzten aus, und der Baron und die Baronin Otterly-Hansclever waren allein, allein, und, so empfand sie es, irgendwie entehrt.

Jetzt ging ihr auf, während sie eine Salatsauce probierte, die nahezu nach nichts zu schmecken schien, daß sie in jüngeren Jahren geweint und ihrem Gatten ihr Herz ausgeschüttet hätte. Doch hinter seinen Büchern und Aufzeichnungen über das Duell vergraben und phlegmatisch, wie er war, konnte sie auch ihn nicht mehr erreichen. So aß sie denn schweigend und bewegte unaufhörlich jenen Gedanken in ihrem Geist, der dort herangereift war wie ein finsterer, grausamer Same – daß der Verlust ihrer Ehre ungesühnt geblieben war. Nicht nur waren ihre Gäste ausgeplündert worden, auch ihr Familiensilber war Stück um Stück verschwunden, und selbst ihre kleine Perlenkette war unauffindbar. Gab es denn, so dachte sie bitter, keine andere Möglichkeit, keine andere Zukunft für die Hansclevers, als untätig zu sitzen, während die finstere Hand der Schmach sich über ihnen schloß und ihre Freunde sich unfehlbar auf entsetzliche Weise einer nach dem anderen von ihnen abwandten?

Warum sagte der Baron denn nichts, tat er nichts? War er denn so sehr von der Geschichte des Duells in Anspruch genommen, daß er weder Zeit noch Neigung hatte zu kämpfen, wo es am Platz war? Nun ja ... welchen Nutzen hatte denn die ausgeklügelte Kunst des Duells gemessen am unerbittlichen Schatten des Schwindens, der über ihnen schwebte? Ihr Widersacher war das Phantom Zweifel, demnach wäre also der Kampf ein geisterhafter. Und sie allein konnte ihn führen. Ihre Finger spannten sich um das abgegriffene Silber ihrer Salatgabel, und in ihren Augen wuchs die Entschlossenheit, bis sie wie kleine flüssige Flammenteiche in ihrem erschöpften Gesicht brannten. Ja, sie allein würde die Ehre der Otterly-Hansclevers retten ..., und sie würde durch diesen Akt beweisen, daß nicht in ihren Adern ein schwächliches Blut rollte.

Als der Baron ihr die Hand geküßt und sich entschuldigt hatte, weil ihn eine lange Nacht am Schreibtisch erwartete, wie es seinem Wunsch entsprach, stieg sie langsam in ihre Wohnräume hinauf. Sie erwarteten sie menschenleer, denn ihre Zofe war vor kurzem entlassen worden, da sie sich außer dem alten Butler und dem Gärtner keine weiteren Dienstboten mehr leisten konnten. Sie trat jedoch so stolz über die Schwelle, als gingen ihr Fanfaren voraus. Eine Pflicht erwartete sie – eine letzte Geste, die es zur Wahrung des hochangesehenen Namens, den sie mit ihrer Heirat angenommen hatte, zu vollbringen galt. Und es war eine Geste, die auf eine schöne, eine erlesene Weise vollführt werden mußte. Sie mußte sterben.

Sie wußte, wie sie sterben würde, wußte, daß das mit Hilfe ihrer Pistole geschehen würde, die ihre Mutter ihr am Tag der Hochzeit geschenkt hatte – »für den Fall, daß Einbrecher kommen«. Sie hatte einen mit Diamanten eingelegten Knauf und einen langen schimmernden Lauf. Niemand hatte sie je gesehen außer ihr und ihrem Gatten, und sie hatten sie lachend in die Geheimschublade eines Sekretärs eingeschlossen – denn, wie der Baron sagte: »Wo wir doch einen Meister des Rapiers, einen Duellanten von internationalem Ruf im Haus haben – wozu brauchen wir da wohl eine Pistole?« In den darauffolgenden Jahren hatte sie sie jedoch oftmals liebevoll angeschaut und dann wieder weggeschlossen.

Heute nacht würde sie von Nutzen sein.

Langsam zündete sie die hohen gedrehten Kerzen in ihren schweren Haltern an; eine nach der anderen flackerten die winzigen Flämmchen erst, zauderten, wuchsen dann zu kleinen Lichtspitzen, die bleich und ruhig in den deckenhohen Schatten des Zimmers standen. Die Baronin zog die Vorhänge zu ... Genauso, dachte sie, mußte ihr Mut wachsen und sich festigen, bis er brannte ohne Zaudern, und dann – wie die Kerze in einem Hauch verlischt, so würde sie sterben, schnell und allein. Ihr Herz schlug rascher, als sie sich auf die Schublade zubewegte, worin, wie sie wußte, die Pistole lag. Sie blieb stehen, die Hand an die Brust gelegt, und eine entsetzliche Ungewißheit stieg in ihr auf. War das nun auch wirklich das Beste, was sie tun konnte? Würden ihr Mann, ihre Freunde diesen Akt so verstehen, daß sie ihr Stelldichein mit der Ehre eingehalten, sich für ein Ideal geopfert hatte? Oder würden sie sie bloß für melodramatisch halten? Wäre es vielleicht nicht doch besser, einfach weiterzumachen, zu leben, zu schlafen, zu essen, Vergessen zu suchen? ... Nein! Die einzige Rache war zu sterben – und großartig zu sterben, bei Kerzenlicht, während die Diamanten ihrer Pistole der herzlosen Welt eine letzte Herausforderung zublitzten.

Sie trat an den Sekretär und streckte die Hand nach der schicksalsmächtigen Schublade aus. Die Worte »Tod, ehrenvoll und allein« kamen ihr, ein halbes Flüstern, in den Sinn, doch als sie sie zu sprechen versuchte, blieb ihr der Atem in einem schmerzhaften kleinen Knoten in der Kehle stecken. Sie bebte ..., doch sie hielt stand. Sie zog die Schublade heraus und steckte die Hand hinein.

Einen Augenblick lang stand sie wie versteinert. Dann stieß sie einen schwachen, unhörbaren Schrei aus. Die Pistole war weg.

Der Brief, der niemals abgeschickt wurde

Den ganzen Winter lang hatte Berlin von nichts anderem geredet als vom Charme, der unaussprechlichen Anmut und Schönheit der kleinen Wiener Tänzerin Vava Hajos. Zu Beginn der Theatersaison war sie wie der Blitz ins Publikum gefahren – ein wirbelndes Stücklein gefärbter Draperie, so flüchtig wie der Atemhauch eines Sterbenden auf einem Spiegel, durch den ihre Glieder hindurchschienen wie hinter dem Wolkenvorhang des Gedächtnisses. Ihr Kopf war eine einzige Masse üppig quellenden Haars, das sich mit sehnsuchtsvoller und dabei doch strahlender Ungebärdigkeit vom Halsansatz emporlockte und über hohen geschwungenen Brauen flammte. Und das allmähliche *rallentando* ihres Tanzes, das ihre Füße über die Bühne zog, als lägen sie, in wehrloser Schwäche, in irgendeinem zarten Phantomspinngewebe gefangen, hatte nicht nur das ganze tonangebende Berlin zum Rasen gebracht, sondern auch sämtliche Provinzgrößen und Kaufleute, die in jener Saison in die Stadt drängten.

Wenn sie aus dem Theater strömten, in dem sie auftrat, glitzerte die frostkalte Luft von ihren bewundernden Kommentaren. Ihr Mund, so riefen sie, sei vom warmen leuchtenden Scharlachrot einer Mohnblüte, das letzte ersterbende Zucken ihrer Hand ein Triumph der Ausdruckskunst und der Schönheit. »Niemals zuvor hat eine Hand«, daran konnte es für sie keinen Zweifel geben, »mit so viel *largo* Lebewohl gewinkt. Und dies äußerste Maß an Harmonie, das jede Linie ihres Körpers auszeichnet ... – die Schultern, schmal, wie sie sind, wirken sie doch straff und breit ... Der feste, winzige Zylinder des Rumpfes, wie er sich zu Hüften verjüngt, um sich mit der Entrücktheit des Schlafes in Bein und Fessel aufzulösen, die wiederum ihren göttlichen Abschluß in einem Fuße finden, der der Springborn des Lebens selbst scheint.«

Beschwingt wie Vögel flatterten die Preisgedichte nächtens

über die gestikulierenden Hände, die in freudiger Erregung gestrafften Schultern von Vavas anbetendem Publikum hinweg in die Luft hinauf.

Zwei der reichsten, edelsten, glühendsten unter all den anbetenden, flehenden Augenpaaren gehörten zwei Freunden, dem Baron Anzengruber und dem Vicomte Virevaude. Ihre ehrgeizigen Bemühungen, was sie betraf, waren unbestreitbar von der durchdachtesten Art, denn beide waren sie reich genug, um den Rhythmus selbst noch dieser unvergleichlichen Tänzerin ein wenig zu verschleppen, so schwer wog ihr Tribut an Perlen und eckigen Smaragden. Die Leidenschaft, die sie für sie empfanden, war vom Wahnsinn nicht weit entfernt. Sie durchschritten ihren jeweiligen Salon unter den marternden Peitschenhieben der Wenns, Abers und Vielleichts, die ihnen die Schuhsohlen zu Waffeln verschlissen und ihre Gefühle zu einer einzigen mißtönenden Verzweiflung; denn zu beider Liebeskrankheit kam noch die unerträglich dramatische Tatsache, daß diese rivalisierenden Liebhaber seit der Kindheit eng befreundet waren. Sie hatten auf demselben freiherrlichen Fußboden mit Murmeln gespielt, waren im Bois vom selben Pferd abgeworfen worden – denn ihre Familien hatten einander alljährlich besucht. Als sie das Mannesalter erreicht hatten, hatten sie einträchtig Verluste an der Börse erlitten und zu ihrer Zufriedenheit mit den besseren Rheinweinen spekuliert. Sie hatten jeder jeweils die Sprache des anderen erlernt, und der Baron bot den *Freund* für den *ami* des Vicomte. Sie hatten gemeinsam in Afrika gejagt und Glück und Unglück geteilt ..., und als die Jahre sich bemerkbar zu machen begannen, hatten sie in ihrem Lieblingsheilbad gemeinsam Glas um Glas gesunden Quellwassers getrunken. Ihre unverbrüchliche Treue zueinander war Legende geworden, ihre Freundschaft ein edles Bauwerk, das auf einen Felsen der Wahrhaftigkeit gegründet war.

Und nun war Vava Hajos in ihr Leben getreten. Und wo sie bislang Arm in Arm marschiert waren, mußten sie nun leise auftreten und auf die Zehen des anderen achtgeben; wo nichts als schlichtes Einverständnis geherrscht hatte, da wurde nun ein Zweifel, eine Frage geboren. Auf den friedvollen Pfad ihrer Freundschaft war der furchtbare Schatten der Rivalität gefallen. Sie liebten dieselbe Frau.

Strenggenommen hatte der Vicomte dem Baron gegenüber in der Vava-Sache einen Vorsprung von achtundvierzig Stunden. Er hatte sie zuerst gesehen, und die schlagartige Verzauberung, die ihre Schönheit an ihm bewirkte, verstieg sich bis hin zu fünf Dutzend jener berühmten deutschen Rosen, die allzeit bereit scheinen, zur Ehre ihres Vaterlandes an ihren Stielen hinzuwelken.

Liebestrunken war der Vicomte an jenem Abend heimgetaumelt, um Vavas Schönheit Kerzen der Ekstase anzuzünden. Während er auf und ab schritt, versuchte er fieberhaft, Mittel und Wege zu ersinnen, wie er die Wertschätzung dieser ungekannten kleinen, dieser tanzenden Miszelle aus Gold und Elfenbein und schwebendem Tüll erringen konnte, deren Zauber so unfehlbar, so unsäglich mächtig war; denn da war etwas an der rhythmischen Hüftbeuge Vavas, das von verborgenen Dingen kündete, die vor langer, langer Zeit begangen worden waren, ehe Vater und Mutter auch nur den leisesten Verdacht schöpfen konnten.

Der Vicomte durchschritt seine Zimmer bis zum Morgengrauen. Und nahm am darauffolgenden Abend den Baron mit ins Theater, so daß er sich dies herrliche Mädchen anschauen konnte. Der Baron war zunächst skeptisch – doch als er Vava erblickte, packte ihn ein Schwindel, und sein Herz schlug so ungebärdig, daß er wie von einem Lachanfall geschüttelt wurde … Doch er lachte nicht.

In der Pause saßen sie in ›den Zelten‹, tranken schwarzen Kaffee und rauchten Zigarren und sprachen von ihr, und ihr Loblied war zügellos, lyrisch, rokokohaft. Danach saßen sie die ganze Nacht beisammen vor den glühenden Scheiten des Barons, und der Morgen dämmerte fast, bis der Vicomte erkannte, daß der Baron nicht aus freundschaftlicher Anteilnahme von Vava sprach, sondern weil er selbst verliebt war.

Dann begann ein bezauberndes Tête-a-tête. Sie gestanden einander ihre Liebe ein, sie besiegelten sie mit einem Händedruck; sie waren gleichzeitig selig und zutiefst unglücklich. Keinem von beiden wäre es je in den Sinn gekommen, daß Vava selbst Gelegenheit hätte erhalten sollen, zwischen ihnen zu wählen, denn das ist so die Art reicher Herren mit Adelstitel, wenn die fragliche Dame ihren Rang nur Gott allein zu verdanken hat. Eine solche Schlacht von dreien wird immer von zweien ausgefochten. Doch was, so fragten sie sich selbst und einander, war in einem solchen Falle zu tun?

Sie sprachen freimütig darüber. Keine hinterhältigen, heimlichen Manöver sollten die Reinheit der Freundestreue trüben. Sie waren Gefährten, Brüder ... Sie würden in dieser Sache gemeinschaftlich vorgehen.

Der Baron bestand darauf, daß sein Freund, da er Vava ja zuerst gesehen hatte, ein Anrecht auf den ersten Annäherungsversuch habe. Er selbst, sagte der Baron, würde es darauf ankommen lassen. Und als der Vicomte sich nach wackerem Protest schließlich dreingeschickt und zugestimmt hatte, stellte sich heraus, daß das in der Tat eine gescheite Lösung war. Denn am nächsten Tag erhielt er ein Telegramm, aus dem hervorging, daß seine betagte Mutter, die sich während eines vierzehntägigen Aufenthalts in Venedig eine Halskrankheit zugezogen hatte, eilends an ihren Wohnsitz in Südfrankreich zurückgekehrt war, dennoch aber jeden Moment das Zeitliche segnen konnte. Er beschloß, sofort abzureisen, und die wenigen noch verbleibenden Stunden in Berlin waren gleichermaßen der Sorge um seine Mutter wie der letzten verzweifelten Anstrengung gewidmet, das Zwillingsproblem von Freundschaft und Liebe zu lösen.

Der Baron, der den sehnlichen Wunsch hatte, die Betrübnis eines Freundes zu lindern, schwor, daß er während dessen Abwesenheit nicht den kleinsten Versuch unternehmen werde, Vava für sich zu gewinnen. Der Vicomte gelobte seinerseits, daß er jede Stunde seiner Reise unablässig bemüht sein werde, Vava um seines Freundes willen zu vergessen. Als der Zug sich in Bewegung setzte, lehnte er sich weit aus dem Abteilfenster und sagte:

»Unternimm nichts, darum bitte ich dich, teurer Freund, bis du von mir hörst. Wenn ich dir schreibe, dann bedeutet das, daß ich mein Herz um deinetwillen besiegt habe – daß es mir gelungen ist, sie zu vergessen. Wenn du statt dessen jedoch binnen zwei Wochen nichts von mir hörst, mußt du sie vergessen. Und ich glaube«, setzte er hinzu, und sein Blick umwölkte sich, »daß du jenen Brief erhalten wirst.«

Einmal im Süden angelangt, schäumte der Vicomte vor Wut. Er liebte seine Mutter, hielt ihr getreulich die Hand und freute sich, sie auf dem Wege der Besserung zu sehen, doch innerlich raste er über die ausgedehnte Trennung von Vava. Als die Tage vergingen, beunruhigte ihn überdies das Gefühl, sich an der Freundschaft, die ihn mit dem Baron verband, vergangen zu haben, treulos zu sein – denn die zwei Wochen waren mittlerweile abgelaufen, und er hatte den Brief nicht abgeschickt ... – jenes Zauberwort, das für seinen Freund Liebe und Glück, ja das Leben selbst bedeutet hätte. Wie gemein er doch war, wie so durch und durch unwürdig! Gemartert stellte er sich den Baron vor, wie er dort, stoisch und unbestechlich, an der Paradiesespforte ausharrte, gegen jede Versuchung gefeit, solange er nicht von seinem Freund gehört hatte.

Warum konnte er es nicht über sich bringen, den Brief zu schreiben? Ein halbes Dutzend Male hatte er es während der vergangenen zwei Wochen versucht, hatte er die Feder genommen, um zu schreiben: »Sie gehört Dir, mein lieber Baron ... Ich schenke sie Dir.« Doch jedesmal war er davor zurückgescheut und am Ende gescheitert. Er konnte den Brief nicht schreiben, er konnte es einfach nicht. Er wollte sie nicht aufgeben. Nach fünfzig Jahren der Freundschaft war er ein Geizhals geworden, der seinem teuersten Freund versagte, was ihm doch alles bedeutete ... Was für ein Mensch war er eigentlich? fragte er sich grimmig. Warum konnte er sein Glück nicht im Glück jener beiden finden? Er hatte doch versprochen, es zu versuchen, er hatte fast versprochen, daß es ihm gelingen werde – und nun konnte er es nicht.

Als die Stunde näher rückte, wo er wieder nach Berlin zurückkehren sollte, erreichte seine Verzweiflung ein solch tragisches Ausmaß, daß er händeringend auf einen Plan, einen Ausweg sann. Kam es denn jetzt, fünf Minuten vor zwölf, auf eine kleine Lüge an, wo es doch darum ging, den Freund zu retten? Wie viele Menschen griffen nicht zu dieser Art von Lüge, indem sie eilends Bestätigungsbriefe schrieben – nach all den Phantombriefen, die sie hätten schreiben sollen, jedoch nicht geschrieben haben. »Mein Lieber!« so riefen sie unter dem ungläubigen Auf und Ab der Feder, »Willst Du behaupten, Du habest den Brief, den ich Dir vor einem Monat geschrieben habe, nie *bekommen*? Ich *habe* Dir aber geschrieben...« Es war eine weiße Lüge, die bleiche, gemarterte Imitation einer Lüge. Weshalb sollte er jetzt nicht Gebrauch davon machen, indem er den Brief mit seiner Frage so absandte, daß der Baron ihn am Morgen des Tages, an dem er selbst in Berlin einträfe, erhalten würde?

Eilends schrieb er: »Mein lieber Freund, ist es möglich, daß Du meinen Brief nicht erhalten hast...?« und setzte hinzu: »Ich treffe am Abend des 24. in Berlin ein. Besuch mich bitte unverzüglich.« Er versiegelte ihn mit einem schweren Siegel, schickte ihn ab und war zum erstenmal wieder froh.

Fiebernd vor Erregung traf er in Berlin ein. Sein Freund würde ihn in seiner Wohnung vor dem Kaminfeuer erwarten; und wenn er es richtig anstellte, seine Melancholie im richtigen Moment zur Geltung brächte, im rechten Augenblick dezent einen Seufzer des Bedauerns hören ließe, eine tragische Geste des Verzichts anzubringen wüßte, würde das den Baron so tief berühren, daß dieser gefühlvolle Mensch, da war er sich sicher, bestimmt einverstanden wäre, ach was – geradezu darauf bestehen würde, Vava ein zweites Mal aufzugeben, sie dem Freunde, dem Vicomte, wieder in die Arme zu werfen. Und der Vicomte wäre doppelt glücklich dran, denn da er ja durch alle Stationen der Opferbereitschaft gegangen war, würde er in den Augen seines Freundes nicht im geringsten an Ansehen verlieren. Es war ein scharfsinniger Plan von bestechender Schlichtheit.

Er schüttelte sich den Schnee vom Kragen, während er die Treppe zu seiner Wohnung hinaufrannte. Atemlos erkundigte er sich, ob der Baron schon da sei. Nein, so erfuhr er, es sei niemand da. Er trat in den Salon, wo sie zuletzt miteinander gesprochen hatten, goß sich einen Brandy Soda ein und schaute auf die Uhr. Es war noch früh – wahrscheinlich würde der Baron nicht vor halb elf eintreffen. Er hätte sogar noch Zeit, überlegte er, Vava einen Besuch abzustatten ... doch nein. Das Ganze sollte ohne jeden Makel zu Ende geführt werden. Erst würde er mit dem Freund sprechen.

Er nahm sich seine Post vor – Rechnungen, ein Brief seines Schneiders wegen einer Anprobe ... Dann erblickte er einen Brief, der von der Hand des Barons adressiert war und einen vier Tage alten Poststempel trug. Schlimmes ahnend, riß er ihn zitternd auf.

»Wann war je ein Mensch mit einem so noblen, so großzügigen Freund gesegnet!« schrieb der Baron. »Selbstverständlich habe ich Deinen Brief erhalten – er traf vor einer Woche ein, genau wie Du vorausgesagt hattest. Du bist ein wahrer Sportsmann, ein Held, ein Gentleman ..., und Vava und ich umarmen Dich!«

Saturnalien

Westindien hatte Mr. Menus endlich erwischt. Er hatte die Beacon Street und die Gesellschaft seiner Tante, Miss Kittridges, mit festen religiösen Überzeugungen, politischen Zielen und einer erfreulichen journalistischen Begabung verlassen. Mittlerweile litt er an *mañana*.

Nach zehn Jahren Kingston war er stellvertretender Chefredakteur einer erschlafften Lokalzeitung und der wahrscheinliche erste Anwärter auf ein baldiges Begräbnis.

In diesen Jahren war seine Tante in Europa gewesen; der Krieg führte sie zurück, allerdings zugegebenermaßen mit angegriffenen Nerven, so hatten ihre Brüder ihm geschrieben. Sie hatten sie vom Schiff abgeholt und sie eilends in ein Sanatorium irgendwo oben in den Bergen gesteckt. Sie war dort nur eine Woche geblieben. Er kannte seine Tante, straff, dünn, schweigsam. Er grinste, als er sich mit dem Taschentuch in den Kragen fuhr. Er hoffte, sie würde »es schon schaffen« (sie kam ihn gerade besuchen), würde es schaffen und davonkommen. Alle Nicht-Jamaikaner hoffen, daß eines Tages irgendwer »sämtliche Klippen umschifft« und die Flucht schafft. Er hatte allerdings nie jemanden kennengelernt, dem das gelungen war, das heißt, jedenfalls nicht auf die Weise, wie man es von ihm erwartete; es war immer eine kleine Malaise im Spiel, ein Sonnenstich, eine Hinneigung zum Okkultismus, ein Verlangen nach Walhall, ein Fleck im Unveränderlichen; Sterngucken, Teesatzdeuten. Er hatte Zweifel, ob Kingston nun genau das Ideale für eine Frau mit angegriffenen Nerven war. Er setzte seine Hoffnung in den heilsamen Zauber seines Gartens.

Die Eidechsen, die bei der Berührung des heißen Steins die Kehle aufbliesen, wandten das kalte Auge in die Richtung, wo auf der anderen Seite der Gartenmauer gemeinschaftlich Lateinisches hergesagt wurde. Im Ladies' Seminary (einer besseren Schule für die Töchter der britischen Offiziere und die

Wohlhabenden) war gerade Unterricht. Jeden Nachmittag um Punkt fünf kamen die Mädchen unter dem Gewicht von Milton, Inferno und Common Prayer hocherhobenen Hauptes eine nach der anderen über den Rasen. Wenn sie zum Tee hineingingen, luden sie ihre Last am Eingang ab. Mr. Menus hoffte, sie würden seiner Tante gefallen.

Dann war da noch der alte Colonel Edgeback, der sich einen Mandarinenhain, einen planlos zusammengestückelten Bungalow, ein Tabakfeld und eine Eselherde gekauft hatte. Er schenkte seinen Eingeborenenbediensteten Nähmaschinen, um sie bei Laune zu halten, und für sich selbst hielt er einen hervorragend bestückten Keller, der aus nichts als Scotch bestand. Er sprach ständig davon, in die unvergleichlichen Cotswolds zurückkehren zu wollen. Was er niemals tun würde. Er wußte das; wenn er jedoch seinen Zitronensaft trank oder mit seinen Freunden einen Brandy Soda kippte, dachte er nun einmal gern daran. Dann waren da die Lieutenants Astry und Clopbottom und ihre Frauen mit unglücklicherweise je einem Kind. Eins spielte Gitarre, das andere trug eine Fliege in einer Flasche mit sich herum und trieb das sogenannte »Angelspiel«. Eine reichliche Handvoll junger Damen und gemeiner Soldaten beschlossen die Liste, und die vernünftige Mrs. Pengallis vom Dust Bowl leistete ihnen Gesellschaft. Sie hatte stählerne Stricknadeln.

Miss Kittridge kam an, hinter sich den Neffen mit ihrem himmelblauen Wochenendköfferchen, von dem gestochen scharf ihre Initialen leuchteten. Ein Schwarzer kam aus der Undurchdringlichkeit des hinteren Gartens hervorgeschossen und bemächtigte sich seiner. Miss Kittridge trug ein seidenes Jugendstiltuch und einen Band der Briefe Madame de Lafayettes. Sie nickte erst dem bevölkerten Garten zu und dann der Gruppe südamerikanischer Mädchen, die wie ihr eigener Schatten wirkten, wie sie da unter dem Schnalzen der Limettenblätter die Köpfe zusammensteckten. Miss Kittridges Schleier floß von einem honigfarbenen Basthut herab, auf dem, über zartgeschwungenen Augenbrauen, mit gespreizten Flügeln ein Vogel hockte. Unter seiner Brust, die zu einem stummen Trillern ausgestopft war, glitzerten die Funkensplitter einer Diamantnadel. Sie setzte sich in den Sessel, den ihr Neffe mit der ruckenden Bewegung für sie heranschob, die einem bei niedrigem Blutdruck vorwärtsgetriebenen Gegenstand eigen ist. Während der Gesprächspausen konnte man das dunkle Geräusch tropfenden Wassers hören, das auf einen steinernen Katafalk aufschlug – die Wanne im Badehaus.

Der flaumige Gitarrist, der unter Unsicherheit litt, verhedderte sich bei dem Versuch, ein Empfangsständchen zu spielen, vor Übereifer in den Saiten seines Instruments. Eine riß und schnellte mitsamt dem eben angeschlagenen, ersterbenden ›G‹ in die Höhe. Der Zucker landete in Miss Kittridges Schoß. »Danke«, sagte sie mit einer Stimme, aus der der Schreck jeden Vorwurf getilgt hatte, »Danke«.

Ohne das Vorstellungsritual abzuwarten, beugte Mrs. Astry sich vor.

»Das kleine Scheusal hat seine Fliege mitgebracht.« Sie zwinkerte vielsagend in Richtung des jungen Clopbottom, der, tief in sein Angelspiel versunken, das Gesumme seiner Gefangenen gar nicht mitbekam.

»Wirklich?« sagte Miss Kittridge.

»Möchten Sie vielleicht mit den anderen bekannt gemacht werden?« fragte eine junge Dame, die links von Miss Kittridge auf dem Rasen saß. Sie blickte kichernd zu Mr. Menus hinüber, der vergessen hatte, die Honneurs zu machen. Das vergaß er immer. »Mrs. Pengallis (Mr. P. ist dort drüben – er wird nicht mitberücksichtigt), Colonel Edgeback, Lieutenants Astry und Clopbottom (samt Gören), Señorita Carminetta Conchinella, Mrs. Beadle, Mr. Pepper ... und Sie sind Miss Kittridge? Hoppla!« sagte sie und verhinderte gerade noch, daß ihr die Tasse von der Untertasse glitt, die sich am Ende ihres gestikulierenden Arms befand. »Ist ja auch egal!«

»Cecilia!« sagte jemand, doch war das ein tonloser Ausruf. Es war so warm.

Lieutenant Astry bot dünngeschnittenes Brot mit Guavengelee an. »Ich hoffe, Sie sind an die Trägheit gewöhnt. Wie war denn Paris?«

Miss Kittridge wandte ihm ihr schmales hübsches Gesicht zu. »Ja, Paris, doch das ist schon einige Wochen her. Ich war danach in den Bergen oben; da fing es gerade an zu tauen; die Skiläufer fielen auf die Nase, konnten sich nicht auf den Beinen halten, Matschwoche. Die Männer in den Bergen haben Sodiumbichlorid in die Wasserrohre geschüttet; das schneidet ins Eis.« Sie schaute in den Himmel hinauf. »Schneidet wie ein Messer.« Die blasse Haut zitterte unter der Anstrengung ihres Knochengerüsts. »Sanatorium«, sagte sie ruhig und ohne Verlegenheit. Die anderen fühlten sich beruhigt und hilflos zugleich.

Das Gesumm der Fliege drang zu Miss Kittridge und zugleich das Geräusch von Blättern, die an ihren Stengeln auf und ab wehten. Nach dem *Idioten,* dachte sie, hätte es niemals wieder eine andere Fliege geben sollen. Das grauenhafte Kind schrie auf einmal: »Fang-den-Fisch!« Mr. Pengallis, dessen Profil vom breiten Band seines Kneifers verdunkelt wurde, schreckte zusammen. In diesem Augenblick stürmte Sir Basil Underplush in den Garten. Er war ein alter, bevorzugter Freund, der nach einem gelegentlichen Jagdausflug in Schottland doch irgendwie jedesmal wieder nach Jamaika und in den übermäßig gepolsterten Sessel mit der Ziernaht zurückkehrte, den Mr. Menus ihm immer zusammen mit dem Teetablett in den Schatten rollte. Sir Basil war mit der Kompilierung der Heldentaten seines Ururgroßvaters (der in Indien gedient hatte) beschäftigt gewesen, eine Aufgabe, die ihm durchaus Vergnügen bereitet hatte, doch beglückte es ihn noch mehr, daß er sich selbst seine altschottische Dudelsackweise komponiert hatte. Angeblich »konnte er teuflisch gut Dudelsack spielen«, trotz Kurzatmigkeit und Nationalgetränk. Die Eingeborenen erblickten in ihm eine Art *buckra* oder bösen Geist – wegen seines Kilts und der bloßen Knie. Jetzt eben watete er durch die Vanillepflanzen zu seinem Sessel.

»Verdammt noch mal!« sagte er, während er sich erleichtert

fallen ließ. »Warum nicht was völlig anderes! Warum Tiere, immer Tiere?« Er langte nach dem Siphon. »Warum nicht ein gebutterter Brotlaib, der einem, sagen wir, vor Augen schwebt; eine Vision des glücklichen Albion – warum immer Tiere?«

»Schlechte Nacht gehabt?« forschte Mr. Menus zaghaft.

»Sehr schlechte. Und immer rosa. Warum rosa? Ich muß ergründen, warum rosa, warum nicht etwas völlig anderes.«

»Wieso denn gebuttert?« fragte Mrs. Pengallis und ließ die Nadeln klappern.

Sir Basil blickte sie an. Er war ein schwerer Mann und litt entsprechend. »Ich benutze dies Wort mit Bedacht, Madame, ein trockener Knust ist mir zuwider.«

»Brotknust?«

Mr. Pepper (der spinnenhafte kleine Angestellte eines Gemüseladens) nieste. Er war über dem Anblick von Sellerie neurotisch geworden, und mittlerweile litt er an Kriegsangst und Hautausschlag. Unaufhörlich schob er die Hände ineinander, als mische er Karten. »Das Leben ist schrecklich. Ich fühle mich ständig unwohl – ständig.«

Sir Basil grunzte, ein volles, destilliertes Grunzen. »Versuchen Sie's mit Ihren Vorfahren, schreiben Sie's auf, das wird Ihnen den Kopf zurechtrücken. Erproben Sie Ihre Hand an Ihrem Großvater – ich nehme doch an, Sie hatten einen.«

Mr. Peppers Ausdruck veränderte sich. »Ehrlich gesagt, ich weiß es nicht.«

»Keine Vögel – wieso eigentlich nicht?« fuhr Sir Basil fort. »Warum bloß seit den Anfängen des Menschen und dem ersten aufmunternden Schluck immer nur Vierfüßler?« Er brachte sein Glas zum Kreiseln. »Warum nicht die Nachteule, die Nachtweihe, die Nachtigall? Schlimmstenfalls auch der Kiebitz, die Lerche, aber wirklich, warum nicht die Nachtigall? Ich bevorzuge die Nachtigall.«

»*Warum* mußte dieser Vogel bloß so hoch hinauffliegen?« wollte Mrs. Pengallis wissen, »so weit hinauf, nur um mit Shelley im Mund wieder herunterzukommen?«

»Schnabel!« fuhr Sir Basil sie an, »Schnabel, verdammich!«

Mrs. Astry neigte sich zu Miss Kittridge. »Wir nennen ihn den Bienenkorb«, flüsterte sie, »hat das gesamte Alphabet hinter seinem Namen herschwärmen, seine ganzen Orden und Auszeichnungen, Sie wissen schon, Knight of the Bath und Hosenband und emeritierter Professor und was nicht noch alles.«

»Es läßt sich aushalten hier, sobald man sich an den Tee gewöhnt hat«, sagte Mr. Menus zu seiner Tante. Mit einem Nicken wies er auf die Miliz. »Nach dem Abendessen gibt's Billard, und die Eingeborenen singen ihr *wahoo,* und die Damen nähen ein bißchen. Die Hitze kümmert sich so ziemlich um alles ... Rankiine, Tollheit, Ehrgeiz und Verdammnis.«

Miss Kittridge sagte: »Ich habe gehört, weiter oben gibt's eine Menge Ex-Patrioten, die Ackerbau und Viehzucht treiben. Sie seien sehr zufrieden und stolz darauf. Sie gäben alle Gesellschaften, bei denen sie die Milch in Cocktailgläser melken.«

Señorita Carminetta Conchinella wiegte ihren kleinen Hintern auf ihrer schwarzen Mantilla. »Die Amerikaner finden Gott und das Leben ziemlich schwierig, stimmt das nicht?« Sie wandte Mr. Menus ihren dunklen, sanften, angestrengten Blick zu. »Ich laufe durch eure Krüger-Parks, sogar durch euren New Yorker Zoo, und sämtliche jungen Leute hört man über Psychiatrie und Zen und über Nervenkrankheiten sprechen, während die alten über Kuren und Heilungen reden und über Vergänglichkeit, und sie befinden sich dabei alle sehr wohl und sind wohlhabend und unglücklich. In meinem Land, da pflegt man allein vor Gott zu treten, nackt und ungebeten. Damit man nicht auf die Idee kommt, ihn um Gunstbeweise zu bitten ... Das ist schön, so ist es gut – so kann auch Er ausruhen ... Ihr Amerikaner aber, ihr ringt die Hände ... wenn ihr müde seid oder es euch zu heiß ist. Es ist gut, wenn es heiß ist, das ist wie Weisheit. Es schlägt einem die Schädeldecke weg.«

Ein dünnes kleines Lächeln zuckte Miss Kittridges Lider entlang. »Ja, ich weiß, ich bin gereist; jedes Land ängstigt sich auf andere Weise.« Sie schwieg einen Augenblick. »Als ich nach Amerika zurückkehrte, fand ich, daß die Menschen sich sehr seltsam benahmen ... alle suchten nach irgend etwas ... Zertrümmerten die alten Götter zu Hunderten von neuen Formen; versuchten, irgend etwas zu finden ...«

»Haben ihre Murmel verloren, so sieht's nämlich aus«, sagte Mrs. Beadle laut atmend, »haben das Spielen so lange aufgeschoben, daß sie nicht wissen, wo sie anfangen sollen ... Da schießen die Sanatorien und die Ismen wie die Pilze aus dem Boden ...«

Die Schulleiterin traf ein, eine Reihe junger Damen hinter sich, alle in korrekter Haltung. Alle gingen gesittet, alle setzten sich artig, alle lächelten, als sie sich alle gleichzeitig über ihre Tassen beugten.

»Trinken Sie doch etwas«, sagte der Colonel und richtete sich dabei durchaus an jeden persönlich. »Ja, danke«, sagte Mr. Pengallis, und die ängstliche Besorgnis, die der grauenhaften Jugend galt, wich aus seinem Gesicht. »Nur einen Tropfen.« »Nein, danke.« Der Chor setzte sich durch den ganzen Garten fort. »Später vielleicht«, sagte Miss Kittridge.

»Uff!« sagte das junge Mädchen vor einem zweiten Anlauf und brachte ihre Beine in eine bequeme Lage. »Wo wir gerade von Verrückten sprechen, ich habe jede Menge Freunde und Verwandte.« Sie setzte Tasse und Untertasse neben sich im Gras ab, griff den linken Daumen mit der rechten Hand und begann mit gesenktem Kopf zu zählen.

»Ein Argument mehr für die Public School«, sagte Sir Basil und drehte sein Glas. »Wir Briten schwitzen das aus.«

»Meine Großmutter kannte Ann Besant«, sagte Miss Kittridge und ihre Stimme schien von weither zu kommen, »ehe sie diesen neuen Messias großgezogen hat. Doch nun ist sie tot, meine Großmutter, meine ich, und er ist ab durch die Mitte, so daß jetzt alle Mandolinen schweigen und nichts mehr unter Levitation zu leiden hat.« Sie wandte sich um und blickte in die Luft mit ihrem Insektengesirre. »Mir gefiel es besser, als Rasputin nicht getötet werden *konnte*; mir gefiel es besser, als Romulus und Remus den Kopf in den Nacken gelegt hatten; mir gefiel es besser, als die Römer ihre Kleider tauschten; als die Araber den Ramadan einhielten, ihre Sammlung von Großvateruhren beim Opfern von Widderhörnern mit in die Schlucht warfen.«

»Fortschritt«, sagte Lieutenant Clopbottom, »gegen den Fortschritt läßt sich nichts ausrichten.«

Mr. Menus rieb sich die Kuchenkrümel auf das Alpaka seiner Knie. »Ja, vermutlich, doch man muß ein solides Einkommen haben, ein absolut solides, wenn man anders sein will. Man kann nicht anders sein, es sei denn, man hat ein Geldpolster. Man kann der Länge nach im Rinnstein liegen«, sagte er, »und doch auf eigenen Füßen stehen, wenn Sie verstehen, was ich meine.« Er blickte besorgt.

»Es gefiel mir besser, ehe sie anfingen, Shakespeare und Bach auszuplündern.« Miss Kittridge ließ die Hände über ihre Handtasche gleiten. »Mir gefiel es besser, als die Pferde Hände hatten. Ich habe so eins im Britischen Museum gesehen. Hat mich an Beethoven denken lassen, warum, weiß ich nicht. Es ist hübsch, wenn man an alles auf einmal denken kann. Früher haben die das getan, in den alten Ländern.«

»Phantastisch«, rief der Colonel aus, »ein Pferd mit Händen! Das Pferd könnte uns jetzt auf der Stelle ein Menuett vorspielen!«

»In der Tat«, sagte Miss Kittridge, »das könnte es.«

»Wissen Sie, was ich glaube«, sagte das junge Mädchen im Gras, »ich glaube, dies ganze Gebrüte stopft den Leuten Tabus in die Köpfe, das finde ich, ehrlich gesagt.«

Miss Kittridge sagte: »Das meinten auch meine Brüder. Sie sind nie gereist, sie bleiben am selben Fleck (abgesehen natürlich von meinem Neffen hier), so bleiben sie geschäftlich am Ball, es lohnt sich nicht zu reisen, da lernt man doch nur Dinge kennen, von denen sie nicht gern etwas hören.«

»Ich fürchte, Miss Kittridge, Sie sind nicht auf der Höhe der Zeit«, sagte Sir Basil, und in seinen Augen blitzte es.

»Ach, mein Spätzchen, ach mein Schätzchen, mein angoraweiches Kätzchen!« jaulte der junge Herr Astry, die Gitarre auf dem Knie, das Gesicht himmelwärts erhoben.

Mrs. Pengallis ließ die Nadeln klappern und sagte: »Er mogelt sich man eben so durch; wenn seine Eltern kein Geld hätten, säße er in einem Käfig.«

Der Colonel leerte sein Glas und sagte: »Wahnsinn und Bösartigkeit verdanken wir der freien Erziehung.«

Mrs. Beadle sprang auf einmal aus ihrem Sessel hoch und rief: »Raus! Raus mit dir, Teufel!« Dann setzte sie sich ruhig wieder hin.

Alle fuhren zusammen, außer natürlich Mr. Menus. »Sei unbesorgt«, sagte er zu seiner Tante, »sie treibt bloß Teufel aus. Sie tut das höchstpersönlich mindestens einmal pro Tag, es lohnt sich für sie.«

»In Frankreich sparen sie Saiten«, murmelte Miss Kittridge, »und in Venedig singen sie ›Macht des Schicksals ...‹ und in diesem Sanatorium in den Catskills haben sie mich gefragt, ob ich stricke.« Sie lächelte. »Ich war ans *Pflügen* gewöhnt.«

»Dem entnehme ich«, sagte Sir Basil und setzte sich in seinem Plüschsessel bequem zurecht, »daß Ihr Arzt nicht eben angenehm war.«

»Er mochte seine Arbeit«, sagte sie. »Er erklärte mir, der amerikanische Geist würde mit jedem Tag profitabler. Er sagte, wenn sein Haus dort oben nur groß genug wäre, könnte er jede Woche fünfundsiebzig profitable Hirne zur Strecke bringen. Ich würde meinen, er baut einen Flügel an. Eine der Schwestern spielt mit dem Gedanken, den Zeitungen eine Kolumne anzubieten, die die Liebeskummerspalte ablösen soll. Ihre eigene will sie nennen: Was meinen *Sie* dazu? Jedesmal, wenn ein neuer Blitzkrieg stattfindet, reibt der Chefarzt sich die Hände und sagt zur Bedienung ›Legen Sie ein weiteres Gedeck auf.‹«

Mrs. Beadle klapperte wütend. »Da lob ich mir die Religion, besten Dank. Es muß ja gräßlich sein, wenn sie einem den Geist so zu Klump hauen.«

»Der Zusammenbruch ist eine der Bestimmungen der Amerikaner«, sagte Mr. Menus und ließ den Blick zu den Hügeln schweifen.

»Ich werd mich auch weiter an die Beichte halten«, fuhr die direkte Mrs. Beadle fort, »danke. Die löst einen langsam auf, mit den Jahren, das andere Zeugs macht die Menschen krank und stolz, als hätten sie einen Vulkan stillgelegt.« Sie schnaubte verächtlich.

Ein schwacher, tiefer Klagelaut war aus dem hinteren Garten zu hören, wo der Rauch des offenen Koksfeuers in einer dünnen, wabernden Fahne emporstieg.

Mr. Menus sagte: »Das ist nur Linny Lou, die es nach ihrer Rasse und Yamswurzeln verlangt.«

»Ich halte mich weiter an meine Kirche«, wiederholte Mrs. Beadle, »ich liebe Kirchen, wenn gerade eine Braut hineingeht oder eine Leiche herauskommt.«

Mrs. Astry seufzte. »Ja, ja, wir müssen eben irgendeinen Halt haben.«

Der Colonel schwenkte sein Glas: »An meinen Vorfahren haben sie Halt gefunden, an beiden Enden, indem sie sie nach dem Abschiedstrunk, dem schäumenden Pokal, dem Schlummertrunk, dem So-lebt-denn-wohl-lebenslustige-Herren ins Bett hinaufgeschafft haben. Muntere alte Herren des Goldenen Zeitalters, leicht angeknackst vom Plumps ins Unterholz.«

Das junge Mädchen auf dem Rasen stieß hervor: »Meine Schwester war eine Badminton-Kanone, und jetzt steigt sie in den Wäscheschrank, um sich zu konzentrieren.«

»Con declarar se eximió del tormento –,« murmelte Carminetta Conchinella, »Amerikaner ertragen alles, wenn sie nur einen Namen dafür haben.«

»Mir gefiel die Zeit besser, als die Nonnenklöster voller Affen waren, die zuviel schnatterten, und voller Papageien, die zuviel zu sagen hatten.«

Mrs. Pengallis räusperte sich verächtlich. »Und nun ist es der Heranwachsende, der an all solchem Zeug Vergnügen findet… Die schwirren in die Praxis des Psychiaters wie die Wespen.«

Mr. Menus rutschte unbehaglich hin und her. Körbe voller Tangerinen und Garnelen und ausgewrungener nasser Wäsche segelten jenseits der Gartenmauer auf den Köpfen von Negerinnen vorbei, die die Hände in die Hüften gestemmt hatten. Es war fast dunkel, und die Südamerikanerinnen entfernten sich schweigend und waren unter den still gewordenen Blättern kaum voneinander zu unterscheiden. Am Gartentor wandten sie sich um und verschwanden. Von irgendwoher kam das letzte Krähen eines sterbenden Hahns. »Die müssen sie direkt über dem Bratspieß töten«, sagte Mr. Menus behaglich, »das macht die Hitze, und die Butter kommt nur noch in Büchsen.« Er wandte sich mit besorgter Miene an seine Tante. »Du kannst hoffentlich Büchsenbutter essen?«

»Kann ich«, sagte sie. »Ich war an so vielen Orten, und keiner davon war seit Jahrhunderten mehr sicher. Ich bin nicht mehr an einem sicheren Ort gewesen, seit ich meine Einbildungskraft zu gebrauchen begann.« Sie schwieg einen Augenblick. »Da oben sagten die Ärzte: ›Gebt uns den Mittelstand, die sind jederzeit bereit, uns hemmungslos noch die wüstesten Sachen zu erzählen.‹«

»Bis zum heulenden Elend«, sagte Mrs. Pengallis. Sie wandte sich Miss Kittridge zu. »Gab es denn da auch einen richtigen Arzt, der sich darum gekümmert hat, daß die Bewegungen koordiniert sind und so weiter?«

»Oh ja, einen tadellos aussehenden Landarzt, gestreifte Hosen, nicht ganz die richtige Aufmachung, und Bowler, und er hatte eine kleine schwarze Tasche. Ich mußte mit geschlossenen Augen meine Nasenspitze berühren und mit kurzen Schritten eine gerade Linie laufen und mich nach hinten beugen, ohne zu fallen.«

»Und haben Sie das geschafft?«

»Aber gewiß doch. Er verließ das Zimmer, kam jedoch fast augenblicklich wieder zurück; er hatte meine Reflexe vergessen, meine Knie. Ich erklärte ihm, die seien in Ordnung – gegen die muß man nämlich mit der Handkante schlagen oder mit einem Hämmerchen. Ich erklärte ihm, sie funktionierten bestens, doch gegen eins hat er trotzdem geschlagen.«

»Und was passierte dann?« fragte Mrs. Beadle.

Miss Kittridge stand auf. Sie wandte sich Mrs. Beadle zu. »Ich hab ihm seinen Hut vom Kopf geschlagen«, sagte sie.

Nachweise

Die Erzählungen sind in chronologischer Reihenfolge des Erscheinens geordnet. Die nachfolgenden Nachweise geben – neben dem Erstpublikationsort – Auskunft über den Erstdruck in den englischen und deutschen Erzählbänden von Djuna Barnes.

Die Originalausgaben:

A *Book*. Boni & Liveright. New York 1923

A *Night Among the Horses*. Horace Liveright. New York 1929

Selected Works by Djuna Barnes. Spillway. The Antiphon. Nightwood. Farrar, Straus and Giroux. New York 1962

Smoke and Other Early Stories. With an introduction by Douglas Messerli. Sun & Moon Press. Maryland 1982 [*Smoke*]

Spillway. Faber and Faber. London 1962

Die deutschen Ausgaben:

Leidenschaft. Neun Erzählungen. Aus dem Amerikanischen von Karin Kersten. Verlag Klaus Wagenbach. Berlin 1986

Die Nacht in den Wäldern. Short Stories. Aus dem Amerikanischen von Karin Kersten. Verlag Klaus Wagenbach. Berlin 1984

Eine Nacht mit den Pferden. Erzählungen. Aus dem Amerikanischen von Joachim Ullmann. Verlag Günther Neske. Pfullingen 1961

Saturnalien. Erzählungen. Aus dem Amerikanischen von Karin Kersten. Q 157. Verlag Klaus Wagenbach. Berlin 1987

Die Erzählungen:

Der schreckliche Pfau (The Terrible Peacock), erschienen in ›All-Story Cavalier Weekly‹, Vol. XXXVII vom 24.10.1914, in *Smoke and Other Stories* [i. f. *Smoke*] und in *Die Nacht in den Wäldern*

Paprika Johnson (Paprika Johnson), erschienen in ›The Trend‹, Vol. VIII vom Januar 1915, in *Smoke* und in *Die Nacht in den Wäldern*

Was sehen Sie, Madam? (What Do You See, Madam?), erschienen in ›All-Story Cavalier Weekly‹, Vol. XLIII vom 27.3.1915, in *Smoke* und in *Die Nacht in den Wäldern*

Wer ist dieser Tom Scarlett? (Who Is This Tom Scarlett?), erschienen in ›New York Morning Telegraph Sunday Magazine‹ [i.f. ›Morning Telegraph‹] vom 11.3.1917, in *Smoke* und in *Die Nacht in den Wäldern*

Ein Mordsspaß (The Jest of Jests), erschienen in ›Morning Telegraph‹ vom 1. 4. 1917, in *Smoke* und in *Die Nacht in den Wäldern*

Losnummer 177 (Prize Ticket 177), erschienen in ›Morning Telegraph‹ vom 8.4.1917, in *Smoke* und in *Die Nacht in den Wäldern*

3 Tropfen Komödie (A Sprinkle of Comedy), erschienen in ›Morning Telegraph‹ vom 10. 6. 1917, in *Smoke* und in *Die Nacht in den Wäldern*

Die Erde (The Earth), erschienen in ›Morning Telegraph‹ vom 10. 6.1917, in *Smoke* und in *Die Nacht in den Wäldern*

Der Kopf von Babylon (The Head of Babylon), erschienen in ›Morning Telegraph‹ vom 1. 7. 1917, in *Smoke* und in *Die Nacht in den Wäldern*

Rauch (Smoke), erschienen in ›Morning Telegraph‹ vom 19. 8. 1917, in *Smoke* und in *Die Nacht in den Wäldern*

Der Feigling (The Coward), erschienen in ›Morning Telegraph‹ vom 26. 8. 1917, in *Smoke* und in *Die Nacht in den Wäldern*

Monsieur Ampee (Monsieur Ampee), erschienen in ›Morning Telegraph‹ vom 16. 9. 1917, in *Smoke* und in *Die Nacht in den Wäldern*

Die Terroristen (The Terrorists), erschienen in ›Morning Telegraph‹ vom 30. 9. 1917, in *Smoke* und in *Die Nacht in den Wäldern*

Altweibersommer (Indian Summer), erschienen in ›Morning Telegraph‹ vom 14.10.1917, in *A Book* und in *Saturnalien*

Die Nacht in den Wäldern (A Night in the Woods), erschienen in ›Morning Telegraph‹ vom 21.10.1917, in *Smoke* und in *Die Nacht in den Wäldern*

Entsagung (Renunciation), erschienen in ›Smart Set‹, Vol. LVI vom Oktober 1918 und in *Saturnalien*

Kopfunter (The Spillway), erschienen in ›The Little Review‹ VI vom Dezember 1919 und in *A Book* (unter dem Titel *Beyond the End*), in *Eine Nacht mit den Pferden* und in *Leidenschaft*

Oscar (Oscar), erschienen in ›The Little Review‹ VI vom April 1920, in *A Book* und in *Saturnalien*

Mutter (Mother), erschienen in ›The Little Review‹ VII vom Juli/August 1920, in *A Book* und in *Saturnalien*

Die Ärzte (The Doctors), erschienen in ›The Little Review‹ VII vom Januar/März 1921 und in *A Book* (unter dem Titel *Katrina Silverstaff*), in *Eine Nacht mit den Pferden* und in *Leidenschaft*

Tagebuch eines gefährlichen Kindes (The Diary of a Dangerous Child), erschienen in ›Vanity Fair‹, Vol. XVIII vom Juli 1922 (unter dem Pseudonym Lydia Steptoe) und in *Saturnalien*

Das Haus der Wanderdrossel (The Robin's House), erschienen in *A Book* und in *Saturnalien*

Das Niggerweib (The Nigger), erschienen in *A Book* und in *Saturnalien*

Ein Junge stellt einer Dame eine Frage (A Boy asks a Question of a Lady), erschienen in *A Book*, in *Eine Nacht mit den Pferden* und in *Saturnalien*

Eine Nacht mit den Pferden (A Night Among The Horses), erschienen in *A Book*, in *Eine Nacht mit den Pferden* und in *Leidenschaft*

Der Diener (The Valet), erschienen in *A Book*, in *Eine Nacht mit den Pferden* und in *Leidenschaft*

Das Kaninchen (The Rabbit), erschienen in *A Book*, in *Eine Nacht mit den Pferden* und in *Leidenschaft*

Die Leidenschaft (The Passion), erschienen in ›Transatlantic Review‹ II von 1924, in *A Night Among the Horses*, in *Eine Nacht mit den Pferden* und in *Leidenschaft*

La Grande Malade (The Grande Malade), erschienen in ›This Quarter‹ I von 1925 (unter dem Titel *The Little Girl Continues*), in *Spillway*, in *Eine Nacht mit den Pferden* und in *Leidenschaft*

Aller et retour (Aller et retour), erschienen in *A Night Among the Horses*, in *Eine Nacht mit den Pferden* und in *Leidenschaft*

Löschung (Cassation), erschienen in *A Night Among the Horses* (unter dem Titel *A Little Girl Tells a Story to a Lady*) in *Eine Nacht mit den Pferden* und in *Leidenschaft*

Duell ohne Sekundanten (A Duel without Seconds), erschienen in ›Vanity Fair‹, Vol. XXXIII vom November 1929 und in *Saturnalien*

Der Brief, der niemals abgeschickt wurde (The Letter that was never mailed), erschienen in ›Vanity Fair‹, Vol. XXXIII vom Dezember 1929 und in *Saturnalien*

Saturnalien (Saturnalia), erschienen in *Saturnalien* (aus dem Nachlaß von Djuna Barnes an der University of Maryland)

DJUNA BARNES, 1892 in Cornwall-on-Hudson geboren, begann ihre Karriere als Journalistin. 1922 ging sie als Korrespondentin nach Europa und lebte – als eine der zentralen Exzentrikerinnen literarischer und künstlerischer Zirkel – lange in Paris. Ende der dreißiger Jahre zog sie sich nach New York zurück, wo sie 1982 starb.

DJUNA BARNES

Portraits

Gespräche mit bekannten und weniger bekannten Zeitgenossen: von Flo Ziegfeld und James Joyce zu John Bunay, Alfred Stieglitz und vielen anderen.

»Die größte amerikanische Dichterin unserer Zeit.« Die Zeit

Aus dem Amerikanischen von Karin Kersten
Englische Broschur. 208 Seiten mit vielen Bildern

Die Frau, die auf Reisen geht, um zu vergessen

Reisebilder

Neuentdeckte Geschichten von reisenden Frauen und über das Reisen. Witzig, intelligent, exzentrisch. Verfaßt von einer leidenschaftlichen Reisenden.

»Eine Kostbarkeit unter den Reisebüchern.« FAZ

Aus dem Amerikanischen und mit einem Nachwort von Inge von Weidenbaum
SVLTO. Rotes Leinen. 80 Seiten mit vielen Photos

Hinter dem Herzen

Ein Lesebuch, das die ganze Djuna Barnes vorstellt: Interviews, Portraits, Short Stories, Auszüge aus den Romanen – und bisher unbekannte Gedichte und Briefe.

Zusammengestellt von Susanne Schüssler
SVLTO. Rotes Leinen. 144 Seiten

Paris, Joyce, Paris

Die drei schönsten Texte von Djuna Barnes über Paris und James Joyce. Mit zahlreichen Bildern.

»...zum Sich-Freuen, daß es solche Bücher noch gibt.«
Dörthe Emig, BuchJournal

Aus dem Amerikanischen von Karin Kersten
und mit einem Nachwort von Kyra Stromberg
SVLTO. Rotes Leinen. 96 Seiten

NATALIA GINZBURG

Die Stimmen des Abends

Natalia Ginzburg erzählt die Geschichte der jungen Elsa, die das Leben nicht führen will, das andere für sie zurechtgelegt haben.

»Ein trauriges Buch, ein schönes Buch, die Dinge des Lebens umgeben einen.«
Christoph Klimke, Tagesspiegel

Aus dem Italienischen von Alice Vollenweider
Mit einem Nachwort von Italo Calvino
Quart*buch*. Leinen. 128 Seiten

Die Straße in die Stadt

Bereits in ihrem ersten Roman findet Natalia Ginzburg zu ihrem trockenen, unverkennbaren Stil: scheinbar unbeteiligt erzählt die junge Delia ihre Geschichte. Wird sie einen Weg finden in die ersehnte Stadt und ins bürgerliche Leben? Und mit welchen Kompromissen wird er gepflastert sein?

»Natalia Ginzburg erzählt die Geschichte von diesem bißchen mißglückten Leben klar, gerade und mit wunderbar durchdringendem, niemals lieblosem Blick auf die sogenannten kleinen Leute – und so ist schon dieser erste Roman in der Reihe aller Werke, die noch kommen sollten, ein kleines Meisterwerk.«
Elke Heidenreich, Radio Bremen

Aus dem Italienischen von Maja Pflug
SVLTO. Rotes Leinen. 96 Seiten

Alle unsere Gestern

Die Geschichte, wie aus dem pummeligen Mädchen Anna eine starke, selbständige Frau wird – und das anrührende Portrait des alten Italien.
Oder: wie die Menschen miteinander umgehen in schwierigen Zeiten.

»Das Buch wirkt, als sei es in einem Atemzug geschrieben, und ist einer der sehr wenigen schönen Romane, die in Italien in der Nachkriegszeit erschienen sind.«
Luciano Foà

Von Maja Pflug neu durchgesehene Übersetzung
Quart*buch*. Leinen. 336 Seiten

Lesen Sie weiter

10787 Berlin. Einbandgestaltung von Groothuis+Malsy unter Verwendung eines Portraits, photographiert von Otto Hoppé (© The Authors League Fund, New York). Gesetzt aus der Korpus Deepdene von der Offizin Götz Gorissen, Berlin. Druck und Bindung durch Clausen & Bosse, Leck. Gedruckt auf chlor- und säurefreiem Papier. Bucheinbandstoffe von Herzog, Beimerstetten. Printed in Germany.

ISBN 3 8031 3142 1